HEYNE <

Maria Brosch-Fohra 12.05.11.06

Das Buch:
Der Frauenarzt Dr. Edgar Highley gilt seit Jahren als Kapazität auf seinem Gebiet. Als Spezialist für Risikoschwangerschaften ist er die Hoffnung für viele Frauen, die sich verzweifelt ein Kind wünschen. Dr. Highleys Ruf als Arzt und Mensch ist ausgezeichnet, und er gilt als einer der wenigen hochkarätigen Gynäkologen, die sich persönlich um das Wohlergehen ihrer Patientinnen bemühen. Daß auf einer Station an der Westlake-Klinik in den vergangenen acht Jahren sechzehn Patientinnen bei der Entbindung starben, hat niemanden misstrauisch werden lassen. Alle Patientinnen waren vor dem hohen Risiko einer Schwangerschaft gewarnt worden. Eines abends wird die junge Staatsanwältin Katie DeMaio nach einem Unfall in die Westlake-Klinik eingeliefert. Was sie in dieser Nacht von ihrem Fenster aus beobachtet, kommt ihr zunächst wie ein Albtraum vor: Auf dem Parkplatz des Krankenhauses versteckt ein Mann die Leiche einer Frau im Kofferraum eines Wagens und fährt anschließend davon. Daß sie nicht nur schlecht geträumt hat, wird Katie DeMaio erst später bewußt – als sie selbst Patientin von Dr.Highley ist ...

Die Autorin:
Mary Higgins Clark wurde 1928 geboren. Mit ihren Spannungsromanen hat sie weltweit Millionen von Leserinnen und Lesern gewonnen, und mit jedem neuen Roman erobert sie die Bestsellerlisten. Beinamen wie »Königin der Spannung« und »Meisterin des sanften Schreckens« zeugen von ihrer großen Popularität. Mary Higgins Clark lebt in Saddle River, New Jersey.

Im Wilhelm Heyne Verlag erscheinen:
Schrei in der Nacht, Das Haus am Potomac, Wintersturm, Die Gnadenfrist, Schlangen im Paradies, Doppelschatten, Das Anastasia-Syndrom, Schlaf wohl, mein süßes Kind, Tödliche Fesseln, Träum süß, kleine Schwester, Schwesterlein komm tanz mit mir, Das fremde Gesicht, Das Haus auf den Klippen, Sechs Richtige, Ein Gesicht so schön und kalt, Stille Nacht, Mondlicht steht dir gut, Sieh dich nicht um, Und tot bist du, Nimm dich in acht, In einer Winternacht, Wenn wir uns wiedersehen, Denn vergeben wird dir nie, Vergiss die Toten nicht, Du entkommst mir nicht, Und morgen in das kühle Grab.

MARY
HIGGINS CLARK

Wo waren sie, Dr. Highley?

Roman

Aus dem Amerikanischen
von Heinrich Christof Schmid

WILHELM HEYNE VERLAG
MÜNCHEN

Titel der Originalausgabe
THE CRADDLE WILL FALL

Umwelthinweis:
Dieses Buch wurde auf chlor- und säurefreiem Papier gedruckt.

Taschenbuchausgabe 08/2005

Printed in Germany 2005
Umschlagillustration: CORBIS/ Kevin Muggleton
Umschlaggestaltung: Eisele Grafik-Design, München
Satz: Leingärtner, Nabburg
Druck und Bindung: GGP Media GmbH, Pößneck

ISBN: 3-453-72047-4
www.heyne.de

Für Ray, in Liebe...

Werde mit mir alt.
Das Beste steht uns noch bevor,
der Abend des Lebens,
für den der Morgen ward gemacht.

Robert Browning

*»... denn manche Patienten erholen sich,
obwohl sie um ihren kritischen Gesundheitszustand wissen,
einfach deshalb, weil die Güte ihres Arztes
sie zu gewinnen vermag.«*

Hippokrates

1

Wäre Katie nicht mit ihren Gedanken bei dem heutigen Prozeß gewesen, hätte sie die Kurve vielleicht nicht so scharf genommen. Aber sie war die starke Selbstzufriedenheit nicht los geworden, daß sie ihn gewonnen hatte und der Angeklagte schuldig gesprochen worden war.

Die Entscheidung hatte auf Messers Schneide gestanden. Roy O'Connor war schließlich einer der Starverteidiger von New Jersey. Das Geständnis des Angeklagten hatte das Gericht wohlwollend zur Kenntnis genommen, ein schwerer Schlag für die Staatsanwaltschaft. Aber Katie war es gelungen, die Geschworenen doch noch zu überzeugen, daß Teddy Copeland bei dem Einbruch auch die achtzigjährige Abigail Rawlings auf eine abscheuliche Weise umgebracht hatte.

Margaret Rawlings, Miß Rawlings Schwester, hatte der Verhandlung beigewohnt und Katie nach der Urteilsverkündung angesprochen: »Sie waren wunderbar, Mrs. DeMaio. So, wie Sie aussehen, könnte man Sie ja noch für eine Studentin halten, und ich hätte nie gedacht, daß Sie das fertigbringen. Als Sie aber dann Ihr Plädoyer hielten, haben sie ihm den Mord Punkt für Punkt nachgewiesen. Alle konnten richtig spüren, was er Abby angetan hat. Was wird nun geschehen, Mrs. DeMaio?«

»Bei seinem Vorstrafenregister bleibt nur zu hoffen, daß ihn der Richter für den Rest seines Lebens einsperrt«, war ihre Antwort gewesen.

»Gott sei Dank«, hatte Margaret Rawlings geseufzt. Ihre Augen, vom Alter ausdruckslos und stets feucht, hatten sich mit Tränen gefüllt. Ruhig hatte sie sie abgewischt und gesagt: »Ich vermisse Abby so sehr. Wir beide waren die einzigen unserer Familie, die noch lebten. Und nun bin ich ganz allein. Ich hätte es nie ertragen können, wenn sie ihn hätten laufen lassen.«

›Aber sie haben ihn nicht laufen lassen‹, dachte Katie zu Ende und trat dabei das Gaspedal durch. Dann kam die vereiste Kurve.

»Oh,... nein!« In panischer Angst umklammerte sie das Lenkrad. Der Wagen schoß über den Mittelstreifen und drehte sich. Von Ferne sah sie ein Scheinwerferpaar auf sich zukommen. Sie versuchte gegenzulenken, doch das Auto schlidderte auf die vereiste Böschung, verharrte dort wie ein Skispringer kurz vor dem Absprung einen Augenblick lang und stürzte dann den steilen Abhang hinunter ins Gebüsch.

Vor Katies Augen tauchte etwas Dunkles auf: ein Baum. Sie spürte das markerschütternde Krachen, als sich das Metall in die Rinde bohrte. Der Aufprall schleuderte Katie gegen das Lenkrad, dann sackte ihr Körper zurück. Instinktiv hatte sie die Arme vor das Gesicht gerissen, um sich vor den Splittern der zerberstenden Windschutzscheibe zu schützen. Ein heftiger, stechender Schmerz jagte durch ihre Handgelenke und Knie. Dann erloschen Scheinwerfer und Armaturenbeleuchtung. Eine tiefe wohlige Dunkelheit begann sie zu umschließen, als sie irgendwo in weiter Ferne eine Sirene hörte. Das Geräusch einer aufgehenden Wagentür; ein kühlender Lufthauch. »O Gott, es ist Katie DeMaio.«

Sie kannte diese Stimme. Tom Coughlin, der freundliche junge Polizist. Letzte Woche hatte er in einer Verhandlung ausgesagt.

»Sie ist bewußtlos.«

Sie versuchte zu widersprechen, doch kein Wort wollte ihr über die Lippen. Nicht einmal die Augen konnte sie öffnen.

»Sie blutet am Arm. Sieht aus, als hätte es eine Arterie erwischt.«

Jemand hielt ihren Arm und drückte etwas fest dagegen.

Eine andere Stimme klang besorgt: »Vielleicht hat sie innere Verletzungen, Tom. Das Westlake liegt gleich am Ende der Straße. Ich rufe einen Krankenwagen, bleib du bei ihr.«

Ich schwebe, ich schwebe. Mit mir ist alles in Ordnung, ich kann es euch nur nicht mitteilen.

Hände hoben sie auf eine Tragbahre. Sie spürte die Dekke, die man über sie gebreitet hatte. Graupelkörner fielen ihr ins Gesicht.

Man trug sie. Ein Auto fuhr an. Der Krankenwagen. Dann gingen Türen auf und zu. Wenn sie sich doch nur verständlich machen könnte! Ich kann euch hören, ich bin nicht bewußtlos!

Coughlin gab ihren Namen an. »Kathleen DeMaio, wohnhaft in Abbington. Sie ist stellvertretende Staatsanwältin. Nein, nicht verheiratet, sie ist verwitwet. Die Witwe von Richter DeMaio.«

Johns Witwe. Plötzlich fühlte sie sich schrecklich einsam. Zögernd wich die Dunkelheit. Jemand leuchtete ihr ins Auge. »Sie kommt wieder zu sich. Wie alt sind Sie, Mrs. DeMaio?«

Die Frage war so alltäglich, so leicht zu beantworten. Schließlich konnte sie doch sprechen. »Achtundzwanzig.«

Der Druckverband, den Coughlin ihr am Arm angelegt hatte, wurde wieder abgenommen. Die Wunde mußte genäht werden. Sie verbiß sich ein Stöhnen, obwohl der Schmerz durch Mark und Bein ging.

Sie wurde geröntgt. Zum Ergebnis sagte der Unfallarzt: »Da haben Sie aber ganz schön Glück gehabt, Mrs. DeMaio. Ein paar ziemlich schlimme Quetschungen, aber keine Brüche. Ich werde Ihnen eine Transfusion geben lassen, Ihre Blutwerte sind recht niedrig. Keine Angst, bald sind Sie wieder okay.«

»Es ist nur wegen...« Sie biß sich auf die Lippe. Fast hätte sie sich mit ihrer schrecklichen, unvernünftigen und kindischen Angst vor Krankenhäusern blamiert.

Coughlin fragte: »Sollen wir Ihre Schwester benachrichtigen? Man wird Sie heute nacht hierbehalten.«

»Nein, Molly hat eben erst eine Grippe gehabt. Ihre ganze Familie hatte sie.« Ihre Stimme klang so dünn. Coughlin mußte sich vorbeugen, um sie verstehen zu können.

»Gut, Mrs. DeMaio. Sie brauchen sich keine Sorgen zu machen. Ihren Wagen werde ich auch herausziehen lassen.«

Man rollte sie in einen durch Vorhänge abgetrennten Raum der Unfallstation. Das frische Blut rann durch eine Kanüle, die man ihr am rechten Arm angebracht hatte. Allmählich ordneten sich ihre Gedanken.

Der linke Arm und beide Knie taten ihr wahnsinnig weh. Alles tat ihr weh. Jetzt war sie doch in einem Krankenhaus. Allein.

Eine Schwester strich ihr das Haar aus der Stirn. »Bald sind Sie wieder gesund, Mrs. DeMaio. Warum weinen Sie denn?«

»Ich weine nicht.« Aber sie weinte doch.

Man brachte sie in ein Krankenzimmer der zweiten Etage. Die Schwester reichte ihr einen Pappbecher mit Wasser und eine Tablette. »Damit schlafen Sie leichter, Mrs. DeMaio.«

Das war sicherlich eine Schlaftablette, dachte Katie. Sie hatte sie eigentlich nicht gewollt, förderte sie doch nur ihre Alpträume, aber dann doch eingenommen.

Die Schwester löschte das Licht und verließ das Zimmer. Katie vernahm ihre leisen gedämpften Schritte.

Es war kalt in dem Raum; das Bettzeug eisig und hart. Typisch für alle Krankenhäuser? Katie sank in den Schlaf und wußte, daß sich nun unausweichlich ihr Alptraum einstellen würde.

Doch diesmal lief alles anders ab. Sie fuhr Achterbahn. Es ging immer höher, immer steiler hinauf. Sie konnte nichts dagegen tun. Sie versuchte, das Gefährt zu steuern. Da raste es in eine Kurve, entgleiste und stürzte in die Tiefe. Kurz bevor es am Boden aufschlug, wachte Katie zitternd auf.

Graupelkörner prasselten gegen das Fenster. Sie quälte

sich an die Bettkante; stand dann auf wackligen Beinen. Das Fenster war einen Spalt breit geöffnet, so daß die Innenjalousie klapperte. Daher also war es in dem Zimmer so zugig. Sie brauchte nur das Fenster zu schließen und die Jalousie hochzulassen, dann konnte sie vielleicht schlafen. Und am Morgen durfte sie ja heim. Katie haßte Krankenhäuser.

Unsicher machte sie sich auf dem Weg zum Fenster. Das Krankenhausnachthemd reichte ihr gerade bis ans Knie. Sie fror. Und dieser entsetzliche Schneeregen, er schien ihr immer mehr in Regen überzugehen. Aufatmend stützte sie sich auf das Fensterbrett. Katie griff nach der Jalousie. Zwischen den Lamellen hindurch erkannte sie einen Parkplatz.

Der Kofferraumdeckel eines Autos öffnete sich ganz langsam. Ihr wurde schwindlig. Sie schwankte, ließ die Jalousie los, die sofort hochschnappte. Sie klammerte sich ans Fensterbrett und zwang sich hinunter zu sehen, in diesen Kofferraum. War da nicht etwas Weißes, das dort niedersank? Eine Decke? Ein großes Bündel? War das wahr oder träumte sie das alles nur? Plötzlich preßte sie vor Entsetzen die Hand auf den Mund, um den Schrei zu ersticken, der ihr die Kehle zu zerreißen drohte. Sie starrte auf den Kofferraum des Autos.

Die Kofferraumbeleuchtung brannte. Durch den Regenvorhang, der gegen das Fenster klatschte, beobachtete sie, wie in diesem weißen Ding dort unten etwas zum Vorschein kam. Und während sich der Kofferraumdeckel wieder schloß, hatte sie's erkannt: ein Gesicht – ein bleiches Frauengesicht mit verzerrten Zügen. Es waren die gleichgültigen Züge des Todes.

2

Pünktlich um zwei Uhr klingelte der Wecker. Er besaß jahrelang Übung darin, bei Notfällen sofort aufzuwachen; auch diesmal war er auf der Stelle hellwach. Er stand auf und ging ins Untersuchungszimmer, wo er sich am Waschbekken kaltes Wasser über das Gesicht laufen ließ. Dann rückte er seine Krawatte zurecht und kämmte sich. Seine Socken waren noch immer feucht. Sie fühlten sich naß und kalt an, als er sie vom lauwarmen Heizkörper nahm. Unwillkürlich verzog er das Gesicht, als er sie überstreifte und in die Schuhe schlüpfte.

Er griff nach seinem Mantel, und wieder durchfuhr ihn ein Schauer. Auch der Mantel war völlig durchnäßt. Er hatte ihn umsonst an die Heizung gehängt. Wenn er den jetzt anzog, riskierte er am Ende noch eine Lungenentzündung. Außerdem konnte es sein, daß noch ein paar Fusseln von der weißen Decke auf dem blauen Stoff hängengeblieben waren, für die er dann womöglich eine Erklärung haben mußte.

Im Schrank hing ja noch sein alter Regenmantel. Den würde er anziehen und den nassen hierlassen, bis er ihn morgen zur Reinigung geben konnte. Aber der Burberry war ungefüttert. Er würde frieren. Aber eine andere Möglichkeit gab es nicht. Der Regenmantel war unauffällig, ein helles Oliv. Seit er abgenommen hatte, war er ihm zu weit. Wenn jemand den Wagen und ihn darin sah, war die Gefahr, erkannt zu werden, nicht mehr so groß.

Schnell ging er zum Kleiderschrank und riß den Regenmantel heraus, der unordentlich auf einem Drahtbügel hing. Den schweren nassen Chesterfield hängte er – hinter anderen Kleidungsstücken versteckt – in den Schrank. Ein unangenehmer, staubiger Geruch erinnerte ihn, daß er den Regenmantel lange nicht getragen hatte. Er rümpfte die Nase, als er ihn anzog und zuknöpfte.

Er trat ans Fenster und schob den Vorhang ein winziges Stück beiseite. Auf dem Marktplatz standen immer noch zahlreiche Autos, so daß es nicht auffiel, wenn sich sein Wagen unter ihnen befand oder wenn er fehlte. Mißbilligend sah er, daß die defekte Straßenlaterne, die immer dafür gesorgt hatte, daß der hintere Teil der Parkfläche im Dunkeln lag, repariert worden war. Das Heck seines Wagens war jetzt zur Hälfte beleuchtet. Er mußte sich im Schatten der anderen Autos bewegen und die Leiche so schnell wie möglich in den Kofferraum schaffen.

Es war höchste Zeit.

Er öffnete den großen Wandschrank, in dem normalerweise Arzneimittel lagerten. Dann beugte er sich nieder und tastete rasch die Decke nach dem darunter verborgenen Körper ab. Mit einem leisen Brummen schob er die rechte Hand unter den Nacken, die linke in die Kniekehlen der Frau. Als sie noch gelebt hatte, war sie nicht einmal 50 Kilo schwer gewesen, obwohl man während der Schwangerschaft zunimmt. Jedes Gramm schien nun an seinen Muskeln zu zerren, als er den Körper zum Untersuchungstisch trug. Im schwachen Schein seiner Taschenlampe, die er sich dort zurechtgelegt hatte, wickelte er den Leichnam wieder in die Decke.

Bevor er wieder zuschloß, suchte er den Boden des Arzneimittelschrankes gründlich ab. Geräuschlos öffnete er die Tür zum Parkplatz. Den Schlüssel zum Kofferraum hielt er schon zwischen Daumen und Zeigefinger bereit. Dann schritt er ruhig vor den Untersuchungstisch und hob erneut die tote Frau auf. Die nächsten zwanzig Sekunden – sie konnten vernichtend für ihn werden.

Achtzehn Sekunden später stand er bei seinem Wagen. Der Körper unter der Decke lastete schwer auf seinen Armen; er versuchte, das ganze Gewicht mit dem linken Arm zu halten, um mit der Rechten den Kofferraumschlüssel ins vereiste Schloß zu bekommen. Ungeduldig kratzte er die Eisschicht ab. Wenig später steckte der Schlüssel, und der Kofferraumdeckel hob sich langsam. Sichernd blickte er zu den Fenstern der Krankenzimmer, als plötzlich auf der zweiten Etage eine Jalousie hochschnappte. Schaute dort – es war das mittlere Zimmer – jemand herunter? Seine Ungeduld wuchs. Er mußte diesen verdammten Körper schnellstens in den Kofferraum schaffen. Doch nicht zu hastig, denn kaum hatte er seine Last mit einer Hand losgelassen, blies der Wind die Decke beiseite und enthüllte das Gesicht der Toten. Erschrocken ließ er die Leiche hineinfallen und schlug den Kofferraumdeckel zu.

Ihr Gesicht war im Licht gewesen. Hatte es jemand gesehen? Wieder blickte er zu dem Fenster hinauf, hinter dem die Jalousie hochgegangen war.

Stand da jemand? Er war sich nicht sicher. Wieviel konnte man von diesem Fenster aus erkennen? Er würde herausfinden müssen, wer sich in diesem Zimmer befand.

Er ging zur Fahrertür. Fuhr zügig vom Parkplatz. Die Scheinwerfer schaltete er erst ein, als der Wagen schon ein gutes Stück auf der Ausfallstraße war. Kaum zu glauben, daß er in dieser Nacht schon das zweite Mal nach Chapin River fuhr.

Nur einmal angenommen, er hätte nicht gerade das Krankenhaus verlassen wollen, als sie aus Fukhitos Sprechzimmer stürzte und ihn auf ihre Art begrüßte? Vangie war einem hysterischen Anfall nahe gewesen. Bewußt hatte sie das linke Bein nachgezogen, als sie ihm in der Vorhalle entgegenkam. »Ich kann mit Ihnen in dieser Woche keinen neuen Termin mehr ausmachen, Herr Doktor, ich fahre nämlich morgen nach Minneapolis. Ich gehe wieder zu meinem früheren Arzt, zu Dr. Salem. Vielleicht bleibe ich sogar dort und lasse mich von ihm entbinden.«

Wäre sie ihm nicht in die Arme gelaufen, alles wäre verpfuscht gewesen.

Deshalb hatte er sie überredet, kurz in sein Sprechzimmer zu kommen, wo er sie beruhigt und ihr ein Glas Wasser angeboten hatte. Im letzten Augenblick war sie doch noch mißtrauisch geworden und hatte hinausschlüpfen wollen. Auf ihrem schönen, launischen Gesichtchen hatte helle Angst gestanden.

Und danach dieser schreckliche Gedanke, daß man ihm,

obwohl er sie zum Schweigen gebracht hatte, dennoch auf die Schliche kommen könnte. Kurzentschlossen hatte er die Tote im Arzneimittelschrank eingesperrt und überlegt.

Ihr hellroter Wagen war als unmittelbare Gefahr anzusehen. Er hatte ihn unbedingt vom Krankenhausparkplatz wegschaffen müssen. Dort wäre er aufgefallen, sobald die Besuchszeit vorüber war – das Spitzenmodell von Lincoln, der *Continental* mit seiner arroganten protzigen Chromfront. Alles an dem Fahrzeug erregte Aufmerksamkeit.

Er hatte genau gewußt, wo sie in Chapin River wohnte, durch ihre Erzählung, daß ihr Mann Pilot bei United Airlines war und vor morgen nicht zurück sein würde. Es war das beste gewesen, ihren Wagen auf dem Grundstück abzustellen und ihre Handtasche in irgendeinem Zimmer liegen zu lassen, damit es so aussah, als sei sie nach Hause gekommen.

Wider Erwarten war alles ganz leicht gegangen. Wegen des scheußlichen Wetters war nur wenig Verkehr gewesen. Die Raumordnungsbehörde hatte in Chapin River nur Grundstücke mit einer Mindestfläche von achttausend Quadratmetern ausgewiesen. Daher lagen die Häuser ein gutes Stück von der Straße weg und waren nur über gewundene Auffahrten zu erreichen. Die Garage hatte sich mit Hilfe einer Fernbedienung am Armaturenbrett des Lincoln öffnen lassen.

Der Hausschlüssel war am selben Ring gewesen wie die Wagenschlüssel, er hatte ihn aber nicht gebraucht, da die Tür von der Garage zum Arbeitszimmer offen stand. Im ganzen Haus hatte Licht gebrannt, wahrscheinlich schaltete es sich automatisch ein, sobald ein Auto in die Garage fuhr. Er war durch das Arbeitszimmer und den Flur in den Schlaftrakt geeilt, in dem das Elternschlafzimmer liegen mußte. Es war nicht zu verfehlen, die letzte Tür rechts. Zwei weitere Schlafzimmer lagen in diesem Flügel. Eines war schon als Kinderzimmer hergerichtet, denn von den frisch tapezierten Wänden, einem offenbar neuen Kinderbett und Schränkchen blickten bunte Elfen und knuddelige Lämmchen.

Da war ihm die Idee gekommen, Vangies Tod als Selbstmord darzustellen. Wenn sie schon drei Monate vor der Geburt ihres Babys mit der Ausstattung des Kinderzimmers begonnen hatte, wäre die Prophezeiung einer Totgeburt ein überzeugendes Motiv für einen Freitod.

Er hatte das Elternschlafzimmer betreten. Das übergroße Ehebett war nur flüchtig gemacht, der schwere weiße Chenilleüberwurf unordentlich über die Bezüge gebreitet worden. Ihr Nachthemd und ihr Kleid hatten auf einer Chaiselongue daneben gelegen. Wenn er die Leiche nur hierher schaffen und sie auf das Bett legen könnte! Es war sicher gefährlich, aber weniger riskant, als die Tote irgendwo im Wald abzuladen, denn dann hätte die Polizei umfangreiche Nachforschungen in die Wege geleitet.

Ihre Handtasche hatte er auf die Chaiselongue gestellt. Solange der Wagen sich in der Garage und die Tasche sich hier befanden, sah es wenigstens so aus, als sei sie vom Krankenhaus nach Hause gefahren.

Danach war er die sieben Kilometer zur Klinik zu Fuß zurück gegangen. Das war nicht ungefährlich gewesen – es hätte ja sein können, daß ihm in dieser vornehmen Wohngegend ein Streifenwagen entgegengekommen wäre und angehalten hätte.

Er hatte keinerlei Veranlassung gehabt, sich dort länger als nötig aufzuhalten. Immerhin hatte er die Strecke in weniger als einer Stunde zurückgelegt, den Vordereingang des Krankenhauses gemieden und war statt dessen durch die Hintertür, den direkten Zugang zum Parkplatz, hineingeschlüpft, Punkt zweiundzwanzig Uhr.

Mantel und Socken waren klatschnaß gewesen. Ihn hatte gefröstelt. Er hatte eingesehen, daß das Risiko zu groß war, die Leiche zum Wagen zu tragen, solange man noch relativ vielen Leuten begegnen konnte. Um vierundzwanzig Uhr lösten sich die Nachtschwestern ab. Deshalb hatte er es für das Beste gehalten, bis lange nach Mitternacht zu warten, bevor er wieder hinausging. Der Noteingang lag auf der

Ostseite der Klinik. Also brauchte er keine Störung zu befürchten, weder von den Patienten in der Unfallstation noch von Polizeibeamten, die einen Verletzten einlieferten.

Er hatte seinen Wecker auf zwei Uhr gestellt und sich auf den Untersuchungstisch zum Schlafen gelegt.

Nun fuhr er über die Holzbrücke, hinter der die Winding Brook Lane abzweigte. Vangies Haus lag auf der rechten Straßenseite. Abblendlicht ausschalten, in die Auffahrt einbiegen; den Wagen um das Haus herum und dann rückwärts vor die Garage fahren; Lederhandschuhe aus-, Gummihandschuhe überziehen; Garagentor öffnen, Kofferraum aufmachen, den verhüllten Körper an den Vorratsregalen vorbei zur inneren Tür tragen. Er trat in das Arbeitszimmer; im Haus war es still. In wenigen Minuten hatte er es geschafft.

Unter der Last leise ächzend, eilte er durch den Flur zum Schlafzimmer. Dort legte er die Tote auf das Bett und zerrte die Decke unter ihr hervor.

Im angrenzenden Badezimmer warf er ein paar Zyankalikristalle in das geblümte Zahnputzglas, ließ Wasser hineinlaufen und goß den ganzen Inhalt wieder ins Waschbecken, das er anschließend gründlich ausspülte. Dann ging er ins Schlafzimmer. Das Glas stellte er unmittelbar neben die Hand der Toten, verschüttete vorher aber noch die letzten Tropfen auf den Bettüberwurf. Sicher waren Vangies Fingerabdrücke auf dem Glas. Die Totenstarre setzte ein. Sorgfältig legte er die weiße Decke zusammen.

Vangie lag auf dem Bett mit dem Gesicht nach oben, stieren Blicks und mit zusammengepreßten Lippen, als hätte sie sich noch im Todeskampf wehren wollen. Gar nicht schlecht. Die meisten Selbstmörder überlegten es sich noch einmal – wenn es schon zu spät war.

Hatte er irgend etwas vergessen? Nein. Ihre Tasche mit den Schlüsseln stand auf der Chaiselongue, in dem Zahnputzglas würde man Spuren von Zyankali finden. Was machte er mit ihrem Mantel? Sie würde ihn wohl anbehalten haben. Je weniger er jetzt noch korrigierte, desto besser.

Ihre Schuhe! Hätte sie die durchs Zimmer geschleudert?

Er hob den Kaftan hoch, den sie seit der Schwangerschaft trug, und spürte, wie ihm das Blut aus dem Gesicht wich. Der geschwollene rechte Fuß trug einen ausgebeulten Mokassin. Am linken sah er – einen Strumpf.

Den anderen Schuh mußte sie verloren haben. Aber wo? Auf dem Parkplatz, im Sprechzimmer oder hier im Haus? Er stürzte aus dem Schlafzimmer und suchte den ganzen Weg zurück zur Garage ab. Nichts, weder im Haus noch in der Garage. Die zeitraubende Suche machte ihn wütend. Auch im Kofferraum lag er nicht!

Wahrscheinlich war dieser blöde Schlappen heruntergefallen, als er die Tote über den Parkplatz getragen hatte. Im Sprechzimmer hätte er ihn fallen hören und im Arzneimittelschrank war er auch nicht liegengeblieben, dessen war er sich absolut sicher.

Wegen ihres angeschwollenen Fußes hatte Vangie nur noch diese Mokassins getragen. Er hatte gehört, wie seine Sprechstundenhilfe mit ihr über die alten Schuhe gewitzelt hatte.

Er mußte zurück und auf dem Parkplatz suchen. Er mußte diesen Schuh finden. Wenn jemand den Mokassin entdeckte, der ihn an Vangie gesehen hatte? Es würde viel über ihren Tod geredet werden, sobald man die Leiche gefunden hatte. Wenn dann jemand auftrat und sagte: »Wieso, ich habe den Mokassin, den sie immer trug, auf dem Parkplatz liegen sehen. Sie muß ihn am Montagabend auf dem Heimweg verloren haben.« Aber selbst wenn sie nur ein paar Meter ohne Schuh über den Asphalt gegangen wäre, müßte ihr Strumpf an der Unterseite schmutzig sein. Der Polizei würde so etwas auffallen.

Schnurstracks ging er wieder ins Schlafzimmer und öffnete den begehbaren Schrank. Völlig durcheinandergeworfen lagen hier ihre Schuhe. Die meisten hatten unmögliche, hohe Absätze. Kein Mensch würde glauben, daß sie in ihrem Zustand und bei diesem Wetter solche

Schuhe angezogen hätte. Drei oder vier Paar Stiefel waren darunter, aber ein Stiefel wäre nie über Vangies geschwollenen Fuß gegangen.

Dann fand er sie, ein Paar flache Schuhe, die nicht ungewöhnlich aussahen; Schuhe, wie sie die meisten Schwangeren anhatten. Sie schienen ziemlich neu zu sein, waren aber auf alle Fälle schon einmal getragen worden. Erleichtert griff er danach. Er ging zurück zum Bett, zog der Toten den Mokassin aus und steckte die neuen Schuhe an ihre Füße. Der rechte saß zwar sehr eng, aber er konnte ihn immerhin noch zuschnüren. Bevor er sich wieder davonmachte, packte er den Mokassin in die weite, tiefe Tasche seines Regenmantels und nahm seine weiße Decke unter den Arm.

Als er den Wagen auf den Parkplatz des Krankenhauses lenkte, hatte zwar der Schneeregen aufgehört, aber es stürmte immer noch und war bitterkalt. Er hielt in der hintersten Ecke. Wäre jetzt zufällig der Wachmann vorbeigekommen, hätte er einfach angegeben, er habe einen Anruf aus der Klinik bekommen. Er müsse zu einer Patientin, bei der die Wehen eingesetzt hätten. Und wenn jemand auf die Idee kam, dies nachzuprüfen, würde er den Entrüsteten spielen und konstatieren, dann habe es sich offenbar um einen üblen Scherzanruf gehandelt.

Natürlich war es sicherer, wenn ihn niemand sah. Während des ganzen Weges, bis zur Tür, die in seine Praxis führte, hielt er sich im Dunkel der Büsche, die man als Abgrenzung zwischen die Parkreihen gepflanzt hatte. Höchst wahrscheinlich war der Schuh heruntergefallen, als er die Leiche auf seinen linken Arm genommen hatte, um mit der Rechten den Kofferraum zu öffnen. Tief gebückt suchte er den Boden ab. Lautlos arbeitete er sich bis an die Kliniktür heran. Er sah hoch. Im Ostflügel waren alle Fenster dunkel; genauer fixierte er das mittlere im zweiten Stock. Die Innenjalousie war jetzt ganz herabgelassen. Wie ein Spürhund bewegte er sich über den Asphalt. Wenn ihn jemand so sah!

Wut und Enttäuschung ließen ihn die bittere Kälte vergessen. Wo war nur dieser idiotische Schuh? Er mußte ihn finden.

Plötzlich Autoscheinwerfer, die sich durch die Büsche fraßen. Ein Auto kurvte auf den Parkplatz. Bremsen quietschten. Doch offenbar wollte der Fahrer zur Unfallstation. Er wendete und raste zur richtigen Einfahrt.

Er mußte hier weg; es war zwecklos. Doch als er sich aufrichten wollte, glitt er aus. Mit der Hand schrappte er über den vereisten Asphalt.

Und dan spürte er es – das Leder zwischen seinen Fingern. Er griff danach, hielt es hoch. Selbst bei dem trüben Licht war er sich ganz sicher. Es war der Mokassin. Er hatte ihn gefunden!

Eine Viertelstunde später schloß er seine Wohnung auf. Er trat ein, schlüpfte aus dem Regenmantel; als er ihn im Garderobenschrank verstaute, fiel ihm aus dem mannshohen Spiegel sein Bild entgegen. Zum Fürchten! Die Hose war an den Knien naß und schmutzig. Völlig zerzauste Haare. Die Hände waren dreckverschmiert, die Wangen stark gerötet, und seine ohnehin schon vorstehenden Augen sprangen fast aus ihren Höhlen. Eine Karikatur seiner selbst glotzte ihn an.

Rannte dann die Treppe hinauf. Oben zog er sich aus, warf das Zeug in die beiden Säcke für Wäscherei und Reinigung; badete. In Pyjama und Morgenmantel stand er später in der Diele. Schlafen konte er noch nicht, die Anspannung war noch viel zu groß und außerdem hatte er Hunger.

Seine Haushälterin hatte kalten Hammelbraten gerichtet. Auf dem Küchentisch stand das Käsebrett mit frischem Brie. Im Kühlschrank lagen ein paar saftige saure Äpfel. Er packte alles säuberlich auf ein Tablett und trug es in die Bibliothek. An der Bar schenkte er sich einen mächtigen Whisky ein und setzte sich am Schreibtisch nieder. Während er aß, rief er sich die Ereignisse dieser Nacht noch einmal ins Gedächtnis. Wäre er nicht umgekehrt, um seinen Terminkalender durchzusehen, hätte er sie verpaßt. Vangie wäre abgereist und dann...

Er schloß seinen Schreibtisch auf, öffnete das große mittlere Schubfach und zog den doppelten Boden heraus, unter dem er immer die Sonderakte der betreffenden Patientin aufbewahrte. Dort lag ein einzelner, großer brauner Umschlag. Er suchte sich ein frisches Blatt Papier und machte seine abschließende Eintragung:

15. Februar

Um 20.40 Uhr schloß besagter Arzt die hintere Tür in seiner Praxis ab, als die betreffende Patientin aus Fukhitos Sprechzimmer kam. Patientin trat vor behandelnden Arzt und teilte ihm mit, sie fahre heim nach Minneapolis, um sich von ihrem früheren Frauenarzt, Dr. Emmet Salem, entbinden zu lassen. Patientin war hysterisch und wurde überredet, ins Sprechzimmer zu kommen. Verständlicherweise konnte der Patientin das Weggehen nicht mehr gestattet werden. Zu seinem großen Bedauern mußte behandelnder Arzt Vorbereitungen treffen, um das Leben der Patientin zu beenden. Unter dem Vorwand, für ein Glas Wasser zu sorgen, löste er Zyankalikristalle darin auf. Exitus der Patientin genau 20.51 Uhr. Fetus war 26 Wochen alt. Behandelnder Arzt ist der Meinung, daß er im Falle einer Geburt unter Umständen lebensfähig gewesen wäre. Der vollständige und tatsachengetreue ärztliche Bericht liegt bei dieser Akte. Durch ihn wären alle Aufzeichnungen in der Westlake-Klinik zu ersetzen und somit null und nichtig.

Mit einem Seufzer der Erleichterung legte er den Füllfederhalter nieder, steckte den Abschlußbericht in den Umschlag, den er anschließend versiegelte. Er stand auf und trat vor das Bücherregal. Im letzten Regalfach griff er hinter ein Buch und drückte auf einen Knopf. Das ganze Regal schwang seitlich herum und gab den Wandsafe frei. Er öffnete ihn geübt und legte die Ake hinein; beiläufig registrierte er die wachsende Zahl der Umschläge. Er hätte die dazugehörigen Namen auswendig aufsagen können: Elizabeth Berkeley, Anna Horan, Maureen Crowley, Linda Evans... Es waren weit über siebzig: Erfolge und Mißerfolge eines medizinischen Genies.

Er schloß den Safe. Das Bücherregal schwang zurück. Gelöst ging er nach oben, legte den Bademantel über einen Stuhl, stieg in sein riesiges Himmelbett und schloß die Augen.

Nun, da er die Sache hinter sich gebracht hatte, fühlte er sich total erschöpft. War etwas übersehen oder vergessen worden? Das Reagenzglas mit dem Zyankali stand im Safe. Die Mokassins! Morgen nacht würde er sie schon irgendwo loswerden. Doch die Vorfälle während der letzten Stunden wühlten seine Gedanken wieder auf. Vorher, als er getan hatte, was er hatte tun müssen, war er ganz cool gewesen. Jetzt aber ging es ihm wie in all den anderen Fällen: Sein Nervensystem schien zu kollabieren.

Morgen würde er seine eigenen Sachen selbst in die Reinigung geben, auf dem Weg zur Klinik. Hilda konnte man nicht gerade einfallsreich nennen, doch die feuchten, schmutzigen Knie an seiner Hose würden ihr auffallen. Dann mußte er noch herausfinden, wer in dem mittleren Krankenzimmer im Ostflügel lag und ob man etwas gesehen hatte. Nur jetzt nicht den Kopf voll machen damit! Er mußte schlafen. Er öffnete die Nachttischschublade. Das leichte Beruhigungsmittel war jetzt genau das Richtige für eine Mütze Schlaf. Ohne Wasser schluckte er die Kapsel hinunter, lehnte sich zurück und schloß erneut die Augen. Während er auf die Wirkung des Mittels wartete, redete er auf sich ein, daß ihm nichts passieren konnte. Dennoch wurde er die Ahnung nicht los, daß der Hauptbeweis seiner Schuld sich seinem Zugriff entzog.

3

»Wenn es Ihnen nichts ausmacht«, sagte die Schwester, »nehmen Sie doch bitte den Hinterausgang. Die vordere Auffahrt ist eisglatt und ein paar Männer sind noch dabei, sie zu räumen. Ihr Taxi wartet hinter der Klinik.«

»Ich würde sogar aus dem Fenster klettern, wenn ich nur nach Hause darf«, antwortete Katie. »Das Schlimme ist nur, daß ich am Freitag schon wieder herkommen muß.«

»Oh, was haben Sie denn?« fragte die Schwester und blickte auf Katies Krankenblatt.

»Anscheinend kommt jetzt das gleiche Problem auf mich zu, das meine Mutter auch immer hatte: Jeden Monat, wenn ich meine Periode habe, verblute ich beinahe. Und das soll am Samstag behoben werden.«

»Deshalb waren wahrscheinlich Ihre Blutwerte so niedrig, als man Sie gestern eingeliefert hatte. Aber seien Sie ohne Sorge, eine Ausschabung ist nichts Tragisches. Wer ist Ihr Arzt?«

»Dr. Highley.«

»Der beste, den wir haben. Aber Sie kommen dann auf ein Zimmer im Westflügel. Dort liegen alle seine Patientinnen. Es ist wie ein Luxushotel. Sie müssen wissen, Dr. Highley ist der führende Mann hier.« Sie sah immer noch auf Katies Patientenkarte. »Sie haben aber nicht besonders lange geschlafen.«

»Leider nein.« Katie rümpfte die Nase, als sie sich die blutige Bluse zuknöpfte. Den linken Ärmel mußte sie lose über ihren dick verbundenen Arm herunterfallen assen. Die Schwester half ihr in den Mantel.

Es war ein bewölkter und bitterkalter Morgen. Für Katie war der Februar zum hassenswertesten Monat geworden. Sie fröstelte, als sie auf den Parkplatz hinaustrat. Der Alptraum fiel ihr ein. Genau auf diesen Platz hier hatte sie von ihrem Fenster aus herabgeschaut. Das Taxi fuhr vor. Erleichtert ging sie ihm entgegen, obwohl sie sich vor Schmerzen in den Knien kaum bewegen konnte. Die Schwester war ihr beim Einsteigen behilflich, verabschiedete sich vor ihr und drückte die Tür zu. Der Taxifahrer trat aufs Gaspedal. »Wohin bitte?«

Vom mittleren Fenster des Krankenzimmers im zweiten Stock aus beobachtete ein Mann die Abfahrt. In der Hand hielt er die Patientenkarte, die die Schwester auf den Nachttisch gelegt hatte. KATHLEEN N. DEMAIO, 10 WOODFIELD WAY, ABBINGTON, ARBEITGEBER: STAATSANWALTSCHAFT VON VALLEY COUNTY lauteten die ersten beiden Zeilen.

Ein Schreck durchzuckte ihn. Katie DeMaio!

Aus ihrem Krankenblatt ging hervor, daß ihr ein starkes Schlafmittel verabreicht worden war.

Laut ihren Angaben zur Krankengeschichte nahm sie keine Medikamente ein, in der Regel nicht einmal Schlaftabletten oder Beruhigungsmittel. Ein Gewöhnungseffekt traf in ihrem Fall also nicht zu, und sie würde von dem Mittel, das man ihr gestern nacht gegeben hatte, ziemlich benommen sein.

Auf der Karteikarte fand er noch eine kleine Notiz. Hiernach war sie von der Krankenschwester um 2.08 Uhr völlig aufgelöst auf dem Bett sitzend angetroffen worden und hatte über Alpträume geklagt.

Die Innenjalousie ihres Fensters war hochgerollt. Also mußte sie dort gestanden haben. Wieviel hatte sie sehen können? Wenn sie irgend etwas beobachtet hatte, und dessen war er ganz sicher, würde, selbst wenn sie es auch jetzt noch für einen Alptraum hielt, ihr beruflicher Spürsinn die Fährte aufnehmen. Die Frau war ein Risiko. Ein zu großes Risiko.

4

Schulter an Schulter saßen sie in der hintersten Ecke eines Cafés am Central Park. Das Gebäck hatten sie gar nicht angerührt. Düster blickend tranken sie ihren Kaffee. Ihre ineinandergeschlungenen Finger bildeten ein unentwirrbares Knäuel.

»Du hast mir gefehlt«, begann er vorsichtig.

»Du mir auch, Chris. Deshalb tut es mir ja auch so leid, daß Du mich schon heute früh gesehen hast. Das macht alles nur noch schlimmer.«

»Joan, gib mir Zeit. Ich schwöre bei Gott, daß wir das schaffen werden. Wir müssen es einfach.«

Sie schüttelte resigniert den Kopf.

Er blickte sie genauer an, und es gab ihm einen Stich ins Herz, als ihm auffiel, wie unglücklich sie aussah. Tiefe Schatten zogen sich um ihre Augen und ihr kastanienfarbenes Haar, das sie am Morgen zu einem Knoten hochgesteckt hatte, ließ ihre makellose Haut nur noch blasser erscheinen.

Zum hundertstenmal fragte er sich, warum er nicht schon im letzten Jahr eine saubere Trennung von Vangie vollzogen hatte, als er nach New York versetzt wurde. Weshalb nur war er auf ihre Bitte eingegangen, es noch einmal miteinander zu versuchen, obwohl es eigentlich schon seit zehn Jahren vergebens gewesen war. Und jetzt bekam sie auch noch das Baby. Er dachte an die häßliche Szene vor seiner Abfahrt. Sollte er damit Joan belasten? Nein, lieber nicht.

Sie war Stewardeß bei der PanAm. Vor einem halben Jahr hatten sie sich in Hawaii auf Jack Lanes Party getroffen. Lane war wie er Pilot bei United Airlines.

Auch Joans Heimatflughafen war New York; ihre Wohnung in Manhattan teilte sie mit zwei Kolleginnen.

Seltsam, fast unglaublich, wie sich manche Menschen vom ersten Augenblick an so glänzend verstehen können. Er hatte ihr erzählt, daß er verheiratet war, aber auch ehrlich zugegeben, daß er sich von Vangie hatte trennen wollen, als man ihn von Minneapolis nach New York versetzte. Auch von ihrem allerletzten Versuch, diese von Anfang an kaputte Ehe zu retten, hatte er berichtet. Und nun erwartete Vangie auch noch ein Kind.

»Du bist schon gestern abend hier angekommen?« fragte Joan beiläufig.

»Ja. In Chicago fiel eine Düse aus, daher wurde das letzte Stück des Fluges gestrichen. Wir sind dann mit einer anderen Maschine zurückgeflogen worden und gegen sechs gelandet. Im Holiday Inn habe ich mir ein Zimmer genommen.«

»Warum bist Du dann nicht nach Hause gegangen?«

»Weil ich dich seit zwei Wochen nicht gesehen habe und dich sehen wollte. Ich mußte dich wiedersehen! Vangie rechnet mit mir erst gegen elf.«

»Chris, du weißt, daß ich eine Versetzung zur Südamerikaroute beantragt habe. Sie ist genehmigt worden. Nächste Woche ziehe ich nach Miami.«

»Joan, nein!«

»Was sollte ich denn sonst machen in meiner Situation? So leid es mir tut, Chris, aber ich bin nicht deine Gespielin und vor allem will ich kein Eheschreck sein.«

»Aber wir sind doch nur Freunde.«

»Wer würde uns das jetzt noch glauben? Allein, daß du in der nächsten Stunde deine Frau anlügen mußt, wenn du ihr erzählst, wann du gelandet bist, spricht doch Bände, oder?«

Sie trank ihren Kaffee aus. »Ich weiß, was du jetzt sagen willst, Chris, aber ich könnte mir denken, daß ihr beide wieder zusammenfindet, sobald es mich hier nicht mehr gibt. Ich dränge mich immer in deine Gedanken, mit denen du besser bei Vangie wärest. Du wirst noch staunen, wie leicht ein Baby zwei Menschen wieder zusammenbringt.«

Sanft machte sie ihre Hand frei. »Ich gehe jetzt heim, Chris. Der Flug war lang, und ich bin müde. Du fährst jetzt besser auch nach Hause.«

Sie blickten sich an. Joan strich ihm über die Stirn, als könnte sie die tiefen Falten etwas glätten: »Wir hätten unheimlich gut zusamengepaßt.« Dann sagte sie noch: »Du siehst schrecklich müde aus, Chris.«

»Ich habe gestern nacht nicht sonderlich viel geschlafen.«

Er versuchte zu lächeln. »Ich gebe nicht auf, Joan. Ich verspreche dir, eines Tages komme ich zu dir nach Miami, und dann werde ich frei sein.«

5

Das Taxi hatte Katie abgesetzt. Unter Schmerzen humpelte sie rasch die Eingangstreppe hoch, steckte den Hausschlüssel ins Schloß, drehte ihn herum und stöhnte leise: »Gott sei Dank zu Hause.« Es kam ihr so vor, als sei sie nicht eine Nacht, sondern wochenlang weggewesen. Sie sah ihr Zuhause mit neuen Augen. Sie mochte die ruhigen wohltuenden Brauntöne, in denen der riesige Flur und das Wohnzimmer gehalten waren und all die Hängepflanzen, die ihr gleich aufgefallen waren, als sie erstmals das Haus betreten hatte.

Sie hob eine Schale mit Usambaraveilchen hoch und roch den scharfen Duft der Blätter. Sie hatte noch immer den Geruch von Desinfektionsmitteln und Arznei in der Nase. Die Gelenke waren noch ganz steif und alles tat ihr weh. Die Schmerzen hatten sich seit heute früh verschlimmert.

Doch wenigstens war sie zu Hause.

John! Wäre er noch am Leben, wäre er gestern nacht dagewesen, hätte sie ihn rufen lassen...

Katie hängte ihren Mantel auf und ließ sich auf die aprikosenfarbene Samtcouch im Wohnzimmer sinken. Sie blickte zu Johns Bild hinüber, das über dem Kaminsims hing. John Anthony DeMaio, der jüngste Richter in ganz Essex County. Sie konnte sich noch so gut an den Tag erinnern, an dem sie ihn zum erstenmal gesehen hatte. Er war zu den Vorlesungen über Schadenersatzrecht an das juristische Seminar von Senton Hall gekommen, wo Katie studierte.

Nach Vorlesungsende scharten sich die Studenten um ihn: »Richter DeMaio, hoffentlich lehnt das Gericht die Berufung im Fall *Collins* ab.«

»Richter DeMaio, ich teile Ihre Entscheidung im Fall *Reicher gegen Reicher*.«

Dann war sie an der Reihe gewesen. »Herr Richter, Ihr Urteil im Fall *Kipling* halte ich nicht für angemessen.«

John hatte lachen müssen. »Dazu sind Sie durchaus berechtigt, Miß...«

»Katie... Kathleen Callahan.«

Sie hatte sich nie erklären können, warum sie in jenem Augenblick ihre ›Kathleen‹ herausgekehrt hatte. Aber so hatte er sie dann immer genannt: Kathleen Noel.

Noch am selben Tag hatte er sie zu einem Kaffee eingeladen. Tags darauf führte er sie ins Restaurant Monsignor II in New York zum Abendessen aus. Als das Violintrio zu ihrem Tisch kam, hatte er sich ›*Wien, Wien, nur du allein*...‹ gewünscht. Er summte leise mit, bis das Lied zu Ende war, und dann fragte er sie: »Waren Sie schon einmal in Wien, Kathleen?«

»Wir haben mal eine Klassenreise auf die Bermudas gemacht. Und damals regnete es vier Tage lang.«

»Ich werde Sie zu einer Reise einladen. Mit Italien würde ich beginnen, es ist ein herrliches Land.«

Als er sie an jenem Abend nach Hause brachte, sagte er: »Sie haben die schönsten blauen Augen, die ich jemals gesehen habe. Wenn es nach mir ginge, sind die zwölf Jahre, die uns trennen, eigentlich kein Grund, uns nicht zusammenzutun. Meinen Sie nicht auch, Kathleen?«

Drei Monate später – sie hatte gerade ihr Examen bestanden – hatten sie geheiratet.

Dieses Haus! John war darin aufgewachsen und hatte es dann von seinen Eltern geerbt.

»Ich hänge ziemlich an dem Haus, Kathleen, aber du sollst dich auch darin wohlfühlen. Vielleicht wäre dir ein etwas kleineres lieber.«

»Ich bin in Queens in einer kleinen Dreizimmerwohnung großgeworden, John. Im Wohnzimmer habe ich auf einer Liege geschlafen. Was ›Intimsphäre‹ bedeutet, habe ich aus dem Lexikon erfahren. Ich liebe dieses Haus.«

»Wie schön, Kathleen.«

Sie waren so richtig verliebt gewesen und sehr offen zueinander. Sie hatte ihm von ihren Alpträumen erzählt.

»Ich warne dich«, hatte sie gesagt, »alle paar Monate wache ich einmal auf und schreie wie am Spieß. Das hat angefangen, als ich acht Jahre alt war und mein Vater starb. Man hatte ihn wegen eines Herzinfarkts ins Krankenhaus eingeliefert. Es ging ihm schon wieder besser, als er einen zweiten bekam. Zwar hatte anscheinend der alte Mann, der mit ihm auf dem Zimmer lag, immer wieder nach der Schwester geklingelt, aber niemand kam. Als die Schwester dann endlich hereinschaute, war es schon zu spät.«

»Und dann haben bei dir die Alpträume angefangen?«

»Ich glaube, John, es kam daher, daß ich die Geschichte zu oft zu hören bekommen habe. Weißt du, in diesen Alpträumen wandere ich im Krankenhaus von Bett zu Bett und suche Dad. In allen Betten sehe ich Gesichter von Menschen, die ich sehr oft kenne. Sie schlafen. Manchmal sind es meine Klassenkameradinnen, manchmal Cousins von mir oder irgendwelche Leute. Ich versuche immer noch, Dad zu entdecken. Ich wußte, daß er mich braucht. Schließlich sehe ich eine Schwester, laufe zu ihr hin und frage sie, wo er liegt. Lächelnd sagt sie: ›Ach, der ist doch tot. Alle diese Leute hier sind tot. Und du wirst auch hier drinnen sterben!‹ So geht das Nacht für Nacht.«

»Mein armes Mädchen.«

»O John, ich weiß natürlich, daß es unsinnig ist, nicht damit fertigzuwerden. Aber du kannst mir glauben, schon beim Gedanken, ins Krankenhaus zu müssen, fange ich an durchzudrehen.«

»Wir schaffen das schon, daß du darüber hinwegkommst, Kathleen.«

Sie fühlte sich wohl. Sie hatte sich getraut, John von der Zeit zu erzählen, als Vater tot war.

»Ich habe ihn so sehr vermißt. Dad nannte mich immer ›seine Tochter‹. Molly war damals sechzehn und ging schon mit Bill, ich glaube, es hat sie nicht so sehr getroffen. Während meiner ganzen Schulzeit habe ich mir immer wieder vorgestellt, wie schön es wäre, wenn Dad bei den Aufführungen und Abschlußfeiern dabeisein könnte. Jedes Jahr im Frühling waren alle Väter mit ihren Töchtern zu einem Essen eingeladen. Oh, ich haßte jenen Abend.«

»Gab es da keinen Onkel, oder so etwas, der dich hätte begleiten können?«

»Nur einen einzigen. Aber bei dem hätte ich zu lange gebraucht, um ihn wieder nüchtern zu kriegen.«

»Ach, Kathleen!« Sie hatten beide lachen müssen, und John hatte gesagt: »Man muß das Übel bei der Wurzel pakken. Ich werde alles dafür tun, daß du nie mehr traurig bist.«

»Das haben Sie bereits getan, Herr Richter.«

In ihren Flitterwochen hatten sie eine Italienreise gemacht. Damals hatte es mit den Schmerzen angefangen. Rechtzeitig zu seinem ersten Gerichtstermin waren sie wieder zurückgekehrt. John führte den Vorsitz im Gericht von Essex County. Sie arbeitete als Referendarin bei einem Strafrichter in Valley County.

Einen Monat nach ihrem Urlaub hatte sich John untersuchen lassen. Aus dem einen Tag im Mount-Sinai-Krankenhaus waren drei geworden. Am zweiten Abend hatte er sie dann vom Lift abgeholt, todchic in seinem eleganten Bademantel aus dunkelrotem Samt. Sie war ihm entgegengeflogen. Er bemühte ein Lächeln: »Ich mache uns Kummer, Liebling.«

Wie er sich damals ausgedrückt hatte: »Ich mache uns Kummer.« Dieser Satz hatte ihr klargemacht, wie innig ihre Verbindung in diesen wenigen Monaten schon geworden war. Auf seinem Zimmer hatte er es ihr dann mitgeteilt: »Es ist ein bösartiger Tumor. Angeblich in beiden Lungenflügeln. Und dabei rauche ich doch nicht einmal, Kathleen.«

Sie hatten beide einen Lachanfall bekommen, denn es schien unglaublich – eine Ironie des Schicksals. John Anthony DeMaio, oberster Richter in Essex County, der frühere Vorsitzende der Anwaltschaft von New Jersey, war im Alter von noch nicht einmal 38 Jahren zu einer Lebenserwartung von noch genau sechs Monaten verurteilt. Und es gab keinen Aufschub, keine Möglichkeit zur Revison.

Er war sogar noch einmal ins Gericht gegangen. »Warum nicht in der Robe sterben«, hatte er achselzuckend gesagt.

»Versprich mir, daß du wieder heiratest, Kathleen.«

»Eines Tages schon. Aber so einen Mann wie dich werde ich nie wiederfinden.«

»Das ist lieb von dir, Kathleen. Wir werden jede Minute auskosten, die uns noch bleibt.«

Selbst in jenen Tagen, unter dem Schatten des Todes, hatte ihre Liebe geblüht wie nie.

Eines Tages war John aus dem Gericht gekommen und hatte gesagt: »Ich fürchte, das war mein letzter Fall.«

Der Krebs hatte sich ausgebreitet. Die Schmerzen waren ständig schlimmer geworden. Er hatte sich gleich für ein paar Tage zur Chemotherapie in die Klinik begeben.

Ihre Alpträume waren wiedergekommen. Ab dem dritten Tag ohne John sogar regelmäßig. Als John wieder nach Hause kam, hatte sie ihre Arbeit aufgegeben. Sie wollte jede Minute bei ihm sein.

Zuletzt hatte er gefragt: »Meinst du, es ist besser, wenn deine Mutter herkommt und bei dir wohnt?«

»Um Himmels willen, nein. Mam ist großartig, aber wir haben zusammengewohnt, bis ich aufs College ging. Das war genug. Außerdem liebt sie Florida.«

»Jedenfalls bin ich froh, daß Molly und Bill nicht weit weg wohnen.«

Dann hatten sie beide geschwiegen. Bill Kennedy war Facharzt für Orthopädie. Molly und er hatten sechs Kinder. Sie wohnten in einer Nachbarstadt, in Chapin River. Ihnen gegenüber hatten Katie und John geprahlt, daß sie diese Zahl absolut übertreffen würden. »Bei uns werden es sieben«, hatte John erklärt.

Als er wieder zur Chemotherapie mußte, hatten sie ihn gleich in der Klinik behalten. Noch ein paar kurze Worte, dann war das Koma eingetreten.

Und sie hatten beide so gehofft, daß das Ende zu Hause käme! Noch in jener Nacht war John im Krankenhaus gestorben.

In der Woche nach der Beerdigung hatte sich Katie bei der Staatsanwaltschaft beworben und die Stelle erhalten. Es war eine kluge Entscheidung gewesen. Die Behörde war ständig unterbesetzt, und Katie hatte immer mehr Fälle, als sie in Ruhe bearbeiten konnte. Es blieb ihr gar keine Zeit, sich mit sich selbst zu beschäftigen. Von Montag bis Freitag, oft sogar noch am Wochenende, mußte sie sich auf ihre Akten konzentrieren, die sie manchmal stapelweise mit nach Hause schleppte. Dennoch empfand sie dies als eine gute Therapie. Ihren Zorn, der sich in ihre Trauer mischte, das Gefühl, selbst betrogen worden zu sein, ihre Wut, daß John um so viel Leben betrogen worden war, lenkte sie auf die Fälle ab, die sie bearbeitete. Wenn sie die Aufklärung eines schweren Verbrechens erfolgreich betrieben und den Täter der gerechten Strafe zugeführt hatte, spürte sie, daß sie auf diese Weise wenigstens ein Übel wirksam bekämpfte, das Leben zerstörte.

Sie hatte das Haus behalten. John hatte ihr alles vermacht; dennoch kam es ihr albern vor, daß eine Achtundzwanzigjährige mit einem Jahresgehalt von zweiundzwanzigtausend Dollar in einem Haus wohnte, das eine Viertelmillion wert war und auf einem Grundstück von etlichen Quadratmetern lag.

Molly und Bill hatten sie immer gedrängt, es zu verkaufen. »Erst wenn du es los hast, wirst du wieder leben können wie vorher.«

Wahrscheinlich hatten sie recht. Katie schüttelte sich und stand vom Sofa auf. Sie war wieder einmal auf dem besten Wege, sentimental zu werden. Jetzt rief sie besser Molly an. Wenn Molly gestern abend versucht hatte, sie zu erreichen und niemand den Hörer abnahm, jubelte sie sicher insgeheim, wenn ihr Standardspruch, Katie müsse ›mal mit jemandem ausgehen‹ doch noch Wirkung gehabt haben sollte. Aber Katie wollte auch verhindern, daß Molly sie im Büro anrief und dort von ihrem Unfall erfuhr.

Vielleicht kam Molly auch bei ihr vorbei, und sie konnten zusammen zu Mittag essen. Sie hatte alles für einen Salat im Haus und für eine Bloody Mary war auch gesorgt. Molly hielt Diät, aber ihre Bloody Mary am Mittag mußte sie haben. »Wie um Himmels willen soll jemand mit sechs Kindern ohne Mittagsdrink auskommen können, Katie?« entschuldigte sich Molly immer; wenn sie vorbeikam, würde sie mit ihrer Frohnatur bestimmt Einsamkeit und Trauer vertreiben.

Katie fiel ein, daß sie immer noch die blutbespritzte Bluse trug. Erst wollte sie mit Molly telefonieren und sich dann duschen und umziehen, bevor ihre Schwester kam.

Sie blickte in den Spiegel. Der Bluterguß unter dem rechten Auge hatte sich bereits lila gefärbt. Ihr Gesicht war fahl und gelblich und das nackenlange dunkelbraune Haar, sonst voll und duftig in einer weichen Welle herabfallend klebte im Gesicht und am Hals.

»Du solltest es mal wieder mit einem Mann versuchen«, murmelte sie resigniert.

Der Arzt hatte ihr geraten, den Arm vor Nässe zu schützen. Am besten stülpte sie eine Plastiktüte über den Verband, wenn sie duschte. Als sie zum Telefonhörer griff, klingelte der Apparat. Bestimmt Molly, dachte sie.

Aber es war Richard Carroll, der Gerichtsmediziner. »Grüß dich, Katie, wie geht's dir? Ich habe gerade gehört, du hättest einen Unfall gehabt?«

»Nichts Schlimmes. Nur ein kleiner Umweg über den Straßengraben. Leider hat sich ein Baum in den Weg gestellt.«

»Wann ist das passiert?«

»Gestern abend gegen zehn. Ich war auf dem Nachhauseweg vom Büro; hatte noch zu arbeiten, um ein paar Akten abzuschließen. Die Nacht habe ich im Krankenhaus verbracht. Ich bin gerade heimgekommen, sehe zwar gräßlich aus, aber sonst ist alles in Ordnung.«

»Wer hat dich abgeholt? Molly?«

»Nein, sie weiß es noch gar nicht. Ich habe ein Taxi kommen lassen.«

»Du spielst also mal wieder die einsame Heldin, was?« fragte Richard. »Und mich anzurufen ist dir wohl auch nicht in den Sinn gekommen!«

Katie mußte lachen. Die Besorgnis in seiner Stimme erschien ihr schmeichelhaft und erpresserisch zugleich. Richard war ein guter Freund von Mollys Mann. Im letzten halben Jahr hatte Molly sie und Richard gleich mehrmals mit eindeutigen Absichten zum Abendessen eingeladen. Für Katie war Richard zu direkt und zynisch. In seiner Gegenwart war ihr eigentlich nie richtig wohl. Außerdem war sie noch nicht darauf aus, eine nähere Bekanntschaft zu schließen und schon gar nicht mit jemandem, der ihr beruflich dauernd über den Weg lief. »Wenn mir das nächste Mal ein Baum in die Quere kommt, werde ich an dich denken.«

»Du machst doch jetzt sicher ein paar Tage Urlaub, oder?«

»Nein, nein«, wehrte sie ab, »ich frage jetzt Molly, ob sie auf einen kleinen Happen rüberkommt, und dann fahre ich ins Büro. Noch mindestens zehn Akten sind durchzugehen, und am Freitag ist einer meiner wichtigsten Fälle dran.«

»Es ist ja wohl zwecklos, wenn ich dir sage, daß das verrückt ist. Okay, ich muß Schluß machen, das andere Telefon klingelt. So um halb sechs schaue ich mal bei dir rein, und dann gehen wir noch zusammen etwas trinken.« Er legte auf, bevor sie etwas entgegnen konnte.

Katie wählte Mollys Nummer. Die Stimme ihrer Schwester klang erschüttert. »Hast du's schon gehört, Katie?«

»Was denn?«

»Die Polizei ist schon im Haus.«

»In welchem Haus denn?«

»Nebenan, bei Lewis. Das Ehepaar, das letzten Sommer eingezogen ist. Der Ärmste! Er kam von einem Nachtflug heim und hat sie gefunden. Vangie, sie hat sich umgebracht. Sie war im siebten Monat, Katie!«

Bei Lewis. Katie hatte Chris und Vangie Lewis bei Mollys und Bills Silvesterparty kennengelernt. Sie eine hübsche Blondine, er war Pilot.

Benommen preßte sie den Hörer ans Ohr. »Katie, warum sollte jemand Selbstmord machen, der sein Baby haben will?«

Diese Frage bohrte sich in Katies Kopf. Kalte Schauer überliefen sie. Diese schulterlangen blonden Haare. Ihr Alptraum. Verrückt! Als Molly den Namen erwähnt hatte, war es wieder dagewesen, das Gesicht, das sie vom Klinikfenster aus gesehen hatte. Das Gesicht von Vangie Lewis.

6

In der Winding Brook Lane parkte Richard Carroll seinen Wagen zwischen den Polizeifahrzeugen. Er erschrak, als ihm auffiel, daß Vangie Lewis unmittelbar neben Bill und Molly gewohnt hatte. Bill war bereits Assistenzarzt im St.-Vincent-Hospital gewesen, als Richard dort praktizierte. Später hatte er sich auf forensische Medizin spezialisiert und Bill auf Orthopädie. Sie waren angenehm überrascht gewesen, als sie sich zufällig im Gericht von Valley County wiedertrafen, wo Bill in einem Kunstfehlerprozeß als Gutachter gehört wurde. Aus ihrer oberflächlichen Bekanntschaft aus der Zeit des St.-Vincent-Hospitals wurde Freundschaft. Oft spielten sie miteinander Golf, und nach einem Match nahm er meist noch kurz bei Bill und Molly einen Drink.

Katie DeMaio, Mollys Schwester, hatte er in der Staatsanwaltschaft kennengelernt. Gleich bei der ersten Begegnung hatte er sich von der engagierten jungen Anwältin angezogen gefühlt. Aber Kati hatte ihm einen Korb gegeben, als er Annährungsversuche machte. Enttäuscht hatte er sie erst einmal aus seinen Gedanken gestrichen. Schließlich gab es noch eine ganze Menge schöner Frauen, die seine Gesellschaft zu schätzen wußten.

Sein Interesse an ihr war jedoch wieder erwacht, als er hörte, wie Molly, Bill und die Kinder über Katie sprachen: wie lustig sie sein konnte, und wie der Tod ihres Mannes sie mitgenommen hatte. In letzter Zeit war er oft bei den Kennedys als Partygast erschienen und er hatte feststellen müssen, daß ihn Katie DeMaio doch viel stärker beschäftigte, als er sich vorgenommen hatte.

Achselzuckend dachte Richard an den neuen Fall. Eine Dreißigjährige hatte Selbstmord verübt. Im polizeilichen Auftag hatte er zu untersuchen, ob es aus medizinischer Sicht Anzeichen dafür gab, daß Vangie Lewis sich doch nicht selbst getötet hatte. Dazu würde er später eine Autopsie vornehmen. Er dachte an den Fetus im Leib der toten Frau. Er biß die Zähne zusammen. Das Kind hatte keine Chance bekommen. Eine schöne Mutterliebe! Gefühl und Verstand ließen ihm die verstorbene Mrs. Lewis unsympathisch erscheinen.

Ein junger Beamter vom Polizeirevier Chapin River öffnete ihm. Von dem geräumigen Flur ging es links ins Wohnzimmer. Ein jüngerer Mann in einer Pilotenuniform hockte vornübergebeugt auf der Couch und rang die Hände. Er wirkte sogar noch bleicher als die meisten Toten, mit denen Richard zu tun hatte, und zitterte am ganzen Körper. Für einen kurzen Augenblick tat er Richard leid. Der Ehemann! Schon hart, dachte er, nach Hause zu kommen und die Frau ist tot. Er würde sich später mit ihm unterhalten. »Wo liegt sie?« fragte er den Polizisten.

»Hinten.« Mit einer Kopfbewegung deutete dieser auf den rückseitigen Flügel. »Geradeaus geht's zur Küche, rechts zu den Schlafzimmern. Sie liegt im Elternschlafzimmer.«

Richard marschierte los und versuchte festzustellen, wie das Haus auf ihn wirkte. Teuer, aber geschmacklos eingerichtet, ohne Atmosphäre, ohne individuelle Ansprüche. Sein kurzer Blick ins Wohnzimmer hatte ihm die typische Kleinbürgerinnenausstattung gezeigt. Sein ausgeprägter Farbensinn kam ihm auch bei seiner Arbeit sehr zugute. Wenn Farbtöne aufeinanderprallten, schmerzte ihn das genauso nachhaltig wie ein falsch gespielter Akkord.

Charley Nugent, der Inspektor der Mordkommission, stand in der Küche. Die beiden Männer nickten einander zu. »Wie sieht's aus?« erkundigte sich Richard.

»Darüber unterhalten wir uns, wenn Sie sich die Frau angesehen haben.«

Im Tod war Vangie Lewis kein hübscher Anblick mehr. Ihr langes blondes Haar hatte sich schmutzigbraun verfärbt, ihr Gesicht war entstellt, Arme und Beine sahen nach dem Eintreten der Totenstarre aus, als hätte man sie auf Drähte gezogen. Der zugeknöpfte Mantel war ihr wohl wegen ihres angeschwollenen Bauches vorn bis über die Knie hoch gerutscht, so daß man den langen geblümten Kaftan sah, der gerade noch die Schuhspitzen freigab.

Richard zog den Kaftan über die Knöchel zurück. Die Beine waren stark geschwollen und hatten die Strumpfhose geweitet. Ihr rechter Schuh hatte sich oben schon ins Fleisch eingeschnitten.

Er hob einen Arm an, hielt ihn einen Augenblick lang fest und ließ ihn fallen. Dann sah er die fleckigen Verfärbungen um den Mund der Toten.

Nugent stellt sich fragend neben ihn. »Wie lange ist es her?«

»Ich schätze so zwischen zwölf und fünfzehn Stunden. Sie ist schon ziemlich starr.« Richards Stimme klang unverbindlich; irgend etwas störte seinen Sinn für Harmonie. Der Mantel angezogen, die Schuhe angezogen. War sie gerade nach Hause gekommen? Oder wollte sie weg? Warum hatte sie sich so plötzlich das Leben genommen? Das Zahnputzglas stand noch auf dem Nachttisch. Er beugte sich hinab, roch daran. Der Bittermandelgeruch war unverkennbar. Es war Zyankali. Unglaublich, wie viele Menschen sich seit der Katastrophe mit dieser Jones-Sekte in Guayana mit Zyaniden vergifteten. Er richtete sich schnell wieder auf. »Hat sie eine Nachricht hinterlassen?«

Der Inspektor schüttelte den Kopf. Richard dachte, daß Nugent den richtigen Beruf gewählt hatte. Ständig diese Leichenbittermiene! Außerdem hatte er ein offensichtliches Schuppenproblem. »Kein Abschiedsbrief, nichts. Seit zehn Jahren mit einem Piloten verheiratet. Es ist der Mann drüben im Wohnzimmer. Scheint am Boden zerstört zu sein. Sie stammen aus Minneapolis und sind vor noch nicht einmal einem Jahr hierher gezogen. Sie hat sich immer ein Kind gewünscht. Schließlich schwanger geworden, völlig weg vor Freude. Hat angefangen, das Kinderzimmer einzurichten und von nichts anderem mehr gesprochen als nur noch von ihrem Baby, ihrem Baby und noch einmal von ihrem Baby.«

»Und dann bringt sie sich mitsamt ihrem Baby um?«

»Nach den Angaben ihres Mannes war sie in letzter Zeit sehr nervös. An manchen Tagen schien sie felsenfest an eine Fehlgeburt zu glauben. Dann war sie wieder krank vor Angst wegen der Geburt. Wußte offenbar, daß Anzeichen einer Schwangerschaftsvergiftung bestanden.«

»Und dann hat sie sich lieber umgebracht, als die Geburt durchzustehen oder mit der Angst fertigzuwerden, das Baby zu verlieren?« fragte Richard skeptisch. Er sah, daß Nugent es auch nicht glaubte.

»Ist Phil mit hergekommen?« Phil Cunningham war der zweite Inspektor der Mordkommission.

»Er unterhält sich gerade mit den Leuten in der Nachbarschaft.«

»Wer hat sie gefunden?«

»Ihr Mann. Kam von einem Flug nach Hause. Hat dann Polizei und Notarztwagen gerufen.«

Richard starrte auf die Säureflecken um Vangie Lewis' Mund. »Sie muß es regelrecht in sich hineingeschüttet haben«, sinnierte er.

»Oder sie hat versucht, es wieder auszuspucken, als es bereits zu spät war. Können wir mal den Ehemann hören?«

»Klar.« Nugent gab dem jungen Polizeibeamten einen Wink. Dieser machte kehrt und ging eilfertig den geräumigen Flur entlang.

Als Christopher Lewis in das Schlafzimmer trat, sah er aus, als müsse er sich jeden Augenblick übergeben. Ganz grün im Gesicht, auf seiner Stirn stand kalter Schweiß. Der Hemdkragen war offen, der Krawattenknoten gelockert. Die Hände hatte er in den Taschen vergraben.

Eingehend musterte Richard den Mann. Lewis machte einen verwirrten, kranken und aufgeregten Eindruck. Aber etwas irritierte Richard. Lewis sah nicht so aus, als sei sein Leben nun zerstört.

Unzählige Male war Richard mit dem Tod und den Reaktionen darauf konfrontiert worden. Er hatte Hinterbliebene erlebt, deren Trauer sie in Schweigen erstarren ließ. Andere schrien hysterisch, brüllten, heulten, warfen sich auf die Leiche; einige hielten deren Hand, als versuchten sie, den Tod zu begreifen. Er mußte an den jungen Mann denken, dessen Frau in eine Schießerei geriet, als sie vor einem Lebensmittelgeschäft aus ihrem Wagen stieg, um Einkäufe zu erledigen. Als Richard an den Tatort kam, hielt der Mann fassungslos seine tote Frau im Arm und sprach mit ihr, als wolle er ihr unbedingt noch etwas sagen.

Welche Gefühle Christopher Lewis in diesen Minuten auch immer empfand, Richard hätte wetten können, daß er jedenfalls kein völlig gebrochener Mann war.

Nugent begann mit dem Verhör. »Mr. Lewis, es wird hart für Sie werden, aber Sie können die Sache für alle Beteiligten sehr erleichtern, wenn Sie uns ein paar Fragen beantworten.«

»Hier?« Es klang wie ein Protest.

»Sie werden sogleich verstehen, weshalb. Es dauert nicht lange. Wann haben Sie Ihre Frau zuletzt gesehen?«

»Vorgestern abend. Ich bin dann in derselben Nacht noch abgeflogen.«

»Und um welche Uhrzeit sind Sie wieder nach Hause gekommen?«

»Etwa vor einer Stunde.«

»Haben Sie während dieser beiden letzten Tage mit Ihrer Frau gesprochen?«

»Nein.«

»In welcher seelischen Verfassung war Ihre Frau, als Sie wegfuhren?«

»Das habe ich Ihnen bereits erzählt.«

»Wenn Sie es Dr. Carroll auch noch einmal erzählen würden.«

»Vangie machte sich Sorgen. Sie hatte immer mehr Angst vor einer Fehlgeburt.«

»Hatten Sie ebenfalls diese Besorgnis?«

»Nun, Vangie hatte ziemlich stark zugenommen; alles deutete darauf hin, daß sie Wasser im Gewebe hatte, aber der Arzt hatte ihr Pillen dagegen verschrieben und – soweit ich es beurteilen konnte – war ihr Zustand nichts Außergewöhnliches.«

»Haben Sie sich mit dem Gynäkologen Ihrer Frau in Verbindung gesetzt, um sich Klarheit darüber zu verschaffen?«

»Nein.«

»Okay, Mr. Lewis, würden Sie bitte durch dieses Zimmer gehen und uns mitteilen, falls Ihnen etwas Verdächtiges auffällt. Es wird nicht leicht für Sie sein, aber Sie müssen sich auch die Leiche Ihrer Frau genau ansehen. Wir müssen wissen, ob Sie Dinge bemerken, die anders sind als sonst. Dieses Zahnputzglas zum Beispiel. Sind Sie sicher, daß es aus Ihrem Bad stammt?«

Chris Lewis ging auf Nugents Anordnungen ein. Sein Gesicht wurde immer fahler, aber er schien jede Einzelheit am Aussehen seiner toten Frau eingehend zu mustern.

Gespannt beobachteten Nugent und Richard den Flugkapitän.

»Nein«, flüsterte er schließlich, »nichts.«

Nugent hatte es plötzlich eilig. »Schön, Sir. Sobald wir die Fotos haben, müssen wir die Leiche Ihrer toten Frau zur Autopsie bringen. Können wir Ihnen noch irgendwie behilflich sein?«

»Ich müßte ein paar Telefonate erledigen. Vangies Eltern. Es wird ihnen das Herz brechen. Ich werde sie vom Arbeitszimmer aus anrufen.«

Als er aus dem Zimmer gegangen war, wechselten Richard und Nugent einen kurzen Blick.

»Er hat etwas bemerkt, was wir übersehen haben«, sagte Nugent trocken.

Richard nickte. »Stimmt.« Mit düsterer Miene starrten die beiden Männer auf den verrenkten Körper der Toten.

7

Bevor Katie wieder auflegte, erzählte sie Molly von ihrem Unfall. Schließlich schlug sie ihr vor, zum Mittagessen zu kommen. Doch Mollys zwölfjährige Tochter Jennifer und die sechs Jahre alten Zwillinge hatten Grippe und waren nicht zur Schule gegangen. »Mit Jennifer wäre es kein Problem, aber die Kerlchen kann ich nicht auch nur einmal für die paar Minuten alleine lassen«, sagte Molly. Sie machten dann aus, daß Katie zu den Kennedys käme, Molly werde sie abholen.

In der Zwischenzeit duschte Katie. Sie schaffte es, sich mit der rechten Hand zu waschen und zu fönen. Danach schlüpfte sie in eine Tweedhose und zog den dicken roten Wollpullover darüber, der ihrem Gesicht wenigstens ein bißchen Farbe verlieh. Die ganze Zeit über versuchte sie jedoch, sich die Ereignisse von gestern nacht in Erinnerung zu rufen.

Hatte sie überhaupt an dem Fenster gestanden? Oder hatte sie das auch geträumt? Vielleicht war die Jalousie von selbst hochgerollt und hatte sie aus ihren Träumen gerissen? Sie schloß die Augen, als diese Szene allmählich in ihr Bewußtsein zurückkehrte. Es schien Wirklichkeit: Das Licht der Kofferraumbeleuchtung war direkt auf jene starren Augen, die langen Haare und die hohen Augenbrauen gefallen. Einen Moment war alles so deutlich gewesen. Und genau das machte ihr Angst: die Klarheit dieses Bildes. Sogar noch im Traum war ihr das Gesicht bekannt vorgekommen.

Sollte sie es Molly erzählen? Lieber nicht. Ihre Schwester hatte sich in letzter Zeit ohnehin genug Sorgen um sie gemacht: »Du bist zu blaß, Katie. Du arbeitest zu viel. Du bist so schweigsam.« Molly hatte sie zu der Operation gedrängt, für die sie jetzt angemeldet war.

»Du kannst doch diesen Zustand nicht ewig andauern lassen. Diese starken Blutungen können gefährlich werden, wenn du nichts dagegen tust.« Und dann hatte sie noch hinzugefügt: »Begreif doch endlich, Katie, du bist eine junge Frau! Du solltest einmal richtig Urlaub machen, wegfahren, ausspannen!«

Draußen hupte es laut. Molly fuhr in ihrem klapprigen Kombi vor. Katie zwängte sich in ihre warme Biberjacke, schlug den Kragen hoch bis über die Ohren und lief zur Tür, so schnell es ihre geschwollenen Knie zuließen. Molly umarmte Katie kurz, hielt sie dann etwas von sich ab und musterte sie: »Du siehst ja nicht gerade aus wie das blühende Leben. Wie schlimm war's denn wirklich?«

»Es hätte noch viel schlimmer kommen können.« In Mollys Auto roch es immer ein wenig nach Erdnußbutter und Kaugummi. Es war ein angenehmer, vertrauter Geruch und Katie wurde spürbar leichter ums Herz. Aber ihre Stimmung sank sogleich wieder, als Molly sagte: »In unserer Straße geht es drunter und drüber. Die Polizei hat das Nachbargrundstück abgesperrt, und irgendeiner von euren Inspektoren geht herum und fragt die Leute aus. Mich hat er angehalten, als ich gerade wegfahren wollte. Ich habe ihm erzählt, daß ich deine Schwester bin, und dann bin ich gleich meinen Standardspruch losgeworden, was für ein wunderbarer Mensch du nämlich bist.«

Katie erklärte: »Das war wahrscheinlich Phil Cunningham oder Charley Nugent.«

»Groß, bulliges Gesicht und freundlich.«

»Phil Cunningham, einer unserer Besten. Was hat der denn wissen wollen?«

»Routinefragen. Ob wir beobachtet hätten, um welche Uhrzeit sie weggegangen oder wiedergekommen sei, und so weiter.«

»Und, hast du etwas gesehen?«

»Wenn die Zwillinge krank sind und mir auf die Nerven gehen, könnte Robert Redford nebenan einziehen, und ich würde es nicht merken. Und außerdem, wenn wir zu diesem Haus schon am hellichten Tag kaum rübersehen, weshalb dann ausgerechnet in der Nacht und noch dazu, wenn es stürmt und schneit?«

Sie fuhren über die Holzbrücke, hinter der man in die Winding Brook Lane abbog. Katie biß sich auf die Lippen. »Molly, setz mich bitte bei Lewis ab, ja?«

Erstaunt blickte Molly sie an. »Weshalb?«

Katie versuchte zu lächeln. »Ich bin nun einmal stellvertretende Staatsanwältin und dadurch auch verpflichtet, der Ortspolizei von Chapin River beratend zur Seite zu stehen. Natürlich müßte ich heute nicht hingehen, aber da ich schon hier bin, sollte ich es besser tun.«

Der Leichenwagen des Gerichtsmedizinischen Instituts fuhr soeben rückwärts die Auffahrt hoch. Am Eingang des Hauses stand Richard. Als Molly vorfuhr, kam er dem Wagen entgegen. Sie überlegte schnell. »Katie ißt bei mir zu Mittag und hat sich gedacht, sie schaut hier kurz vorbei. Warum kommst du nicht einfach mit ihr rüber, sobald du fertig bist?«

Richard war einverstanden und half Katie beim Aussteigen. »Gut, daß du gekommen bist«, begrüßte er sie. »Irgend etwas gefällt mir nicht an dieser Sache.«

Katie spürte, wie ihr Mund immer trockener wurde. Gleich würde sie der Toten gegenüberstehen. Sie dachte an das Gesicht. »Der Ehemann sitzt im Arbeitszimmer«, sagte Richard.

»Ich kenne ihn bereits. Du übrigens auch. Von Mollys Silvesterparty. Ach nein, du bist ja erst später gekommen.«

Richard sagte: »Schön, aber laß uns darüber lieber später reden. Hier geht es lang.«

Sie zwang sich zu einem Blick auf Vangie. Dieselben Augen. Dieselben Haare. Dieselben Augenbrauen. Das Gesicht von gestern nacht. Schaudernd schloß sie die Augen. Verlor sie den Verstand?

»Geht es dir nicht gut, Katie?« fragte Richard schroff.

Was war sie nur für eine Närrin. »Alles bestens«, antwortete sie, ihrer Stimme einen beiläufigen Klang gebend. »Ich möchte mich mit Mr. Lewis unterhalten.«

Die Tür zum Arbeitszimmer war geschlossen. Richard öffnete sie vorsichtig, ohne anzuklopfen. Chris Lewis saß am Telefon, mit dem Rücken zur Tür. Er sprach leise, aber deutlich hörbar: »Ich weiß, daß du es mir nicht glaubst, aber ich schwöre dir, Joan, sie hat von dir nichts gewußt.«

Richard schloß die Tür wieder geräuschlos. Katie und er blickten sich an. Katie sagte leise: »Charley soll hierbleiben. Ich werde Myerson vorschlagen, daß wir umfangreiche Ermittlungen einleiten.« Scott Myerson war der Staatsanwalt.

»Sobald man sie in die Gerichtsmedizin gebracht hat, nehme ich persönlich die Autopsie vor«, sagte Richard. »Wenn Zyankali als Todesursache feststeht, werden wir wohl herausfinden müssen, woher sie es hat. Komm, wir gehen jetzt zu Molly, aber nicht allzu lange.«

Mollys Haus war wie ihr Auto: das konkrete Abbild des Normalen. Auf ihrem Nachhauseweg fuhr Katie oft vorbei und blieb auf ein Glas Wein oder zum Abendessen. Der Duft von Mollys guten Mahlzeiten, der ständig flimmernde

Fernsehapparat, der fröhliche Lärm der Kleinen, ihr Schreien und Zanken: Für Katie waren dies Zeichen zur kurzen Einkehr in eine unbeschwerte Wirklichkeit, Abstand von ihren tagelangen Bemühungen, die von Mördern, Entführern, Schlägern, Brandstiftern und Handtaschenräubern geschaffenen Realitäten aufzuarbeiten. Doch so sehr sie die Kennedys auch mochte, nach jedem Besuch schätzte sie erneut die wohltuende Ruhe ihrer eigenen Wohnung. Aber genauso intensiv spürte sie die schmerzliche Leere ihres Hauses, wenn sie an John denken mußte und wie alles wäre, wenn er noch lebte und sie die ersten Kinder hätten.

»Katie und Dr. Carroll!« Die Zwillinge kamen zur Begrüßung angerannt. »Hast du die Polizeiautos gesehen, Katie! Nebenan ist was passiert!« Peter, gerade zehn Minuten älter als sein Zwillingsbruder John, war immer der Wortführer. »Bei unseren Nachbarn«, sekundierte dieser. Pat und Patachon nannte Molly sie immer. »Verschwindet«, befahl sie, »und laßt uns in Ruhe essen.«

»Wo sind die anderen Kinder?« erkundigte sich Katie.

»Billy, Dina und Moira sind seit heute, Gott sei Dank, wieder in der Schule«, seufzte Molly. »Jennifer liegt im Bett. Sie ist gerade eingeschlafen, als ich zu ihr reingeschaut habe. Das arme Ding fühlt sich immer noch ziemlich elend.«

Sie setzten sich an den Tisch. Die Küche war geräumig und anheimelnd warm. Molly holte überbackene Sandwiches aus dem Ofen, bot ihren Gästen erfolglos Drinks an und schenkte Kaffee ein. Molly hat schon einen Sinn für gutes Essen, dachte Katie; alles, was sie anrichtet, schmeckt. Doch als sie in ein Sandwich beißen wollte, schnürte sich ihre Kehle zu. Richard dagegen strich sich den warmen Senf dick auf das Corned Beef und aß mit sichtlichem Heißhunger. Sie beneidete ihn um seine Seelenruhe. Einen guten Sandwich würde Richard nie verschmähen. Andererseits war er mit seinen Gedanken bestimmt ganz beim Fall Lewis. Seine Stirn lag in Falten, sein braunes Haar war völlig zerzaust, die blaugrauen Augen blickten nachdenklich; breitschultrig, leicht vorgebeugt saß Richard da und trommelte mit zwei Fingern leise auf den Tisch. Sie hätte wetten können, daß sie über die gleiche Frage nachgrübelten: Mit wem hatte Chris Lewis am Telefon gesprochen?

Sie erinnerte sich an ihre einzige Unterhaltung mit Chris Lewis. Es war auf der Silvesterparty gewesen, wo sie mit ihm über Flugzeugentführungen diskutiert hatte. Er war interessant, intelligent und zuvorkommend. Ein sehr gut aussehender Mann mit scharf geschnittenen Gesichtszügen. Chris und Vangie hatten sich jeder in einer anderen Ecke des überfüllten Zimmers aufgehalten. Als Katie ihm damals zur bevorstehenden Vaterschaft gratulieren wollte, schien er nicht gerade begeistert.

»Molly, welchen Eindruck hattest du von Chris und Vangie Lewis? Wie standen sie zueinander?« fragte sie.

Molly wirkte bedrückt. »Offen gesagt, die Beziehung lag auf Eis. Vangie war so auf ihre Schwangerschaft fixiert, daß sie, wenn die beiden hier waren, immer nur von Babys redete, und ihn schien das aufzuregen. Und ich habe mir große Sorgen gemacht, weil ich an dieser Schwangerschaft eben auch beteiligt war.«

»Wie bitte?«

»Ja, ja, du kennst mich doch, Katie. Letzten Sommer, als die beiden hier einzogen, bin ich gleich rübergegangen und habe sie zum Essen eingeladen. Als sie dann kamen, fiel Vangie gleich mit der Tür ins Haus: Sie wünschte sich unheimlich gern ein Kind und es mache sie so traurig, daß die beste Zeit fürs Kinderkriegen bei ihr mit dreißig ja schon vorüber sei.«

Molly nahm einen kräftigen Schluck von ihrer Bloody Mary und beäugte bedauernd das leere Glas. »Ich habe ihr dann von Liz Berkeley erzählt. Sie konnte auch keine Kinder bekommen, bis sie einen Gynäkologen aufgesucht hat, der so etwas wie ein Fruchtbarkeitsexperte sein muß. Liz hatte prompt einer kleinen Tochter das Leben geschenkt und war natürlich wie von Sinnen vor Glück. Jedenfalls habe ich

Vangie den Tip mit Dr. Highley gegeben. Sie ging zu ihm in die Sprechstunde und war schon ein paar Monate später schwanger. Aber seither tut es mir auch leid, daß ich mich nicht rausgehalten habe.«

»Dr. Highley?« Katie schien erschrocken. Molly nickte. »Ja, genau der, der dir die...«

Katie schüttelte den Kopf. Molly versagte die Stimme.

8

Edna Burns mochte ihre Arbeit. Sie war bei den beiden Ärzten beschäftigt, die das Westlake-Klinikmodell ins Leben gerufen hatten und leiteten, und war für die Aufnahme der Patientinnen und die Buchhaltung verantwortlich. »Dr. Highley ist ein ganz hohes Tier«, vertraute sie ihren Freundinnen an. »Dr. Highley war nämlich mit Winifred Westlake verheiratet, die ihm alles vermacht hat. Und jetzt gehört ihm der ganze Laden.«

Dr. Highley war Gynäkologe und Geburtshelfer. Edna erklärte: »Wenn eine unserer Patientinnen endlich schwanger geworden ist, geht es bei uns zu wie im Zirkus. Diese Frauen sind überglücklich und tun dann immer so, als hätten sie die Kinder erfunden. Dr. Highley nimmt es zwar wirklich von den Lebenden, aber er vollbringt ja auch wahre Wunder.«

»Andererseits«, fuhr Edna dann immer fort, »ist man bei Dr. Highley auch an der richtigen Adresse, wenn man ein Unterleibsproblem hat, das man nicht austragen will. Sie verstehen, was ich meine«, setzte sie gewöhnlich augenzwinkernd hinzu.

Dr. Fukhito war Psychiater. Die Schwangerschaftsbetreuung nach dem Westlake-Modell war nach den Lehren der ganzheitlichen Medizin konzipiert: Geist und Körper sollten sich im Einklang befinden, um den Erfolg einer Schwangerschaft zu garantieren. Danach konnten viele Frauen hauptsächlich deshalb nicht empfangen, weil ihr Gefühlsleben mit Ängsten und Zukunftssorgen belastet war. Alle Gynäkologiepatientinnen suchten Dr. Fukhito wenigstens einmal auf; im Falle einer Schwangerschaft waren sie aber angehalten, einen regelmäßigen Termin zu vereinbaren.

Edna erzählte ihren Freundinnen auch gerne, daß das Westlake-Modell ein Traum des alten Dr. Westlake gewesen war, doch der war gestorben, bevor er ihn verwirklichen konnte. Vor acht Jahren hatte dann seine Tochter Winifred den Dr. Highley geheiratet, die River-Falls-Klinik gekauft, die in Konkurs gegangen war, sie nach ihrem Vater umbenannt und ihren Ehemann zum Chefarzt gemacht. »Sie und der Doktor waren wie zwei richtige Turteltauben«, amüsierte sich Edna. »Sie war zwar zehn Jahre älter als er und bestimmt keine Schönheit, aber bis über beide Ohren in ihn verliebt. Mehrmals wöchentlich mußte ich ihr Blumen schikken, und immer ist er mit ihr in die Modegeschäfte gegangen, obwohl er so beschäftigt ist. Ich kann euch gar nicht sagen, was für ein Schock es für uns alle war, als sie starb. Niemand hatte geahnt, daß sie so ein schwaches Herz hatte.«

Dann wurde Edna immer philosophisch: »Aber der Doktor weiß sich zu beschäftigen. Wir hatten schon angeblich unfruchtbare Frauen, die zwei- und dreimal schwanger wurden. Freilich konnten die meisten davon ihre Babys nicht austragen, aber wenigstens wissen sie, daß es nicht aussichtslos ist. Ihr solltet auch miterleben, wie gut unsere Patientinnen betreut werden. Dr. Highley hat manche Frauen schon zwei Monate vor der Entbindung herbringen und in die Klinik legen lassen. Natürlich ist das nicht ganz umsonst, aber ihr könnt mir glauben, wenn sich jemand ein Kind wünscht und es sich leisten kann, wird er sein Letztes dafür hergeben. Aber bald könnt ihr es im *Newsmaker* nachlesen. Am Donnerstag erscheint ein Mordsartikel über den Doktor und seine Westlake-Schwangerschaftsbetreuung.

Letzte Woche waren sie da und haben ihn fotografiert, im Sprechzimmer neben den Aufnahmen von den Babys, die er zur Welt gebracht hat. Hübsch, sage ich euch. Und wenn ihr denkt, daß wir jetzt schon genug zu tun haben, wartet erst, bis das erschienen ist. Das Telefon wird nicht mehr stillstehen!«

Edna war die geborene Arztsekretärin. Die Akten, die sie anlegte, waren Muster an Genauigkeit. Sie liebte Rezepte. Es erfüllte sie mit Stolz, wenn sie möglichst oft dicke Gutschriften auf das Konto des Herrn Doktor überweisen konnte. Ein sauberes, aber nicht zu übersehendes Schild auf ihrem Schreibtisch machte deutlich, daß alle Zahlungen in bar zu leisten waren, keine monatlichen Abrechnungen gemacht würden und man Fragen bezüglich der Honorare und Finanzierungspläne an Miß Bruns zu richten habe.

Dr. Highley hatte Edna angewiesen, bis auf ausdrückliche andere Anordnung mit Patientinnen, die aus der Sprechstunde kamen, grundsätzlich einen neuen Termin zu vereinbaren. Wenn dann eine Patientin einen solchen Termin nicht wahrnahm, mußte Edna zu Hause anrufen und die Patientin auf einen anderen Tag festlegen. Dies war eine kluge Einrichtung und – wie Edna freudestrahlend verkündete – eine wahre Goldgrube.

In der Regel lobte Dr. Highley Edna für ihre ausgezeichnete Buchhaltung und für ihre besondere Fertigkeit, den Terminkalender immer voll zu bekommen. Nur ein einziges Mal hatte er ihr eine Mordsszene gemacht, als er mitgekriegt hatte, wie sie mit einer Patientin über die Probleme einer anderen sprach. Sie mußte zugeben, daß das dumm von ihr gewesen war, aber sie hatte sich schon zum Mittagessen ein paar Manhattan genehmigt, und da war sie unachtsam geworden.

Der Doktor hatte seine Strafpredigt mit der Warnung geschlossen: »Wenn Sie noch einmal plappern, dann sind Sie die längste Zeit hiergewesen!«

Sie war sich sicher, daß er es ernst meinte. Edna seufzte.

Sie war müde. Beide Ärzte hatten gestern abend Sprechstunde gehabt. Es war hektisch zugegangen. Heute konnte sie es gar nicht erwarten, endlich nach Hause zu kommen. Und wenn sie erst einmal dort war, brachten sie keine zehn Pferde mehr weg. Sie würde sich ihr Hauskleid anziehen, sich ein paar schöne Manhattan mixen und sich vor den Fernseher setzen. Die Dose Schinkenfleisch im Kühlschrank würde ihr fürs Abendessen reichen.

Es war 14 Uhr. Noch drei Stunden, und sie konnte hier endlich weg. Da es noch so ruhig war, griff sie erneut zum Terminplan, um sicherzugehen, daß sie auch für alle gestrigen Patientinnen die notwendigen Anschlußtermine eingetragen hatte. Sie kniff ihre kurzsichtigen Augen zusammen und stützte das breite, sommersprossige Gesicht auf.

Edna war eine vollschlanke Frau, etwa vierundvierzig, aber zehn Jahre älter aussehend. Ihre erlebnislose Jugend hatte sie damit verbracht, ihre betagten Eltern zu versorgen. Immer wenn Edna die Fotos aus der Zeit in der Sekretärinnenschule hervorkramte und sie betrachtete, war sie überrascht, wie hübsch sie vor fünfundzwanzig Jahren ausgesehen hatte. Zwar immer eine Spur zu schwer, aber immerhin hübsch.

Edna war nur noch entfernt mit ihren Gedanken bei dem Kalenderblatt, als sie plötzlich etwas entdeckte, das sie wieder zur vollen Konzentration brachte. Sie stutzte: Der Acht-Uhr-Termin gestern abend, für Vangie Lewis.

Schon gestern früh war Vangie dagewesen und hatte sich zu einem Plausch zu ihr gesetzt. Edna hatte noch gedacht, ziemlich durcheinander heute, die Gute. Zwar beschwerte sich Vangie meist über irgend etwas, aber sie war so hübsch, daß es Edna nichts ausmachte, ihre Launen zu ertragen. Seit der Schwangerschaft hatte Vangie erheblich zugenommen und hatte, wie sie mit geübtem Blick erkannte, Wasser im Gewebe. Edna wünschte es ihr, daß sie das Kind wohlbehalten zur Welt brächte. Vangie sehnte sich so danach.

Deshalb nahm Edna ihre Ausbrüche gelassen hin. Vangie ging es wirklich nicht gut. Seit letztem Monat trug sie nur noch diese Mokassins, weil ihr andere Schuhe nicht mehr paßten. Sie hatte sie Edna gezeigt. »Sehen Sie sich das an. Mein rechter Fuß ist so geschwollen, deshalb kann ich nur noch in diesen Sumpftretern hier gehen, die meine Putzfrau stehengelassen hat Den linken verliere ich immer.«

Edna hatte sich einen Spaß erlaubt. »Mit diesem gläsernen Schuh werde ich sie Aschenputtel nennen müssen. Und Ihr Mann wird der schöne Prinz.« Sie wußte, daß Vangie in ihren Ehemann verliebt war.

Aber Vangie hatte nur eine Schnute gezogen und ungnädig geantwortet: »Aber Edna, der schöne Prinz gehört doch zu Dornröschen und nicht zu Aschenputtel, das weiß doch jedes Kind.«

Edna hatte lachen müssen. »Das hat dann meine Mama wohl durcheinandergebracht. Bei ihr kam der schöne Prinz mit dem gläsernen Schuh zu Aschenputtel. Ist ja auch egal. Bevor sie auf drei zählen können, Mrs. Lewis, ist Ihr Kleines auf der Welt, und Sie.können sich wieder in ihren hübschesten Schuhen zeigen.«

Gestern abend hatte Vangie kurz ihren langen Kaftan hochgezogen, der ihr geschwollenes Bein verbergen sollte. »Edna«, hatte sie geflüstert, »jetzt kann ich kaum noch den Mokassin anziehen. Weshalb denn nur? Um Himmels willen, weshalb?« Sie war den Tränen nahe gewesen.

»Na, wer wird denn da gleich melancholisch werden«, hatte Edna geantwortet. »Es war eine gute Idee von Ihnen, zu Dr. Fukhitos Sprechstunde zu kommen. Er wird Sie beruhigen.«

Dann hatte sie den Summer gehört, und Dr. Fukhito bat Mrs. Lewis herein. Vangie hatte sich den Korridor entlang zum Sprechzimmer geschleppt. Auf halbem Weg war sie gestolpert, als sie den zu weiten linken Schuh verlor.

»Der Teufel soll ihn holen!« hatte sie gerufen und war einfach weitergewandert. Edna hatte den Mokassin aufgehoben, weil sie sich dachte, daß Vangie ihn sich später abholen würde.

Am Montag war Edna wie gewöhnlich länger geblieben, um die Buchhaltung zu machen. Als sie jedoch um 21 Uhr fertig war und heimgehen wollte, war Vangie immer noch nicht herausgekommen. Edna hatte sich deshalb ein Herz gefaßt und Dr. Fukhito angerufen, um ihm mitzuteilen, daß sie den Schuh einfach draußen im Flur neben seine Sprechzimmertür legen würde.

Aber im Sprechzimmer hatte niemand abgenommen, was bedeuten würde, daß Vangie die Klinik durch die Tür verlassen hatte, die unmittelbar auf den Parkplatz ging. Verrückt! Bei dieser Kälte hätte sie sich den Tod holen können.

Unentschlossen hatte Edna den Schuh in der Hand gehalten und nachdenklich in die Luft gestarrt.

Sie war auf den Parkplatz zu ihrem Wagen gegangen und hatte gerade noch gesehen, wie Vangies großer roter Lincoln Continental mit Dr. Highley am Steuer wegfuhr. Sie war sogar noch ein Stück winkend hinter ihm hergerannt, aber es war zwecklos gewesen. Deshalb war sie einfach nach Hause gefahren.

Vielleicht hatte Dr. Highley selbst schon einen neuen Termin mit Vangie vereinbart, aber Edna ging jetzt lieber auf Nummer Sicher. Vangies Telefonnummer war schnell gewählt. Es klingelte einmal, zweimal. Dann sagte eine Männerstimme: »Hier bei Lewis.«

»Bitte geben Sie mir Mrs. Lewis.« Edna setzte ihre Bürostimme ein. Auf der Sekretärinnenschule hatte sie gelernt: kühl, aber höflich. Sie fragte sich, ob das Mr. Lewis war, der Pilot.

»Wer spricht dort, bitte?«

»Praxis Dr. Highley Ich möchte mit Mrs. Lewis einen Termin vereinbaren.«

»Einen Augenblick bitte.«

Edna war sich sicher, daß die Sprechmuschel zugehalten wurde. Sie hörte erstickte Stimmen. Was hatte das zu bedeuten? Vielleicht war Vangie krank geworden. Wenn ja, mußte Dr. Highley sofort benachrichtigt werden.

Die Stimme am anderen Ende meldete sich wieder: »Inspektor Cunningham, im Auftrag der Staatsanwaltschaft von Valley County. Leider muß ich Ihnen mitteilen, daß Mrs. Lewis plötzlich verstorben ist. Sie können Ihrem Arzt ausrichten, daß ihn morgen einer unserer Leute aufsuchen wird.«

»Mrs. Lewis ist tot!« Edna entfuhr ein Schrei des Entsetzens. »Was ist denn geschehen?«

Inspektor Cunningham zögerte. »Wie es scheint, hat sie sich das Leben genomen.« Dann war die Verbindung unterbrochen.

Edna ließ den Hörer sinken. Das war nicht möglich! Das war einfach ganz unmöglich!

Die beiden Patientinnen, die auf 14 Uhr bestellt waren, kamen miteinander die Tür herein. Mrs. Volmer zu Dr. Highley und Mrs. Lashley zu Dr. Fukhito. Edna begrüßte sie mechanisch.

»Geht es Ihnen nicht gut, Miß Edna?« erkundigte sich Mrs. Volmer neugierig. »Sie sehen so mitgenommen aus.«

Sie wußte, daß Mrs. Volmer sich gelegentlich mit Vangie im Wartezimmer unterhalten hatte. Es lag ihr schon auf der Zunge, Mrs. Volmer von Vangies Tod zu berichten. Aber irgendein Instinkt sagte ihr, daß es besser war, zuerst Dr. Highley zu informieren.

Die Patientin, die auf halb zwei bestellt war, kam heraus. Er meldete sich über die Sprechanlage. »Edna, schicken Sie bitte Mrs. Volmer herein.« Edna sah zu den Frauen hinüber. Sie konnte über die Sprechanlage nichts sagen, was die beiden nicht mitgehört hätten.

»Darf ich einen Augenblick hereinkommen, Herr Doktor? Ich möchte etwas mit Ihnen besprechen.« Das klang richtig diensteifrig. Sie lobte sich für ihre Selbstbeherrschung.

»Aber gewiß.« Er schien nicht sehr erfreut darüber. Dr. Highley war immer ein wenig empfindlich. Aber er konnte auch sehr nett sein. Das hatte sie gestern abend gemerkt.

Sie eilte den Korridor entlang. Keuchend stand sie vor der Sprechzimmertür und klopfte an. »Kommen Sie herein, Edna.« Es klang schneidend. Er schien verunsichert.

Ängstlich öffnete sie die Tür und trat ein.

»Herr Doktor«, platzte sie heraus, »es wird Sie interessieren. Ich habe soeben Mrs. Lewis angerufen, Vangie Lewis, wegen eines neuen Termins. Sie haben mir doch gesagt, daß Sie sie von jetzt an wöchentlich sehen wollten.«

»Ja, ja. Aber Edna, machen Sie doch die Tür zu. Man kann Sie im ganzen Krankenhaus hören.«

Edna gehorchte unverzüglich. Und dann redete sie weiter, so leise sie konnte: »Als ich bei Mrs. Lewis anrief, hat ein Inspektor abgenommen. Er hat gesagt, daß sie Selbstmord begangen hat und daß man morgen in die Praxis käme!«

»Was hat Mrs. Lewis?« fragte Dr. Highley betroffen.

Nun, da sie darüber reden durfte, konnte Edna sich nicht mehr zurückhalten. Es schoß aus ihr hervor wie aus einer vorher verstopften Wasserröhre. »Sie war so durcheinander gestern abend, nicht wahr, Herr Doktor? Es ist uns beiden ja aufgefallen. Sie tat so, als sei ihr alles egal. Aber was ich noch sagen wollte: Ich fand das sehr freundlich von Ihnen, daß Sie Mrs. Lewis nach Hause brachten. Ich habe Ihnen noch nachgewunken, was Sie aber nicht bemerkt haben. Deshalb nehme ich auch an, daß Sie der einzige waren, der wirklich gewußt hat, wie schlimm es um sie stand.«

»Edna, haben Sie mit jemandem darüber gesprochen?«

In seiner Stimme lag etwas, das sie erzittern ließ. Eingeschüchtert senkte sie den Blick. »Mit niemandem, Herr Doktor. Ich habe es ja selbst gerade erst erfahren.«

»Sie haben sich also über Mrs. Lewis' Tod weder mit Mrs. Volmer noch mit irgend jemand anderem im Wartezimmer unterhalten?«

»Nein... nein.«

»Auch nicht am Telefon mit dem Inspektor?«

»Nein, Herr Doktor.«

»Edna, wenn morgen hier die Polizei erscheint, werden Sie und ich aussagen, was uns über den seelischen Zustand von Mrs. Lewis bekannt ist. Aber hören Sie mir jetzt gut zu.« Er deutete mit dem Finger auf sie und kam näher. Unbewußt machte sie einen Schritt zurück. »Ich möche, daß Sie Mrs. Lewis' Namen niemandem gegenüber erwähnen – niemandem. Verstehen Sie? Mrs. Lewis war außergewöhnlich neurotisch und labil veranlagt. Aber ihr Selbstmord wirft ein schlechtes Licht auf unsere Klinik. Was glauben Sie, werden die Zeitungen daraus machen, sobald herauskommt, daß Sie mit den Patientinnen im Wartezimmer klatschen, zumal bei einigen Frauen ständig die Gefahr besteht, daß sie ihr Kind verlieren. Ist das klar?«

»Jawohl, Herr Doktor«, sagte sie kleinlaut. Eigentlich hätte sie sich denken können, daß er ihr unterstellte, sie würde es allen weitererzählen.

»Edna, Sie mögen doch Ihre Arbeit, nicht wahr?«

»Ja, Herr Doktor.«

»Reden Sie mit niemandem, Edna – hören Sie, mit niemandem –, auch nur ein Wort über diese Sache. Wenn ich auch nur das Geringste darüber erfahre, sind Sie für mich erledigt. Morgen werden wir uns mit der Polizei unterhalten, aber sonst mit keinem. Der seelische Zustand von Mrs. Lewis ist streng vertraulich. Merken Sie sich das!«

»Ja, Herr Doktor.«

»Gehen Sie heute abend wieder mit Ihren Freundinnen aus? Sie wissen doch, wenn Sie getrunken haben...?«

Edna war dem Weinen nahe. »Ich werde nach Hause gehen. Mir ist nicht gut, Herr Doktor. Ich möchte bei klarem Verstand sein, wenn die Polizei etwas von mir wissen will... Armes kleines Aschenputtel.« Sie mußte schlucken, als ihr Tränen in die Augen stiegen. Doch dann sah sie seinen Gesichtsausdruck. Wütend, voller Abscheu.

Sie faßte sich, wischte sich über die Augen. »Ich schicke

jetzt Mrs. Volmer herein. Und machen Sie sich keine Sorgen«, fügte sie in feierlichem Ton hinzu. »Ich weiß unsere Klinik zu schätzen. Ich weiß, wieviel Ihre Arbeit Ihnen und unseren Patientinnen bedeutet. Ich werde kein einziges Wort sagen.«

Den Nachmittag über hatte Edna viel zu tun. Sie brachte es sogar fertig, alle Gedanken an Vangie von sich zu schieben, während sie mit den Patientinnen sprach, neue Termine ausmachte, Geld entgegennahm oder säumige Patientinnen auf ihren Zahlungsrückstand aufmerksam machte.

Um 17 Uhr konnte sie endlich heimgehen. Dick eingemummelt in ihre Leopardenimitation mit der passenden Fellmütze fuhr sie die sechs Kilometer nach Edgeriver in ihre Terrassenwohnung.

9

In dem sterilen Sektionsraum des Leichenschauhauses von Valley County entfernte Richard Carroll vorsichtig den Fetus aus Vangie Lewis' Leiche. Mit seinen schlanken feinnervigen Fingern nahm er den kleinen Körper auf und stellte fest, daß ein Teil des Fruchtwassers schon ausgelaufen war. Vangie Lewis hätte ihr Baby nicht mehr lange behalten. Er schätzte es auf etwa zweieinhalb Pfund. Es war ein Junge.

Der Erstgeborene, ein Sohn. Kopfschüttelnd legte er das kleine Gebilde auf eine Glasplatte. Bei Vangie Lewis hatte eine Schwangerschaftsvergiftung bestanden – in fortgeschrittenem Stadium. Es war unglaublich, daß ein Arzt es überhaupt so weit hatte kommen lassen. Es hätte ihn interessiert, wie hoch ihre Leukozytenwerte gelegen hatten. Sicherlich erschreckend hoch.

Serumproben hatte er schon ins Labor geschickt. Er zweifelte nicht daran, daß das Zyankali die Todesursache war.

Mund und Rachen waren schlimm verätzt. Weiß Gott, sie mußte es regelrecht in sich reingeschüttet haben.

Und die Verätzungen um den Mund herum? Richard sah sie sich genau an. Er versuchte, sich den Augenblick vorzustellen, als sie das Gift getrunken hatte. Sie hatte das Brennen gespürt, sich alles anders überlegt und das Zeug ausspucken wollen. Dabei war ihr Zyankali über Lippen und Kinn gelaufen.

Es wollte ihm nicht einleuchten.

An ihrem Mantel fanden sich feine weiße Fasern, die aussahen, als stammten sie von einer Decke. Er gab sie zur Untersuchung. Sie ließen vermuten, daß sie auf einem Bettüberwurf aus Chenille gelegen hatte. Er wollte Fasern von Vangies Tagesdecke mit denen vergleichen, die er von ihrem Mantel abgelöst hatte. Freilich, der Mantel sah schon recht mitgenommen aus, und sie konnte die Fasern jederzeit irgendwo aufgelesen haben.

Anscheinend hatte Vangie ihren aufgedunsenen Körper unter sämtlichen alten Kleidungsstücken, deren sie habhaft werden konnte, verbergen wollen.

Mit Ausnahme der Schuhe. Eine weitere Ungereimtheit also. Die Schuhe hatten nämlich einen modischen Schnitt und waren teuer. Außerdem sahen sie ziemlich neu aus. Es war kaum zu glauben, daß Vangie diese Schuhe am Montag auf der Straße getragen hatte, die sich noch in einem solch sauberne Zustand befanden. Keinerlei Wasserflecken oder Schneeränder waren darauf zu entdecken, obwohl ihre Strumpfhose an den Knöcheln Schneematschspritzer aufwies. Konnte man daraus nicht schließen, daß sie draußen gewesen sein mußte, hereinkam, sich wieder zum Gehen entschloß, ihre Schuhe wechselte und dann Selbstmord beging?

Das leuchtete ihm genausowenig ein.

Da war noch etwas. Diese Schuhe waren entsetzlich eng, besonders der rechte. Sie konnte den Schuh kaum zuschnüren, so eingezwängt war ihr Fuß. Da hätte sie sich ebensogut einen Schraubstock anziehen können! Wenn er sich ihre übrige Kleidung betrachtete, fragte er sich, weshalb sie sich die Mühe gemacht hatte, in so mörderische Schuhe zu schlüpfen?

Mörderische Schuhe...

Die beiden Worte wollten Richard nicht mehr aus dem Kopf. Er erhob sich, denn er hatte seine Arbeit schon beinahe hinter sich gebracht. Sobald der Laborbefund fertig war, konnte er Scott Myerson berichten, was er herausgefunden hatte.

Schließlich nahm er sich doch noch einmal den Fetus vor. Das Zyankali war in die Blutbahn vorgedrungen. Wie die Mutter hatte er wohl ein schreckliches Ende gefunden. Richard untersuchte den Fetus eingehend. Noch heute flößte ihm das Wunder des Lebens Ehrfurcht ein, sie wuchs sogar bei jeder Begegnung mit dem Tod.

Plötzlich beugte er sich über den Fetus. Kurz entschlossen entfernte er die Plazenta und hielt den Fetus unter die starke Lampe. War denn das die Möglichkeit?

Es war ein Verdacht, ein heiße Spur, der er nachgehen mußte. Dave Broad war der richtige Mann dafür. Dave leitete am Mount-Sinai-Krankenhaus die Forschungen auf dem Gebiet der pränatalen Medizin. Ihm würde er den Fetus einschicken und ihn um ein Gutachten bitten.

Wenn sich bewahrheitete, was er glaubte, dann hatte Chris Lewis einen verdammt guten Grund dafür gehabt, sich über die Schwangerschaft seiner Frau zu ärgern.

Vielleicht so sehr zu ärgern, daß er sie umbrachte.

10

Scott Myerson, der Staatsanwalt von Valley County, hatte die Besprechung auf 17 Uhr in seinem Büro angesetzt. Katie, Richard und die beiden Inspektoren von der Mordkommission, die für den Selbstmordfall Lewis eingeteilt waren, sollten erscheinen. Myersons Büro paßte so gar nicht zu dem, was man als die Gemächer eines Staatsanwalts aus Fernsehfilmen kannte. Es war klein. Die Wände waren fahlgelb gestrichen. Das Mobiliar sah reichlich mitgenommen aus, und die uralten Aktenordner schienen im Pulverdampf ergraut zu sein. Aussicht war die Haftanstalt.

Katie kam als erste. Vorsichtig ließ sie sich auf dem einzigen, einigermaßen bequemen Besuchersessel nieder. Myerson blickte sie mit einem leisen Lächeln an. Er war ein kleiner Mann, doch hatte er eine erstaunlich tiefe Stimme. Seine große, breitrandige Brille, sein dunkler gepflegter Schnurrbart und sein perfekt sitzender, konservativ geschnittener Maßanzug verliehen ihm eher das Aussehen eines Bankiers als das eines Gerichtsmannes. Den ganzen Tag war er in einer Verhandlung gewesen, da es ein Fall war, den er persönlich übernommen hatte. Daher hatte er Katie auch nur am Telefon gesprochen. Nun fiel ihm der bandagierte Arm und der Bluterguß unter ihrem Auge auf, und er sah, wie Katie das Gesicht verzog, sobald sie sich bewegte.

»Danke, daß Sie gekommen sind, Katie«, sagte er. »Ich weiß, wie überlastet Sie sind. Ihre Einsatzbereitschaft ehrt Sie, aber morgen bleiben Sie besser noch zu Hause.«

Katie schüttelte den Kopf. »Nein, es wird schon wieder gehen. Und morgen früh sind die Schmerzen wahrscheinlich nur noch halb so schlimm.«

»Okay. Aber sobald sie sich elend fühlen, dürfen Sie beruhigt nach Hause gehen.« Dann wurde er dienstlich. »Der Fall Lewis. Was wissen wir bis jetzt darüber?«

Während Katie sprach, traten Richard und die beiden Beamten ein. Wortlos setzten sie sich auf die drei Klappstühle, die noch da waren.

Myerson hörte zu und klopfte dabei mit seinem Kugelschreiber auf den Schreibtisch. Dann wandte er sich an die Ermittlungsbeamten. »Was haben Sie herausgefunden?«

Phil Cunningham zückte sein Notizbuch: »Die Flitterwochen hatte das Ehepaar Lewis jedenfalls längst hinter sich. Manchmal ließen sie sich in der Nachbarschaft sehen.« Er blickte zu Katie hinüber. »Sieht so aus, als habe Ihre Schwester angeregt, daß sie mit eingeladen wurden. Jeder mochte Chris Lewis. Aber Vangie galt als Schreckschraube – hübsch, aber eifersüchtig. An irgendwelchen Aktivitäten, die in der Nachbarschaft stattfanden, zeigte sie keinerlei Interesse. Sie hatte für nichts Interesse. Bei Parties wich sie ihrem Mann nicht von den Fersen, und wenn er sich mit einer anderen Frau länger als fünf Minuten unterhielt, wurde sie böse. Er soll große Geduld mit ihr gehabt haben. Als sie dann schwanger war, wurde sie vollends unerträglich. Hatte nur noch ihr Baby im Sinn.«

Auch Charley Nugent hatte sein Notizbuch aufgeschlagen. »Die Sprechstundenhilfe ihres Frauenarztes hat wegen eines Termines angerufen. Ich habe ihr mitgeteilt, daß wir morgen vorbeikämen, um uns mit dem Doktor zu unterhalten.«

Richard sagte ruhig: »Es gibt da noch ein paar Fragen, die ich diesem Mann zu Vangie Lewis' Gesundheitszustand stellen möchte.«

Myerson sah Richard fragend an. »Haben Sie die Autopsie abgeschlossen?«

»Ja. Es war tatsächlich Zyankali. Sie war auf der Stelle tot. Mund und Rachen waren schlimm verätzt, was zum wunden Punkt der Geschichte führt.«

Auf dem Aktenschränkchen standen eine Wasserkaraffe und mehrere Pappbecher. Richard goß in einen der Becher reichlich Wasser. »So«, erklärte er, »dies hier ist gefüllt mit aufgelöstem Zyankali. Damit will ich mich jetzt umbringen. Ich nehme einen kräftigen Schluck.« Der Pappbecher war noch beinahe halb voll. Die anderen sahen aufmerksam zu.

Er hielt den Pappbecher hoch. »Soweit ich es beurteilen kann, muß Vangie Lewis – wie ich soeben – mindestens etwa einen Deziliter davon getrunken haben, um die Menge an Zyankali aufzunehmen, die ich in ihrem Körper festgestellt habe. So weit, so gut. Aber jetzt kommt der Haken. Sie hatte auch außen um den Mund herum, am Kinn, ja sogar noch am Hals Verätzungen. Die einzige Möglichkeit, wie das geschehen sein könnte, wäre die, daß sie das Zeug zum Teil wieder ausgespuckt hätte... und zwar zum größten Teil. Aber wenn sie in einem Zug soviel hinuntergeschluckt hat, wie sie tatsächlich geschluckt haben muß, dürfte sie nichts mehr davon im Mund gehabt haben. Hat sie danach noch einmal getrunken und dann erst ausgespuckt? Ausgeschlossen. Das Gift wirkt sofort.«

»Sie kann unmöglich die Hälfte dessen, was sie im Mund hatte, geschluckt und die andere Hälfte ausgespuckt haben?« wollte Myerson wissen.

Richard zuckte mit den Achseln. »Dazu war einfach zuviel von dem Gift sowohl in ihrem Körper als auch auf ihrem Gesicht. Die Menge, die wir auf der Tagesdecke gefunden haben, war verschwindend gering, und auf dem Boden des Zahnputzglases waren auch nur noch wenige Tropfen. Wenn sie den Becher also vollgehabt hatte, mußte sie sich erst einiges davon über Lippen und Kinn schütten und dann den Rest trinken, um auf die aufgewendete Menge zu kommen. Freilich, es konnte so gewesen sein, aber ich glaube es nicht. Ein anderes Problem sind die Schuhe, die sie anhatte.«

Er erläuterte kurz, warum er nicht glaubte, daß Vangie Lewis in den Schuhen, die man an ihren Füßen gefunden hatte, bequem gehen konnte.

Katie versuchte, sich Vangies Gesicht vorzustellen, während sie Richard zuhörte. Das Gesicht der Toten, die sie in ihrem Traum gesehen hatte, wechselte sich in ihrer Erinnerung immer wieder mit dem Gesicht der Toten ab, die auf dem Bett gelegen hatte. Sie riß sich los und kehrte mit ihren Gedanken wieder in das Büro zurück. Nugent sagte soeben zu Myerson: »... Richard und ich hatten beide das Gefühl, daß dem Ehemann an der Toten etwas aufgefallen war, das er uns nicht sagen wollte.«

»Ich glaube, es waren die Schuhe«, meinte Richard. Katie wandte sich an ihn: »Das Telefongespräch, das Chris Lewis geführt hat. Ich hab's Ihnen schon erzählt, Mr. Myerson.«

»Ach ja.« Myerson lehnt sich zurück. »Schön. Sie beide«, sprach er und zeigte auf Nugent und Cunningham, »... werden versuchen, alles über Mr. Lewis herauszubringen, vor allem, wer diese Joan ist. Erkundigen Sie sich, um welche Uhrzeit sein Flugzeug heute morgen gelandet ist. Und gehen Sie allen Anrufen nach, die Vangie Lewis während der letzten Tage tätigte. Rita soll Mrs. Lewis' Arzt aufsuchen und sich aufschreiben, was der Mann über ihre seelische und körperliche Verfassung zu sagen hat.«

»Zu ihrer körperlichen Verfassung kann ich auch etwas sagen«, schaltete sich Richard ein. »Wenn sie das Baby nämlich noch lange getragen hätte, hätte sie sich ihr Zyankali sparen können.«

»Noch etwas«, sagte Myerson. »Woher hatte sie das Zyankali?«

»Im Haus war keine Spur davon«, berichtete Nugent, »kein Körnchen. Aber gelegentlich hat man sie im Garten arbeiten sehen. Vielleicht hat sie sich vom vorigen Sommer ein wenig übrigbehalten und versteckt.«

»Nur so für den Fall, daß sie sich ja einmal damit umbringen könnte?« Myerson schien nicht zum Spaßen zumute. »Gibt es noch irgend etwas?«

Richard zögerte. »Es könnte etwas sein«, sagte er vorsichtig. »Aber es ist so abwegig... und nach alledem, was ich gerade gehört habe, sieht es so aus, als setzte ich auf das falsche Pferd. Lassen Sie mir also noch vierundzwanzig Stunden Zeit. Vielleicht habe ich Ihnen dann noch etwas zu bieten.«

Myerson nickte. »Kommen Sie damit wieder zu mir.« Dann stand er auf. »Ich glaube, wir sind uns einig. Wir können den Fall vorläufig nicht als Selbstmord abschließen.« Er wandte sich an Richard. »Eine letzte Frage. Wäre es vielleicht möglich, daß sie woanders gestorben ist und dann auf ihr Bett gelegt wurde?«

Richard runzelte die Stirn. »Ja... aber aus der Art und Weise, wie sich das Blut in ihrem Körper abgesetzt hat, läßt sich schließen, daß sie sich von dem Zeitpunkt an, als sie das Zyankali getrunken hatte, bis zu ihrer Entdeckung immer in der gleichen Lage befand.«

»Danke«, schloß Myerson. »Es war nur so eine Idee. Genug für heute abend.«

Katie mühte sich aus dem Sessel. »Ich weiß, es ist verrückt, aber...«, stotterte sie, als ihr Richard den Arm zur Unterstützung anbot.

»Noch ziemlich ungelenkig, was?« unterbrach er sie.

Einen Augenblick lang war sie nahe daran gewesen, den Kollegen von ihrem nächtlichen Traumerlebnis zu erzählen, das sie im Krankenhaus gehabt hatte. Richards Stimme holte sie aber sofort in die Wirklichkeit zurück. Da hätte sie sich ganz schön blamiert. Dankbar lächelte sie Richard zu. »Ungelenkig hauptsächlich im Kopf, fürchte ich«, kommentierte sie lachend.

11

Er konnte nicht zulassen, daß Edna sein Lebenswerk zerstörte. Seine Hände umklammerten das Lenkrad. Er spürte, wie sie zitterten. Er mußte sich beruhigen.

Es lag schon ein gutes Stück Ironie darin, daß ausgerechnet Edna ihn in dem Lincoln vom Parkplatz hatte wegfahren sehen. Offenbar war sie im Glauben, daß Vangie bei ihm im Wagen gewesen war. Aber sobald sie diese Story der Polizei erzählte, war er erledigt. Schon hörte er die Beamten fragen: »Sie haben also Mrs. Lewis heimgefahren, Dr. Highley. Was haben Sie gemacht, nachdem Sie sie abgeliefert hatten? Haben Sie ein Taxi gerufen? Um welche Uhrzeit war denn das genau? Miß Burns behauptet, Sie seien kurz nach 21 Uhr von der Klinik weggefahren. Wo waren Sie, Dr. Highley?«

Die Leichenschau würde mit Sicherheit ergeben, daß Vangie um diese Zeit herum gestorben war. Was würden die denken, wenn er erzählte, daß er bei diesem Sauwetter zur Klinik zurückgelaufen sei? Er mußte Edna zum Schweigen bringen. Seine Arzttasche lag auf dem Beifahrersitz. Darin war nur der Briefbeschwerer von seinem Schreibtisch aus der Praxis. Normalerweise machte er sich gar nicht mehr die Mühe, immer eine Tasche mit sich herumzuschleppen, aber heute früh hatte er sie herausgeholt, da er die Mokassins hineinlegen wollte. Er hatte vorgehabt, zum Abendessen nach New York zu fahren und die Schuhe in verschiedene Abfalleimer zu werfen, die dann am Morgen geleert werden würden.

Aber heute morgen war Hilda schon sehr früh erschienen. Sie hatte im Flur gestanden und mit ihm geschwatzt, während er seinen grauen Tweedmantel angezogen hatte. Sie hatte ihm Hut und Tasche gereicht. Unmöglich, vor ihren Augen die Mokassins aus dem Burberrymantel in diese Tasche zu stecken, was hätte sie sich dabei gedacht! Aber das war halb so schlimm. Der Burberry hing versteckt im Schrank. Hilda hatte keinen Grund, dort herumzuwühlen, und heute nacht, wenn er Edna ausgeschaltet hatte, war er ja wieder zu Hause. Morgen abend würde er die Schuhe schon loswerden.

Es war ein Glücksfall, daß Edna so nahe beim Krankenhaus wohnte. Deshalb kannte er auch ihre Wohnung. Schon des öfteren hatte er ihr Arbeit vorbeigebracht, wenn sie mit Ischias zu Hause lag. Um sicherzugehen, mußte er nur noch einmal auf die Apartmentnummer sehen. Er mußte den Anschein erwecken, als handle es sich um Totschlag während eines Einbruchs. Zwar würde sich die Staatsanwaltschaft einschalten, aber Katie DeMaio und ihre Leute würden unmöglich eine Verbindung zwischen dem Mord an einer unscheinbaren Arztsekretärin und ihrem Arbeitgeber oder Vangie Lewis herstellen können.

Er würde ihre Brieftasche mitnehmen und irgendwelche Schmucksachen, die er bei ihr fand. Er dachte angestrengt nach und erinnerte sich dann, daß sie eine Schmetterlingsbrosche mit einem kleinen Rubin darauf besaß sowie einen Verlobungsring mit einem Diamantsplitter.

Sie hatte ihm den Schmuck vor einigen Monaten einmal gezeigt. »Der Ring gehörte meiner Mutter. Mein Vater hat sich gleich in sie verliebt, als sie sich zum erstenmal begegneten, und als sie sich dann das zweitemal trafen, hat er ihn ihr mitgebracht. Kaum zu glauben, denn beide waren damals schon Anfang vierzig. Als meine Mutter starb, hat ihn mein Vater mir gegeben. Das ist jetzt drei Jahre her, aber wissen Sie, er hat ohne sie nicht einmal mehr zwei Monate gelebt. Freilich, Mutter hatte schmalere Finger, und deshalb trage ich ihn am kleinen. Und die Brosche hat er ihr zu ihrem zehnten Hochzeitstag geschenkt.«

Ihr ermüdendes Gewäsch war ihm auf die Nerven gegangen, aber nun war ihm bewußt, daß es ihm wie vieles andere unter Umständen von Nutzen sein konnte. Er hatte an ihrem Bett gesessen. Sie bewahrte das Plastikschmuckkästchen in der Nachttischschublade auf. Ring, Brosche und Brieftasche konnte er ohne Schwierigkeiten mitnehmen, eindeutiger Raubmord!

Den Plunder würde er genauso wie die Schuhe irgendwo wegwerfen, und dann war Schluß.

Mit Ausnahme von Katie DeMaio.

Er schob die Unterlippe vor. Sein Mund wurde trocken.

Mit Ednas Wohnung mußte er sich noch etwas überlegen. Wie gelangte er hinein? Konnte er es wagen zu klingeln, damit sie ihn einließ. Und wenn sie gar nicht alleine war?

Aber sie war bestimmt alleine. Ganz sicher. Sie war ja heimgegangen, um sich zu betrinken. Das hatte er an ihren nervösen, fahrigen Bewegungen erkennen können, als er sie vom Flur aus beobachtet hatte. Aufgeregt und verwirrt war sie gewesen, so sehr beschäftigten sie offenbar die Geschichten, die sie am nächsten Tag der Polizei erzählen wollte.

Kalter Schweiß trat ihm aus den Poren, als ihm der Gedanke kam, daß sie vielleicht doch etwas vor Patientinnen im Wartezimmer ausgeplaudert haben könnte. Die Ednas dieser Welt brauchten ihre Zuhörerschaft. Hört mir zu! Seht her! Ich existiere!

Nicht mehr lange, Edna, nicht mehr lange.

Er fuhr in Ednas Wohnviertel. Das letzte Mal hatte er seinen Wagen hinter ihrer Wohnung auf dem Besucherparkplatz abgestellt. Konnte er schon wieder dort parken? Es war kalt, windig und dunkel. Jetzt würde sich dort kaum jemand aufhalten. Jeder, der hier hereinfuhr, würde es eilig haben, und keinem würde ein ganz gewöhnlicher dunkler Mittelklassewagen auffallen. Beim letztenmal war er um das Gebäude herumgegangen. Ednas Wohnung lag ganz am Ende im Erdgeschoß. Dichtes Buschwerk verbarg recht und schlecht einen Zaun aus einer rostigen Eisenkette, die als Abgrenzung zwischen dem Gebäudekomplex und einem Steilhang gedacht war, der hier mehrere Meter abfiel. Dort unten verliefen die Bahngleise – es war eine Hauptverbindungsstrecke.

Der Parkplatz lag unmittelbar hinter Ednas Schlafzimmerfenster. Dazwischen standen einige hohe, wild wuchernde Büsche. Das Fenster lag in Bodenhöhe, wenn er sich recht erinnerte, jedenfalls nicht sehr hoch. Wenn es offenstand? Soweit er sie kannte, war sie jetzt schon stockbetrunken. Er könnte durch das Fenster hinein- und wieder hinausklettern. Auch dies würde für einen Einbruch sprechen. Andernfalls würde er klingeln, eintreten, sie umbringen und wieder gehen. Selbst wenn man ihm auf die Spur kam oder wenn er gesehen wurde, konnte er einfach sagen, er habe ihr Akten vorbeibringen wollen. Er hätte aber entschieden, sie nicht dortzulassen, weil sie trank. Irgendein Einbrecher muß dann später erschienen sein. Kein Mensch konnte im

Ernst einen wohlhabenden Arzt verdächtigen, eine einfache Sekretärin zu berauben.

Zufrieden verlangsamte er seine Fahrt, als er in die Straße hinter Ednas Haus einbog. Die Doppelhäuser waren alle gleich und blickten trübsinnig und klobig in die kalte Februarnacht.

Auf dem Parkplatz stand ein halbes Dutzend Autos. Er steuerte seinen Wagen zwischen ein Wohnmobil und einen Kombi, so daß er in der schmalen Lücke zwischen den beiden hochragenden Fahrzeugen beinahe verschwand. Er zog sich seine Chirurgenhandschuhe an und steckte den Briefbeschwerer in seine Manteltasche. Mit Bedacht stieg er aus, schloß die Wagentür geräuschlos und verschwand im schützenden Dunkel des Gebäudes. Im stillen dankte er den Göttern, daß Ednas Wohnung ganz am Ende lag. Man konnte sie überhaupt nicht verfehlen.

Im Schlafzimmer war die Jalousie beinahe ganz heruntergelassen. Auf dem Fenstersims stand eine Zimmerpflanze; bis dahin reichte die Jalousie. Er konnte ungehindert ins Zimmer blicken, das ein Deckenstrahler beleuchtete. Das Fenster war einen Spaltbreit offen. Sie mußte im Wohn- oder Eßzimmer sein. Er konnte das leise Rauschen des Fernsehgerätes hören. Er würde durchs Fenster einsteigen.

Er blickte sich kurz um. Dann packte er das Fenster, schob es empor, zog lautlos die Jalousie hoch, nahm die Topfpflanze und stellte sie hinaus auf den Boden – später der eindeutige Beweis, auf welche Art der Einbrecher eingestiegen war. Er stemmte sich auf das Fensterbrett. Für einen Mann von seinem Gewicht war er erstaunlich flink.

Das Schlafzimmer. In dem schwachen Licht nahm er die peinliche Sauberkeit wahr, den wollenen Bettüberwurf, das Kruzifix über dem Bett, die gerahmten Fotos eines ältlichen Paares, das Spitzendeckchen auf dem rissigen Mahagoni der Frisierkommode.

Nun kam die Pflichtübung. Sie ekelte ihn an. Er tastete nach dem Briefbeschwerer in seiner Tasche. Er würde sie erschlagen. Man hatte schon von einem Arzt gehört, der aufgrund meisterhaft gesetzter Stichwunden des Mordes überführt worden war.

Auf Zehenspitzen schlich er den kurzen Flur entlang. Rechts lag das Bad. Zwei Meter vor ihm ging es links ins Wohnzimmer. Wachsam spähte er hinein. Der Fernseher lief, aber im Zimmer war niemand. Er hörte das Knarren eines Stuhls. Sie mußte in ihrem Eßzimmerchen sitzen. Mit äußerster Vorsicht bewegte er sich durch den Raum. Der gefährliche Augenblick. Wenn sie ihn jetzt sah und zu schreien anfing...

Aber sie kehrte ihm den Rücken zu. Eingepackt in ihren dicken blauen Morgenmantel lag sie zusammengesunken in einem Stuhl an der Stirnseite des Tisches. Eine Hand lag neben einem dickbauchigen Cocktailglas, die andere geschlossen auf ihrem Schoß. Neben dem Glas stand eine große, beinahe leere Karaffe. Der Kopf war ihr auf die Brust gesackt. Ihr schwacher, gleichmäßiger Atem verriet ihm, daß sie schlief. Sie roch stark nach Alkohol.

Schnell beurteilte er die Lage. Sein Blick fiel auf den leise pfeifenden Heizkörper rechts vom Tisch. Es war ein altmodisches Modell mit hervorstehenden kantigen Rippen. Brauchte er seinen Briefbeschwerer am Ende gar nicht? Vielleicht...

»Edna«, flüsterte er leise.

»Wie... oh...« Sie blickte ihn aus verschwommenen Augen an. In ihrer Verwirrung wollte sie aufstehen; hievte sich ungelenk aus ihrem Stuhl. »Herr Doktor...«

Ein kräftiger Stoß schleuderte sie nach hinten, so daß sie mit dem Kopf gegen den Heizkörper schlug. Grelle Blitze zuckten vor ihren Augen. Dieser Schmerz! O Gott, diese Schmerzen! Edna stöhnte. Sie spürte die wohlige Wärme des ausströmenden Blutes. Alles wurde dunkel. Der Schmerz wurde immer stärker, immer rasender, immer betäubender. Dann ebbte er ab und war vorbei.

Er trat rasch zurück und achtete darauf, keine Blutspritzer

abzubekommen. Dann beugte er sich vorsichtig über sie. An ihrem Hals erkannte er den Pulsschlag, der stockte und schließlich ganz aussetzte. Er beugte sich noch tiefer, ganz nahe über ihr Gesicht. Sie hatte aufgehört zu atmen. Er ließ den Briefbeschwerer wieder in die Tasche gleiten. Man brauchte keinen Raub vorzutäuschen. Es sah aus, als sei sie lediglich gefallen.

Er eilte zurück ins Schlafzimmer, kletterte aus dem Fenster, vergaß nicht, den Blumentopf an seinen alten Platz zu stellen, ließ die Jalousie herunter und zog das Fenster genausoweit herab, wie Edna es geschlossen hatte.

Er war kaum fertig, als ihn das Gebimmel einer Türglocke erstarren ließ. An Ednas Tür! In panischer Angst blickte er um sich. Die Erde war hartgefroren, er würde keine Fußspuren hinterlassen. Das Fensterbrett war sauber. Er war einfach darüber hinweggestiegen, weshalb auf der weißen Fläche kein Sohlenabdruck zu sehen war.

Hastig rannte er zum Wagen zurück. Der Motor startete fast geräuschlos. Nur weg hier. Erst als er kurz vor der Ausfallstraße war, schaltete er die Scheinwerfer ein.

Wer hatte vor Ednas Wohnungstür gestanden? Würde er versuchen, hineinzugelangen? Edna war tot. Sie konnte nichts mehr über ihn ausplaudern. Aber es war knapp geworden, verteufelt knapp. Jetzt gab es nur noch eine Bedrohung: Katie DeMaio.

Daß sie niedrige Blutwerte hatte, stand ja bereits schwarz auf weiß in ihrer Patientenkarte. Auf der Unfallstation hatte sie eine Transfusion erhalten.

Unter dem Vorwand, ihre Blutwerte vor der Operation anheben zu müssen, würde er eine zweite Transfusion anordnen.

Er könnte ihr Kumarin-Kapseln geben, die dafür sorgten, daß die Blutgerinnung unterbunden und der Nutzen der Transfusion wieder zunichte gemacht würde. Wenn sie dann am Freitag in die Klinik kam, wäre sie schon nahe am Verbluten.

Unter Umständen konnte er dann bereits den Noteingriff durchführen, ohne ihr weitere gerinnungshemmende Medikamente geben zu müssen. Falls nötig, mußte er Heparin spritzen. Das verhinderte die Blutgerinnung schon im Vorstadium, und sie würde den Eingriff nicht überleben.

Die ursprünglich niedrigen Blutwerte, das Kumarin und das Heparin würden die gleiche Wirkung erzielen wie das Zyankali; bei Vangie Lewis.

12

Gemeinsam hatten Richard und Katie Myersons Büro verlassen. Es war ihr klar, daß es ihn verstimmen würde, wenn sie ihn bat, jetzt ein Taxi zu rufen. Als sie schließlich doch in seinem Wagen saß, erklärte er: »Zuerst ein schönes Abendessen. Ein Steak und ein Fläschchen Wein werden unsere Säfte ein wenig anregen.«

»Was für Säfte?« fragte sie hellhörig.

»Speichel, Magensäfte und so weiter.«

Er führte sie in ein etwas rustikales Restaurant, das gefährlich nahe an die steile Uferböschung über dem Fluß gebaut war. Ein knisterndes Holzfeuer sorgte für Wärme in der kleinen, von Kerzenschein erhellten Gaststube.

»Oh, wie gemütlich«, freute sich Katie.

Der Besitzer kannte Richard offenbar gut. »Dr. Carroll, was für eine Ehre«, sagte er, als er sie zum Kamintisch geleitete und Katie einen Stuhl zurechtrückte.

Als sie saß, konnte sie sich ein Lächeln nicht verkneifen. Entweder hatte Richard darauf spekuliert, daß sie sich durchgefroren und niedergeschlagen fühlte, oder man sah es ihr tatsächlich an.

Richard bestellte eine Flasche St. Emilion. Ein Kellner brachte warmes Knoblauchbrot. Still saßen sie da, nippten an ihren Gläsern und kosteten von dem Brot. Katie kam plötzlich die Einzigartigkeit dieser Situation zu Bewußtsein: zu zweit an einem kleinen Tisch, ohne daß noch jemand anderes im Raum gewesen wäre. Sie blickten sich an. Richard hatte einen dichten, dunkelbraunen Haarschopf, markige, ebenmäßige Züge und eine breitschultrige Gestalt. Im Alter würde er einmal etwas Löwenähnliches haben, dachte sie sich.

»Du hast gerade gelächelt«, sagte Richard. »Ich würde zu gerne wissen, woran du gedacht hast.«

Sie verriet es ihm.

»So, etwas Löwenähnliches.« Er schien das Wort sorgfältig abzuwägen. »Ein Löwe im Winter. Das könnte mir gefallen. Interessiert es dich, woran ich gerade gedacht habe?«

»Aber ja.«

»Wenn dein Gesicht entspannt ist, blicken deine Augen sehr, sehr traurig, Katie.«

»Das tut mir leid, es ist nicht meine Absicht. Ich halte mich eigentlich nicht für traurig.«

»Weißt du auch, daß ich dich schon seit einem halben Jahr zum Essen einladen will? Aber du mußt ja erst einen Unfall bauen, bei dem du hättest umkommen können, ehe du mir Gelegenheit dazu gibst.«

»Du hast mich nie gefragt, ob ich mit dir ausgehen will«, wich sie ihm aus.

»Du hast nie gewollt, daß ich dich gefragt hätte. Dir hängt ein Schild um den Hals: Bitte nicht stören. Warum nur?«

»Ich mag das nicht, mit Arbeitskollegen ausgehen«, antwortete sie. »Schon aus Prinzip.«

»Das kann ich ja verstehen. Aber bin ich für dich immer nur Kollege? Wir sind doch im Augenblick ziemlich unkollegial zusammen, oder? Da kommt die Speisekarte.«

Er wurde plötzlich sehr sachlich. »Das Entrecôte und das Steak au poivre sind hier eine Spezialität«, erläuterte er. Als sie zögerte, empfahl er ihr das Pfeffersteak. »Versuch es einmal, es schmeckt fantastisch. Natürlich englisch«, fügte er erwartungsvoll hinzu.

»Durchgebraten«, konterte Katie.

Sie mußte schallend lachen, als sie seinen entsetzten Blick sah. »Natürlich englisch.«

Seine Miene hellte sich auf. Er bestellte Salate und gebakkene Kartoffeln. Dann lehnte er sich zurück und musterte sie.

»Warum nimmst du mein Angebot nicht an, Katie?«

»Meinst du das Pfeffersteak?«

»Nein. Versuche nicht immer, mir auszuweichen. Nun gut, es ist nicht fair von mir. Ich versuche, dich festzunageln, und du gibst dich als befangene Zuhörerin. Erzähle mir lieber, was du so treibst, wenn du nicht gerade im Büro oder bei den Kennedys bist. Ich weiß zum Beispiel, daß du Ski fährst.«

»Ja. Ich habe eine Studienfreundin, die geschieden ist. In dem Winter nach Johns Tod hat sie mich nach Vermont mitgeschleppt. Und dieses Jahr haben wir dort während der Saison zusammen mit zwei Ehepaaren ein Chalet gemietet. Sooft ich Zeit habe, fahre ich übers Wochenende rauf. Ich bin kein As, aber es macht Spaß.«

»Ich bin früher auch Ski gelaufen«, erzählte Richard, »mußte es aber wegen einer Knieverletzung aufgeben. Sollte es mal wieder probieren. Vielleicht lädst du mich eines Tages dazu ein!« Er wartete ihre Antwort nicht ab. »Ich für meinen Teil segle gerne. Letztes Frühjahr war ich mit meiner Jacht in der Karibik und bin von Insel zu Insel geschippert, ... *an wunderschönen Tagen unter wolkenlosem Himmel gleiten sie dahin, mit bunten Segeln, die sich blähen im Wind, und zerteilen die grünen Wogen*... Da kommt dein Steak«, schloß er heiter.

»Und du zitierst William Carlos Williams«, sagte sie kaum hörbar.

Insgeheim hatte sie gehofft, daß sie ihm damit imponieren könnte, daß sie das Zitat kannte, aber er zeigte sich unbeeindruckt. »Stimmt«, entgegnete er. »Der Salat ist fein zubereitet, nicht wahr?«

Für den Kaffee ließen sie sich Zeit. Richard hatte ihr von sich erzählt. »Während meines Studiums war ich mit einem Mädchen aus der Nachbarschaft verlobt. Ich glaube, du weißt, daß ich in San Francisco aufgewachsen bin.«

»Was ist daraus geworden?« fragte Katie.

»Wir haben den Hochzeitstermin immer wieder verschoben. Und eines Tages hat sie dann meinen besten Freund geheiratet.« Richard lachte. »Zugegeben, es ist nur Spaß. Jean war wirklich sehr nett. Aber irgend etwas hat gefehlt. Eines Nachts, als wir zum vierten oder fünften Mal über unsere Hochzeit geredet hatten, sagte sie: ›Wir lieben einander Richard, aber wir beide wissen auch, daß das noch nicht genug ist.‹ Sie hatte recht.«

»Und? Ein Abschied ohne Tränen?« fragte Katie.

»Ja, so ähnlich. Das war vor sieben Jahren. Und seitdem hat sich die große Liebe nicht wieder blicken lassen.«

Er schien keinen Kommentar ihrerseits zu erwarten. Statt dessen sprach er vom Fall Lewis. »Es macht mich wütend wie immer, wenn ich ein Leben vergeudet sehe. Vangie Lewis war noch eine junge Frau. Sie hätte noch viele Jahre leben können.«

»Bist du davon überzeugt, daß es kein Selbstmord war?«

»Überzeugt bin ich von gar nichts. Ich brauche noch viel mehr Information, bevor ich darüber urteilen kann.«

»Ich halte Chris Lewis nicht für einen Mörder. Dazu wird einem heute eine Scheidung viel zu leicht gemacht.«

»Die Sache hat noch einen Haken«, sagte Richard und preßte die Lippen zusammen. »Aber laß uns lieber später darüber reden.«

Es war beinahe halb elf, als sie in die Auffahrt vor Katies Haus einbogen. Richard blickte erstaunt auf die schöne Steinvilla. »Wie groß ist das Haus eigentlich?« fragte er. »Wie viele Zimmer sind es denn?«

»Zwölf«, sagte Katie mit leisem Bedauern. »Es war Johns Haus.«

»Ich hätte mir auch kaum vorstellen können, wie du es dir

von deinem Assessorinnengehalt hättest kaufen können«, spöttelte Richard.

Als sie die Wagentür öffnen wollte, sagte er: »Warte, ich mach dir von außen auf. Es könnte noch glatt sein.«

Eigentlich hatte sie ihn nicht hereinbitten wollen. Aber er nahm ihr den Schlüssel aus der Hand, steckte ihn ins Schloß, drehte herum, öffnete und folgte ihr ins Haus. »Ich bleibe nicht lange«, sagte er, »aber ich muß zugeben, daß ich noch neugierig bin zu erfahren, wie du es dir so eingerichtet hast.«

Sie machte Licht und sah leicht ungehalten aus, wie er zuerst den Flur und dann das Wohnzimmer begutachtete. Ein Pfiff kam ihm von den Lippen. »Sehr, sehr hübsch.« Er trat vor Johns Porträt und betrachtete es. »Er muß ein eindrucksvoller Mann gewesen sein.«

»Ja, stimmt.« Zu ihrem Unbehagen stellte Katie fest, daß fast auf jedem Tisch ein Foto von ihr und John stand. Richard ging von einem zum anderen. »Eine Auslandsreise?«

»Unsere Hochzeitsreise«, antwortete Katie spröde.

»Wie lange wart ihr verheiratet, Katie?«

»Ein Jahr.«

Er bemerkte, wie Trauer ihr Gesicht überschattete. Ja, er erkannte noch mehr in ihrer Miene: Es lag auch Überraschung darin, so, als sei sie immer noch erstaunt über das, was geschehen war. »Wann hast du erfahren, daß er krank war? Es war Krebs, soweit ich weiß.«

»Kurz nach unserer Hochzeitsreise.«

»Also hattet ihr eigentlich nicht viel mehr, als diese eine Reise. Und danach Totenwache. Entschuldige, Katie, man stumpft so ab in diesem Gewerbe, mehr als einem lieb ist, fürchte ich. Ich muß auch wieder los.« Er hielt inne. »Glaubst du nicht, es wäre besser, wenn du den Vorhang zuziehen würdest, solange du allein im Hause bist?«

Sie zuckte die Achseln. »Wieso? Ich wüßte nicht, wer es auf mich abgesehen haben könnte.«

»Du müßtest am besten wissen, wie viele Einbrüche in

letzter Zeit verübt wurden. Und in dieser Wohnlage wäre dein Haus ein hervorragendes Objekt, vor allem wenn die Diebe wissen, daß du allein bist. Hast du etwas dagegen?«

Ohne eine Antwort abzuwarten, ging er zum Fenster und zog die Vorhänge zu. »Ich muß gehen, bis morgen. Wie kommst du ins Büro? Ist dein Wagen morgen wieder klar?«

»Nein, aber ich bekomme einen Leihwagen. Jemand von der Werkstatt bringt ihn am Vormittag vorbei.«

»Gut.« Einen Augenblick lang stand er da, die Hand an der Türklinke. Dann sagte er mit täuschend echtem Tonfall: *»Ich reite jetzt los, Katie Scarlett, verriegel die Tür. Ich ertrüge es nicht, wenn jemand hier auf Tara einzudringen versuchte.«* Er neigte sich vor, küßte sie auf die Wange und ging.

Katie lächelte. *›Vom Winde verweht‹*, dachte sie, als er die Tür schloß. Eine Erinnerung lebte plötzlich in ihr auf. Sie war fünf und spielte vergnügt in ihrem Sonntagskleid auf dem schmutzigen Hof. Der entsetzte Schrei ihrer Mutter. Dann hörte sie die Stimme des Vaters, der belustigt Gerald O'Hara nachahmte: *»Es ist unser Land, Katie Scarlett.«* Und dann in begütigendem Ton zur Mutter: »Sei nicht böse mit ihr, alle tüchtigen Iren lieben ihr Land.«

Die Wanduhr schlug melodisch. Mit Richard war auch hier die Atmosphäre verschwunden. Der Raum erschien ihr leer. Sie knipste schnell das Licht aus und ging nach oben.

Kaum lag sie im Bett, klingelte das Telefon. Molly hat es wahrscheinlich schon einige Male bei mir versucht, dachte sie, als sie den Hörer abnahm. Aber am anderen Ende war eine Männerstimme. »Mrs. DeMaio?«

»Ja bitte?«

»Hier spricht Dr. Highley. Ich hoffe, es ist nicht allzu spät, aber ich habe Sie schon den ganzen Abend zu erreichen versucht. Ich habe gehört, daß Sie einen Autounfal hatten und eine Nacht bei uns in der Klinik verbringen mußten. Wie fühlen Sie sich?«

»Ganz gut, Herr Doktor. Wie aufmerksam von Ihnen, mich anzurufen.«

»Wie steht es mit Ihren Blutungen? Ihrem Krankenblatt zufolge hat man Ihnen gestern abend eine Transfusion gegeben.«

»Es ist alles beim alten geblieben, fürchte ich. Ich muß zugeben, daß mir ein wenig schwindlig war, als ich die Herrschaft über den Wagen verlor.«

»Nun, Sie wissen ja, Sie hätten sich um diesen Zustand mindestens schon vor einem Jahr kümmern sollen. Aber machen Sie sich keine Sorgen, nächste Woche um diese Zeit haben Sie alles hinter sich. Ich möchte Ihnen auch eine weitere Transfusion geben lassen, damit Sie den Eingriff besser durchstehen. Außerdem sollten Sie mit der Einnahme einiger Medikamente beginnen. Können Sie morgen nachmittag in der Klinik vorbeikommen?«

»Ja. Ich wäre vielleicht ohnehin gekommen. Haben Sie schon von Mrs. Lewis gehört?«

»Ach ja. Ein schrecklicher, trauriger Vorfall. Nun, ich sehe Sie ja morgen. Rufen Sie am Morgen an, dann machen wir eine genaue Uhrzeit aus.«

»Gut, Herr Doktor. Vielen Dank.«

Katie legte auf. Als sie das Licht ausknipste, erinnerte sie sich daran, daß Dr. Highley ihr bei ihrem ersten Besuch nicht sehr sympathisch gewesen war. Lag es an seiner reservierten, gar unnahbaren Haltung?

Das beweist nur wieder, wie man sich in einem Menschen täuschen kann, befand sie. Es ist sehr nett von ihm, daß er sich persönlich darum bemüht hat, sich heute abend mit ihr in Verbindung zu setzen.

13

Bill Kennedy klingelte bei Lewis. Er hatte den ganzen Tag am Lenox-Hill-Krankenhaus operiert und von Vangie Lewis' Tod erst erfahren, als er nach Hause kam. Bill Kennedy, groß, graue Schläfen, für seine Bekanntheit als ausgezeichneter Facharzt für Orthopädie eher zurückhaltend, wurde ein völlig anderer Mensch, sobald er in das häusliche Refugium kam.

Dank Mollys Tatkraft und Umsicht konnte er sich zu Hause wirklich entspannen und die Probleme mit den Patienten vergessen. Heute abend war die Stimmung jedoch reichlich gespannt. Sie hatte die Kinder schon abgefüttert und angewiesen, sich in ihre Zimmer zu verkrümeln. Kurz hatte sie ihm die Sache mit Vangie erzählt. »Ich habe dann angerufen und Chris gefragt, ob er nicht zum Essen rüberkommen und heute nacht im Arbeitszimmer schlafen möchte, statt alleine drübenzubleiben. Er wollte nicht, also geh und hol ihn. Ich bin mir sicher, daß er wenigstens mit uns zu Abend essen wird.«

Als Bill zum Nachbarhaus hinüberging, stellte er sich vor, was für ein Schock es für ihn wäre, wenn er heimkäme und Molly tot auffinden würde. Bei Chris Lewis lagen die Dinge jedoch anders. Kein Mensch hätte im Ernst jene Ehe auch nur annähernd mit seiner und Mollys vergleichen können. Bill hatte Molly nichts davon erzählt, daß er eines Morgens, als er in einem Drugstore in der Nähe der Klinik einen Kaffee trank, Chris mit einem bildhübschen Mädchen Anfang Zwanzig an einem Tisch gesehen hatte.

Wußte Vangie von dem Mädchen? Hatte sie deswegen Selbstmord verübt? Aber auf so gräßliche Art! Er rief sich den letzten Sommer ins Gedächtnis. Vangie und Chris waren zum Barbecue gekommen. Vangie hatte sich ein Marshmallow gegrillt und war dabei zu nahe an die Glut gekommen. Eine kleine Brandblase hatte sich an ihrem Finger gebildet, aber sie hatte sich aufgeführt, als wäre sie fast verbrannt. Schreiend war sie zu Chris gerannt, der sie zu beruhigen versuchte. Da er sich für sie schämte, hatte er erklärt: »Vangie hat eine niedrige Schmerzschwelle.« Als Bill eine Salbe geholt und sie aufgetragen hatte, war die Blase praktisch schon verschwunden.

Woher nahm jemand mit der labilen Einstellung einer Vangie Lewis den Mut, Zyankali zu schlucken? Jeder, der etwas über das Gift gelesen hatte, mußte wissen, daß man trotz der fast unmittelbaren Wirkung qualvoll starb.

Nein. Bill hätte geschworen, daß Vangie Lewis sich mit Schlaftabletten das Leben genommen hätte – einfach entschlummern. Das zeigte wieder einmal, wie wenig man über die tatsächlichen Regungen eines Menschen wußte... selbst jemand wie er, der als guter Menschenkenner galt.

Chris Lewis öffnete. Seit Bill ihn damals mit dem Mädchen gesehen hatte, hatte sich ihre Beziehung abgekühlt. Er hatte nicht viel übrig für Männer, die sich amüsierten, während ihre Frauen schwanger waren. Doch als er Chris gegenüberstand, erregte der Mann mit diesem eingefallenen Gesicht und der echten Trauer im Blick sein ganzes Mitleid. Er faßte den Piloten bei beiden Armen. »Es tut mir aufrichtig leid.«

Chris nickte steif. Ihm war, als wolle die Bedeutung dieses Tages sich Stück für Stück erschließen, Schicht um Schicht, wie man eine Zwiebel schält. Vangie war tot. Hatte ihr Streit sie zum Selbstmord getrieben? Er konnte es nicht glauben, und dennoch fühlte er sich alleingelassen, eingeschüchtert und schuldbeladen. Er ließ sich von Bill dazu überreden, bei den Kennedys zu Abend zu essen. Er mußte aus dem Haus – dort konnte er keinen klaren Gedanken fassen. Molly und Bill waren nette Leute. Konnte er ihnen anvertrauen, was er wußte? Konnte er irgend jemandem trauen?

Mechanisch griff er nach seinem Jackett und lief hinter Bill her.

Vor ihm stand ein doppelter Scotch. Chris trank rasch. Als das Glas halb leer war, besann er sich. Der Whisky brannte im Hals, verschaffte ihm Luft, linderte die Spannung. Beruhige dich, dachte er, beruhige dich und sei auf der Hut.

Die Kinder der Kennedys kamen ins Arbeitszimmer, um gute Nacht zu sagen. Wohlerzogene Kinder, alle miteinander. Und hübsch. Früher hatte Chris sich Kinder gewünscht. Nun war sein Kind tot. Er hatte es nicht einmal gesehen. Auch seine Schuld. Er war gegen diese Schwangerschaft gewesen. Das Baby hatte er nicht gewollt. Keine Sekunde lang. Und Vangie wußte das. Was nur, wer hatte sie in den Tod getrieben? Wer? Das war die Frage. Weil Vangie gestern abend nicht allein gewesen war.

Der Polizei hatte er nichts erzählt. Sie ins Vertrauen zu ziehen war, als öffnete man eine Dose Würmer. Ihre Ermittlungen bewegten sich in alle Richtungen, und man selbst konnte sie nicht mehr aufhalten. Und wohin würden sie führen? Zu ihm und zu Joan.

Der Portier hatte ihn gestern abend beim Verlassen des Motels gesehen. Er hatte eigentlich nach Hause gehen wollen, um mit Vangie alles zu bereinigen. Er hatte sich sogar ein paar Zahlen zusammengeschrieben, um sie mit ihr durchzusprechen. Sie hätte das Haus haben können. Er hätte ihr zwanzigtausend im Jahr gegeben, wenigstens so lange, bis das Kind achtzehn gewesen wäre. Er hatte eine hohe Lebensversicherung abgeschlossen, die sie im Falle seines Todes erhielt. Er wollte für die Ausbildung des Kindes sorgen. Sie hätte weiterhin zu ihrem japanischen Psychiater gehen können, von dem sie so schwärmte. Nur, gib mich frei, Vangie, bitte gib mich frei. Ich kann nicht länger mit dir zusammenleben. Es macht uns beide kaputt!

Aber erst irgendwann gegen Mitternacht war er nach Hause gekommen. Kaum war das Garagentor geöffnet, hatte er gewußt, daß etwas nicht stimmte. Weil er um ein Haar den Lincoln gerammt hätte. Vangie hatte ihn auf seinen Platz gestellt. Nein, nicht sie. Jemand anderes mußte das gewesen sein, denn Vangie hätte sich nie zugetraut, das breite Fahrzeug zwischen Pfosten und der rechten Wand einzuparken. Die Garage hatte Übergröße. Eine der beiden Hälften faßte zwei Autos. Das war die Seite, die Vangie benutzte. Und sie brauchte jeden Millimeter. Chris parkte deshalb seine Corvette immer auf der schmaleren Hälfte, dort, wo gestern nacht der Lincoln stand.

Er war ins Haus gegangen. Es war ihm irgendwie verlassen vorgekommen. Vangies Handtasche hatte auf der Chaiselongue im Schlafzimmer gestanden. Es hatte ihn irritiert, aber er hatte sich keine Sorgen gemacht. Offenbar war sie mit jemandem weggegangen und blieb über Nacht. Es hatte ihn sogar gefreut, daß sie vielleicht eine Freundin hatte, der sie sich anvertrauen konnte. Vangie machte gerne Geheimnisse.

Das Haus hatte Chris depressiv gestimmt. Kurzentschlossen war er in das Motel zurückgekehrt. Joan hatte er nicht gesagt, daß er nach Hause fuhr; er wollte so wenig wie möglich darüber sprechen. Joan sollte nicht an das erinnert werden, wofür sie sich hielt: einen Störenfried. Und wenn er ihr heute morgen von seinem Streit mit Vangie berichtet hätte, wenn er zugegeben hätte, daß Vangie sich offenbar so aufgeregt hatte, daß sie lieber bei irgend jemandem übernachtete, als allein zu Hause zu bleiben...

Doch dann hatte er Vangie heute morgen gefunden. Jemand hatte vor Mitternacht den Wagen für sie eingeparkt. Jemand hatte sie nach Mitternacht nach Hause gebracht. Und dann diese Schuhe. Es war um Weihnachten herum gewesen, als er mit Vangie nach New York gefahren war, um ihr eine Freude zu machen. Freude? O Gott, was für ein entsetzlicher Tag! Sie hatte wieder eine Superlaune gehabt. Mit nichts war sie zufrieden, und unaufhörlich hatte sie über ihren rechten Schuh geklagt, der auf den Knöchel drückte.

Seit Wochen war sie dann nur noch in diesen schmutzigen Mokassins herumgelaufen. Er hatte sie gebeten, sich ordentliche Schuhe zu kaufen. Aber sie hatte gesagt, daß sie keine bequemen bekommen könnte. Wo waren sie? Chris hatte das ganze Haus abgesucht. Derjenige, der sie heimgebracht hatte, wußte es vielleicht.

Der Polizei hatte er nichts gesagt. Er wollte Joan nicht in die Sache verwickeln. »Ich habe im Motel übernachtet, weil ich mich mit meiner Frau gestritten habe. Ich wollte mich scheiden lassen. Ich wollte nach Hause fahren, um mit ihr darüber zu sprechen. Sie war nicht da, und deshalb ging ich wieder.« Er hatte es nicht für nötig gehalten, all dies hervorzukramen. Nicht einmal das mit den Schuhen war so wichtig. Vangie wollte vielleicht ordentlich gekleidet sein, wenn man sie fand. Sie hatte sich für ihr geschwollenes Bein geschämt. Sie war eitel...

Aber er hätte den Beamten erzählen sollen, daß er zu Hause gewesen war und man den Wagen anders eingeparkt hatte.

»Chris, komm ins Eßzimmer. Du wirst dich sicher besser fühlen, wenn du was gegessen hast«, forderte ihn Molly auf.

Mit müdem Blick sah Chris zu ihr hoch. Das weiche Licht, das aus dem Flur kam, zeichnete Mollys Profil ab. Zum erstenmal bemerkte er eine Ähnlichkeit zwischen ihr und Katie DeMaio.

Katie DeMaio. Ihre Schwester. Stellvertretende Staatsanwältin! Mit Molly und Bill konnte er nicht darüber reden. Ausgeschlossen!

Er wischte sich mit der Hand über seine brennenden Augen. »Danke, Molly, ich würde gerne etwas essen. Was es auch ist, es riecht jedenfalls gut. Aber ich muß gleich wieder hinüber, der Mann vom Bestattungsinstitut kommt wegen eines Kleides für Vangie. Ihr Vater und ihre Mutter wollen sie noch einmal vor der Beerdigung sehen.«

»Wo wird sie stattfinden?« fragte Bill.

»Morgen nachmittag wird ihr Sarg nach Minneapolis geflogen. Ich reise im gleichen Flugzeug. Die Beisetzung ist einen Tag später. Der Gerichtsmediziner hat ihren Leichnam heute am Spätnachmittag freigegeben.«

Sarg... Leichnam... Bestattung... O Gott, dachte er, wenn dies alles doch nur ein böser Traum wäre. Ich wollte frei sein, Vangie, aber du solltest deshalb nicht sterben müssen. Ich bin schuld.

Um 20 Uhr war er wieder zu Hause. Als um 20.30 Uhr der Mann vom Beerdigungsinstitut kam, hatte Chris bereits Unterwäsche und den langen, weiten Kaftan, den ihr ihre Eltern zu Weihnachten geschickt hatten, in einen Koffer gepackt.

Paul Halsey vom Beerdigungsinstitut war ein ruhiger, sympathischer Mann. Die Daten, die er brauchte, hatte er schnell beisammen. Geboren am 15. April. Er notierte sich das Geburtsjahr. Gestorben am 15. Februar – genau zwei Monate vor ihrem einunddreißigsten Geburtstag!

Chris rieb sich die Stirn. Er hatte Kopfschmerzen. Etwas stimmte nicht. Selbst in dieser unwirklichen Situation, in der nichts stimmte, war es etwas genau Bestimmbares. »Nein«, erklärte er, »heute ist der sechzehnte, nicht der fünfzehnte.«

»Aus dem Totenschein geht deutlich hervor, daß Ihre Frau zwischen 20 und 22 Uhr am Abend des fünfzehnten Februar verstorben ist«, sagte Halsey. »Sie denken, es sei der sechzehnte, weil Sie sie heute morgen gefunden haben. Aber der Gerichtsmediziner, der die Obduktion vorgenommen hat, konnte den Zeitpunkt des Todes genau festlegen.«

Chris starrte den Mann an. Ein eisiger Schreck fuhr ihm in die Glieder, vertrieb seine Erschöpfung und das schwammige Gefühl des Unwirklichen. Er war um Mitternacht zu Hause gewesen. Der Wagen und Vangies Handtasche waren dagewesen. Er hatte etwa eine halbe Stunde lang gewartet und war dann nach New York ins Motel zurückgefahren. Bisher hatte er angenommen, daß Vangie irgendwann zurückgekommen sei – nachdem er schon wieder weg war – und sich dann umgebracht habe. Aber der Obduktion nach sollte sie um Mitternacht schon drei oder vier Stunden tot gewesen sein. Das würde bedeuten, daß jemand nach Mitternacht ihre Leiche hergeschafft, auf das Bett gelegt und das leere Glas neben sie gestellt hatte. Jemand hatte Vangie ermordet und den Selbstmord arrangiert.

»O Gott«, flüsterte Chris, »O Gott.« Vangies Gesicht

tauchte vor ihm auf, ihre großen, launischen Augen, ihre kurze gerade Nase, ihr blondes Haar, das ihr in die Stirn fiel, ihr hübscher kleiner Mund. Im letzten Moment muß sie es gemerkt haben. Jemand hatte sie festgehalten, ihr das Gift in die Kehle gepreßt, sie und das Kind ermordet. Chris traten Tränen in die Augen.

Aber wenn er vor der Polizei aussagte, würden die Ermittlungen unweigerlich zu einer Person führen, die man beschuldigen würde. Als Paul Halsey ihn anblickte, sagte er laut: »Ich muß es ihnen sagen und sie werden es mir anlasten.«

14

Ruhig hatte er den Hörer wieder auf die Gabel gelegt. Katie DeMaio ahnte nichts. Selbst als sie den Namen Vangie Lewis erwähnte, hatte er nichts Verdächtiges herausklingen hören. Offenbar schien die Staatsanwaltschaft sich mit ihm nur über Vangies Gemütszustand unterhalten zu wollen.

Aber Katie DeMaios Unfall war kaum vierundzwanzig Stunden her. Gewiß stand sie noch immer unter dem Eindruck des Schocks.

Ihre Blutwerte waren bestimmt ohnehin schon niedrig. Wenn sie morgen das Kumarin bekam, würde die Blutgerinnung immer stärker abnehmen, und mit den fortschreitenden Blutungen würden sich Verwirrung und Schwindelgefühle einstellen. Sicherlich würde sie dann nicht mehr einen angeblichen Alptraum von einem tatsächlichen Ereignis unterscheiden können.

Es sei denn, es waren zu viele Fragen über den Selbstmord aufgetaucht, oder sie hatten in der Staatsanwaltschaft die Möglichkeit in Betracht gezogen, Vangies Leiche könnte nachträglich ins Haus gebracht worden sein.

Die Gefahr war immer noch groß. Er saß in der Bibliothek

der Villa Westlake – seiner Villa. Ein Landhaus im Stil der englischen Renaissance, mit offenen Durchgängen, eingebauten Bücherregalen, offenen Kaminen aus Marmor, alten handbedruckten Tapeten und Butzenscheiben von Tiffanys. Nicht einmal für alles Geld der Welt wäre es möglich gewesen, ein solches Haus heute noch nachzubauen. Die Menschen für diese Handarbeit gab es nicht mehr.

Die Villa Westlake. Das Westlake-Krankenhaus. Das Westlake-Klinikmodell. Dem Namen Westlake hatte er einiges zu verdanken, vor allem das glänzende Entree, gesellschaftlich und beruflich. Er war der gebildete Frauenarzt gewesen, den Winifred Westlake auf einer Atlantiküberquerung kennengelernt und dann geheiratet hatte. Mit ihr war er nach Amerika gegangen, um das Werk ihres Vaters fortzuführen.

Die allerbeste Entschuldigung, England zu verlassen. Kein Mensch, nicht einmal Winifred, wußte von den Jahren vor Liverpool im Christushospital in Devon. Kurz vor ihrem Ende hatte sie angefangen, ihm Fragen zu stellen.

Es war schon beinahe 23 Uhr, und er hatte immer noch nicht zu Abend gegessen. Der Gedanke, daß er zunächst Edna ausschalten mußte, hatte ihm den Appetit geraubt.

Aber nun, da alles vorüber war, fühlte er sich richtig hungrig. Er ging in die Küche. Hilda hatte sein Abendessen in den Mikrowellenherd gestellt: Hühnchen mit wildem Reis. Er brauchte es nur aufzuwärmen. Wenn er Zeit hatte, kochte er lieber selbst.

Hilda war eine gute Haushälterin, die sein gediegenes Zuhause ohne viele Fragen versorgte. Er kam gerne heim, wo er einen Drink nehmen und speisen konnte, wann er wollte und dann stundenlang über seinen Aufzeichnungen in der Bibliothek saß, ohne andauernd gestört zu werden.

Er brauchte die Ruhe und die Freiheit seines Hauses. Die Alte, die Winifred und ihren Vater versorgt und im Hause wohnte, hatte er sobald wie möglich entlassen. Ein giftiges Reptil, das ihn ständig mit kleinen, verschwollenen Augen angestarrt hatte. »Miß Winifried war fast niemals krank gewesen, bis...« Seine Augen hatten sie durchbohrt.

Winifreds Vetter haßte ihn ebenfalls. Er hatte ihm Schwierigkeiten machen wollen, aber nichts beweisen können, rein gar nichts. Man hatte den Cousin als einen neidischen Exerben einfach übergangen.

Freilich, so viel Geld war auch wieder nicht dagewesen. Winifred hatte beim Kauf der Klinik viel investiert. Heute benötigte er für seine Forschungen immer wieder horrende Summen. Das meiste davon mußte er unmittelbar aus der Praxis ziehen. Leider konnte er keine Subventionen beantragen. Sei's drum, er hielt sich über Wasser. Die Frauen waren bereit, alles herzugeben, um Kinder zu bekommen.

Hilda hatte ihm im kleinen Eßzimmer neben der Pantry den Tisch gedeckt – Frühstückszimmer wurde es immer genannt. In der Küche nahm er nie Mahlzeiten ein. Das eigentliche Eßzimmer mit seinen achtzig Quadratmetern wirkte viel zu protzig und lächerlich für ein einsames Abendessen. Dieser Raum hier mit seinem runden Eßtischchen, der barocken Truhe und der Sicht auf den baumbestandenen Rasen war ihm viel lieber.

Er holte sich eine eisgekühlte Flasche Pouilly-Fuissé aus dem Kühlschrank und setzte sich vor seinen Teller.

Gemächlich beendete er sein Abendessen. Er hatte sie inzwischen festgelegt, die exakte Dosierung der Medikamente für Katie DeMaio. Das Kumarin in ihrem Blut würde nach ihrem Tod nicht mehr besonders verdächtig wirken. Das Versagen der Blutgerinnung würde man den Transfusionen zuschreiben. Falls er Heparin anwenden mußte, konnten Spuren davon bei einer gründlichen Autopsie zusammen mit dem Kumarin festgestellt werden. Aber er wußte schon, womit er das umgehen konnte.

Bevor er zu Bett ging, trat er noch einmal vor den Kleiderschrank im Flur. Lieber jetzt die Mokassins in seiner Arzttasche verstauen, als morgen wieder in Bedrängnis geraten, war sein Gedanke. Dr. Highley griff nach hinten in den

Schrank, fuhr mit der Hand in die eine Tasche seines Burberry und zog den einen Schuh hervor. Erwartungsvoll führte er die andere Hand in die andere Manteltasche – zuerst ganz lässig, dann plötzlich ungestüm. Er zerrte den Mantel hervor und durchsuchte ihn wie besessen. Schließlich sank er auf die Knie und wühlte die Überschuhe durch, die sauber nebeneinander auf dem Schrankboden standen.

Dr. Highley erhob sich, starrte den zerbeulten Mokassin in seiner Hand an. Er sah sich den Schuh von Vangies rechten Fuß ziehen.

Den rechten Schuh!

Den Schuh, den er in seiner Hand hielt.

Sein hysterisches Lachen schallte gegen die Hängelampe. Ein scheppferndes, zornerfülltes Gelächter. Nach all den Gefahren, nach jener erniedrigenden Sucherei auf dem Parkplatz, wo er wie ein schnüffelnder Hund am Boden entlanggekrochen war, hatte er es doch noch verpatzt.

Irgendwo im Dunkeln, wahrscheinlich als das Auto über den Parkplatz gerast war und er sich ins Gebüsch gedrückt hatte, war ihm der Schuh aus der Tasche gefallen. Der Schuh, den er dann gefunden hatte, war derselbe gewesen.

Und irgendwo lag nun dieser ausgebeulte, abgewetzte, häßliche linke Mokassin, den Vangie Lewis getragen hatte und harrte seiner Entdeckung, als wartete er nur darauf, daß man Vangies Spur bis zu ihrem Frauenarzt zurückverfolgen konnte.

15

Katie hatte den Radiowecker auf 6 Uhr gestellt, war aber schon längst hellwach, als ihr die von berufswegen fröhliche Stimme des Rundfunksprechers einen guten Morgen wünschte. Sie hatte schlecht geschlafen. Einige Male wäre sie beinahe aufgesprungen, so sehr hatte sie der rätselhafte Traum geängstigt.

Sie hatte die Angewohnheit, den Heizungsthermostat am Abend immer sehr niedrig einzustellen. Fröstelnd drehte sie ihn hoch. Sie machte sich Kaffee und ging dann mit der Tasse wieder nach oben in ihr Bett.

Katie saß zwischen ihren Kissen, einen dicken Schal um den Hals gewickelt, schlürfte gierig ihren Kaffee und wärmte die Finger an der heißen Tasse. »So geht's besser«, murmelte sie. »Und nun, Kathleen DeMaio, was ist mit dir los?«

Ihre Williamsburger Frisierkommode mit dem großen ovalen Spiegel stand dem Bett genau gegenüber. Sie blickte hinein. Ihr Haar war strubbelig, ein dunkelbrauner Wirrwarr zwischen den beigen bestickten Kissenbezügen. Der Bluterguß unter dem rechten Auge war nun violett mit gelben Flecken. Ihr Gesicht wirkte noch schmaler. Mam hätte dazu gesagt, wie's Kätzchen am Bauch, dachte sie.

Aber es war mehr als nur ihr Aussehen, mehr als nur das Unwohlsein nach dem Unfall. Es war eine dumpfe Angst. Hatte sie heute nacht schon wieder diese schreckliche Traumvision gehabt?

Vangie Lewis. Ein Satz des Beerdigungsgottesdienstes für John fiel ihr ein: *»O Tod! Wie bitter ist's, doch deiner zu gedenken...«* Der Tod war einem gewiß, zugegeben. Aber nicht so. Die Vorstellung, daß Vangie sich das Leben genommen hatte, war schon schlimm. Aber daß sie jemand mit Zyankali umgebracht hatte, wollte ihr nicht in den Kopf. Und Chris Lewis war zu einer solchen Brutalität nicht fähig.

Katie dachte an Dr. Highleys Anruf. Diese blöde Operation. Gut, es wurden jedes Jahr zigtausend Ausschabungen an Frauen jeden Alters vorgenommen. Es war nicht der Eingriff selbst. Es war die Ursache, die ihr Angst machte. Angenommen, die Ausschabung setzte ihren Blutungen kein Ende? Dr. Highley hatte angedeutet, eventuell könnte sich eine Uterusentfernung als nötig erweisen. Wäre sie doch nur schon durch John schwanger geworden.

Angenommen, sie würde eines Tages wieder heiraten. Wäre es nicht ein böser Streich des Schicksals, wenn sie dann keine Kinder mehr bekommen konnte. Denk nicht daran, Katie, warnte sie sich. Was soll's denn auch. Am Freitagabend in der Klinik. Am Samstag der Eingriff. Am Sonntag nach Hause. Montag wieder ins Büro. Keine große Sache.

Molly hatte sie gestern noch einmal angerufen, als sie gerade im Büro war. »Katie«, hatte sie gesagt, »ich wußte, daß du nicht vor Richard darüber sprechen willst. Aber ist es nicht besser, wenn du deinen Krankenhausaufenthalt auf nächsten Monat verschiebst? Der Unfall hat dich doch ziemlich mitgenommen.«

Sie war heftig geworden. »Kommt nicht in die Tüte. Ich möchte das endlich über die Bühne bringen. Außerdem würde es mich nicht überraschen, wenn diese blöde Geschichte nicht auch zu dem Unfall beigetragen hätte. Gerade am Montag wurde mir oft schwindlig.«

Molly besorgt: »Warum hast du mir nichts davon erzählt?«

»Ach komm«, hatte Katie erwidert, »du bist doch sonst nicht so übervorsichtig. Ich versprech' dir, wenn es mir wirklich schlecht geht, lasse ich dich sofort rufen.«

»Hoffentlich«, hatte Molly gemeint. »Wirst du es Richard sagen?«

Katie hatte versucht, ihr Erstaunen zu verheimlichen. »Nein. Und ich werde es auch dem Liftboy und dem Verkehrspolizisten und der Telefonseelsorge nicht erzählen. Nur ihr, du und Bill, sollt es wissen. Und sonst niemand, ja?«

»Ja. Und sei nicht so neunmalklug.« Dann legte Molly auf.

Ich bin nicht dein Kind, meine liebe Molly, lächelte Katie. Ich liebe dich, aber ich bin nicht dein Kind. Sie trank ihren Kaffee aus. Hing sie den Kennedys wirklich so am Rockzipfel und verpaßte damit ihr Leben?

Ach John! Ihre Augen flogen zu seinem Bild. Ein gutaussehender Mann mit freundlichen Augen und einem ernsten, durchdringenden Blick. Eines Tages, nicht lange nach seinem Tod, hatte sie es abgenommen, angestarrt und dann mit dem Glas nach unten auf die Frisierkommode geschmettert. »Warum hast du mich verlassen?« hatte sie ihn angeschrien.

Am nächsten Morgen hatte sie beschämt beschlossen, nie mehr drei Gläser Wein zu trinken, wenn sie niedergeschlagen war. Als sie das Bild glattstrich, war ihr die Schramme aufgefallen, die der getriebene Silberrahmen geschlagen hatte. Sie hatte es dem Bild erklären wollen. »Es ist kein Selbstmitleid, Herr Richter. Es ist Ihretwegen. Sie sind zu früh gegangen. Es tat mir weh, weil ich wollte, daß Sie noch mindestens vierzig Jahre hier geblieben wären und mir gezeigt hätten, wie man lebt.«

Sie schlüpfte aus ihrem blaßgrünen Nachthemd. Ging ins Bad. Drehte die Dusche auf. Das Nachthemd hatte sie über die Bank vor der Frisierkommode gelegt. Während ihrer Collegezeit war sie mit weiten gestreiften Schlafanzügen ins Bett gegangen. Die teuren feinen Nachthemden und Negligées hatte ihr John in Italien gekauft. Nach wie vor hielt sie es für angebracht, wenn sie diese Pfänder ihrer Gemeinsamkeit in seinem Haus, in seinem Schlafzimmer trug.

Vielleicht hatte Richard recht. Vielleicht hielt sie immer noch Totenwache. John wäre der erste gewesen, der ihr das verboten hätte.

Die heiße Dusche tat ein übriges, ihre Stimmung zu bessern. Um neun mußte sie in eine Sitzung wegen eines Gnadengesuches. Um zehn war eine Urteilsverkündung, und dann kamen zwei neue Fälle, die in der nächsten Woche verhandelt wurden und die sie vorbereiten mußte. Letztendlich war noch eine Menge für den Prozeß am Freitag zu erledigen. Schon Mittwoch, dachte sie entsetzt. Ich werde mich besser beeilen. Schnell zog sie sich einen weichen braunen Wollrock und ihre neue türkisfarbene Seidenbluse über, die lange Ärmel hatte und ihren bandagierten Arm bedeckte.

Der Leihwagen von der Autowerkstätte wurde vorbeigebracht, als sie mit ihrer zweiten Tasse Kaffee fertig war. Sie setzte den Fahrer wieder bei seiner Firma ab. Sie pfiff leise, als sie die eingedrückte Stoßstange und die gefältelte Kühlerhaube ihres Wagens sah. Ganz schön Glück gehabt! Dann fuhr sie ins Büro.

In der vergangenen Nacht war in Valley County einiges passiert. Ein vierzehnjähriges Mädchen vergewaltigt, ein Autounfall und ein Raubüberfall, zu dessen Aufklärung der Polizeichef einer Kleinstadt den Staatsanwalt um Beistand gebeten hatte.

Scott Myerson trat aus seinem Büro. »Eine tolle Nacht«, bemerkte Katie.

Myerson nickte. »Dieser Blödmann war total besoffen. Die vier jungen Leute sind tot, Studenten von Pascal Hills, die ein paar Kommilitonen treffen wollten, um eine Tanzerei zu organisieren. Ursprünglich wollte ich ja Rita zu den Ärzten in die Westlake-Klinik schicken, aber sie übernimmt jetzt die Vergewaltigung. Hauptsächlich interessiert mich der Psychiater, den Vangie Lewis aufsuchte. Ich hätte gern sein Urteil über ihre seelische Verfassung gehört. Man könnte auch Charley oder Phil damit beauftragen, aber eine Frau würde dort weniger auffallen und könnte sich vielleicht ein wenig umhören, ob Mrs. Lewis sich nicht mit einer Schwester unterhalten oder sich mit einer anderen Patientin angefreundet hat. Aber das hat Zeit bis morgen. Rita hat die ganze Nacht durchgearbeitet. Jetzt fährt sie mit dem Mädchen in der Gegend herum. Armes Ding. Vielleicht gabeln sie irgendwo den Saukerl noch auf. Wir sind uns sicher, daß er in ihrer Nähe wohnt.«

Katie überlegte. Sie hatte nicht vorgehabt, Myerson mitzuteilen, daß sie eine Patientin von Dr. Highley war und am Freitagabend in die Westlake-Klinik kommen sollte. Aber es wäre auch nicht gut gewesen, wenn er es von jemandem aus dem Büro erfahren würde. Schnell entschloß sie sich. »Vielleicht kann ich einspringen. Dr. Highley ist mein Frauenarzt. Zufällig habe ich heute einen Termin bei ihm.« Sie preßte die Lippen zusammen, fand es aber nicht nötig, ihm lang und breit über den geplanten Eingriff zu erzählen.

Myerson zog erstaunt die Brauen hoch. Wie immer, wenn ihn etwas überrascht, wurde seine Stimme noch tiefer. »Welchen Eindruck haben Sie von ihm? Richard hat gestern so eine Andeutung über Vangies Gesundheitszustand gemacht. Er glaubt, Highley hätte es bei ihr darauf ankommen lassen.«

Katie schüttelte den Kopf. »Ich bin nicht Richards Meinung. Dr. Highley hat sich auf problematische Schwangerschaften spezialisiert. Man hält ihn sozusagen für einen Wunderdoktor. Das ist der springende Punkt. Er versucht Kinder zur Welt zu bringen, die andere Ärzte aufgegeben haben.« Sie dachte an seinen Telefonanruf. »Ich lege die Hand dafür ins Feuer, daß er ein guter Arzt ist.«

Myersons Stirn legte sich in tiefe Falten, die sich bis zur Schläfe zogen. »Sind Sie sich völlig sicher? Wie lange kennen Sie ihn?«

Katie versuchte objektiv über ihren Arzt nachzudenken. »Ich kenne ihn noch nicht lange und auch nicht besonders gut. Mein früherer Gynäkologe ging in Pension und zog vor ein paar Jahren fort. Ich habe mich einfach nicht um einen anderen gekümmert. Als ich dann aber Probleme hatte – nun, wie dem auch sei, meine Schwester Molly wußte über eine Freundin von Dr. Highley. Molly selbst fährt bis nach New York zum Arzt. Aber das wollte ich mir nicht zumuten. Also habe ich mich vor einem Monat angemeldet. Er will alles wissen.« Sie erinnerte sich an die Untersuchung. Er war einfühlsam und gründlich gewesen. »Es war richtig von Ihnen, herzukommen«, hatte er sie gelobt, »ich würde sogar sagen, Sie hätten nicht länger damit warten dürfen. Für mich ist der Unterleib einer Frau wie eine Wiege, auf die man ständig ein Auge haben muß.«

Es hatte sie nur überrascht, daß keine Schwester in der Praxis war. Ihr anderer Frauenarzt hatte immer eine Helferin hereingerufen, wenn er eine Untersuchung vornahm, aber der entstammte ja auch noch einer anderen Generation. Dr. Highley schätzte sie auf Mitte vierzig.

»Wie sieht Ihr Arbeitstag heute aus?« erkundigte sich Myerson.

»Vormittags ist viel los, aber am Nachmittag ließe es sich einrichten.«

»Schön. Dann suchen Sie Dr. Highley auf, und anschließend nehmen Sie sich diesen anderen Kurpfuscher vor. Machen Sie sich ein Bild davon, ob die beiden Vangie einen Selbstmord zutrauen oder nicht. Finden Sie heraus, wann sie das letzte Mal dortgewesen ist. Forschen Sie nach, ob sie über ihren Mann gesprochen hat. Charley und Phil nehmen Chris Lewis unter die Lupe. Ich habe die halbe Nacht wachgelegen; der Gedanke ließ mich nicht los, Richard könnte recht haben. Dieser Selbstmord stinkt. Unterhalten Sie sich auch mit den Krankenschwestern.«

»Es gibt keine«, erklärte Katie lächelnd. »Nur die Sekretärin, Edna. Sie weiß alles über jeden. Ich saß vor einem Monat keine zwei Minuten im Wartezimmer, und dann habe ich ihr schon meine ganze Lebensgeschichte erzählt. Sie sollten vielleicht sogar Edna dazu heranziehen, die Zeugen zu befragen.«

»Ich müßte eine ganze Menge Leute heranziehen«, erklärte Myerson trocken. »Sprechen Sie mit den Kuratoriumsmitgliedern der Klinik. Gut, bis später.«

Katie ging in ihr Büro, schnappte sich ihre Akten und eilte zu dem Termin, den sie mit einem Verteidiger vereinbart hatte. Danach rannte sie in den Sitzungsraum im 2. Stock, wo sie gedankenverloren zuhörte, wie ein Zweiundzwanzigjähriger zu sieben Jahren Gefängnis verurteilt wurde, mit dessen Strafverfolgung sie beauftragt war. Er hätte genausogut zwanzig Jahre bekommen können für einen bewaffneten Raubüberfall mit schwerer Körperverletzung.

In dem Stapel der Mitteilungen fand sie zwei Notizen über Anrufe von Dr. Carroll, der erste um 9.15 Uhr und der zweite um 9.40 Uhr. Sie rief zurück, doch Richard war dienstlich unterwegs. Zuerst hatte sie sich durch seine zwei Anrufe ein wenig bedrängt gefühlt, doch als sie ihn nicht erreichte, war sie enttäuscht.

Sie rief die Paxis von Dr. Highley an. Ganz selbstverständlich erwartete sie, Ednas warme, näselnde Stimme am anderen Ende zu hören. Doch eine fremde Frauenstimme antwortete mit tiefem, kühlem Tonfall: »Praxis Dr. Highley, Dr. Fukhito.«

»Oh«, entfuhr es Katie. Sie überlegte kurz und entschloß sich dann, nach Edna zu fragen: »Ist Miß Burns zu sprechen?«

Es entstand eine kurze Pause, bevor sie Antwort erhielt. »Miß Burns kommt heute nicht. Sie hat sich krank gemeldet. Hier spricht Mrs. Fitzgerald.«

Katie fiel auf, wie sehr ihr daran gelegen war, Edna zu sprechen. »Es tut mir leid, daß es Miß Burns nicht gutgeht.« Dann erklärte sie kurz, daß Dr. Highley ihren Anruf erwartete und daß sie auch Dr. Fukhito aufsuchen wollte. Mrs. Fitzgerald schaltete sie auf die Warteleitung und meldete sich nach ein paar Minuten wieder.

»Selbstverständlich können Sie beide Ärzte aufsuchen. Dr. Fukhito hat zwischen vierzehn und siebzehn Uhr je fünfzehn Minuten vor jeder vollen Stunde Zeit, und Dr. Highley würde es um fünfzehn Uhr passen, sofern es auch Ihnen recht ist.«

»Gut, dann um fünfzehn Uhr bei Dr. Highley«, sagte Katie. »Und tragen Sie mich um drei Uhr fünfundvierzig bei Dr. Fukhito ein.«

Sie legte auf und wandte sich wieder ihrer Arbeit zu.

Um die Mittagszeit steckte Maureen Crowley, eine der Sekretärinnen, den Kopf zur Tür herein und fragte Katie, ob sie ihr auch einen Sandwich mitbringen sollte. Katie nickte nur, so tief steckte sie in den Vorbereitungen für die Verhandlung am Freitag.

»Roggenbrot mit Schinken, Senf und Salat, und dazu einen schwarzen Kaffee«, sagte Maureen.

Erstaunt sah Katie auf. »Bin ich tatsächlich so leicht zu durchschauen?«

Das Mädchen war etwa neunzehn, hatte rotgoldenes Haar, smaragdgrüne Augen und die typisch blasse Haut aller Rothaarigen.

»Eines muß ich Ihnen sagen, Katie, was Essen anbelangt, haben Sie gewisse Angewohnheiten.« Die Tür schloß sich wieder.

Katie mußte schlucken, ein Kloß saß ihr im Hals. Verwirrt stellte sie fest, daß sie den Tränen nahe war. In der Tat, ich muß wohl krank sein, wenn ich so empfindlich werde, dachte sie.

Als Maureen ihr den Sandwich und den Kaffee brachte, aß und trank sie, ohne recht zu wissen, was sie zu sich nahm. Ihr Fall, auf den sie sich zu konzentriere versuchte, war ein einziges Durcheinander. Ständig drängte sich Vangies Gesicht zwischen die beschriebenen Blätter.

16

Richard Carroll hatte eine unruhige Nacht. Wenige Minuten, nachdem er von Katie nach Hause gefahren war, klingelte das Telefon. Die Leichen von vier jungen Leuten waren ins Leichenschauhaus gebracht worden.

Gedankenverloren legte er auf. Er wohnte im 17. Stock eines Hochhauses nördlich der George-Washington-Brücke. Eine Weile lang starrte er aus seinem zimmerbreiten Panoramafenster auf die New Yorker Skyline, auf die Lichtspuren der Autos, die sich tief unter ihm die Henry-Hudson-Parkway entlangzogen, und die blaugrünen Leuchtpunkte, die die Silhouette der George-Washington-Brücke aus dem Dunkel hoben.

In diesem Augenblick würde bei den Eltern der jungen Leute das Telefon klingeln, und man würde ihnen erklären, daß ihre Kinder nicht mehr heimkämen.

Richard sah sich in seinem Wohnzimmer um. Ein riesiges Sofa, bequeme Sessel, ein Orientteppich in Blau und Braun, ein eingebautes Bücherregal und zwei massive Eichentische. Einige echte Aquarelle, es waren Segelboote, hingen an den Wänden. Richard schluckte trocken und fuhr mit der Hand über den tiefen, lederbezogenen Lehnstuhl. Eigentlich hatte er vor, sich dort hinzusetzen, sich einen Schlummertrunk zu genehmigen und zu lesen. Statt dessen beschloß er, zum Leichenschauhaus zu fahren, um bei der Identifikation der vier jungen Leute dabei zu sein. Freilich, man konnte den Eltern herzlich wenig helfen, aber es beruhigte sein Gewissen, wenn er wenigstens einen Versuch unternahm.

Erst gegen vier war er wieder in seiner Wohnung. Beim Ausziehen fragte er sich, ob er bekümmert sei durch seine Arbeit. Die jungen Leute hatten gräßlich ausgesehen. Sie waren bei dem Aufprall zerquetscht worden, bis auf den Kopf des Mädchens. Der hatte dunkles Haar gehabt und eine schmale, gerade Nase. Er mußte an Katie denken.

Ihr Autounfall ging ihm nicht aus dem Sinn. Dauernd dachte er daran. Es war ihm, als hätte sich ihre Beziehung seit diesem Abendessen mit Lichtgeschwindigkeit entwikkelt.

Wovor hatte sie Angst? Warum konnte sie John DeMaio nicht vergessen? Wieso konnte sie nicht einfach sagen: »Danke für die schönen Erinnerungen«, und dann weiterleben?

Als Richard im Bett lag, fühlte er doch eine ganz leise Befriedigung über sich und seine Arbeit aufkommen. Die Eltern der vier Studenten hatten ihm Glauben geschenkt, daß ihre Kinder auf der Stelle tot gewesen waren und nichts gespürt hatten.

Für zwei Stunden fand er einen unruhigen Schlaf. Dann

weckte ihn ein Telefonanruf. Eine alte Frau aus den Slums von Chester im Norden von Valley County hatte sich erhängt. Er fuhr zu der Wohnung. Die Tote hatte einen Zettel an ihrem Kleid: *Ich bin krank und müde und habe niemand mehr. Ich gehe zu Sam. Ich wollte euch keine Last sein.*

Er dachte an die Ungereimtheit, die ihn immer wieder beschäftigte: Nach alledem, was er über Vangie Lewis gehört hatte, hätte sie eigentlich eine Nachricht hinterlassen müssen, in der sie ihren Mann für ihre Tat verantwortlich machte.

Die meisten Frauen schrieben Abschiedsbriefe.

Als er dann im Büro war, versuchte Richard, Katie anzurufen; zweimal. Er hoffte, sie gerade zwischen ihren Gerichtsterminen zu erwischen. Er brauchte ihre Stimme. Der Gedanke, daß er sie gestern abend so allein in dem riesigen Haus zurückgelassen hatte, beunruhigte ihn. Aber Katie war nicht zu erreichen.

Woher diese Ahnung, daß Katie etwas zustoßen könnte?

Er ging wieder ins Labor, wo er bis 16.30 Uhr durcharbeitete. Danach kehrte er in sein Büro zurück. Las dort die Gesprächsnotizen und stellte erstaunt und erfreut zugleich fest, daß sie zurückgerufen hatte. Warum sollte sie auch nicht? Sofort rief er Katie an. In der Telefonvermittlung sagte man ihm, daß Mrs. DeMaio gegangen sei und heute auch nicht mehr ins Büro kommen würde. Wo sie zu erreichen wäre? Die Telefonistin wußte es nicht. So ein Pech. Jetzt konnte er sie heute nicht mehr sprechen, da er Clovis Simmons nach New York zum Essen eingeladen hatte. Clovis war Schauspielerin und gerade im Fernsehen in einem Spielfilm zu sehen. Sie war eine richtige Frohnatur. Er ging gerne mit ihr aus. Ihm war dabei nicht entgangen, daß sie feste Absichten hatte.

Richard entschloß sich: Das sollte mit ihr das letzte Mal sein, heute abend. Es wäre sonst unfair. Ohne über den Grund für seinen Entschluß nachzudenken, lehnte er sich dumpf brütend im Sessel zurück. Er kam sich vor, als sei er irgendwo im Mittelwesten unterwegs und hörte plötzlich eine Rundfunkdurchsage, die vor einem Wirbelsturm warnte.

Es war nicht übertrieben, als er Myerson gegenüber erwähnte, Vangie Lewis hätte auf das Zyankali verzichten können, wenn sie nicht bald entbunden hätte. Wie viele Frauen brachte man in der Westlake-Klinik durch die Schwangerschaftsbetreuung in eine ähnliche Lage? Molly war von den Gynäkologen hellauf begeistert, weil eine ihrer Freundinnen dank der Schwangerschaftsbetreuung ein Kind bekommen hatte. Aber wie stand es mit Mißerfolgen? Wie viele gab es davon? War die Sterberate unter den Patientinnen dort etwa auffallend hoch? Richard rief seine Sekretärin über die Sprechanlage.

Marge kam sofort. Sie war Mitte fünfzig und hatte ihr graumeliertes Haar in duftige Wellen gelegt wie Jacky Kennedy in den frühen sechziger Jahren. Der Rocksaum stand einige Zentimeter über ihren kräftigen Knien. Sie war eine erstklassige Sekretärin. Trotz der Tragödien, die sie in ihre Schreibmaschine hineinzutippen hatte, war sie mit Freude bei der Arbeit.

»Marge«, sagte er, »ich brauche Material über die Westlake-Klinik. Inoffiziell natürlich und nur über die Westlake-Schwangerschaftsbetreuung. Das Modell läuft seit etwa acht Jahren. Erstens möchte ich wissen, wie viele Todesfälle es entweder bei der Entbidnung oder infolge von Schwangerschaftskomplikationen gegeben hat, zweitens, wie hoch die Sterbeziffer im Verhältnis zur Zahl der behandelten Patientinnen ist. Aber niemand soll von diesen Nachforschungen erfahren. Ich möchte auch nicht, daß Myerson eine Einsichtnahme in die Krankenhausakten erwirkt. Kennen Sie jemanden in der Klinik, der sich die Unterlagen für uns heimlich durchsieht?«

Marge runzelte angestrengt die Stirn, so daß selbst noch auf ihrer kurzen, leicht gebogenen Nase Fältchen erschienen. »Lassen Sie mich nur machen.«

»Sehr gut. Noch etwas. Prüfen Sie nach, ob es jemals gegen einen Frauenarzt in der Westlake-Klinik einen Kunstfehlerprozeß gegeben hat; es spielt keine Rolle, ob es zu einem Urteil kam oder nicht. Mich interessiert nur der etwaige Anlaß für einen solchen Fall.«

Richard war beruhigt. Er hatte etwas in die Wege geleitet. Rasch machte er sich auf den Nachhauseweg; er mußte sich noch duschen und umziehen. Kaum hatte er sein Büro verlassen, nahm Marge einen Anruf entgegen. Dr. Broad vom Mount-Sinai-Krankenhaus, Abteilung Pränatale Medizin. Richard sollte unbedingt am nächsten Morgen sich mit ihm in einer dringenden Angelegenheit in Verbindung setzen.

17

Um viertel vor drei machte sich Katie auf den Weg zur Klinik. Das Wetter war unverändert kalt geblieben. Der Himmel düster und wolkenverhangen. Wenigstens waren die Straßen schnee- und eisfrei. Katie bremste den Wagen stark herunter, bevor sie durch ihre Kurve fuhr.

Sie war etwas zu früh. Sie hätte sich ruhig Zeit lassen sollen. Mrs. Fitzgerald, Ednas Vertretung: höflich, aber reserviert. Als Katie sie fragte, ob sie oft für Edna aushelfe, erwiderte Mrs. Fitzgerald kurz angebunden: »Miß Burns fehlt fast nie. Ich brauche sie hier nur selten zu vertreten.«

Katie kam die Antwort über Gebühr schroff vor. Warum denn nur?

»Es tut mir leid, daß Miß Burns heute krank ist«, sagte sie schnell. »Ich hoffe, es ist nichts Ernstes.«

»Nein.« Mrs. Fitzgerald wurde sichtlich nervös. »Anscheinend eine Virussache. Morgen ist sie bestimmt wieder da.«

Im Wartezimmer saßen einige schwangere Frauen. Aber alle vergruben sich hinter ihren Illustrierten. Katie sah keine Möglichkeit zu einer erfolgversprechenden Unterhaltung.

Eine weitere Schwangere mit molligem Gesicht trat ein. Sie kam vom Flur, der zu den Sprechzimmern führte. Ihre Bewegungen waren bedächtig und wohlüberlegt. Auf dem Schreibtisch ertönte der Summer, und Mrs. Fitzgerald nahm den Hörer ab.

»Mrs. DeMaio zu Dr. Highley«, verkündete sie. Sie schien erleichtert.

Katie eilte über den Flur zu. Dr. Highleys Sprechzimmer. Erste Tür rechts, wie sie sich erinnerte. Sie hielt sich an die Anweisungen auf dem Türschild: Bitte anklopfen. Dann eintreten. Das Sprechzimmer war nicht allzu groß, es wirkte eher wie ein bequem eingerichtetes Arbeitszimmer. An einer Wand standen Bücherregale, an einer anderen hingen reihenweise Fotos von Müttern mit ihren Babys. Ein Clubsessel stand vor seinem mit Intarsien belegten Schreibtisch. In Gedanken ging Katie die übrigen Zimmer durch: den Untersuchungsraum, die Toilette und das Nebenzimmer, das als Küche und Sterilisierraum diente. Dr. Highley saß am Schreibtisch, stand jedoch auf, als er sie begrüßte. »Guten Tag, Mrs. DeMaio.« Es klang höflich. Katie bemerkte einen leichten britischen Akzent. Dr. Highley war mittelgroß, etwas unter einem Meter achtzig. Gesunde Haut und ein volles Gesicht mit einem runden Kinn. Sein Körperbau machte einen kräftigen Eindruck. In seinem akkurat gescheitelten, schütteren blonden Haar zeigten sich graue Strähnen. Augenbrauen und Lider betonten die leicht hervortretenden grauen Augen. Insgesamt gesehen war er nicht gerade gutaussehend, aber doch eine imponierende, eindrucksvolle Erscheinung.

Katie errötete, als sie bemerkte, daß ihm ihre prüfenden Blicke unangenehm aufgefallen waren. Eilig nahm sie Platz. Sie bedankte sich für seinen Anruf, um ihn freundlicher zu stimmen.

»Dazu ist überhaupt kein Grund«, war die vorwurfsvolle Reaktion des Arztes. »Wenn Sie auf der Unfallstation angegeben hätten, daß Sie eine Patientin von mir sind, hätte man

Sie in den Westflügel gelegt, wo es viel angenehmer ist. Und die Aussicht ist fast ebenso gut«, fügte er hinzu, während Katie in der Umhängetasche nach ihrem Notizblock kramte.

Schnell blickte sie auf. »Apropos Aussicht. Jede Aussicht wäre besser gewesen, als die, die ich vorgestern nacht hatte. Ich sah...« Sie hielt inne. Der Notizblock in ihrer Hand erinnerte sie daran, daß sie dienstlich hier war. Und was würde er von ihr denken, wenn sie ihm von ihren Alpträumen erzählte? Unwillkürlich richtete sie sich auf.

»Zunächst würde ich gerne über Vangie Lewis sprechen, Dr. Highley«, begann sie. »Fürs erste sollten wir unsere Rollen tauschen, denn ich stelle jetzt die Fragen«, fügte sie lächelnd hinzu.

Seine Miene verdüsterte sich. »Ich wünschte, es gäbe einen erfreulicheren Anlaß für unseren Rollentausch. Die Ärmste! Seit ich davon gehört habe, konnte ich kaum noch an etwas anderes denken.«

Katie nickte. »Ich kannte Vangie zwar nur flüchtig, aber mir erging es ähnlich. Nun, es ist nur eine Routinefrage, aber da man keinen Abschiedsbrief bei ihr fand und somit nicht auf mögliche Motive ihres Selbstmordes schließen kann, benötigen wir von Ihnen leider genaue Angaben über ihre seelische Verfassung.« Sie stockte kurz. Dann fragte sie: »Wann haben Sie Vangie Lewis zum letztenmal gesehen?« Er lehnte sich in seinem Stuhl zurück, die Hände unter dem Kinn verschränkt. Katie fielen die sorgfältig manikürten Fingernägel auf. Er sprach langsam: »Am Donnerstagabend. Ich habe Mrs. Lewis gebeten, mindestens einmal wöchentlich zu erscheinen, seit sie im fünften Monat war. Hier ist ihre Akte.«

Er deutete auf den Ordner auf seinem Schreibtisch. Das Rückenschild war beschriftet: LEWIS, VANGIE. Ein unpersönlicher Gegenstand, dachte sich Katie, der nur noch sehr vage daran erinnerte, daß Vangie Lewis genau vor einer Woche nebenan im Untersuchungszimmer gelegen hatte, um sich den Blutdruck messen und den Herzschlag ihres Kindes abhorchen zu lassen.

»Wie war Mrs. Lewis' körperliche und seelische Verfassung?« fragte Katie.

»Zunächst zu ihrer körperlichen Verfassung: Natürlich war sie besorgniserregend. Es bestand Gefahr einer Schwangerschaftsvergiftung, weshalb ich sie immer unter Beobachtung hielt. Und dennoch stiegen die Chancen für das Kind mit jeder weiteren Schwangerschaftswoche.«

»Hätte sie es bis zum vollendeten neunten Monat austragen können?«

»Ausgeschlossen. Ich habe vielmehr Mrs. Lewis letzten Donnerstag darauf aufmerksam gemacht, daß wir sie höchstwahrscheinlich in zwei Wochen hierbehalten und dann die Wehen einleiten müßten.«

»Wie hat sie die Nachricht aufgenommen?«

Er runzelte die Stirn. »Ich hatte erwartet, daß Mrs. Lewis sich große Sorgen um ihr Baby machte. Aber je näher der Termin rückte, an dem das Kind zur Welt hätte kommen sollen, hatte sie Angst vor der Entbindung. Manchmal erschien sie mir ein wenig wie ein naives kleines Mädchen, das mit ihren Puppensachen spielt, das aber zu Tode erschrecken würde, wenn ihre Puppe anfinge zu leben.«

»Ich verstehe.« Katie kritzelte nachdenklich auf ihrem Block herum.

»Hatte Vangie auch ganz konkrete Depressionen?«

Dr. Highley schüttelte den Kopf. »Nicht daß ich wüßte. Aber meines Erachtens kann Dr. Fukhito diese Frage besser beantworten. Sie war am Montagabend in seiner Sprechstunde, und er vermag die Symptome besser als ich zu erkennen, vor allem, wenn sie verdeckt sind. Mein Gesamteindruck war: eine Frau, die sich schrecklich vor der Entbindung fürchtete.«

»Eine letzte Frage«, sagte Katie. »Ihr Sprechzimmer liegt unmittelbar neben Dr. Fukhitos. Haben Sie Mrs. Lewis an jenem Montag irgendwann einmal gesehen?«

»Nein.«

»Vielen Dank, Herr Doktor. Sie haben mir sehr weitergeholfen.«

Sie steckte den Notizblock wieder in ihre Umhängetasche. »Jetzt sind Sie mit ihren Fragen an der Reihe.«

»Ich habe nicht allzu viele. Sie haben mir ja gestern abend schon einiges gesagt. Wenn Sie sich mit Dr. Fukhito unterhalten haben, gehen Sie bitte auf Zimmer 101 im anderen Flügel. Dort erhalten Sie eine Bluttransfusion. Warten Sie aber danach eine halbe Stunde, bevor Sie sich wieder ins Auto setzen.«

»Ich dachte, das beträfe nur Blutspender«, wunderte sich Katie.

»Nur um sicherzugehen, daß sich keine Unverträglichkeit einstellt. Außerdem...« Er öffnete die Schreibtischschublade. Katie konnte kleine Fläschchen erkennen, die dort sauber aufgereiht standen. Er wählte eines aus, das etwa zehn Pillen enthielt. »Heute abend nehmen Sie bitte die erste«, erklärte er. »Und morgen alle vier Stunden eine und ebenso am Freitag. Also morgen vier Tabletten und übermorgen vier. Die Menge hier dürfte genügen. Ich betone: Die Tabletten müssen strikt eingenommen werden. Ihnen ist ja bekannt, daß wir eine umfassende Operation vornehmen müssen, wenn dieser Eingriff Sie nicht von Ihrem Problem befreit.«

»Ich werde die Pillen schlucken«, versprach Katie.

»Gut. Kommen Sie dann am Freitagabend um sechs Uhr in die Klinik.

Katie nickte.

»Schön. Ich schaue dann bei meiner Abendvisite bei Ihnen vorbei – haben Sie etwa Angst?«

Sie hatte ihm schon bei ihrem ersten Termin vor ihrer Krankenhausphobie berichtet. »Nein, eigentlich nicht«, wehrte sie ab.

Er hielt ihr die Tür auf. »Dann bis Freitag, Mrs. DeMaio«, sagte er liebenswürdig.

18

Phil Cunningham und Charley Nugent kehrten gegen 16 Uhr in die Staatsanwaltschaft zurück. Ihre Gesichter glühten vor Erregung. Sie glichen Spürhunden, die ihr Opfer zu Tode gehetzt hatten. Beide stürzten in Scott Myersons Büro.

»Der Ehemann lügt«, platzte Cunningham heraus. »Er hätte zwar ursprünglich erst gestern früh zurückkommen sollen, aber sein Flugzeug hatte einen Düsenschaden. Die Passagiere gingen in Chicago von Bord, und die Mannschaft flog mit einer anderen Maschine zurück nach New York. Er war am Montagabend schon hier.«

»Montagabend!« entfuhr es Myerson.

»Genau. Und dann hat er sich im Holiday Inn ein Zimmer genommen.«

»Wie haben Sie das herausbekommen?«

»Wir haben uns die Mannschaftsliste des Montagsfluges besorgt und uns mit allen unterhalten. Der Steward wohnt in New York. Lewis hat ihn nach Manhattan mitgenommen, wo er anschließend mit ihm essen ging. Lewis hat ihm ein Lügenmärchen aufgetischt. Da seine Frau verreist sei, könne er sich mal richtig amüsieren. Er wolle dann in der Stadt übernachten.«

»Das hat er dem Steward erzählt?«

»Ja. Er hat seinen Wagen am Holiday Inn abgestellt und sich angemeldet. Dann sind die beiden zum Essen gegangen, und der Steward ist um neunzehn Uhr zwanzig nach Hause gefahren. Danach hat Lewis sein Auto aus der Hotelgarage geholt. Dort sagte man mir, daß er über zwei Stunden lang weg war und um zehn wiederkam. Und nun, hören Sie sich das an. Gegen Mitternacht ist er erneut losgefahren und um zwei war er wieder im Hotel.«

Myerson pfiff durch die Zähne. »Er hat uns angelogen, was den Rückflug anbetraf, und den Steward, was seine Frau anbetraf. Mit dem Auto war er zwischen acht und zehn und dann noch einmal zwischen Mitternacht und zwei Uhr morgens unterwegs. Wann, hat Richard gesagt, starb Vangie Lewis?«

»Zwischen acht und zehn Uhr abends«, sagte Cunningham.

Charley Nugent hatte bisher geschwiegen. »Wir haben noch mehr«, fügte er hinzu. »Lewis hat eine Geliebte, eine Stewardeß bei der PanAm namens Joan Moore, wohnhaft in New York, achtundsiebzigste Straße Ost 201. Der Hausmeister hat uns erzählt, daß Chris Lewis sie gestern vormittag vom Flughafen nach Hause gebracht hat. Sie hat ihre Reisetasche bei ihm unten abgegeben. Dann sind die beiden in das Drugstore gegenüber zum Kaffeetrinken gegangen.«

Myerson trommelte mit dem Kugelschreiber auf den Tisch. Ein altbekanntes Zeichen für seine Mitarbeiter, daß ein neuer Auftrag bevorstand. Nugent und Cunningham zückten ihre Notizbücher.

»Jetzt ist es sechzehn Uhr«, sagte Myerson knapp. »Die Herren Richter werden das Haus bald verlassen. Versuchen Sie, einen von ihnen zu erreichen. Bitten Sie ihn, sich noch eine Viertelstunde zu gedulden. Er soll uns einen Haftbefehl ausstellen.«

Cunningham spurtete zum Telefon.

»Und Sie«, fuhr Myerson fort und deutete auf Nugent, »forschen nach, welches Friedhofsamt von Minneapolis die Beerdigung von Vangie Lewis auszuführen hat. Sorgen Sie dafür, daß sie nicht bestattet wird; vor allem aber, daß Chris Lewis sie nicht verbrennen läßt. Vielleicht müssen wir sie uns noch einmal ansehen. Hat Lewis angegeben, wann er wieder hier sein würde?«

Nugent nickte. »Er wollte morgen unmittelbar nach der Beerdigungsfeier zurückfliegen.«

Myerson schnarrte: »Finden Sie heraus, mit welchem Flugzeug er ankommt. Holen Sie ihn ab und bringen Sie ihn hierher.«

»Glauben Sie, daß er auszurücken versucht?« zweifelte Nugent.

»Nein. Er gedenkt, sich durchzumogeln. Wenn er Grips hat, ist ihm klar, daß wir nichts Beweiskräftiges gegen ihn haben. Deshalb möchte ich mit seiner Freundin reden. Was wissen Sie über das Mädchen?«

»Sie wohnt mit zwei anderen Stewardessen in New York. Sie will sich nach Miami versetzen lassen, um auf der Südamerikaroute zu fliegen. Sie hält sich im Augenblick in Fort Lauderdale auf, wo sie sich eine Wohnung nehmen will. Am späten Freitagnachmittag ist sie wieder hier.«

»Fangen Sie sie ebenfalls ab«, befahl Myerson. »Laden Sie auch das Mädchen zu einer kleinen Fragestunde ein. Wo war sie am Montagabend?«

»In einer Maschine nach New York. Zweifelsfrei.«

»Na gut.« Myerson zögerte. »Noch etwas anderes. Ich möchte eine Aufstellung aller Telefonate, die im Lewisschen Haus getätigt werden oder eingegangen sind. Vergewissern Sie sich auch, ob irgendwo im Haus ein Anrufbeantworter steht. Lewis ist Pilot. Es wäre denkbar, daß er einen hätte.«

Phil Cunningham hatte den Telefonhörer wieder aufgelegt. »Richter Haywood bleibt noch eine Weile hier.«

Myerson griff zum Telefon und wählte Richards Nummer. Er fragte nach Richard und brummelte dann: »Verflixt, der einzige Tag in der Woche, an dem er früher geht, muß ausgerechnet heute sein!«

»Brauchen Sie ihn denn so dringend?« Nugent konnte seine Neugierde nicht verbergen.

»Ich wollte von ihm wissen, was er mit der Andeutung meinte, an der Sache sei noch etwas anderes faul. Erinnern Sie sich? Es könnte noch wichtig für uns werden. Nun, machen wir uns an die Arbeit. Wenn Sie die Hausdurchsuchung vornehmen, durchkämmen Sie alles bis in den letzten Winkel, vor allem nach Zyankali. Wir müssen herausbekommen, wo Vangie Lewis sich das Gift besorgt hat. Beziehungsweise Chris Lewis«, fügte er schnell noch hinzu.

19

Verglichen mit Dr. Highleys Sprechzimmer schienen Dr. Fukhitos Räumlichkeiten größer und heller. Sein schmaler, zierlicher Schreibtisch beanspruchte weit weniger Platz als Dr. Highleys englischer Eichentisch. Elegante Korbsessel mit Sitz- und Armpolstern und eine dazu passende Couch ersetzten Dr. Highleys Clubsessel. Anstelle der gerahmten Fotos von Müttern und Babys hingen in Dr. Fukhitos Sprechzimmer interessante Holzschnitte von Uki-yo-e.

Dr. Fukhito war größer als Katie gedacht hatte. Es sei denn, dachte sie sich, er hatte eine so aufrechte Haltung, daß er größer erschien, als er tatsächlich war. Nein, sie schätzte ihn etwa auf einen Meter fünfundsiebzig.

Wie Dr. Highley war auch Dr. Fukhito teuer und konservativ gekleidet. Das hellblaue Hemd und die pastellblaue Seidenkrawatte paßten vorzüglich zu seinem dunklen Nadelstreifenanzug. Das pechschwarze Haar und sein gepflegtes Oberlippenbärtchen kontrastierten faszinierend zu diesem blaßgelben Gesicht mit den europäisch wirkenden Mandelaugen. Ein ausgesprochen gutaussehender Mann.

Und wahrscheinlich auch ein ausgezeichneter Psychiater, vermutete Katie. Sie kramte erneut nach ihrem Notizblock. Dabei ließ sie sich bewußt Zeit, um alle Eindrücke in sich aufnehmen zu können.

Ihr Besuch bei Dr. Fukhito im letzten Monat war nur kurz und unergiebig gewesen. Lächelnd hatte er ihr erklärt: »Der Mutterleib ist ein faszinierendes Gebilde. Manchmal lassen unregelmäßige oder langanhaltende Blutungen auf emotionale Schwierigkeiten schließen.«

»Das bezweifle ich«, hatte Katie entgegnet. »Meine Mutter hatte jahrelang das gleiche Problem. Und soweit ich gehört habe, ist es erblich oder kann es zumindest sein.«

Er hatte sie über ihr Privatleben ausgefragt. »Angenommen, eine Unterleibsoperation erwiese sich eines Tages als nötig. Wie würden Sie sich damit abfinden?«

»Die Vorstellung wäre gräßlich«, hatte Katie geantwortet. »Ich habe mir immer eigene Kinder gewünscht.«

»Haben Sie Heiratspläne? Haben Sie eine feste Beziehung?«

»Nein.«

»Wie kommt das?«

»Weil ich mich im Augenblick hauptsächlich meinem Beruf widme.« Sie hatte den Fragen ein abruptes Ende gesetzt. »Ich weiß, Sie meinen es gut mit mir, aber ich habe keine größeren seelischen Schwierigkeiten. Ich werde sehr erleichtert sein, wenn man mich von meinem Unterleibsproblem befreit hat. Und ich versichere Ihnen, es ist rein organisch.«

Er hatte sich sofort erhoben, war auf sie zugekommen und hatte ihr die Hand gereicht. »Da Sie jetzt Dr. Highleys Patientin sind, denken Sie bitte daran, daß ich hier nebenan immer zur Verfügung stehe, sobald Sie das Gefühl haben, sich bei jemandem aussprechen zu müssen.«

Einige Male war ihr im vergangenen Monat für einen Moment der Gedanke gekommen, Dr. Fukhito aufzusuchen, um ein fundiertes und objektives Bild ihres Gefühlslebens zu erhalten. Oder war ihr dieser Einfall erst vor kurzem gekommen, etwa gestern abend, nach dem Essen mit Richard?

Sie verdrängte diese Gedanken wieder, richtete sich in ihrem Sessel auf und zückte den Kugelschreiber. Dabei rutschte ihr Ärmel zurück und ihr bandagierter Arm kam zum Vorschein.

»Es wird Ihnen bekannt sein, daß eine Patientin von Ihnen und Dr. Highley am Montagabend verstorben ist.«

Sie sah, wie sich seine Augenbrauen ein wenig hoben. Hatte er von ihr erwartet, daß sie ihm gegenüber konkret erwähnte, Vangie habe Selbstmord begangen?

Katie fuhr fort. »Dr. Fukhito, Vangie hat Sie vorgestern abend gegen acht Uhr aufgesucht. Ist das richtig?«

Er nickte. »Sie erschien um punkt acht Uhr.«

»Wie lange blieb sie?«

»Eine knappe Dreiviertelstunde. Am Nachmittag hatte sie

angerufen und um einen Termin gebeten. Gewöhnlich arbeite ich montags immer bis acht, und mein Terminkalender war voll. Das habe ich ihr mitgeteilt und ihr den Dienstagvormittag vorgeschlagen.«

»Was hat sie daraufhin gesagt?«

»Sie hat am Telefon geweint. Sie schien völlig aufgelöst. Deshalb habe ich ihr angeboten, selbstverständlich noch um acht vorbeizukommen.«

»Weshalb war sie so deprimiert, Dr. Fukhito?«

Er sprach langsam, wählte seine Worte sorgfältig. »Sie hatte einen Streit mit ihrem Mann. Sie war überzeugt, daß er sie nicht mehr liebte und auch das Kind nicht wollte. Die Schwangerschaft begann ihre Gesundheit anzugreifen. Eigentlich war sie ziemlich unreif – ein Einzelkind, verzogen und äußerst empfindlich. Körperliche Beschwernisse waren ihr zuwider, und die bevorstehende Geburt machte ihr Angst.«

Unwillkürlich richtete Katie ihren Blick auf den Stuhl rechts neben dem Schreibtisch. Dort hatte Vangie am Montag gesessen, eingehüllt in ihren langen Kaftan, der alles verdecken sollte.

Katie musterte Dr. Fukhito aufmerksam. Der Mann schien nervös. Welchen Rat hatte er Vangie erteilt, so daß sie nichts besseres zu tun hatte, als nach Hause zu gehen und sich umzubringen, oder in die Arme eines Mörders getrieben wurde, wenn Richards Verdacht richtig war? Der Streit. Chris Lewis hatte nicht zugegeben, daß er sich mit Vangie gestritten hatte.

Katie beugte sich kurz vor und sagte dann: »Ich kann verstehen, Dr. Fukhito, daß Sie Ihre Schweigepflicht wahren und nicht über Ihre Gespräche mit Mrs. Lewis reden wollen, aber Sie müssen unsere Suche nach der Wahrheit schon unterstützen. Sie sollten alles sagen, was Sie über den Streit mit ihrem Mann wissen.«

Katies Stimme drang wie von ferne an sein Ohr. Er sah Vangies Augen, die ihn erschrocken anstarrten. Mit Mühe konnte er seine Gedanken ordnen. »Mrs. Lewis glaubte, daß ihr Mann eine andere Frau liebte, und sie hat ihm dies auch vorgeworfen. Sie hatte ihn gewarnt, sie würde dieser Frau das Leben zur Hölle machen, wenn sie herausfand, wer sie war. Sie war wütend, aufgebracht, verbittert und verstört.«

»Was haben Sie ihr geraten?«

»Ich versprach, ihr vor und während der Entbindung jede erdenkliche Unterstützung zuteil werden zu lassen. Ich habe ihr gesagt, wir hofften, daß sie ihr ersehntes Kind gesund zur Welt brächte und daß es vielleicht ein Mittel zur Rettung ihrer Ehe wäre.«

»Wie hat sie darauf reagiert?«

»Sie hat sich allmählich beruhigt. Dennoch fühlte ich mich verpflichtet, ihr zu empfehlen, die Möglichkeit einer Scheidung ins Auge zu fassen, wenn sich die ehelichen Beziehungen nach dieser Geburt nicht bessern würden.

»Und dann?«

»Sie wurde wütend. Sie erklärte, sie werde es nie dulden, daß ihr Mann sie verließe. Sie beschimpfte mich. Ich stünde wie alle anderen auf seiner Seite. Sie erhob sich, nahm ihren Mantel und ging.«

»Was haben Sie dann gemacht. Dr. Fukhito?«

»Ich konnte überhaupt nichts tun. Sie solle nach Hause fahren, riet ich ihr, sich gründlich ausschlafen und mich am nächsten Morgen anrufen. Ich hatte gemerkt, daß es noch zu früh für sie war, sich mit der augenscheinlichen Tatsache auseinanderzusetzen, daß ihr Mann die Scheidung verlangte.«

»Ist sie dann gegangen?«

»Ja. Sie hatte ihren Wagen auf dem hinteren Parkplatz abgestellt. Gelegentlich bat sie mich, meinen Privateingang benutzen zu dürfen, um unmittelbar zu ihrem Auto zu gelangen. Aber nicht am Montagabend. Sie ging einfach wieder zur Sprechzimmertür hinaus.«

»Und dann haben Sie nichts mehr von ihr gehört?«

»Nein.«

»Ach ja.« Katie erhob sich und ging zu der holzvertäfelten Wand mit den Bildern hinüber. Sie wollte Dr. Fukhito reden lassen. Er schien etwas zu verheimlichen, denn er war aufgeregt.

»Ich war am Montag ebenfalls zur Behandlung hier«, plauderte sie. »Ich hatte einen kleinen Autounfall und wurde hierher eingeliefert.«

»Ich habe davon gehört. Geht es Ihnen wieder besser?«

»Ja.« Katie stand vor einem der Bilder, *Gasse in Yabu Koji Atagoshita*. »Es ist hübsch«, sagte sie. »Ein Bild aus der Reihe *Hundert Ansichten von Yedo*, nicht wahr?«

»Richtig. Sie kennen sich aber gut aus in japanischer Kunst.«

»Eigentlich nicht. Mein Mann war ein echter Kenner und hat mir ein wenig beigebracht. Auch ich besitze ein paar Bilder aus der Serie, aber dieses hier ist besonders schön. Ein ungewöhnliches Vorhaben, von ein und demselben Ort hundert Ansichten zu malen, nicht wahr?«

Er horchte auf. Katie kehrte ihm den Rücken zu, daher konnte er nicht sehen, wie sie die Lippen zusammenkniff.

Katie drehte sich rasch um. »Man brachte mich am Montagabend um zehn in dieses Krankenhaus. Halten Sie es irgendwie für möglich, daß Vangie um zwanzig Uhr nicht nach Hause gefahren ist, sondern sich noch hier in der Klinik aufgehalten hat? Und daß ich sie vielleicht im Halbschlaf hier gesehen habe, als ich um zehn Uhr eingeliefert wurde?«

Dr. Fukhito blickte Katie entgeistert an. Er spürte, wie ihm kalter Angstschweiß aus den Poren trat. Er zwang sich zu einem Lächeln. »Ich weiß nicht, wie das hätte möglich sein sollen.« Doch Katie bemerkte, wie sich seine Hand zur Faust ballte und sich die Fingerknöchel weiß färbten. Er schien sich dazu zu zwingen, sitzenzubleiben und nicht wegzurennen. In seinen Augen blitzte etwas auf. War es Zorn – oder Furcht?

20

Um siebzehn Uhr stellte Gertrude Fitzgerald das Telefon auf automatische Anrufbeantwortung um und schloß ihren Schreibtisch ab. Schon leicht verunsichert wählte sie Ednas Nummer, doch wieder erhielt sie keine Antwort. Plötzlich war ihr alles klar: Edna hatte wieder ihre Manhattan-Tour angefangen. Dabei war sie so eine fröhliche, liebe Person. Mochte wirklich jeden. Beide gingen sie oft gemeinsam in die Krankenhauskantine zum Mittagessen. Gelegentlich hatte Edna gesagt: »Komm, ich brauch' was Anständiges.« Das hieß dann, in die Bar um die Ecke gehen und einen Manhattan verlangen. In letzter Zeit hatte Gertrude sie immer dazu überreden müssen, sich auf einen Drink zu beschränken, und zum Ausgleich gescherzt: »Nimm dafür am Abend zwei, meine Liebe.«

Gertrude konnte Edna verstehen. Zwar trank sie selbst keine Alkoholika, aber sie kannte dieses brennende Gefühl der Leere, das man bekommt, wenn das Leben nur noch daraus besteht, Tag aus Tag ein zur Arbeit zu gehen und wieder nach Hause. Edna und sie hatten sich oft über die Zeitungsartikel lustig gemacht, die einem nahelegten, Yoga oder Tennis zu lernen, dem Wanderverein beizutreten oder die Abendakademie zu besuchen. Edna hatte fürchterlich gewitzelt: »Ich und Schneidersitz – mit meinen dicken Beinen? Das schaff' ich ja doch nie. Und die Natur ist im Kino viel, viel angenehmer. Und von den griechischen Helden hören, was soll's? Da bin ich abends viel zu müde. Ich würde mir höchstens wünschen, daß mir auf dem Heimweg ein netter Mann begegnet, der mit mir schlafen will. Und glaub mir, ich hätte nichts dagegen, wenn er danach schnarcht.«

Gertrude war seit sieben Jahren Witwe. Sie hatte wenigstens Kinder und Enkelkinder, Menschen, die sich um sie sorgten, die anriefen, sich gelegentlich ein paar hundert Dollar von ihr liehen, Menschen, die sie brauchten. Sie war, weiß Gott, auch oft einsam, aber es war nicht so wie bei Edna.

Sie hätte schwören können, Dr. Highley wußte, daß sie geschwindelt hatte, als sie ihm von Ednas Krankmeldung erzählte. Aber von Edna wußte sie, daß Dr. Highley sie wegen ihrer Trinkerei verwarnt hatte. Edna brauchte ihre Arbeit. Das Pflegeheim, in dem sie ihre betagten Eltern untergebracht hatte, war sehr teuer gewesen. Aber Edna hatte nie darüber geklagt.

Wenn aber Edna nicht getrunken hatte? Wenn sie tatsächlich krank war? Der Gedanke ließ Gertrude frösteln. Keine lange Überlegung. Sie mußte bei Edna vorbeischauen – und zwar sofort. Wenn sie betrunken war, würde sie ihr helfen, wieder nüchtern zu werden. Wenn sie krank war, würde sie Edna umsorgen.

Gertrude beruhigte sich ein wenig und erhob sich rasch. Da war noch etwas. Diese Mrs. DeMaio von der Staatsanwaltschaft. Sie war sehr freundlich gewesen, aber man hatte ihr angemerkt, daß sie sich gerne mit Edna unterhalten hätte. Wahrscheinlich würde sie Edna morgen anrufen. Was konnte sie nur von ihr wollen? Was konnte ihr Edna über Mrs. Lewis erzählen? Was nur?

Während der ganzen Fahrt zu Ednas Wohnung konnte Gertrude an nichts anderes denken. Sie fuhr auf den Parkplatz hinter Ednas Wohnung, ging dann um das Haus herum zum Eingang und hatte immer noch keine Antwort auf ihre Frage gefunden.

In der Wohnung brannte Licht. Obwohl die selbstgenähten Glanzstoffvorhänge zugezogen waren, erkannte Gertrude, daß die Lampen im Wohn- und Eßzimmer eingeschaltet waren. Als sie vor der Tür stand, konnte sie leise Stimmen hören. Bestimmt der Fernsehapparat.

Einen Augenblick lang war sie verunsichert. Es wäre ganz schön peinlich, wenn Edna gemütlich in ihrem Lehnstuhl saß und das Telefon einfach hatte klingeln lassen. Aber immerhin hatte sie Ednas Arbeit erledigt, sie gedeckt und mehrere Meilen Umweg in Kauf genommen, um sich keine Sorgen mehr um Edna machen zu müssen.

Gertrude klingelte. Die Klingel reagierte mit einem hellen Doppelton. Sie wartete. Weder Ednas eilige Tippelschritte noch ihr vertrautes »Komme gleich!« ließen sich vernehmen. Vielleicht arbeitete Edna gerade im Bad mit Mundwasser. Ständig befürchtete sie, daß ihr einer der beiden Ärzte dringende Schreibarbeiten vorbeibrachte. Es war schon ein paarmal vorgekommen – als Edna sich krankgemeldet hatte. Auf diese Weise hatte Dr. Highley Ednas Alkoholproblem bemerkt.

Doch weder Stimme noch Schritte. Ahnungsvoll betätigte Gertrude erneut kräftig den Klingelknopf. Vielleicht schlief Edna ihren Rausch aus?

Nachdem sie viermal Sturm geläutet hatte, wich Gertrudes Besorgnis einer tiefen Beunruhigung. Da stimmte etwas nicht. Man mußte schnellstens in die Wohnung gelangen. Der Hausmeister, Mr. Krupshak, wohnte direkt gegenüber. Gertrude klopfte und erzählte kurz, worum es ging. Mr. Krupshak sah ungnädig von seinem Teller hoch. Statt dessen nahm seine Frau gleich den großen Schlüsselring vom Haken über der Spüle. »Ich komme mit«, bot sie an.

Die beiden Frauen gingen rasch über den Hof. »Edna ist eine rechte Freundin«, plauderte Gana Krupshak. »Manchmal schaue ich abends bei ihr rein, oder sie besucht mich, und wir trinken einen zusammen. Mein Mann mag keine harten Sachen, nicht einmal Wein. Erst gestern abend war ich gegen acht Uhr drüben. Wir hatten uns einen Manhattan genehmigt, und sie hat mir erzählt, daß eine ihrer Lieblingspatientinnen Selbstmord begangen hat. Wir sind da.«

Die Frauen standen im Flur vor Ednas Wohnung. Die Hausmeistersfrau suchte den richtigen Schlüssel. »Das hier ist er«, und steckte ihn ins Schloß. »Es hat einen kleinen Tick – man muß ein wenig an der Tür rütteln.«

Die Tür schnappt auf, während sie sprach.

Die beiden Frauen erblickten Edna gleichzeitig. Sie lag zusammengesunken am Boden. Ihr blauer Morgenmantel war aufgegangen. Das Flanellnachthemd hochgerutscht. Graue Haarsträhnen klebten an der Stirn. Ihr Blick zum Fernseher gerichtet. Starr. Der Hinterkopf war dick mit dunkelrotem Blut verkrustet.

»Nein, nein«, gellte Gertrude. Dann preßte sie die Hände auf den Mund.

Fassungslos schluchzte Gana Krupshak: »Noch gestern abend habe ich hier mit ihr gesessen. Sie hatte schon einen in der Krone... Sie wissen ja, wie Edna manchmal ist... war... Sie hat von einer Patientin gesprochen, die sich umgebracht hat, und dann hat sie den Ehemann dieser Frau angerufen. Und jetzt ist sie auch tot!«

21

Chris Lewis stand mit Vangies Eltern neben dem Sarg. In Gedanken versunken nahm er Beileidsbekundungen entgegen. Als er mit seinen Schwiegereltern am Telefon über Vangies Tod gesprochen hatte, hatten sie ihm mitgeteilt, daß sie Vangie vor dem Begräbnis noch einmal sehen wollten. Tags darauf sollte dann der Gottesdienst stattfinden, bevor sie in aller Stille beerdigt würde.

Als er jedoch am Nachmittag in Minneapolis angekommen war, hatten ihre Eltern alles umarrangiert. Vangie war aufgebahrt worden und anderntags sollte nach der Beerdigungsfeier ein großer Trauerzug Vangies Sarg zum Grab geleiten.

»So viele Freunde von ihr wollten unserem lieben Mädchen noch ein letztes Lebewohl sagen. Ich kann's nicht fassen, vor zwei Tagen noch so quicklebendig und jetzt...« Ihre Mutter hatte heillos geheult.

War heute erst Mittwoch? Es schien Chris, als seien schon Wochen vergangen, seit er gestern morgen die gräßliche Szenerie im Schlafzimmer entdeckt hatte. Gestern morgen.

»Sieht unsere Kleine nicht aus wie ein Engel?« erbettelte Vangies Mutter Trost von einem Trauergast, der an den Sarg getreten war.

Unser liebes Mädchen. Unsere Kleine. Hättet ihr sie nur einmal großwerden lassen, dachte Chris im stillen, wäre alles anders geworden. Nach außen verbargen sie ihre Feindseligkeit ihm gegenüber. Aber hinter der Schwiegerelternfassade hagelte es Vorwürfe. »Ein glückliches Mädchen nimmt sich nicht das Leben«, hatte Vangies Mutter im Brustton unverrückbarer Überzeugung erklärt.

Ihre Eltern schienen um Jahre gealtert, vom Leid zermürbt. Einfache Leute, die hart gearbeitet und sich jeden Genuß versagt hatten, nur um ihre ungewöhnlich hübsch geratene Tochter verwöhnen zu können. Auch ihre abgöttische Liebe hatten sie heute begraben müssen.

Hätten sie es leichter getragen, wenn ans Licht kam, daß Vangie umgebracht worden war? Oder schwieg er besser darüber, um ihnen jede weitere gräßliche Vorstellung zu ersparen? Schließlich suchte ihre Mutter Trost in der Erklärung: »Unserer Kleinen ging es sehr schlecht. Chris befand sich auf einem Flug. Wir waren so weit weg. Da hat sie einfach dieses Mittel eingenommen und ist entschlafen.«

Das ist eine Version, die Kondolenzversion, hatte Chris gedacht.

»O mein Gott«, seufzte Chris. »Wie manche Menschen die Wahrheit verdrehen, sich am Leben vorbeimogeln.« Er sehnte sich nach einem Gespräch mit Joan. Sein Anruf hatte sie so sehr erschüttert, daß es ihr zunächst die Sprache verschlagen hatte. »Wußte sie von uns?« war es schließlich aus ihr hervorgebrochen, und er hatte zugeben müssen, daß sie etwas geahnt haben dürfte.

Joan kam erst am Freitagabend aus Florida. Leider mußte

er sofort nach der Beerdigung nach New Jersey zurückfliegen. Bevor er aber nicht mit Joan gesprochen hatte und sie informieren konnte, wollte er keine Aussage machen. Die Polizei suchte ja nur nach einem Motiv, das er für einen Mord an Vangie gehabt haben konnte. Und dieses Motiv wäre Joan gewesen.

Sollte er die Dinge einfach laufen lassen? Hatte er das Recht, Joan zu belasten oder Sachen auszugraben, die Vangies Eltern nur noch tiefer getroffen hätten?

Hatte es jemand anderen in Vangies Leben gegeben? Sein Blick glitt über den Sarg. Vangies friedlich schlummernde Züge, ihre gefalteten Hände. Sie hatten in den letzten Jahre kaum mehr wie Mann und Frau gelebt. Sie waren sich wie zwei Fremde begegnet. Seine Gefühle hatten gelitten unter den endlosen Streitereien. Und sie wollte verwöhnt und gehätschelt werden. Er hatte eine Trennung von Tisch und Bett vorgeschlagen, sie mit hysterischen Anfällen reagiert.

Zwei Monate nachdem sie nach New Jersey gezogen waren, war sie schwanger geworden. Im Sommer hatte er einem letzten Versuch zugestimmt, die Ehe zu retten. Und er hatte sich tatsächlich sehr bemüht. Es war ein einziges Fiasko geworden. Im August hatten Vangie und er kein Wort mehr miteinander gesprochen. Nur einmal, so um die Mitte des Monats herum, hatten sie zusammen geschlafen. Und nach zehn Jahren wurde sie genau dann schwanger, als er eine andere Frau kennenlernte.

Wieder kam der Verdacht auf, den er eigentlich immer verdrängt hatte. Hätte Vangie ein Verhältnis mit einem anderen Mann haben können? Mit einem Mann, der die Verantwortung für sie und das Kind ablehnte? War es zu einer Auseinandersetzung gekommen? Vangie hatte ihm gedroht, wenn sie wüßte, mit wem er sich traf, sie würde dieser Frau den Tod wünschen. Angenommen, sie war hysterisch geworden und hatte auch ihm gedroht?

Chris wurde plötzlich bewußt, daß er Hände schüttelte,

andauernd »Danke« murmelte, in Gesichter blickte, die er nicht mehr aufnehmen konnte: Bekannte aus der Zeit vor ihrem Umzug nach New Jersey, Kollegen von der Fluggesellschaft, Freunde von Vangies Eltern. Seine Eltern lebten im Ruhestand in North Carolina. Beiden ging es nicht sehr gut. Er hatte ihnen von der Reise nach Minneapolis abgeraten.

»Mein herzliches Beileid.« Ein älterer Herr ergriff seine Hand. Er war etwa Mitte sechzig, leicht untersetzt, hatte eisgraues Haar, buschige Augenbrauen und blickte sehr ernst. »Ich bin Dr. Salem«, stellte er sich vor, »Emmet Salem. Ich habe Vangie zur Welt gebracht und war später ihr erster Frauenarzt. Sie war eines der hübschesten Babys, das ich je auf die Waage gelegt habe. Wäre ich doch nur dagewesen, als sie am Montag bei mir in der Praxis anrief.«

Chris blickte ihn fragend an. »Vangie hat Sie angerufen?«

»O ja. Ich war in Detroit auf einer Lehrveranstaltung gewesen. Aber meine Arzthelferin hatte mit ihr für heute einen Termin vereinbart. Ihre Frau wollte gestern herfliegen. Vielleicht hätte ich ihr helfen können.«

Weshalb hatte Vangie Dr. Salem angerufen? Weshalb? Chris konnte keinen klaren Gedanken fassen. Weshalb hatte sie zu ihrem früheren Arzt gewollt, dessen Patientin sie schon seit Jahren nicht mehr war? Gut, es ging ihr nicht besonders, aber warum wollte sie zu einem Arzt in die Sprechstunde, der über tausend Meilen entfernt wohnte?

»War Vangie krank geworden?« fragte Dr. Salem gespannt.

»Nein, eigentlich nicht«, antwortete Chris. »Wie Sie vielleicht wissen, erwartete sie ein Kind. Es war von Anfang an eine problematische Schwangerschaft.«

»Vangie war schwanger?« fragte der Arzt und sah Chris mit ungläubigen Staunen an.

»Sie hatte die Hoffnung bereits aufgegeben. Aber dann

hat sie sich einer Schwangerschaftsbetreuung in New Jersey anvertraut – vielleicht kennen Sie das Westlake-Klinikmodell von Dr. Highley, Dr. Edgar Highley?«

»Mr. Lewis, kann ich Sie für einen Augenblick sprechen?« Der Leiter des Friedhofsamtes nahm ihn beim Arm.

»Entschuldigen Sie mich bitte«, rief Chris Dr. Salem über die Schulter zu. Der Beamte hatte sehr besorgt geklungen, weshalb Chris sofort mitgegangen war.

Der Mann schloß die Tür und blickte ernst Chris an: »Soeben hat die Staatsanwaltschaft von Valley County, New Jersey, hier angerufen. Eine schriftliche Bestätigung folgt. Man hat uns untersagt, Ihre Frau zu bestatten. Die Leiche muß morgen unmittelbar nach dem Beerdigungsgottesdienst zurückgeflogen und in das Gerichtsmedizinische Institut von Valley County zurückgebracht werden.«

Sie wissen also, daß es kein Selbstmord war, dachte Chris. Sie wissen es also schon. Jetzt konnte er nichts mehr verheimlichen. Sobald er am Freitagabend mit Joan gesprochen hatte, würde er dem Staatsanwalt alles erzählen, was er wußte oder ahnte.

Wortlos verließ er den Raum. Er wollte sich noch einmal mit Dr. Salem unterhalten, um zu erfahren, was Vangie mit seiner Arzthelferin am Telefon besprochen hatte.

Als Chris jedoch in den Aufbahrungssaal zurückkam, war Dr. Salem nicht mehr da. Er war gegangen, ohne mit Vangies Eltern zu sprechen. Vangies Mutter wischte sich mit ihrem tränenfeuchten Taschentuch über die verquollenen Augen. »Was hast du nur zu Dr. Salem gesagt, daß er uns nicht einmal begrüßt hat?« stieß sie hervor. »Warum hast du ihn so verwirrt?«

22

Am Mittwochabend kam er gegen sechs Uhr nach Hause. Hilda wollte gerade gehen. Ihr einfaches, hartes Gesicht verriet Wachsamkeit. Dr. Highley wahrte ihr gegenüber immer einen gewissen Abstand. Er wußte, daß sie gerne bei ihm arbeitete. Warum auch nicht. Ein Haus, in dem nicht viel Schmutz anfiel, keine Hausherrin, die ständig Anweisungen gab, keine Kinder, die Unordnung machten.

Keine Kinder. Er ging in die Bibliothek, goß sich einen Scotch ein und blickte gedankenverloren aus dem Fenster. Er sah Hildas füllige Formen die Straße entlang bis fast zur Bushaltestelle.

Er war Mediziner geworden, weil seine Mutter viel zu früh gestorben war. Bei seiner Geburt. Nach und nach hatte er es erfahren. Sein Vater, ein schüchterner, stiller Mann, hatte immer wieder davon angefangen. »Deine Mutter hat dich so sehr haben wollen. Sie wußte, daß sie dadurch sterben würde. Es hat sie aber nicht gekümmert.«

Er sah sich in der Apotheke in Brighton sitzen. Er beobachtete, wie sein Vater Arzneien mixte. Er stellte Fragen wie: »Was ist das?« »Wofür ist dieses gut?« »Warum klebst Du Schildchen auf die Flaschen, auf denen ›Vorsicht‹ steht?« Voller Faszination hatte er alles aufgesogen, was ihm sein Vater an Wissenswertem vermittelte.

Er hatte Medizin studiert und als einer der Besten abgeschlossen. Die führenden Kliniken in London und Glasgow hatten ihm Stellen als Assistenzarzt angeboten. Dennoch war er ans Christushospital nach Devon gegangen. Er hatte ein hochmodern ausgestattetes Forschungslabor, so daß er Forschung und Praxis verbinden konnte. Bald war er Oberarzt geworden. Sein Ruf als ausgezeichneter Gynäkologe hatte sich schnell verbreitet.

Doch sein großes Projekt war dabei ziemlich ins Hintertreffen geraten. Es hatte sich keine Möglichkeit der Realisierung geboten.

Mit siebenundzwanzig hatte er Claire geheiratet, eine entfernte Cousine des Earl of Sussex. Gesellschaftlich war sie ihm natürlich weit überlegen gewesen, was er auch oft zu spüren bekommen hatte, doch durch seine Reputation und seine vielversprechende berufliche Zukunft war es ihm gelungen, in diesen erlauchten Kreisen Fuß zu fassen.

Und dennoch war diese Ehe ein regelrechter Reinfall gewesen. Er, der tagtäglich der weiblichen Fruchtbarkeit zur Erfüllung verhalf, hatte eine Frau geheiratet, die nie würde gebären können. Ihm, dessen Praxisräume vollhingen mit Bildern von Babys, die eigentlich nie hätten zur Welt kommen können, ihm war es nicht vergönnt, Vater zu werden.

Wann hatte er angefangen, Claire zu hassen? Es hatte lange gedauert – sieben Jahre.

Er haßte sie von dem Tage an, als er erkannte, daß ihr nichts daran lag, daß ihr nie etwas daran gelegen hatte. Ihre Enttäuschung war Heuchelei gewesen. Sie hatte es von Anfang an gewußt.

Ungeduldig wandte er sich vom Fenster ab. Es würde wieder eine kalte, stürmische Nacht werden. Warum kam einem der Februar, der kürzeste Monat des Jahres, immer am längsten vor? Wenn alles vorbei war, würde er Urlaub machen. Er hatte sich so sehr erregt, daß er nahe daran war, die Nerven zu verlieren.

Beinahe hätte er sich heute früh verraten, als Gertrude ihm mitteilte, Edna hätte sich telefonisch krankgemeldet. Er hatte die Finger in den Schreibtisch gekrallt. Die Knöchel waren weiß geworden. Doch dann hatte er blitzschnell geschaltet. Sein Puls hatte sich beruhigt, sein Blick wieder Halt gefunden. Eine übergroße Anspannung war von ihm abgefallen. Gertrude wollte ihre Freundin decken. Gertrude log.

Er hatte sie scharf angesehen und in barschem Ton geantwortet: »Es ist äußerst unpassend, daß Edna heute fehlt. Ich erwarte von ihr, daß sie sich morgen wieder einfindet.«

Es hatte funktioniert. Er hatte es Gertrude angesehen. Sie hatte sich kurz nervös über die Lippen geleckt und den Blick abgewandt. Sie hatte gedacht, er rege sich über Ednas Fehlen auf. Wahrscheinlich wußte sie, daß er Edna wegen ihrer Trinkgewohnheiten gerügt hatte.

Gertrude konnte sich als Bundesgenossin erweisen:

DIE POLIZEI: Und wie hat der Doktor es aufgenommen, als Sie ihm Ednas Abwesenheit erklärten?

GERTRUDE: Er wurde ziemlich böse. Bei ihm muß alles seinen Gang gehen. Er mag nicht, wenn irgend etwas schief läuft.

Der fehlende Schuh. Heute früh war er kurz nach dem Morgengrauen in die Klinik gefahren und hatte noch einmal den Parkplatz und die Praxis abgesucht. Hatte Vangie ihn getragen, als sie am Montagabend zu ihm geeilt war?

Er war sich nicht mehr sicher. Sie hatte einen langen Kaftan und ihren Wintermantel angehabt, der kaum mehr zuzuknöpfen war. Sie hatte den Kaftan hochgehoben, um ihm ihr geschwollenes Bein zu zeigen. Da hatte er den einen Mokassin gesehen, aber der andere? Hatte sie ihn überhaupt getragen? Er wußte es nicht.

Wenn der Schuh auf dem Parkplatz herabgefallen war, als er die Tote zu seinem Wagen getragen hatte, würde ihn sicher jemand gefunden haben. Vielleicht einer der Hausmeister? Oft verließen Patienten die Klinik mit vollgestopften Plastiktüten, in die sie noch schnell Blumensträuße oder Postkarten oder die letzten persönlichen Dinge gepackt hatten, die nicht mehr in den Koffer paßten. Auf dem Weg vom Krankenzimmer zum Parkplatz ging dann meist irgend etwas verloren. Er hatte sich erkundigt. Ein Schuh war jedoch nirgends gefunden worden. Ob ihn jemand einfach in einen Müllsack geworfen hatte?

Dr. Highley erinnerte sich, daß er Vangie vom Kofferraum durch die Garage getragen hatte. Dort hatten Regale gestanden, für Gartengeräte. Konnte es sein, daß der verlorene Schuh an irgendeinem vorstehenden Gerät hängengeblieben war? Und wenn es so war und wenn man ihn entdeckte, dann kämen todsicher Fragen auf.

Wenn Vangie den Schuh nicht angehabt hatte, als sie aus Dr. Fukhitos Sprechzimmer kam, müßte ihr Strumpf stark verschmutzt gewesen sein. Aber der Durchgang zwischen den Praxisbereichen war ja überdacht. Und wäre ihr linker Strumpf schmutzig gewesen, hätte er es ja bemerken müssen, als er sie auf das Bett legte.

Was war das für ein Schreck gewesen, als er sich bewußt geworden war, daß er ihren rechten Schuh mit sich herumschleppte, den Schuh, den er selbst von Vangies Fuß gezogen hatte! Was für ein grenzenloser Leichtsinn, nach all der entsetzlichen Gefahr! Der rechte Schuh lag noch in seiner Aktenmappe. Und die war hinten im Kofferraum. Er konnte sich nicht entschließen, ihn wegzuwerfen, solange er sich nicht sicher war, ob der linke nicht doch noch zum Vorschein käme.

Selbst wenn die Polizei in diesem Selbstmordfall umfangreiche Nachforschungen anstellte, gegen ihn gab es keine Beweise. Vangies Krankenkarte hielt jeder Prüfung stand. Ihre tatsächliche Akte, seine einzig wahren Aufzeichnungen über die Sonderfälle, lagen hier im Wandsafe. Niemand konnte diesen Safe ausfindig machen, nicht einmal aus den Bauplänen des Hauses. Dr. Westlake hatte ihn eigenhändig eingebaut. Nur Winifred hatte davon gewußt.

Niemand hatte einen Grund, ihn zu verdächtigen. Niemand außer Katie DeMaio. Als er die Aussicht erwähnte, die man von den Krankenzimmern aus hatte, war sie nahe daran gewesen, ihm etwas darüber anzuvertrauen. Doch dann hatte sie es sich leider anders überlegt.

Fukhito war heute abend zu ihm gekommen, als er gerade abschließen wollte. Nervös hatte der Kollege gesagt: »Diese Mrs. DeMaio stellt eine Menge Fragen. Wäre es möglich, daß die Staatsanwaltschaft im Fall Lewis nicht an einen Selbstmord glaubt?«

»Ich weiß es nicht.« Er war voller Schadenfreude über Fukhitos Nervosität, denn er wußte, worum sich der Psychiater Sorgen machte.

»Morgen erscheint dieses Interview, das Sie dem *Newsmaker* gegeben haben, nicht wahr?«

Er hatte Fukhito einen verächtlichen Blick zugeworfen. »Ja. Aber ich kann Ihnen versichern, daß ich den Eindruck erweckt habe, daß ich ständig eine ganze Reihe von Psychiatern zu Rate ziehe. Ihr Name bleibt in dem Artikel unerwähnt.«

Fukito hatte sich nicht erleichtert gezeigt. »Und dennoch steht diese Klinik jetzt im Rampenlicht, unsere Klinik.«

»Und damit auch Sie! So wollten Sie es doch interpretiert wissen, Herr Kollege?«

Beinahe hätte er lachen müssen, als er Fukhitos betrübtes, schuldbewußtes Gesicht gesehen hatte.

Er trank sein Scotchglas leer. Jetzt wurde ihm klar, daß er eine ganz andere Chance zu seiner Rettung völlig übersehen hatte. Wenn die Polizei zu dem Schluß kam, daß Vangie ermordet wurde, wenn sie die Westlake-Klinik unter die Lupe nahm, war es ein Leichtes für ihn, die Beamten unter der Beteuerung seines Bedauerns darauf hinzuweisen, daß sie sich da am besten den Kollegen vorknöpfen sollten. Besonders im Hinblick auf dessen Vergangenheit.

Schließlich war Dr. Fukhito auch die Person, die Vangie Lewis zuletzt lebend gesehen hatte.

23

Von Dr. Fukhitos Sprechzimmer aus ging Katie in den Ostflügel des Krankenhauses zur Bluttransfusion. Man führte sie in einen Raum nahe der Unfallstation, der durch Vorhänge abgeteilt war. Während sie sich auf der Liege ausstreckte, die Schwester ihr den Ärmel hochkrempelte und die Kanüle anbrachte, versuchte sie zu rekonstruieren, wie man sie am Montagabend in diese Klinik eingeliefert hatte. Sie glaubte sich an den Raum zu erinnern, in dem sie sich jetzt befand, war sich aber nicht sicher.

Der Arzt, der ihr die Wunde am Arm genäht hatte, steckte seinen Kopf herein. »Hallo! Ich habe Sie vorhin in der Aufnahme gesehen. Wenn ich richtig verstanden habe, hat Dr. Highley eine zweite Transfusion angeordnet. Wahrscheinlich Ihrer niedrigen Blutdruckwerte wegen.«

»Ja, Dr. Highley wollte sich darum kümmern.«

»Schön. Dann wollen wir uns mal Ihren Arm ansehen.« Er wickelte Katies Verband ab. »Gute Arbeit, da muß ich mich selbst loben. Es wird keine Narbe bleiben, die Sie einmal Ihren Enkeln zeigen können.«

»Wenn ich jemals welche habe«, spottete Katie. »Herr Doktor, hat man mich eigentlich am Montagabend auf diese Liege hier gebracht?«

»Ja, als Sie aus der Röntgenabteilung kamen. Können Sie sich nicht mehr erinnern?«

»Nur noch ganz verschwommen.«

»Sie haben eine Menge Blut verloren und standen noch unter Schock.«

»Ach so.«

Als sie die Transfusion hinter sich gebracht hatte, fiel ihr Dr. Highleys Warnung wieder ein, zwanzig Minuten abzuwarten, bevor sie sich ans Steuer setzte. Also ging sie in die Aufnahme und füllte die nötigen Formulare für ihren Klinikaufenthalt aus. So mußte sie sich am Freitagabend nicht mehr darum kümmern.

Es war fast achtzehn Uhr, als sie die Klinik verließ. Automatisch fuhr sie in Richtung Chapin River. So ein Schwachsinn, dachte sie als sie sich dessen bewußt wurde. Die Einladung bei Molly und Billy war doch erst morgen abend.

Kurzentschlossen machte sie kehrt und fuhr die Schnellstraße am Flußufer entlang. Sie hatte Hunger, aber der Gedanke, sich zu Hause etwas zu essen zu machen, war wenig verlockend. Ein Gedicht, die letzten Zeilen davon, kam ihr plötzlich in den Kopf: *Wenn der Abend beginnt, kehre nicht heim, solange du einsam bist. Laß jemanden auf dich warten.*

Mit der Einsamkeit hatte Katie leben gelernt, inzwischen.

Die Abende zwischen Büchern, umgeben von heiterer Musik.

Diese trostlose Leere seit einiger Zeit hatte sie bisher nie gefühlt.

Sie fuhr an dem Restaurant vorbei, wo Richard am vergangenen Abend mit ihr zusammen gesessen hatte. Spontan lenkte sie den Wagen auf den Gästeparkplatz. Heute würde sie die andere Spezialität des Hauses versuchen, das Entrecôte.

Man erkannte sie wieder. Der Besitzer begrüßte sie zuvorkommend. »Guten Abend, gnädige Frau. Dr. Carroll hat zwar keinen Tisch reservieren lassen, doch am Kamin ist noch ein Tisch frei. Parkt er noch den Wagen ein?«

Sie schüttelte den Kopf. »Heute abend müssen Sie mit mir alleine vorliebnehmen.«

Einen Augenblick lang schien der Mann irritiert, fing sich jedoch schnell wieder. »Wir scheinen eine neue Freundin des Hauses gewonnen zu haben«, und führte sie an ihren Platz.

Dankend nahm sie die Einladung des Hausherrn auf ein Glas Burgunder an. Katie lehnte sich zurück. Und genau wie gestern spürte sie, wie schnell sie sich hier entspannte. Spielend leicht konnte sie ihre Gedanken ordnen, den Eindruck überprüfen, den die beiden Ärzte auf sie gemacht hatten, und beider Meinung über Vangie Lewis vergleichen.

Sie holte ihren Notizblock heraus und überflog ihre Aufzeichnungen. Dr. Highley. Sie hatte erwartet, daß er Vangies ernsten Gesundheitszustand, der auf die Schwangerschaft zurückzuführen war, bestätigen oder auch erläutern würde. Genau dies hatte er getan, und was er sagte, schien einleuchtend. Er wartete Tag für Tag ab, um die Überlebenschancen des Kindes zu erhöhen. Seine Bemerkungen über Vangies Furcht vor der Entbindung klangen glaubhaft. Molly hatte ihr schon einmal die Geschichte von Vangies hysterischem Anfall wegen der Brandblase am Finger erzählt.

Was war noch? Was hatte sie von Dr. Highley noch als Reaktion erwartet? Sie mußte an Dr. Wainwright denken, den New Yorker Krebsspezialisten, der John behandelt hatte. »Sie sollen wissen«, hatte er am Tag nach Johns Tod Katie getröstet, »daß wir alles Menschenmögliche versucht haben, Mrs. DeMaio. Doch manchmal nimmt uns Gott das Leben früher aus der Hand.«

Dr. Highley hatte zwar sein Bedauern über Vangies Tod ausgedrückt, aber Trauer? Freilich, er mußte seine Objektivität wahren. Sie hatte Bill und Richard über die Notwendigkeit reden hören, in medizinischen Belangen stets objektiv zu bleiben. Andernfalls würde man sich zwischen zwei Stühle setzen und konnte aufgehen.

Richard. Unwillkürlich glitt ihr Blick zu dem Tisch hinüber, an dem sie mit ihm gesessen hatte. »Wir genießen doch beide unser Beisammensein«, hörte sie ihn sagen. Er hatte recht. Klar. Vielleicht fühlte sie sich deshalb in seiner Gegenwart etwas unsicher, so als hätte sie nicht mehr genügend Einfluß auf das Geschehen. War es möglich, daß einem dies zweimal im Leben passieren konnte? Von dem Augenblick an, wo man wußte, daß eine Sache richtig war, mochte man auch den Menschen, der damit zu tun hatte.

Als sie beide sich gestern von Molly verabschiedet hatten, waren sie für Donnerstag zum Abendessen eingeladen worden. Molly hatte geschwärmt: »Liz und Jim Berkeley kommen auch. Sie ist diejenige, die Dr. Highley vergöttert. Ihr werdet euch sicher für ihre Ansichten interessieren.«

Katie wurde bewußt, wie sehr sie sich auf diese Einladung freute. Sie blickte wieder auf ihre Notizen. Dr. Fukhito. Mit ihm stimmte etwas nicht. Seine Worte schien er einzeln auf die Goldwaage gelegt zu haben, als er über Vangies Montagabendtermin gesprochen hatte. Es war, als würde man jemanden dabei beobachten, wie er sich Schritt für Schritt über ein Minenfeld bewegt. Wovor hatte er Angst? Selbst wenn man ihm zugute hielt, daß er sich berechtigte Sorgen um die Wahrung seiner Schweigepflicht machte, befürchtete er doch, daß er etwas ausplaudern könnte, bei dem sie nachhaken würde.

Schließlich war er ausgesprochen unfreundlich geworden, als sie ihn fragte, ob Vangie sich aus irgendeinem Grund noch um zweiundzwanzig Uhr in der Klinik aufgehalten haben könnte, als sie, Katie, eingeliefert wurde.

Wenn sie nun Vangie tatsächlich gesehen hatte? Angenommen, Vangie war gerade aus Dr. Fukhitos Praxis gekommen und irgendwo auf dem Parkplatz umhergeirrt? Das würde erklären, warum in ihrem Alptraumerlebnis Vangies Gesicht aufgetaucht war.

Dr. Fukhito hatte angegeben, sie haben die Klinik durch seinen Privateingang verlassen.

Niemand hatte sie herauskommen sehen.

Wenn sie nun überhaupt nicht herausgekommen war. Angenommen, sie war in der Praxis geblieben? Angenommen, der Psychiater war zusammen mit ihr weggefahren oder war ihr auf dem Nachhauseweg gefolgt. Angenommen, er hatte ihre Selbstmordabsichten durchschaut und fühlte sich irgendwie verantwortlich... Grund genug, nervös zu werden.

Der Kellner kam, um ihre Bestellung aufzunehmen. Ehe sie ihren Notizblock beiseite legte, machte sie noch eine Eintragung: Dr. Fukhitos Vergangenheit überprüfen.

24

Schon bevor Richard am Mittwochabend über die George-Washington-Brücke und anschließend den Harlem River entlang auf der Roosevelt-Schnellstraße in Richtung Manhattan fuhr, war ihm klar geworden, daß er den Treff mit Clovis besser abgesagt hätte. Vangies Tod beschäftigte ihn immer noch. Eine innere Stimme sagte ihm, daß bei der Autopsie etwas vergessen worden war. Irgend etwas hätte er sich noch genauer ansehen sollen. Aber was?

Und vor allem machte er sich Sorgen um Katie. Das war es also. Er war schließlich Arzt, und es hätte ihm früher auffallen müssen. Ihr Unfall. Wie gründlich hatte man sie untersucht? War es möglich, daß sie schwerere Verletzungen davongetragen hatte, die allen entgangen waren? Der Gedanke verfolgte Richard, als er von der Schnellstraße in die 53. Straße abbog.

Clovis erwartete ihn mit Martini und einem Teller Krabbenauflauf, den sie frisch aus dem Ofen gezogen hatte. Ein makelloser Teint, große schlanke Figur, blonde Haare. Die junge Ingrid Bergman, dachte Richard. Bis vor kurzem hatte er sich noch eine Rolle neben ihr vorstellen können, für ein Leben lang.

Doch als er ihre Begrüßung zärtlich erwiderte, wurde er sich bewußt, daß er sich um Clovis nie so sehr sorgen würde, wie er sich in letzter Zeit um Katie DeMaio gesorgt hatte.

Clovis sprach schon eine ganze Weile. »... bin noch keine zehn Minuten zu Haus. Die Proben haben so lange gedauert, weil vieles umgeschrieben werden mußte. Ich habe schnell die Drinks und den Auflauf gemacht und mir gedacht, daß du dich ausruhen kannst, solange ich mich umziehe... Richard, hörst du mir überhaupt zu?«

Richard nahm seinen Drink und lächelte: »Tut mir leid«, entschuldigte er sich, »ein Fall läßt mir keine Ruhe. Macht es dir etwas aus, wenn ich ein paar Telefonate erledige, während du dich umziehst?«

»Natürlich nicht«, antwortete Clovis, »fühl dich wie zu Hause.« Mit dem Martiniglas in der Hand wanderte sie durch den Flur in ihr Schlafzimmer.

Richard zog seine Kreditkarte aus der Brieftasche und wählte die Vermittlung an. Rasch gab er der Telefonistin seine Kontonummer durch. Als die Leitung frei war, ließ er es beinahe zwanzigmal klingeln, ehe er aufgab. Katie war nicht daheim.

Dann versuchte er es bei Molly. Wahrscheinlich war sie

zu ihrer Schwester gefahren. Doch Molly hatte heute noch nicht mit ihr gesprochen.

»Ich erwarte sie eigentlich nicht«, bedauerte Molly. »Ihr kommt ja beide morgen abend. Vergeßt es aber nicht. Sie wird mich heute vermutlich noch anrufen. Aber ich wollte, sie wäre schon zu Hause. Sie sollte wirklich mal ein wenig ausspannen.«

Das war sein Signal. »Molly, was ist eigentlich mit Katie los?« fragte er. »Mit ihr stimmt doch etwas nicht, gesundheitlich. Ich meine, einmal abgesehen von ihrem Unfall.«

Molly zögerte. »Das solltest du vielleicht besser mit Katie selbst besprechen.«

Jetzt hatte er Gewißheit. Angst befiel ihn.

»Molly, ich will es jetzt wissen. Was ist mit ihr los?«

»Ach, nicht viel«, sagte Molly eilig, »da kannst du beruhigt sein. Sie spricht halt nicht gerne darüber. Und jetzt habe ich wahrscheinlich schon mehr gesagt, als ich gedurft hätte. Also bis morgen.«

Die Verbindung war unterbrochen. Richard starrte den Hörer böse an, legte auf und ließ sich sein Büro geben. Er sprach mit dem Assistenten, der die Nachtvertretung übernommen hatte. »Gibt es etwas Besonderes?« fragte er.

»Soeben habe ich den Leichenwagen losgeschickt. In einer Wohnung in Edgeriver wurde eine Tote gefunden. Vermutlich ein Unfall, aber die Beamten der Ortspolizei meinten, wir sollten es uns einmal ansehen. Nugent und Cunningham sind schon losgefahren.«

»Dann geben Sie mir bitte Myersons Büro«, sagte Richard.

Myerson hielt sich nicht lange mit Erklärungen auf. »Wo sind Sie?« fragte er knapp.

»In New York. Brauchen Sie mich?«

»Ja. Diese Frau, die man in Edgeriver gefunden hat, ist die Arztsekretärin, mit der sich Katie heute in der Westlake-Klinik unterhalten wollte. Sie heißt Edna Burns. Es ist anzunehmen, daß sie sich heute telefonisch krankgemeldet hat. Es steht aber zweifelsfrei fest, daß sie schon länger als vierundzwanzig Stunden tot ist. Die Leiche wurde von einer Arbeitskollegin entdeckt. Ich versuche schon die ganze Zeit, Katie zu erreichen. Sie sollte sich ebenfalls dort einfinden.«

Richard notierte sich rasch die Adresse und legte auf. Katie hatte sie über Vangies Lewis ausfragen wollen – und nun war Edna Burns tot. Er klopfte an Clovis' Schlafzimmertür.

»Grund zur Eile?« fragte sie lachend. »Ich komme gerade aus der Dusche.«

»Clovis, es tut mir leid.« Kurz erklärte er ihr alles.

Sie war sichtlich enttäuscht. »Nun gut, ich kann dich ja verstehen, Richard; dabei habe ich mich so auf diesen Abend gefreut. Seit Wochen waren wir nicht mehr zusammen und – du weißt es auch. Okay, dann gehen wir eben morgen abend miteinander aus. Abgemacht?«

Richard überlegte. »Irgendwann dieser Tage«, sagte er und wandte sich zum Gehen. Doch sie hielt ihn fest, küßte ihn.

»Morgen abend, bestimmt.«

25

Auf dem Heimweg hatte Katie an ihre Unterhaltung mit Edna Burns denken müssen, als sie zu ihrem ersten Termin bei Dr. Highley erschienen war. Edna war die geborene Zuhörerin. Katie vermied es eigentlich meist, über persönliche Dinge zu reden, doch als Edna ihre Personalien aufnahm, hatte sie fröhlich darauflos geplaudert. Es war ihr wirklich wundersam erschienen, wie sie Edna plötzlich alles über John erzählte.

Und wieviel hatte ihr Vangie erzählt? Seit Sommer letzten Jahres war sie bei den Ärzten in Behandlung. Wieviel wußte Edna über Dr. Fukhito? In seiner Nervosität hatte etwas gelegen, das ihr eine leise Angst gemacht hatte. Weshalb war er nervös?

Katie lenkte den Wagen in die Auffahrt vor ihrem Haus. Stellte ihn aber noch nicht in die Garage. Es war Mittwoch. Mrs. Hodges war hier gewesen. Es roch schwach nach Bohnerwachs. Der Spiegel über dem Marmortisch im Flur – blitzblank. Es war angenehm zu wissen, daß dies Gewohnheit war: ihr Bett frisch bezogen, die Küchenfliesen spiegelblank geputzt, Polstermöbel und Teppiche abgesaugt und die Wäsche säuberlich in Schubladen und Schränken verstaut.

Solange John noch gelebt hatte, war Mrs. Hodges fest im Haushalt angestellt gewesen. Nun war sie im Ruhestand, hatte sich aber ausbedungen, wenigstens einmal wöchentlich kommen und ›ihr Haus‹ versorgen zu dürfen.

Wen würde sie einstellen, wenn Mrs. Hodges nicht mehr kam? Wer würde all ihre kleinen Kostbarkeiten, die schönen alten Sachen, die englischen Möbel und die wundervollen Teppiche ebenso sorgsam behandeln?

»Höchste Zeit, daß ich's verkaufe«, sagte sich Katie.

Sie zog ihren Mantel aus, warf ihn über einen Stuhl. Es war erst viertel vor acht. Der ganze lange Abend lag noch vor ihr. Edna hatte erzählt, sie wohne in Edgeriver. Das war keine zwanzig Minuten von hier. Sollte sie Edna einmal anrufen? Vielleicht hätte sie gerne Besuch? Mrs. Fitzgerald hatte gesagt, Edna würde morgen schon wieder arbeiten. Also konnte sie nicht sehr krank sein. So, wie sie Edna kannte, würde sie sicher voller Hingabe über Vangie Lewis plaudern wollen.

Mrs. Hodges stellte gewöhnlich einen frisch gebackenen Kuchen, ein Stückchen Torte oder Gebäck für Katie in den Brotkasten. Sie würde einfach mitnehmen, was sie dort fand, und dann auf eine Tasse Tee zu Edna fahren. Bei einem solchen Plauderstündchen wäre jede Menge Klatsch zu hören. Ednas Name stand im Telefonbuch. Katie wählte rasch ihre Nummer. Gleich nach dem ersten Rufton wurde abgenommen. Die Worte ›Guten Abend, Miß Burns‹, lagen ihr schon auf der Zunge, als eine Männerstimme ertönte: »Ja bitte?« Trotz der knappen Frage kam die Stimme Katie bekannt vor.

»Ist Miß Burns zu sprechen?« erkundigte sich Katie. »Hier spricht Mrs. DeMaio von der Staatsanwaltschaft von Valley County.«

»Katie!«

Nun erkannte sie die Stimme. Charley Nugent. »Gut, daß Myerson dich erreicht hat. Kannst du umgehend hierherkommen?«

»Nach Edgeriver?« Katie beschlich eine dumpfe Ahnung. »Was machen denn Sie in Edna Burns' Wohnung?«

»Wissen Sie es noch nicht? Miß Burns ist tot. Gegen den Heizkörper gefallen – oder gestoßen worden – so daß es ihr den Schädel gespalten hat.« Dann leiser werdend: »Hören Sie, Katie. Um acht Uhr gestern abend wurde sie zuletzt gesehen. Eine Nachbarin hat sie besucht.« Und schließlich: »Die Nachbarin hat gehört, wie sie mit Vangie Lewis' Mann telefoniert hat. Edna Burns teilte Chris Lewis mit, sie wolle bei der Polizei eine Aussage zu Vangies Tod machen.«

Charley Nugent hatte die letzten Worte fast geflüstert.

26

Nach seinem zweiten Scotch ging er in die Küche und öffnete den Kühlschrank. Er hatte Hilda gebeten, ihm kein Abendessen zuzubereiten; statt dessen hatte er ihr eine Einkaufsliste hinterlassen. Er nickte zufrieden, als er ins Fleischfach sah und die Hühnerbrüstchen, das Kalbsfilet und die Lammkoteletts erblickte. Zarter Spargel, Tomaten und frische Kresse lagen im Gemüsefach. Im Käsefach fand er Brie und Jarlsberg. Heute würde er sich Lammkoteletts mit Spargel und Kressesalat machen.

Nach starker innerer Erregung verspürte Dr. Highley immer diesen Heißhunger. In der Nacht, als Claire starb, hatte er das Krankenhaus verlassen, nach außen hin ganz trauernder Ehemann, hatte ein ruhiges Restaurant ein paar Straßen weiter aufgesucht und ein köstliches Menü zu sich genommen. Dann war er nach Hause gefahren. Dort hatte er freilich seine tiefe Zufriedenheit unterdrücken und sich den Anschein eines von Trauer zermürbten menschlichen Wracks geben müssen. Alle, die sich in seinem Haus versammelt hatten, um ihn zu trösten und ihm ihr Beileid auszudrücken, waren an der Nase herumgeführt worden.

»Wo bist du gewesen, Edgar? Wir haben uns schon Sorgen gemacht.«

»Ich weiß es nicht mehr. Ich bin durch die Straßen geirrt.«

Bei Winifreds Tod war es ähnlich gewesen. Er hatte ihre Angehörigen und Freunde am Grab stehen lassen, hatte alle Einladungen ausgeschlagen. »Nein, nein. Ich möchte alleine sein.« Er war nach Hause gefahren, hatte abgewartet, bis die ersten Telefonanrufe eingegangen waren und hatte dann den telefonischen Auftragsdienst gebeten: »Wenn jemand anruft, sagen Sie ihm bitte, ich hätte mich ein wenig hingelegt und würde später zurückrufen.«

Dann war er in seinen Wagen gestiegen und nach New York ins Carlyle gefahren. Dort hatte er sich einen ruhigen Tisch ausgesucht und dann bestellt. Als er zwischen zwei Gängen aufblickte, erkannte er an einem der Tische Winifreds Cousin, Glenn Nickerson, einen Sportlehrer, den Winifred als Erben eingesetzt hatte, bevor er aufgetaucht war. Glenn trug noch den dunklen Anzug von der Beerdigung, ein billiges, schlecht sitzendes Modell, das er sich offensichtlich extra für diesen Anlaß zugelegt hatte. Normalerweise war er mit Sportblouson, Jeans und Turnschuhen bekleidet.

Nickerson hatte ihn beobachtet und ihm zynisch zugeprostet. Ebensogut hätte er durch den Saal brüllen können, was er im stillen dachte: ›Mein zutiefst empfundenes Beileid!‹

Sogleich hatte er etwas dagegen unternommen. Mit der größten Selbstverständlichkeit war er zu ihm hingegangen und freundlichst gesagt: »Glenn, weshalb hast du dich nicht zu mir an den Tisch gesetzt? Ich wußte nicht, daß du auch ins Carlyle kommst. Dies hier war eines unserer Lieblingsrestaurants. Hier haben wir uns verlobt – hat Winifred dir das nie erzählt? Ich bin zwar nicht Jude, aber ich glaube, sie pflegen einen der schönsten Bräuche auf dieser unbegreiflichen Welt. Nach einem Todesfall in der Familie werden Eier gegessen, um der Fortdauer des Lebens Ausdruck zu verleihen. Ich bin hierhergekommen, um in Frieden die Fortdauer der Liebe zu feiern.«

Glenn hatte ihn mit versteinerter Miene angestarrt, sich dann erhoben und mit einer ungeduldigen Handbewegung um die Rechnung gebeten. »Ich bewundere dein philosophisches Talent, Edgar«, hatte er gespottet. »Nein, eigentlich pflege ich nicht im Carlyle zu speisen. Ich bin dir nur nachgefahren. Ich wollte dich nämlich besuchen. Als ich aber in deine Straße einbog, bist du mir mit deinem Wagen entgegengekommen. Irgendwie dachte ich, daß es sich vielleicht lohnen könnte, dich im Auge zu behalten. Und das war gut so, wie ich gesehen habe.«

Er hatte sich von Glenn abgewandt, war gemessenen Schrittes an seinen Tisch zurückgekehrt und hatte es vermieden, noch einmal in Glenns Richtung zu blicken. Ein paar Minuten später hatte er Glenn das Restaurant verlassen sehen.

In der darauffolgenden Woche hatte ihn Alan Levine, der Arzt, der Winifred behandelt hatte, ungehalten mitgeteilt, Glenn habe Einsichtnahme in Winifreds Krankenblatt verlangt.

»Ich habe ihm die Tür gewiesen«, hatte sich Levine ereifert. »Ich habe ihm gesagt, daß sich bei Winifred alle klassischen Symptome einer Angina eingestellt hätten und daß er sich selbst einen Gefallen erwiese, wenn er sich vorher die Statistiken ansähe, denen zufolge Frauen über fünfzig in solchen Fällen leicht einer Herzschwäche erliegen. Aber er hatte sogar noch die Frechheit zu erklären, er ginge zur Polizei. Schließlich hat die Staatsanwaltschaft angerufen und sich nach langem Hin und Her danach erkundigt, ob eine Herzschwäche auch herbeigeführt werden könne. Ich habe daraufhin erwidert, daß einem heute schon das bloße Leben ein Herzleiden bescheren könnte. Sie haben dann sofort einen Rückzieher gemacht und sich auf einen enterbten Angehörigen hinausgeredet, der offenbar Stunk machen wollte.«

Aber man kann eine Herzschwäche herbeiführen, Herr Dr. Levine! Man kann zum Beispiel der geliebten Frau Gemahlin ein schönes kleines Abendessen zubereiten. Man kann ihre Anfälligkeit für Magen-Darm-Entzündungen ausnutzen, um Krämpfe auszulösen, die im Elektrokardiogramm als leichte Herzanfälle erscheinen. Wenn die liebe Gattin genügend davon durchlitten hat, wird sie eines Tages eben einer dieser Herzattacken erliegen. Sie stirbt in der Gegenwart ihres Arztes, der hinzugezogen wurde und den Ehemann, der zufällig auch Arzt ist, bei der Mund-zu-Mund-Beatmung antrifft. Niemand würde je eine Autopsie verlangen. Und selbst wenn es jemand getan hätte, das Risiko wäre gering gewesen.

Die einzige Gefahr hatte darin bestanden, daß sie vielleicht auf die Idee gekommen wären, sich für die Ursache von Claires Tod zu interessieren.

Die Koteletts waren schon beinahe durchgebraten. Genießerisch würzte er seinen Kressesalat, schöpfte den Spargel aus dem Schnellkochtopf und holte sich aus dem Regal in der Pantry eine Drittelliterflasche Beaujolais.

Kaum hatte er zu Messer und Gabel gegriffen, läutete das Telefon. Er überlegte, ob er es nicht einfach klingeln lassen sollte, schließlich hielt er es aber doch für gefährlich, um diese Uhrzeit Anrufe nicht entgegenzunehmen. Wütend schleuderte er seine Serviette auf den Tisch und eilte zu dem

Apparat, der in der Küche stand. »Dr. Highley«, brummte er.

Schluchzen überschüttete sein Ohr. »Herr Doktor, ach... Hier spricht Gertrude, Gertrude Fitzgerald, Herr Doktor. Ich wollte auf dem Heimweg bei Edna vorbeifahren.«

Seine Finger umkrallten den Hörer.

»Herr Doktor, Edna ist tot. Die Polizei ist in der Wohnung. Sie ist hingefallen. Könnten Sie vielleicht herkommen? Ich habe etwas von einer Autopsie gehört. Edna haßte Autopsien, sie sagte immer, wie gräßlich es sei, wenn Tote aufgeschnitten würden. Herr Doktor, Sie kannten ja Edna, wenn sie trank. Ich habe ausgesagt, daß Sie manchmal hier in ihrer Wohnung waren. Daß Sie sie beim Trinken ertappt haben. Kommen Sie doch bitte her und schildern Sie, in welchem Zustand Edna gelegentlich war. Ach, bitte kommen Sie und machen Sie denen da klar, daß sie gefallen sein muß, damit man sie nicht aufzuschneiden braucht.«

27

Bevor Katie aus dem Haus gegangen war, hatte sie sich noch schnell Tee gemacht, den sie mit ins Auto nahm. Mit einer Hand steuerte sie, mit der anderen führte sie von Zeit zu Zeit den Becher zum Mund. Sie hatte Kuchen mitbringen wollen und mit Edna Tee trinken. Und jetzt war sie tot.

Wie konnte ein Mensch, dem sie nur einmal begegnet war, einen solchen Eindruck hinterlassen haben? Lag das nun einfach daran, daß Edna eine liebe Person war, die mit so viel Herzlichkeit die Patientinnen umsorgte? Die meisten Menschen waren gleichgültig, teilnahmslos. Nur ein einziges Mal hatte sie sich mit Edna unterhalten, und doch hatte sie ihr leichten Herzens von John erzählen können.

Edna hatte sie verstanden. Sie hatte gesagt: »Ich weiß, was es bedeutet, jemanden sterben zu sehen. Man wünschte, daß all das Leiden ein Ende hat, und doch will man einen geliebten Menschen nicht verlieren.« Edna hatte der Tod die Eltern geraubt. »Als meine Eltern gestorben waren, hatten alle meine Freundinnen gemeint: ›Jetzt bist du frei.‹ Und da habe ich zurückgefragt ›Frei wofür?‹ Ich bin mir sicher, Ihnen ist es ähnlich ergangen.«

Was Dr. Highley anbetraf, hatte Edna sie beruhigt: »Bei keinem anderen Arzt sind Sie mit einem Unterleibsproblem besser aufgehoben als bei ihm. Ich rege mich deshalb auch immer so auf, wenn er angegriffen wird. Oder gar die Leute, die Prozesse gegen ihn anstrengen! Ich könnte sie eigenhändig erschießen. Das kommt davon, wenn die Leute einen Arzt mit einem Gott verwechseln, der das Unmögliche möglich machen kann. Wenn ein Arzt heutzutage einen Patienten verliert, muß er um seine Praxis fürchten. Das gilt nicht nur für Frauenärzte, sondern für alle! Kein Patient will glauben, daß er eben auch mal sterben muß.«

Was wollte Nugent damit sagen, als er ihr mitteilte, Edna habe in der vergangenen Nacht mit Chris Lewis telefoniert? Und im selben Atemzug hatte Nugent von einer ›faulen Sache‹ gesprochen.

»Ich glaube es nicht«, sagte Katie laut, als sie von der Schnellstraße in Richtung Edgeriver abbog. Edna hatte Chris sicherlich angerufen, um ihm ihr Beileid auszudrükken. Dachte Nugent vielleicht, Edna habe Chris Lewis erpreßt?

So ungefähr wußte sie, wo das Wohngebiet lag. Mühelos fand sie den Weg. Dafür, daß Terrassenwohnungen so gefragt waren, war diese Anlage hier doch etwas heruntergekommen, dachte Katie. Wenn sie ihr Haus verkaufte, würde sie wahrscheinlich in ein Hochhaus ziehen. Über dem Hudson standen ein paar, mit herrlichen Terrassenwohnungen und einem wunderschönen Ausblick über den Fluß. Auch die Nähe von New York lockte sie. Öfter ins Theater oder ins Museum gehen, zum Beispiel. Wenn ich das Haus verkaufe, schränkte sie ein und fragte sich, ob das wohl jemals sein würde.

Von Nugent wußte sie, daß Edna im hintersten Gebäudekomplex wohnte, dessen Wohneinheiten die Nummern 41 bis 60 trugen. Er hatte ihr geraten, am Ende der Straße hinter dem Haus zu parken. Sie bremste ab, als vor ihr ein Auto aus einer Seitenstraße kam, mit offensichtlich demselben Ziel. Es war ein schwerer Mittelklasseagen. Der Fahrer schien einen Augenblick zu zögern, ehe er seinen Wagen in den ersten freien Parkplatz auf der Abstellfläche steuerte. Katie fuhr vorbei: Wenn Ednas Wohnkomplex am Ende der Straße lag, konnte sie bestimmt noch günstiger parken. Unmittelbar hinter dem Gebäude fand sie eine Parklücke. Sie stellte ihren Wagen ab und stieg aus. Sie überlegte, ob das Fenster, das sie von hier aus sah, zu Ednas Wohnung gehörte. Es stand einen Spaltbreit offen. Die Jalousie war teilweise herabgelassen worden, war aber in einer Zimmerpflanze hängengeblieben. Drinnen brannte Licht.

Katie dachte an die Aussicht, die sie zu Hause vom Schlafzimmer aus hatte: eine herrliche Parklandschaft mit einem kleinen Teich. Edna hatte immer nur auf einen Parkplatz und einen Zaun aus rostigen Eisenketten blicken können. Und dennoch hatte sie Katie vorgeschwärmt, wie hübsch und gemütlich sie ihre Wohnung fand.

Katie vernahm Schritte hinter sich und drehte sich rasch um. Auf dem menschenleeren Parkplatz schwang noch im leisesten Laut Bedrohung mit. Eine Gestalt tauchte auf. Im schwachen Schein der Straßenlaterne erkannte sie nur Umrisse, die ihr aber nicht unbekannt waren.

»Entschuldigen Sie, hoffentlich habe ich Sie nicht erschreckt«, sagte eine Männerstimme mit leicht britischem Akzent.

»Dr. Highley!«

»Oh, Mrs. DeMaio. Ich hätte nicht gedacht, daß wir uns so bald und unter solch tragischen Umständen wiedersehen.«

»Sie wissen es also. Hat Staatsanwalt Myerson Sie angerufen?«

»Was für eine Kälte. Gehen wir doch hier auf dem Fußweg um das Gebäude herum.« Er nahm sie sanft am Arm und ging neben ihr den Weg entlang. »Mrs. Fitzgerald hat mit mir telefoniert. Offenbar war sie es, die sie gefunden hat. Sie hat heute für Miß Burns ausgeholfen. Sie klang völlig verstört und hat mich gebeten herzukommen. Im einzelnen weiß ich freilich nicht, was passiert ist.«

»Ich auch nicht«, antwortete Katie. Sie bogen um die Ecke und strebten dem Vordereingang zu, als sie hinter sich eilige Schritte hörten.

»Katie.«

Sie spürte, wie Dr. Highleys Hand fester ihren Ellbogen umspannte, ihn jedoch losließ, als sie sich rasch umdrehte. Richard. Ungläubig registrierte sie eine aufkeimende Freude über sein Kommen. Er faßte sie an den Schultern. Einen kurzen Augenblick lang schien es, als wolle er sie an sich drücken. Doch dann ließ er die Arme sinken. »Hat Myerson dich erreicht?«

»Nein, durch Zufall habe ich Edna selbst angerufen. Das ist übrigens Dr. Highley, Richard.« Sie stellte die beiden Männer einander kurz vor. Sie begrüßten sich mit einem Händedruck.

Wie absurd, dachte Katie. Wir beschäftigen uns hier mit dem Austausch von Höflichkeitsfloskeln, und nur ein paar Meter weiter hinter dieser Tür liegt eine tote Frau.

Nugent öffnete ihnen. Deutlich sah man seine Erleichterung. »Ihre Leute müßten auch bald hier sein«, sagte er zu Richard. »Wir haben die Leiche fotografiert. Sie sollten sie aber lieber selbst ansehen.«

Katie war den Anblick des Todes gewohnt. Die beruflichen Aspekte hatten sie abgehärtet.

Bei Edna wollte ihr dies nicht gelingen. Ein grauenhafter Anblick: In ihrem Flanellnachthemd – Katie hatte auf Mutters Geheiß früher ebensolche getragen – lag Edna zusammengesunken am Heizkörper. Auch der blaue Morgenmantel erinnerte Katie an ihre Mutter. Sie hatte einen ähnlichen im Ausverkauf erstanden. Und dann die untrüglichen Zeichen der Einsamkeit: ein paar Scheiben Schinken neben der Dose, das leere Coktailglas.

Gertrude Fitzgerald saß leise schluchzend auf der altmodischen Velourscouch in der Ecke, so daß sie die Leiche nicht zu sehen brauchte. Richard ging in das Eßzimmerchen, um die Tote zu untersuchen. Katie setzte sich zu Mrs. Fitzgerald. Dr. Highley trat hinzu und zog sich einen Stuhl heran.

Gertrude rang nach Worten. »Ach Dr. Highley, ist das nicht entsetzlich, so entsetzlich?« Wieder brach sie in Schluchzen aus.

Katie legte ihr sanft den Arm um die Schulter. »Es tut mir leid, Mrs. Fitzgerald. Man hat mir gesagt, Sie hätten Miß Burns gefunden.«

»Sie war immer so nett, so lustig. Sie hat mich immer zum Lachen gebracht. Ja, sie hatte ihre kleine Schwäche. Jeder Mensch hat seine Schwächen, und sie hat ja niemandem damit Schaden zugefügt.«

Katie beobachtete Dr. Highley. Mit ernster Miene beugte er sich über Gertrude. »Ganz gewiß, Mrs. Fitzgerald. Edna war eine fabelhafte, tüchtige Person. Sie war so stolz auf ihren Beruf. Dr. Fukhito und ich haben immer im Spaß gesagt, Edna bringe es fertig, die Patientinnen vor der Sprechstunde so sehr zu beruhigen, daß Dr. Fukhito stempeln gehen könnte.«

»Herr Doktor«, platzte Gertrude heraus. »Ich habe den Beamten erzählt, daß Sie schon einmal hier waren. Sie wußten ja von Ednas Vorliebe. Es wäre dumm zu behaupten, daß sie nicht hingefallen ist. Warum sollte ihr jemand etwas antun wollen?«

Dr. Highley blickte Katie an. »Edna blieb manchmal wegen Ischias zu Hause, dann habe ich ihr Arbeit in die Wohnung gebracht. Das war vielleicht drei- oder viermal der Fall. Einmal jedoch, als sie angeblich krank war und ich unvermutet bei ihr vorbeifuhr, fiel mir auf, daß sie ernste Probleme mit dem Alkohol hatte.«

Katie sah hinüber zu Richard, der seine Untersuchungen abgeschlossen hatte. Sie stand auf, ging zu ihm hinüber und betrachtete Edna.

Ein Kloß verschloß ihr den Hals. Sie mußte hart schlukken. Leise fragte sie Richard nach seinem Befund.

Achselzuckend antwortete er: »Solange ich noch nicht genau sagen kann, wie schwer der Schädelbruch ist, ist alles noch offen. Eines ist sicher: Sie muß mit höllischer Wucht aufgeschlagen sein. Wenn sie betrunken war – und das war offensichtlich der Fall – ist sie vielleicht beim Aufstehen ausgerutscht. Sie war eine schwere Frau. Andererseits ist es ein Riesenunterschied, ob man von einem Auto oder von einer Lokomotive überfahren wird. Und genau dieses gilt es hier festzustellen.«

»Spricht irgend etwas für einen Einbruch?« wandte sich Katie an Nugent.

»Nichts. Aber so ein Schloß wie an der Eingangstür läßt sich mit einem x-beliebigen Gegenstand öffnen. Und so betrunken! Jeder hätte hier einfach so hereinspazieren können.«

»Weshalb sollte es jemand auf sie abgesehen haben? Und was ist dran an dieser Sache mit Lewis?«

»Die Frau des Hausmeisters, sie heißt Gana Krupshak, war Ednas Freundin. Sie und Mrs. Fitzgerald haben die Tote gefunden. Wir haben sie wieder nach Hause geschickt, kurz bevor Sie kamen. Sie ist völlig fertig. Nun, gestern abend war sie jedenfalls um acht hiergewesen. Nach ihrer Aussage hatte Edna schon einen in der Krone. Mrs. Krupshak blieb etwa eine halbe Stunde. Bevor sie ging, stellte sie noch den Schinken auf den Tisch und hoffte, Edna würde etwas essen und ein wenig zu sich kommen. Edna hatte ihr von Vangies Selbstmord berichtet.«

»Was genau hat sie ihr erzählt?« wollte Katie wissen.

»Nicht viel. Sie hat nur den Namen Vangie erwähnt und wie hübsch sie gewesen sei. Dann ging Mrs. Krupshak in die Küche. Dort hörte sie, wie Edna telefonierte. Mrs.

Krupshak verstand fast jedes Wort. Sie könnte schwören, daß Edna ihren Gesprächspartner mit Mr. Lewis angesprochen hatte. Aus der Unterhaltung ging hervor, da dieser Mann Pilot war und daß Edna am nächsten Tag eine Aussage machen wollte. Und nun kommt das Wichtigste: Mrs. Krupshak hat deutlich gehört, wie Edna den Weg zu ihrer Wohnung erklärt hat. Außerdem sei die Bezeichnung ›der schöne Prinz‹ gefallen.«

»Der schöne Prinz?«

Nugent zuckte mit den Achseln. »Ich weiß, da ist guter Rat teuer. Aber die Zeugin ist sich absolut sicher.«

Richard schaltete sich ein: »Wir können also wiederum einen Mord nicht ausschließen. Langsam teile ich Myersons Verdacht hinsichtlich Mr. Lewis.« Er blickte kurz ins Wohnzimmer hinüber. »Mrs. Fitzgerald sieht ziemlich mitgenommen aus. Hast Du Deine Befragung abgeschlossen, Katie?«

»Ja. Ich denke, ihr solltet sie jetzt in Ruhe lassen.«

»Ich werde sie mit einem Streifenwagen nach Hause bringen lassen«, schlug Nugent vor. »Einer der Beamten soll in ihrem Wagen hinterherfahren.

Katie dachte im stillen: Ich glaube nicht, daß Chris Lewis Edna das angetan hat; ich glaube auch nicht, daß er seine Frau umgebracht hat. Katie sah sich um. »Seid ihr sicher, daß keine Wertsachen fehlen?«

Nugent sagte abschätzig: »Diese Bude könnte man für vierzig Dollar verhökern. Ihre Brieftasche haben wir in der Handtasche gefunden. Ganze achtzehn Dollar, außerdem ihre Kreditkarte und Ausweise. Nichts war durcheinandergebracht. Ich glaube nicht, daß etwas fehlt.«

»Danke«, sagte Katie und ging zu Dr. Highley und Mrs. Fitzgerald zurück. »Wir werden Sie nach Hause bringen, Mrs. Fitzgerald«, sagte sie sanft.

»Was wird mit Edna geschehen?«

»Wir werden untersuchen müssen, wie schwer ihre Kopfverletzungen sind. Aber dabei wird man es sicherlich belassen. Wenn allerdings auch nur der geringste Verdacht aufkommt, daß jemand auf irgendeine Weise nachgeholfen hat, müssen wir ganz genau sein. Sie müssen sich dann eben sagen, daß wir Edna damit einen letzten Dienst erweisen.«

Mrs. Fitzgerald schluckte. »Sie haben recht.« Sie wandte sich an Dr. Highley. »Es tut mir leid, Herr Doktor.«

»Aber nicht doch«, sagte er und griff in seine Tasche. »Ich habe ein Beruhigungsmittel für Sie mitgebracht, falls Sie eines brauchen. Da Sie ja nach Hause gefahren werden, können Sie gleich eines einnehmen.«

»Ich hole Ihnen ein Glas Wasser«, sagte Katie und ging ins Bad. Schlafzimmer und Bad lagen rückseitig. Als sie am Waschbecken das kalte Wasser aufdrehte, wurde ihr klar, wie sehr sie die Vorstellung schmerzte, Chris Lewis als Hauptverdächtigen in zwei möglichen Mordfällen zu wissen.

Sie brachte Gertrude das volle Glas und setzte sich neben sie. »Mrs. Fitzgerald, um ganz sicherzugehen, müssen wir die Möglichkeit absolut ausschließen können, daß Edna beraubt wurde. Wissen Sie, ob sie Wertsachen besaß, Schmuck vielleicht?«

»Ja. Sie hatte einen Ring und eine Brosche, auf die sie so stolz war und die sie nur zu besonderen Anlässen trug. Ich weiß aber nicht, wo sie sie aufbewahrt, denn ich bin zum erstenmal hier. Ach ja, Sie müßten das wissen, Herr Doktor. Edna hat mir einmal erzählt, daß sie Ihnen ihren Schmuck gezeigt und Ihnen sogar ihr Versteck dafür verraten hat. Vielleicht können Sie Mrs. DeMaio weiterhelfen?«

Katie beobachtete diese kalten grauen Augen. Das ist ihm zuwider, dachte sie. Er fühlt sich hier nicht wohl. Er möchte nicht mit hineingezogen werden.

Hatte Edna gar ein Auge auf ihren Arzt geworfen? Hatte sie mit der Anzahl der Tage, an denen Dr. Highley Arbeit vorbeibrachte, ein wenig geschwindelt? Oder Gertrude gegenüber angedeutet, daß er Absichten hatte? Vielleicht wollte sie gar nicht unaufrichtig sein, hatte aber eine kleine Romanze erfunden, sich in ihrer Fantasie ein Verhältnis mit ihm ausgesponnen. In diesem Fall war es nicht verwunderlich, daß Mrs. Fitzgerald Dr. Highley umgehend benachrichtigt hatte und daß ihm jetzt ganz und gar nicht wohl in seiner Haut war.

»Ich weiß leider nichts von irgendwelchen Verstecken«, erklärte Dr. Highley in kühlem Ton. Ein leiser Spott war nicht zu überhören. »Einmal hat mir Edna einen Ring und eine Brosche gezeigt, die sie in ihrer Schmuckschatulle in der Nachttischschublade aufbewahrte, aber meines Erachtens kann man das schwerlich als Versteck bezeichnen.«

»Könnten Sie es mir zeigen, Dr. Highley?« fragte Katie.

Sie gingen zusammen über den Flur ins Schlafzimmer. Katie knipste eine Stehlampe an, ein ulkiges Ding mit einem Ingwerglas als Fuß und einem Schirm aus gefaltetem Pergamentpapier.

»Es befand sich hier drin«, sagte Dr. Highley und deutete auf die Schublade eines Nachttischchens, das rechts vom Bett stand.

Katie öffnete sie nur mit den Fingerspitzen. Wahrscheinlich würde eine Hausdurchsuchung angeordnet werden, bei der auch Fingerabdrücke nachgewiesen werden mußten.

Die Schublade war ungewöhnlich tief. Katie mußte weit nach hinten greifen. Dann zog sie eine blaue Plastikkassette hervor. Als sie den Deckel öffnete, zerteilte die glockenhelle Melodie einer Spieluhr die schwüle Stille des Raumes. Eine kleine Brosche und ein schmaler, alter Diamantring lagen unter den Einlagen aus falschem Samt.

»Das also waren ihre Schätze«, sinnierte Katie. »Hiermit kann ich also auch meine Raubüberfalltheorie begraben. Diese Dinge werden wir in der Staatsanwaltschaft aufbewahren, bis wir wissen, wer ihre nächsten Angehörigen sind.« Sie hatte die Schublade bereits zur Hälte wieder geschlossen, als sie plötzlich ein zweites Mal hineinschaute.

»Ach, sehen Sie mal, Herr Doktor.« Achtlos legte sie die Schmuckschatulle aufs Bett und griff erneut in die Schublade.

»Meine Mutter bewahrte immer den zerbeulten, alten schwarzen Hut meiner Großmutter als Andenken auf«, erzählte sie. »Edna muß so etwas Ähnliches getan haben.«

Sie zog etwas hervor und hielt es Dr. Highley vor die Nase.

Es war ein brauner Mokassin, stark durchgelaufen und ausgetreten, völlig abgewetzt und kaputt. Man sah aber noch, daß er an einen linken Fuß gehört hatte.

Edgar Highley starrte den Schuh entgeistert an. Katie meinte: »Bestimmt gehörte er ihrer Mutter. Für Edna war er wahrscheinlich so wertvoll, daß sie ihn zusammen mit diesen rührenden Schmucksachen aufbewahrte. Ach, Herr Doktor, wenn solche Dinge sprechen könnten, interessante Geschichten würde man da hören können, finden Sie nicht auch?«

28

Genau um acht Uhr morgens fuhr das Einsatzteam der Mordkommission von Valley County vor dem Lewisschen Haus vor. Phil Cunningham und Charley Nugent leiteten die Hausdurchsuchung. Vier weitere Beamte waren zur Sicherung der Fingerabdrücke eingeteilt worden. Sie waren angewiesen, sich im wesentlichen Schlafzimmer, Bad und Küche vorzunehmen.

Zugegebenermaßen waren die Chancen gering, aufschlußreiche Fingerabdrücke zu finden, wenn man von Vangie und Chris Lewis' Abdrücken absah. Aber der Laborbericht hatte eine ganz andere Frage aufgeworfen. Auf dem Zahnputzglas, das neben Vangie auf dem Bett gelegen hatte, waren ihre Fingerabdrücke festgestellt worden, doch ihre Verteilung ließ Zweifel aufkommen. Vangie war Rechtshänderin. Wenn sie die Zyankalikristalle in das Glas geschüttet hätte, wäre zu erwarten gewesen, daß sie das Glas mit ihrer Linken gehalten hätte, während sie mit ihrer Rechten mit dem Gift hantierte. Es waren aber nur Fingerabdrükke der rechten Hand auf dem Glas. Eine widersprüchliche, irritierende Tatsache, die die Selbstmordthese zu widerlegen schien.

Als man die Tote gefunden hatte, waren die beiden Arzneischränkchen im Bad und in der Gästetoilette bereits untersucht worden. Nun wurden sie erneut streng unter die Lupe genommen. Die Beamten öffneten jedes Fläschchen und schnupperten daran. Der typische Bittermandelgeruch war jedoch in keinem festzustellen.

Nugent vermutete: »Sie muß das Zyankali irgendwo versteckt haben.«

»Falls sie nicht genau die Menge besaß, die sie sich in das Glas geschüttet hat, und dann das Tütchen oder Döschen in der Toilette hinuntergespült hat«, kombinierte Cunningham.

Das Schlafzimmer wurde sorgfältig durchgesaugt. Man hoffte, Haare zu finden, die nicht von Vangie oder Chris stammten. Cunningham erläuterte: »In jedem Haus liegen Haare von allen möglichen Leuten, vom Briefträger zum Beispiel oder von Nachbarn. Der Mensch verliert andauernd Haare. Aber die wenigsten Leute würden selbst beste Freunde in ihr Schlafzimmer führen. Wenn man also im Schlafzimmer Haare findet, die nicht von denjenigen stammen, die dort schlafen, so kann das schon etwas besagen.«

Die Regale in der Garage wurden mit besonderer Sorgfalt untersucht. Hier standen die üblichen halbleeren Farbdosen, Reinigungsmittel, die Gartengeräte, Gartenschläuche, Insekten- und Unkrautvernichtungsmittel sowie Rosendünger in rauhen Mengen. Cunningham brummte ärgerlich, als er sich das Jackett an einem Schaufelblatt einriß. Es stand über den Rand des Regals hervor. Der Schaufelstiel war zwischen der Regalwand und einer schweren Farbbüchse festgeklemmt. Als er seinen Jackettärmel befreien wollte, fiel ihm ein Stoffetzen auf, der offenbar ebenfalls an der Gartenschaufel hängengeblieben war.

Das Druckmuster des Stoffes kam ihm bekannt vor. Es war ausgebleichter indischer Baumwollstoff. Vangies Kaftan, den sie trug, als sie starb.

Er ließ den Polizeifotografen in die Garage kommen. »Machen Sie mir davon eine Aufnahme«, bat er und deutete auf das Gartengerät. »Ich brauche eine Nahaufnahme, auf der man das Material erkennt.« Dann löste Cunningham den Stoffetzen behutsam ab und steckte ihn in einen Umschlag. Den klebte er fest zu.

Nugent untersuchte den Sekretär im Wohnzimmer. Lustig, dachte er. Allein schon dadurch bekommt man eine echte Vorstellung von manchen Menschen, wie sie ihre Unterlagen aufbewahren. Chris Lewis hatte zweifellos die Buchhaltung der Eheleute übernommen. Die Kontrollabschnitte der Banküberweisungen waren sorgfältig ausgefüllt, die Haushaltsbücher stimmten bis auf den letzten Cent. In der hohen unteren Schublade standen Aktenordner. Sie waren alphabetisch geordnet: AMERICAN EXPRESS; BANK AMERICANO; PRIVATPOST; TELEFONISCHER AUFTRAGSDIENST; VERSICHERUNGEN.

Nugent nahm sich den Ordner mit der Privatpost heraus und blätterte ihn durch. Chris Lewis unterhielt eine regelmäßige Korrespondenz mit seiner Mutter. *Danke für den Scheck. Du sollst nicht so großzügig sein.* Das hatte sie erst vor zwei Wochen geschrieben. Ein Brief vom Januar begann so: *Ich habe Dad den Farbfernseher für das Schlafzimmer gekauft. Er hat viel Freude daran.* Und dann noch einer vom Juli: *Die neue Klimaanlage ist ein wahrer Segen.*

Wenn Nugent auch enttäuscht war, nicht mehr Aufschluß über Lewis' Privatleben zu erhalten, er mußte ihm doch zugute halten, daß der Pilot seinen Eltern gegenüber sehr fürsorglich war. Er las die Briefe der Mutter ein zweites Mal und hoffte, irgendwelche Andeutungen über Chris' Verhältnis zu seiner Frau zu entdecken. Die Briefe neueren Datums endeten alle gleich: *Wir hoffen, daß es Vangie bald wieder gutgeht.* Oder: *Frauen müssen leider mit Schwierigkeiten während der Schwangerschaft rechnen.* Oder: *Sag Vangie, daß wir immer an sie denken.*

Am Mittag fuhren Nugent und Cunningham zurück ins Büro. Um 18 Uhr sollten sie Chris Lewis am Flughafen abpassen. Die Durchsuchung hatte folgendes ergeben: Niemand war gewaltsam in das Haus eingedrungen. Keine Spur von Zyankali, weder im Haus noch in der Garage. An einem frischen Brotlaib im Brotkasten fehlten zwei Scheiben (die Untersuchung von Vangies Mageninhalt hatte ergeben, daß sie am Montag leichte Kost zu sich genommen hatte – wahrscheinlich Tee und Toastbrot – etwa fünf Stunden vor ihrem Tod). In der Spülmaschine waren ein einzelner großer Teller, eine Tasse mit Unterteller und ein Salatschälchen – alles wahrscheinlich vom Sonntagabend – ein Saftglas und eine Tasse vom Frühstück am Montag und ein Teller mit Toastkrümeln vom Mittagessen.

Vangie hatte am Sonntag offenbar alleine zu Abend gegessen und ebenso auch am Montagabend. Die Kaffeetasse hatte am Dienstagmorgen noch nicht in der Spüle gestanden. Zweifellos hatte sich Chris Lewis irgendwann einmal Kaffee gemacht, nachdem man die Tote gefunden hatte.

Sorgfältig waren auch Auffahrt und Grundstück abgesucht worden. Keine nennenswerten Ergebnisse.

»Das war's«, sagte Nugent leicht resigniert. »Außer der Erkenntnis, daß sie sich an der Gartenschaufel in der Garage das Kleid zerrissen hat, sind wir nicht klüger als vorher. Warte mal kurz. Wir haben noch nicht den telefonischen Auftragsdienst gehört.«

Er holte sich das Telefonverzeichnis aus der Schreibtischschublade, wählte und gab seine polizeiliche Kennummer an. »Lesen Sie mir bitte sämtliche Nachrichten vor, die für Mr. oder Mrs. Lewis seit Montag hinterlassen worden sind«, wies er die Telefonistin an.

Er zückte seinen Kugelschreiber und notierte die Angaben. Cunningham blickte ihm über die Schulter.

Montag, 15. Februar, 16 Uhr. Anruf Nordwest-Reisebüro. Reservierungsbestätigung für Mrs. Lewis, Flug Nummer 235, Dienstag, 16. Februar, 16.10 Uhr ab Flughafen La Guardia nach Minneapolis.

Cunningham stieß einen leisen Pfiff aus. Nugent fragte: »Hat Mrs. Lewis diese Nachricht erhalten?«

Er hielt den Telefonhörer ein wenig von seinem Ohr weg, damit Cunningham mithören konnte. »Ja«, antwortete die Telefonistin. »Ich hatte am Montagabend selbst Dienst und habe es ihr etwa um halb acht Uhr ausgerichtet.« Und mit bewegter Stimme fuhr die Telefonistin fort: »Sie schien sehr erleichtert, sie sagte sogar wörtlich: ›Gott sei Dank!‹«

»Ausgezeichnet«, sagte Nugent. »Noch etwas?«

»Montag, 15. Februar, etwa einundzwanzig Uhr dreißig. Ein Dr. Fukhito ließ Mrs. Lewis ausrichten, sie möge ihn sofort nach ihrer Rückkehr anrufen. Er sagte, sie wisse seine Privatnummer.« Stirnrunzelnd fragte Nugent: »Alles?«

»Noch ein letzter Anruf gegen zweiundzwanzig Uhr. Von einer gewissen Edna Burns. Mrs. Lewis sollte sie unbedingt zurückrufen, auch wenn es sehr spät würde.«

Nugent kritzelte Dreiecke auf den Notizblock. Die Telefonistin fuhr fort: »Keine weiteren Anrufe eingegangen, weder am Dienstag noch am Mittwoch.« Aber sie wußte von einem Anruf am Dienstagabend, den Chris Lewis entgegengenommen hatte. »Ich hatte schon zum Hörer gegriffen, als Mr. Lewis doch noch antwortete. Da habe ich sofort aufgelegt.« Zu der Frage, ob Mrs. Lewis von Dr. Fukhito oder Edna Burns' Anrufen erfahren haben könnte, konnte sie nichts sagen. Nach 19.30 Uhr hatte sich Vangie Lewis an jenem Montag nicht mehr beim telefonischen Auftragsdienst gemeldet.

»Vielen Dank«, schloß Nugent. »Sie haben uns sehr geholfen. Vermutlich brauchen wir ein vollständiges Verzeichnis sämtlicher Anrufe, die bei Lewis in letzter Zeit eingegangen sind, aber wir werden uns in dieser Sache schon noch einmal melden.«

Er legte auf und drehte sich um. »Gehen wir, Phil. Myerson wird dies alles sicher sehr interessieren.«

»Was hältst du von der ganzen Sache?«

»Was läßt sich daraus schon schließen«, brummte Nugent verdrießlich. »Vangie Lewis wollte nach Minneapolis, so sah es wenigstens noch am Montagabend um halb neun aus. Ein paar Stunden später war sie tot. Um zehn ruft dann Edna Burns mit einer wichtigen Mitteilung bei Vangie an. Tags darauf ist auch Edna tot. Und diese Mrs. Krupshak, die sie zuletzt lebend gesehen hat, hat eindeutig gehört, wie Edna Chris Lewis gegenüber von einer wichtigen Sache sprach, die sie der Polizei erzählen wollte.«

»Und was ist mit diesem japanischen Klapsmühlendoktor, der Vangie am Montag anrief?« wollte Cunningham wissen.

Nugent zuckte mit den Achseln. »Katie hat sich gestern mit ihm unterhalten. Vielleicht kann sie uns darüber Auskunft geben.«

29

Die Nacht von Mittwoch auf Donerstag erschien Katie endlos. Gleich nach ihrer Rückkehr aus Ednas Wohnung war sie ins Bett gegangen, hatte jedoch nicht vergessen, noch eine von Dr. Highleys Pillen zu schlucken.

Sie schlief sehr unruhig. Immer wieder erschienen ihr bizarre Bilder von Vangies Gesicht. Kurz vor dem Aufwachen mündete alles in einen neuen Traum: Sie erblickte Ednas Gesicht. Dr. Highley und Richard beugten sich über die Leiche.

Dann erwachte sie. Undeutliche, quälende Fragen wirbelten ihr durch den Kopf, die sie narrten und nie Gestalt annehmen wollten. Der zerbeulte schwarze Hut ihrer Großmutter. Weshalb hatte sie an dieses alte Ding denken müssen? Natürlich. Der ausgetretene alte Mokassin bei Edna. Der Schuh, den sie zusammen mit ihrem Schmuck aufbewahrte. Aber warum war es nur ein Schuh?

Beim Aufstehen verzog sie das Gesicht. Es kam ihr so vor, als schmerzten ihre Glieder seit der Nacht nur noch schlimmer. Ihre Knie waren noch vom Aufprall stark geschwollen und schienen steifer geworden zu sein.

Ein heißes Bad würde die Schmerzen vielleicht lindern. Sie ging ins Bad und drehte den Wasserhahn an der Wanne auf. Plötzlich wurde ihr schwindlig. Sie kippte vornüber und konnte sich nur mit Mühe am Wannenrand festhalten. Nach einer Weile erholte sie sich wieder. Ganz langsam richtete sie sich auf. Nur nicht ohnmächtig werden. Im breiten, leicht beschlagenen Badezimmerspiegel erkannte sie ihr Gesicht: leichenblaß und Schweißperlen auf der Stirn. Diese verdammten Blutungen, dachte sie. Wenn ich morgen nicht schon von selbst in die Klinik ginge, hätte man mich gewiß hineintragen müssen.

Das Bad hatte ihre Gelenke gelockert. Die naturgetönte Tagescreme verdeckte ihr blasses Gesicht. Die lockere Aufmachung – Faltenrock, gesprenkeltes Tweedjackett und kragenloser Pullover – täuschte Wohlergehen bestens vor.

Mit einem Glas Orangensaft spülte Katie eine weitere Pille von Dr. Highley hinunter und dachte an Edna, deren Tod für sie immer noch unfaßbar war. Von Ednas Wohnung aus war sie mit Richard in eine Schnellgaststätte gegangen. Sie hatte sich eine Tasse Kaffee bestellt und Richard einen Hamburger. Er hatte ihr mitgeteilt, daß er zum Abendessen nach New York fahre. Es hatte ihn überrascht und zugleich erfreut, als er von ihrem Restaurantbesuch erfuhr. Dann aber hatte er sich mit seinen eigenen Gedanken beschäftigt. Einige Male war er nahe daran gewesen, sie etwas zu fragen. Trotz ihrer Einwände hatte sie ihn nicht davon abbringen können, hinter ihr herzufahren und sogar mit ihr ins Haus zu gehen, um nachzusehen, ob Fenster und Türen auch wirklich verschlossen waren.

»Ich weiß nicht, warum mir bei dem Gedanken, dich hier so alleine zu wissen, nicht wohl ist«, hatte er erklärt.

»Edna hat in einer Terrassenwohnung mit dünnen Wänden gelebt, und niemand hat bemerkt, daß sie verunglückt ist und Hilfe gebraucht hätte«, war ihr Kommentar gewesen.

»Sie brauchte keine Hilfe mehr«, hatte Richard knapp gemeint. »Sie war augenblicklich tot. Katie, dieser Dr. Highley, kennst du ihn?«

»Heute nachmittag habe ich ihn über Vangie ausgefragt«, war ihre ausweichende Antwort gewesen.

Richards Miene hatte sich aufgehellt. »Ach ja. Nun gut, bis morgen dann. Wahrscheinlich wird Myerson eine Besprechung wegen Edna Burns anberaumen.«

»Das glaube ich auch.«

Richard hatte ihr noch besorgt in die Augen geblickt und beim Weggehen gemahnt: »Leg die Sicherheitskette vor.«

Katie stellte ihr Saftglas in die Geschirrspülmaschine. Eilig nahm sie einen Mantel vom Haken, schnappte sich die Handtasche und ging zu ihrem Wagen.

Heute früh sollten Cunningham und Nugent mit der Hausdurchsuchung bei Chris Lewis beginnen. Myerson schien das Netz um ihn bewußt immer enger ziehen zu wollen. Ein sehr kräftiges Netz, dachte Katie, obwohl eigentlich nur Indizien gegen ihn vorlagen. Wenn sie doch nur beweisen könnte, daß es noch eine ganz andere heiße Spur gab, bevor man Chris Lewis beschuldigte. Einmal unter Mordverdacht verhaftet, käme er nie wieder gänzlich los davon, selbst wenn er seine Unschuld hundertmal beweisen konnte. Noch Jahre danach würde man munkeln: »Ach ja, der Mr. Lewis. Er ist Pilot. Soll etwas mit dem Tod seiner Frau zu tun gehabt haben. Ein cleverer Anwalt hat ihn herausgeboxt, aber eigentlich...«

Kurz vor halb acht kam sie ins Büro. Maureen Crowley war schon da, was Katie nicht überraschte. Maureen war die gewissenhafteste Sekretärin, die man sich vorstellen konnte. Sie besaß Scharfsinn und die Fähigkeit zu eigenständigem Arbeiten. Katie trat an ihren Schreibtisch. »Maureen, ich habe was für Sie. Kommen Sie doch kurz zu mir, wenn Sie Zeit haben.«

Maureen erhob sich sofort. Sie war jung, schlank und hübsch. Ihr grüner Pullover unterstrich ihre lebhaften grünen Augen. »Wie steht's, Katie? Wollen Sie eine Tasse Kaffee?«

»Gute Idee, aber bitte keinen Schinkensandwich, wenigstens im Augenblick nicht.«

Maureen schien verlegen. »Entschuldigung, mir ist das gestern so herausgerutscht. Wenn jemand kein Gewohnheitstier ist, so sind Sie das.«

»Na, so sicher wäre ich mir da nicht«, schränkte Katie ein und ging in ihr Büro. Der Mantel kam auf einen Bügel. Sie zog die Notizen aus der Westlake-Klinik hervor und setzte sich an ihren Schreibtisch.

Maureen brachte den Kaffee, holte sich einen Stuhl und wartete wortlos, den Stenoblock auf den Knien.

»Es gibt da ein Problem«, begann Katie zögernd, »wir glauben nicht mehr, daß Vangie Lewis' Tod Selbstmord war. Gestern habe ich mich mit ihren Ärzten unterhalten, mit Dr. Highley und Dr. Fukhito von der Westlake-Klinik.« Sie hörte einen langen Seufzer und blickte überrascht auf. Maureen war kreidebleich geworden. Nur ganz langsam kehrte wieder ein wenig Farbe auf ihre Wangen zurück.

»Maureen, was ist los mit Ihnen?«

»Nichts, nichts. Es ist schon vorüber.«

»Habe ich Sie auf irgendeine Weise erschreckt?«

»Nein, überhaupt nicht.«

»Okay.« Katie war leicht beunruhigt, doch dann besann sie sich wieder auf ihre Notizen. »Unseren Ermittlungen nach hat Dr. Fukhito Vangie Lewis zuletzt gesehen. Ich muß so schnell wie möglich alles über ihn wissen, was man über ihn herausfinden kann. Fragen Sie bei der Ärztevereinigung von Valley County und bei der Landesärztekammer nach. Ich habe gehört, daß er in der Valley-Pines-Klinik ehrenhalber an einem Forschungsprojekt arbeitet. Vielleicht können Sie dort etwas in Erfahrung bringen. Betonen Sie überall, daß die Daten vertraulich behandelt werden, aber forschen Sie nach seiner Herkunft, seiner Ausbildung, seinen Verbindungen zu anderen Krankenhäusern, seinem Privatleben, kurz nach allem, was Sie über ihn finden können.«

»Aber in der Westlake-Klinik soll ich mit niemandem sprechen, oder?«

»Um Himmels willen, nein. Niemand soll dort auf den Gedanken kommen, daß wir gegen Dr. Fukhito ermitteln.«

Aus irgendeinem Grund schien Maureen plötzlich sehr erleichtert zu sein. »Ich mach' mich sofort an die Arbeit, Katie.«

»Ich weiß, es ist Ihnen gegenüber nicht gerade fair, wenn Sie schon hier sehr früh erscheinen müssen, eine Arbeit anfangen und dann etwas ganz anderes tun sollen. Im guten alten Valley County hält man nichts von Überstunden, das kennen wir ja.«

Maureen erwiderte achselzuckend: »Ach, das macht doch nichts. Je länger ich hier arbeite, desto mehr macht es mir Spaß. Wer weiß? Vielleicht werde ich eines Tages auch Rechtsanwältin. Aber da müßte ich noch vier Jahre College und drei Jährchen Universität absitzen.«

»Sie würden sicher eine gute Juristin werden«, sagte Katie voller Überzeugung. »Ich habe mich ohnehin schon gewundert, daß Sie nicht aufs College gegangen sind.«

»Dumm wie ich war, habe ich mich sofort nach meinem Highschoolabschluß verlobt. Immerhin habe ich noch einen Sekretärinnenkurs absolviert. Und dann war auch schon die Entlobung.«

»Warum haben Sie sich nicht letzten September fürs College entschieden, anstatt arbeiten zu gehen?« bohrte Katie.

Maureens Miene wurde nachdenklich. Katie fiel auf, daß das Mädchen unglücklich wirkte. Bestimmt litt Maureen noch stark unter der Trennung.

Maureen starrte ins Leere und murmelte: »Ich verspürte eine gewisse Ruhelosigkeit und konnte mich nicht an den Gedanken gewöhnen, wieder die Schulbank zu drücken. Die Entscheidung war schon richtig.«

Sie war aufgestanden und verließ das Büro. Das Telefon klingelte. Am Apparat war Richard. Seine Stimme klang unterdrückt: »Katie, ich habe soeben mit Dave Broad gesprochen, dem Leiter der Abteilung Pränatale Medizin am Mount-Sinai-Krankenhaus. Es war nur so eine Vermutung, aber ich habe ihm den Fetus aus Vangie Lewis' Leiche eingeschickt. Mein Verdacht hat sich bestätigt, Katie! Chris Lewis war nicht der Vater von Vangies Kind. Das Baby hatte eindeutig asiatische Züge!«

30

Dr. Edgar Highley hatte Katie DeMaio angestarrt, als sie ihm den Mokassin zeigte. Hielt sie ihn zum Narren? Nein. Sie glaubte an diese komische Andenkentheorie.

Er mußte diesen Schuh haben. Noch ehe sie mit diesem Gerichtsmediziner oder den Kriminalbeamten darüber sprach. Angenommen, sie zeigte ihn auch ihnen? Gertrude Fitzgerald erkannte ihn vielleicht wieder. Sie hatte ja oft genug in der Aufnahme gearbeitet, wenn Vangie in die Sprechstunde kam. Er war ja dabei gewesen, als sich Edna in ihrer Gegenwart wieder einmal über Vangies ›gläserne Schuhe‹ lustig gemacht hatte.

Katie legte den Schuh zurück, schloß die Schublade und ging mit der Schmuckschatulle unter dem Arm aus dem Schlafzimmer. Voller Furcht folgte er ihr, da er nicht wußte, was sie unternehmen würde. Doch sie gab die Schmuckkassette einfach an einen der Beamten weiter. »Hier sind der Ring und die Brosche, Charley«, erläuterte sie. »Meiner Meinung nach können wir einen Einbruch damit ausschließen. Allerdings habe ich mir weder das Nebenzimmer noch die Toilette angesehen.«

»Das macht nichts. Wenn Richard ein Gewaltverbrechen für möglich hält, werden wir morgen früh die Wohnung sowieso bis in den kleinsten Winkel durchkämmen.«

Es klopfte laut an die Wohnungstür. Katie öffnete. Zwei Männer mit einer Bahre traten ein.

Edgar Highley ging wieder zu Mrs. Fitzgerald hinüber. Sie hatte inzwischen das Glas leergetrunken, das ihr Katie gebracht hatte. »Ich hole Ihnen noch etwas Wasser, Mrs. Fitzgerald«, sagte er sanft. Er warf einen Blick über die Schulter. Die anderen wandten ihm alle den Rücken zu und sahen zu, wie die beiden Männer die Leiche auf die Bahre hoben. Das war seine Chance.

Er eilte ins Bad. Drehte den Wasserhahn auf und huschte durch den Flur ins Schlafzimmer. Um keine Fingerabdrücke zu hinterlassen, öffnete er die Nachttischschublade mit seinem Taschentuch. Er hielt schon den Schuh in der Hand, als vom Flur her Gehgeräusche kamen. Rasch drückte er die Schublade zu und stopfte sich das Taschentuch ins Jackett. Er stand schon an der Tür, als die Schritte abbrachen.

Mit Mühe gewann er seine Fassung wieder. Ganz ruhig, befahl er sich. Im Flur zwischen Schlafzimmer und Bad stand dieser Gerichtsmediziner, der ihn forschend anblickte. »Herr Doktor«, sagte Richard frostig, »ich würde Ihnen gerne ein paar Fragen über Edna Burns stellen.«

»Aber gerne«, antwortete Dr. Highley scheinbar beiläufig. »Auch mir geht diese arme Frau nicht aus dem Kopf. Es ist ein Jammer! Wie hat sie doch ihr Leben ruiniert.«

»Wieso ruiniert?« wollte Richard wissen.

»Nun, Edna war mathematisch sehr begabt. Heute, im Zeitalter der Computer, hätte sicher etwas aus ihr werden können. Aber sie hat lieber zur Flasche gegriffen. Und dann wurde sie fettsüchtig und geschwätzig. Trotzdem war ich sehr stolz auf Edna. Sie wird mir zweifellos sehr fehlen. Entschuldigen Sie mich einen Augenblick, im Bad läuft noch das Wasser, ich wollte Mrs. Fitzgerald noch ein Glas holen. Die arme Frau. Auch sie hat es schwer getroffen.«

Dr. Carroll trat einen Schritt zur Seite, um ihn durchzulassen. Hatte er den Gerichtsmediziner mit seinen kritischen Bemerkungen etwas ablenken können, oder würde sich Dr. Carroll fragen, was Dr. Highley wohl in Ednas Schlafzimmer zu suchen hatte?

Er spülte das Glas aus, füllte es und brachte es Mrs. Fitzgerald. Die beiden Männer hatten die Tote bereits aus der Wohnung getragen, und auch Katie DeMaio konnte er nicht mehr entdecken.

»Ist Mrs. DeMaio schon fort?« fragte er den Inspektor.

»Nein, sie spricht nur gerade mit der Frau des Hausmeisters, kommt aber gleich wieder.«

Er wollte noch nicht gehen, solange er sich nicht sicher war, ob Katie Mrs. Fitzgerald gegenüber den Schuh noch einmal erwähnte. Aber als sie zurückkam, sprach sie kein Wort darüber.

Gemeinsam verließen sie die Wohnung. Die Ortspolizei bewachte das Grundstück, bis die Hausdurchsuchung abgeschlossen war.

Er begleitete Katie demonstrativ zu ihrem Wagen. Doch dann tauchte wieder dieser Gerichtsmediziner auf. »Komm, wir gehen einen Kaffee trinken, Katie«, schlug er vor. »Du kennst ja das Golden Valley, dort treffen wir uns dann.«

Richard wartete, bis Katie eingestiegen und losgefahren war. Dann sagte er knapp: »Gute Nacht, Dr. Highley«, drehte sich brüsk um und ging zu seinem Wagen.

Auf der Heimfahrt kam Dr. Edgar Highley der Gedanke, daß Katie DeMaio und Richard Carroll vermutlich auch gewisse private Beziehungen unterhielten. Wenn Katie verblutete, würde Richard Carroll aus beruflichen wie auch aus persönlichen Gründen nach der Todesursache forschen. Er mußte sehr, sehr vorsichtig sein.

In der Art, wie dieser Gerichtsmediziner ihm entgegentrat, lag etwas Feindseliges. Carroll hatte bestimmt seine Gründe dafür. Hätte er, Dr. Highley, sich Ednas Leiche ansehen sollen? Welchen Anlaß hätte er dafür gehabt? Ich hätte sie nicht so heftig gegen den Heizkörper schleudern sollen, dachte er. Die Idee mit dem Raubüberfall wäre besser gewesen. Hätte er es getan, der Schuh wäre schon seit gestern abend in seinem Besitz.

Edna hatte getratscht. Dieser Gertrude hatte sie erzählt, daß er ihre Wohnung kannte. Edna hatte vielleicht geschwindelt, was die Häufigkeit und Bedeutung seiner Besuche anbelangte. Und ihre Freundin hatte Katie verraten, daß er den Aufbewahrungsort von Ednas armseligem Schmuck kannte. Wenn diese Schnüffler zum Schluß kamen, daß Edna ermordet worden war, würden sie dann den Mord mit Ednas Tätigkeit in der Klinik in Verbindung bringen? Was hatte Edna noch ausgeplaudert?

Er kam ins Grübeln. Katie war die Schlüsselfigur. Katie DeMaio. Wenn er sie aus dem Weg geräumt hatte, gab es nichts mehr, was im Zusammenhang mit Vangies oder Ednas Tod auf seine Person schließen ließ. Die Patientenkartei in der Praxis war tadellos geführt.

Er fuhr auf sein Grundstück, stellte den Wagen in die Garage und ging ins Haus. Die Lammkoteletts lagen noch auf dem Teller. Kalt und mit einer Fettschicht überzogen. Der Spargel war schlaff geworden, der Salat zusammengefallen und wässerig. Er würde das Essen aufwärmen und einen frischen Salat anmachen. Gleich würde alles wieder so lekker aussehen wie vor dem Telefonanruf.

Als er in der Küche stand, spürte er, wie sich seine Nerven beruhigten. Bald hatte diese angespannte Unsicherheit ein Ende. Und bald würde er seine genialischen Ergebnisse der Weltöffentlichkeit vorstellen, seine großen Erfolge! Eines Tages konnte er ans Licht damit. Jetzt noch nicht. Die öffentliche Meinung, die Gesetze... Es würde nicht mehr lange dauern. Er würde sich nicht so blamieren wie jener Schwachkopf, der den Erfolg einer geglückten Embryonenverpflanzug für sich beansprucht hatte, ohne auch den geringsten Beweis vorzulegen. Seine akribisch geführten Unterlagen, die wissenschaftliche Dokumentation, Fotos, Röntgenaufnahmen, Analysen, belegten Schritt für Schritt, Tag für Tag, Monat für Monat die aufgetretenen Probleme und deren Auswertung und zeigten auf, auf welch glänzende Weise er sie gelöst hatte. Alles lag bei den Akten im Geheimsafe. Wenn seine Zeit gekommen war, würde er die Belege über die Mißerfolge verbrennen und dann die neue, nun risikolose Methode der Fetusimplantation vorstellen.

Nichts durfte ihn jetzt mehr aufhalten. Vangie hätte beinahe alles zunichte gemacht. Angenommen, sie wäre ihm nicht in die Arme gelaufen, als sie von Fukhito kam? Angenommen, sie hätte ihm nichts von ihrem Entschluß erzählt, sich von Emmet Salem behandeln zu lassen? Zufall, Glück?

Zufall könnte man sagen, als Katie DeMaio am Fenster stand und er mit Vangie auf den Parkplatz gekommen war. Daß Katie ihn dann auch noch zuerst ausgefragt hatte, war ein ganz böser Zufall gewesen.

Zum zweitenmal setzte sich Dr. Highley an den Tisch. Das Abendessen sah so appetitlich und vielversprechend aus wie zuvor. Der Kressesalat frisch und saftig, dampfende Koteletts, die Spargel, die leise zischten, als er die Sauce Hollandaise darübergoß. Er schenkte sich den Beaujolais ein. Das Glas fühlte sich eigentümlich weich an, was er als höchst angenehm empfand.

Er hatte Zeit. Und was noch zu tun war, das würde er tun. Dann war Schluß.

Morgen würde der Artikel im *Newsmaker* erscheinen. Er würde sowohl seinen Ruf als ausgezeichneter Gynäkologe als auch seine gesellschaftliche Reputation ungemein fördern.

Als Witwer war er von besonderem Interesse. Er kannte

die Unterhaltungen seiner Patientinnen: »Dr. Highley ist ein Genie. Dr. Highley ist so kultiviert. Dr. Highleys traumhafte Villa in Parkwood...« und so weiter.

Nach Winifreds Tod hatte er nach und nach die Verbindung zu all ihren Bekannten abgebrochen. Zuviel Feindseligkeit war ihm von dort entgegengeschlagen. Ihr Cousin machte unablässig Anspielungen, das wußte er. Aus diesem Grund hatte er nie etwas mit anderen Frauen angefangen. Nicht, daß er diese Askese als großes Opfer empfand. Seine Arbeit füllte ihn aus, brachte völlige Befriedigung. Es hatte sich auch gelohnt. Selbst schärfste Kritiker mußten anerkennen, daß er ein sehr guter Mediziner war, daß er seine Klinik hervorragend ausgestattet hatte und daß sogar zahlreiche Ärzte die Schwangerschaftsbetreuung nach dem Westlake-Modell nachahmten.

»Ich verbiete meinen Patientinnen jeden Alkohol- und Nikotingenuß während der Schwangerschaft«, hatte er der Reporterin erzählt. »Auch hat man sich an eine bestimmte Diät zu halten. Viele angeblich unfruchtbare Frauen könnten Kinder bekommen, wenn sie eine ähnliche Disziplin hielten wie ein Hochleistungssportler. Viele der langwierigen gesundheitlichen Störungen, an denen unsere Menschheit heute leidet, könnten vermieden werden, wenn Mütter sich nicht falsch ernährten oder die falsche medizinische Betreuung erhielten. Ich erinnere nur an dieses Contergan als Ursache für Mißbildungen an Hunderten eigentlich gesunder Kinder. Wir haben erkannt, daß drogensüchtige Mütter bereits süchtige Kinder zur Welt bringen, Alkoholikerinnen häufig Kinder bekommen, die Entwicklungs- oder Emotionsstörungen aufweisen.

Doch was ist von den vielen Krankheiten zu halten, die wir als das Schicksal der Menschheit betrachten, wie Bronchitis, Legasthenie, Asthma, Hör- und Sehschwächen, zum Beispiel auch Streßerscheinungen? Ich bin der Ansicht, man sollte diese nicht durch Laborversuche von außen, sondern im Mutterleib selbst auszuschalten versuchen. Ich nehme keine Patientin auf, die nicht mit meinen Methoden einverstanden ist. Ich kann Dutzende von Fällen vorweisen, in denen Frauen nach einer Reihe von Fehlgeburten sich zu mir in Behandlung begaben und dann Kinder bekamen. Noch viel mehr Frauen könnte dasselbe Glück beschieden sein, wenn sie nur gewillt wären, ihre Angewohnheiten – meist Modegewohnheiten – zu ändern. Viele Frauen könnten schwanger werden und gebären, wenn sich bei ihnen nicht starke emotionelle Störungen entwickelt hätten, die als sogenannte psychische Ovulationshemmer viel wirksamer sind als sämtliche Mittel, die man in der Apotheke kaufen kann. Und hier setzt das Westlake-Klinikmodell an.«

Die Reporterin vom *Newsmaker* war beeindruckt gewesen. Aber dann hatte sie gefragt: »Herr Doktor, ist es eigentlich wahr, daß Sie wegen Ihrer enormen Honorarforderungen ins Kreuzfeuer der Kritik geraten sind?«

»Enorm, so werden die darüber denken, die nichts davon verstehen. Meine Honorare fließen, abgesehen von sehr knapp bemessenen privaten Abschöpfungen, in den Ausbau der Klinik und in meine Forschungen auf dem Gebiet der pränatalen Medizin.«

»Herr Doktor, entspricht es nicht den Tatsachen, daß ein großer Teil Ihrer Patientinnen Frauen sind, die unter Ihrer Behandlung Fehlgeburten erlitten, obwohl sie Ihre Richtlinien streng befolgten und dabei Tausende von Dollars an Sie gezahlt haben?«

»Es wäre unredlich, wenn ich behauptete, sämtliche riskanten Schwangerschaften zum Erfolg führen zu können. Ja, es hat Fälle gegeben, in denen es zuerst zur gewünschten Schwangerschaft, dann jedoch zu einem unerwarteten Abgang gekommen ist. Wenn dies mehrmals auftritt, rate ich meinen Patientinnen zu einer Adoption und helfe ihnen, ein ›passendes‹ Kind zu finden.«

»Doch das lassen Sie sich bezahlen.«

»Mein liebes Fräulein, ich nehme an, Sie werden für dieses Interview auch bezahlt. Weshalb widmen Sie Ihre Zeit nicht irgendwelchen karitativen Aufgaben?«

Es war unklug von ihm gewesen, so auf die Reporterin loszugehen, eine feindselige Stimmung aufkommen zu lassen, ihr regelrecht Angriffsflächen zu bieten, oder sie eventuell zu reizen, nach seiner Vergangenheit herumzufragen. Er hatte lediglich erzählt, daß er vor seiner Ehe mit Winifred in Liverpool Chefarzt in einer gynäkologischen Abteilung war. Natürlich hatte er das Christushospital in Devon aus dem Spiel gelassen.

Mit ihrer nächsten Frage hatte ihm die Reporterin eine Falle stellen wollen.

»Herr Doktor, Sie nehmen doch Abtreibungen vor, nicht wahr?«

»Ja.«

»Steht das nicht im Widerspruch zu Ihrer Tätigkeit als Gynäkologe? Das eine Ungeborene retten zu wollen, während man das Leben des anderen auslöscht?«

»Ich betrachte den Mutterleib als eine Wiege. Ich verabscheue Abtreibungen. Es bereitet mir den größten Kummer, wenn ich Frauen in die Sprechstunde kommen sehe, die alle Hoffnung auf eine Schwangerschaft aufgeben müssen, weil ihr Unterleib total zerstochen ist, von wem auch immer. Jedermann, und hier schließe ich alle meine Kollegen ein, müßte erschrecken angesichts der großen Zahl von Frauen, die sich jede Aussicht auf eine Mutterschaft durch eben diese Abtreibungen verbaut haben. Ich wünsche nichts mehr, als daß alle Frauen ihre Schwangerschaft zu einem glücklichen Ende führen können. Aber bei all jenen, die dies nicht beabsichtigen, kann ich wenigstens dafür sorgen, daß sie noch ein Kind bekommen können, wenn sie sich eventuell später dafür entschließen.«

Damit hatte er den Durchbruch erzielt. Der Artikel würde sehr positiv ausfallen...

Sein Teller war leer. Er lehnte sich zurück und goß sich Wein nach. Er fühlte sich großartig. Gesetzesänderungen standen bevor. In wenigen Jahren war alles legal. Vangie Lewis, Edna Burns, Winifred, Claire... sie alle konnte er dann ad acta legen und vergessen.

Er prüfte den Wein auf der Zunge und füllte sein Glas nach. Er war müde. Morgen vormittag stand ein komplizierter Kaiserschnitt an – ein weiterer Problemfall, der bei Gelingen weitere positive Auswirkungen haben würde. Es war eine Risikoschwangerschaft, doch der Fetus hatte ein ungewöhnlich starkes Herz. Er mußte das Baby sicher zur Welt bringen. Die Mutter entstammte der hochangesehenen Familie Payne. Der Vater, Delano Aldrich, war ein hoher Beamter in der Rockefeller-Stiftung. Eine bedeutende Familie, eine wichtige Patientin.

Blieb nur noch ein Hindernis: Katie DeMaio. Ihre Patientenkarte hatte er aus der Praxis mit nach Hause genommen. Es war eine Ersatzkarte anzulegen, die er der Polizei später zeigen konnte.

Anstelle ihrer Krankengeschichte – Mrs. De Maio hatte unter anderem angegeben, im vergangenen Jahr hätte ihre Periode immer viel länger gedauert als normal – würde er schreiben: ›Patientin klagt über häufige und spontane Blutungen ohne geregelten Monatszyklus.‹ Anstatt einer vermutlich anlagebedingten Schwammigkeit der Uteruswände, einer Erscheinung, die bis auf weiteres durch eine einfache Ausschabung behoben werden konnte, würde er gelegentliches Versagen der Gefäßsysteme diagnostizieren. Anstelle eines etwas zu niedrigen Hämoglobinwertes würde er notieren, Mrs. DeMaios niedriger Hämoglobinwert sei chronisch und bewege sich ständig im gefährlichen Bereich.

Er ging in die Bibliothek. Die Akte mit dem Schildchen KATHLEEN DEMAIO, die er aus der Praxis mitgebracht hatte, lag zuoberst auf seinem Schreibtisch. Aus der Schublade holte er sich eine neue Patientenkarte und trug Katies Namen ein. Eine halbe Stunde lang arbeitete er äußerst konzentriert. Der offiziellen Akte aus der Praxis entnahm er Angaben über das Krankheitsbild, wie es sich zuletzt dargestellt hatte. Schließlich war er fertig. Die überarbeitete Akte würde er in die Klinik mitnehmen. Der ursprünglichen Akte aus der Praxis, die nach ihrer Fertigstellung in den Wandsafe zu liegen kommen würde, fügte er einen neuen Abschnitt bei:

Patientin nach mittelschwerem Autounfall Montag, 15. Februar, abends eingeliefert. Um 2.00 Uhr beobachtet unter Beruhigungsmitteln stehende Patientin vom Fenster ihres Krankenzimmers aus behandelnden Arzt bei der Beseitigung von Vangie Lewis' sterblicher Hülle. Der Patientin ist noch nicht bewußt, daß sie Zeugin eines tatsächlichen Vorfalls wurde. Sie glaubt offenbar an einen Alptraum. Patientin noch leicht traumatisch, infolge des Unfalls. Anhaltende Blutungen. Volles Erinnerungsvermögen wird sich jedoch unvermeidlich wieder einstellen. Daher darf Patientin nicht gestattet werden, für behandelnden Arzt andauernde Bedrohung darzustellen. Patientin erhielt am Montagabend auf der Unfallstation Bluttransfusion. Behandelnder Arzt ordnete unter dem Vorwand, Patientin für operativen Eingriff am Samstag vorbereiten zu müssen, erneute Transfusion an. Behandelnder Arzt veranlaßte auch Verabreichung von Antikoagulantien in Form von Kumarinkapseln, die regelmäßig bis Freitagabend eingenommen werden müssen.

Er spitzte die Lippen, legte den Füllfederhalter nieder. Es fiel nicht schwer, sich die abschließenden Eintragungen vorzustellen.

Patientin erschien am Freitag, 19. Februar, 18.00 Uhr in der Klinik. Klagt über Schwindelgefühle und allgemeine Ermattung. Um 21.00 Uhr stellt behandelnder Arzt im Beisein von Schwester Renge starke Blutungen bei Patientin fest. Rapide fallender Blutdruck. Unter Einsatz sämtlicher Blutkonserven wurde um 21.45 Uhr Noteingriff vorgenommen.

Exitus der Patientin Kathleen Noel DeMaio um 22.00 Uhr.

Er lächelte in Vorfreude, diesen letzten Fall bald abgeschlossen zu haben. Jeder Schritt war bis ins kleinste perfekt geplant. Er hatte sogar noch Schwester Renge am Freitagabend zum Bereitschaftsdienst eingeteilt. Sie war jung und unerfahren und fürchtete ihn.

Dr. Edgar Highley schloß die Akte zunächst in der obersten Schreibtischschublade ein und ging dann nach oben. Dann legte er sich ins Bett und schlief ruhig bis sechs Uhr früh.

Drei Stunden später entband er Mrs. Delano Aldrich durch Kaiserschnitt von einem gesunden Jungen. Gnädig nahm er den tränenreichen Dank der Patientin und ihres Gatten entgegen.

31

Der Beerdigungsgottesdienst für Vangie war am Donnerstagmorgen um 10 Uhr in der Kapelle der Aussegnungshalle in Minneapolis. Chris hatte neben Vangies Eltern gestanden. Ihr unterdrücktes Schluchzen ließ ihn sich wieder schuldig fühlen. Hätte er vieles anders machen können? Wenn es ihm gelungen wäre, Vangie versöhnlich zu stimmen, läge sie dann vielleicht nicht hier? Wenn sie früher rechtzeitig zur Eheberatung gegangen wären, hätte das die Ehe gerettet? Aber sie hatte abgelehnt: ›Ich brauche keine Beratung. Laß dir niemals einfallen zu behaupten, daß bei mir etwas nicht stimmt, daß ich 'nen Tick habe. Es ist doch gerade andersherum. Dich regt doch nie etwas auf, weil dir alles und jeder egal ist. Du bist das Problem und nicht ich!‹

Ach, Vangie. Vangie. Lag die Wahrheit in der Mitte?

Ihre Eltern hatten es voller Entrüstung aufgenommen, daß Vangie nicht beerdigt werden konnte. »Warum?« war Chris zur Rede gestellt worden.

»Ich weiß es einfach nicht.« Jetzt war nicht die Zeit für lange Erklärungen. Wenigstens nicht im Augenblick.

Eine Sopranistin sang ›*Amazing Grace*‹. Ihre Stimme stieg bis in die Kuppel der Kapelle. *»Einst war ich verloren, jetzt bin ich am Ziel.«*

Im vergangenen Sommer war ihm alles noch leer und aussichtslos erschienen. Er war damals nach Hawaii zur Party seines Freundes geflogen. Er konnte sich noch genau an den Augenblick erinnern, als er dort Joan zum erstenmal sah. Sie stand mit einigen anderen Gästen auf der Terrasse. Mit hinreißend lustigen Sätzen hatte sie die anderen zum Lachen gebracht und war dann selbst mit eingefallen, den Kopf zurückgeworfen wie eine Möwe. Er hatte sich mit einem Drink versorgt und dazugestellt. Und dann war er Joan nicht von der Seite gewichen, an diesem Abend.

». . . war ich blind, nun kann ich seh'n.«. Der Gerichtsmediziner hätte Vangie doch nicht am Dienstag zur Bestattung freigegeben, wenn ein Verbrechen zu vermuten wäre. Warum wurde dann die Sache rückgängig gemacht?

Er erinnerte sich an Ednas Anruf. Wieviel hatte sie schon anderen Leuten erzählt? Konnte sie Vangies Tod aufklären helfen? Bevor er aus Minneapolis abflog, mußte er Dr. Salem anrufen. Was wußte er über Vangie? Warum war er gestern abend so erschrocken? Weshalb hatte Vangie einen Termin mit ihm vereinbart?

Es hatte noch jemanden in Vangies Leben gegeben. Das war so sicher wie das Amen, das bald kommen würde. Angenommen, Vangie hatte vor den Augen dieser Person Selbstmord begangen und jener Unbekannte hatte sie nach Hause geschafft? Sie hatte ja weiß Gott Gelegenheit genug gehabt, ein Verhältnis mit einem anderen Mann anzufangen. Den halben Monat war er ja immer von zu Hause fort. Vielleicht hatte sie nach dem Umzug nach New Jersey jemanden kennengelernt?

Aber hätte sich Vangie jemals solche Schmerzen zugemutet?

Niemals!

Der Pfarrer sprach das Schlußgebet.

Chris führte Vangies Eltern hinaus in die Halle und nahm die Beileidsbezeigungen entgegen. Dann fuhren Vangies Eltern zu Bekannten. Er hatte ihnen versprochen, daß Vangie in New Jersey eingeäschert, ihre Urne übergeführt und im Familiengrab bestattet würde.

Schließlich konnte Chris sich absetzen. Kurz nach elf war er im Freizeitclub in der Innenstadt. Er nahm den Aufzug und fuhr in den 14. Stock. Im Solarium bestellte er eine Bloody Mary und ließ sich das Telefon geben.

Als sich Dr. Salems Sprechstundenhilfe meldete, erklärte er: »Ich bin der Ehemann von Vangie Lewis. Geben Sie mir bitte den Doktor, es ist dringend.«

»Gut mir leid«, war die Antwort, »aber Dr. Salem ist vor ein paar Stunden nach New York abgereist. Er nimmt dort am Ärztekongreß teil und wird nicht vor nächster Woche zurückkommen.«

»Nach New York.« Chris umklammerte sein Glas. »Könnten Sie mir wenigstens sagen, wo er dort wohnt? Ich muß ihn unbedingt erreichen.«

Die Sprechstundenhilfe schien zu zögern. »Ich denke, ich darf es sagen. Dr. Salem wollte sich ohnehin mit Ihnen in Verbindung setzen. Ich sollte Ihre Telefonnummer in New Jersey heraussuchen. Er hat auch die Krankenblätter Ihrer Frau eingepackt. Für den Fall, daß er Sie nicht erreicht, können Sie ihn im Essex House in der Central Park South in New York anrufen, sein Apparat hat die Nummer 3219.«

Chris hatte sein Notizbuch aufgeschlagen. Er wiederholte Adresse und Telefonnummer, während er sie rasch notierte. Er hatte enger schreiben müssen. Viel Platz war nämlich nicht mehr auf dieser Seite. In hektischer Schrift standen da Edna Burns' Adresse sowie genaue Wegangaben zu ihrer Wohnung in Edgeriver.

32

Myerson hatte auf 12 Uhr eine Besprechung anberaumt. Außer dem Staatsanwalt waren dieselben vier Personen anwesend, die schon am Vortag wegen Vangie Lewis' Tod zusammengekommen waren.

Schon bei ihrem Eintreten bemerkte Katie die lockere Stimmung; Maureen wartete an der Tür. Sie hatte auf Myersons Anordnung ihr Schreibzeug mitgebracht.

»Wir essen ein paar Sandwichs hier in der Bude«, kündigte er an. »Um halb zwei Uhr muß ich schon wieder im Gericht sein. Bringen wir also die Sache mit Chris Lewis schnell hinter uns.«

War auch nicht anders zu erwarten, dachte Katie. Myerson schießt sich auf Chris ein. Sie sah zu Maureen hinüber. Das Mädchen zitterte förmlich vor Nervosität. Aber erst seit ich ihr heute diesen Auftrag gegeben habe, sagte sich Katie.

Maureen erwiderte den Blick mit einem gequälten Lächeln. Katie nickte. »Für mich das Übliche.« Dann fügte sie hinzu: »Hatten Sie Glück mit Ihren Anrufen?«

Maureen sah Myerson fragend an, doch der Staatsanwalt war völlig in seine Akten vertieft. »Eigentlich nicht. Dr. Fukhito ist weder Mitglied der Ärztevereinigung noch in der Landesärztekammer. Einen Großteil seiner Freizeit widmet er geistig behinderten Kindern in der Psychiatrischen Klinik von Valley Pines. Ich habe noch ein Gespräch angemeldet, und zwar mit der Universität von Massachusetts, wo Dr. Fukhitos studiert hat.«

»Woher wissen Sie das?« fragte Katie.

Maureen sagte unsicher: »Ich erinnerte mich, daß ich das irgendwo gehört habe.«

Katie kam die Antwort ein wenig ausweichend vor, doch ehe sie nachdenken konnte, traten Richard, Nugent und Cunningham ins Zimmer. Rasch teilten sie Maureen ihre Sandwichwünsche mit. Richard setzte sich neben Katie und legte den Arm auf die Lehne ihres Stuhls. Einen Augenblick später war seine Hand zwischen ihren Schultern. Sie spürte die kräftigen, wärmenden Finger, als er kurz ein paar Muskeln knetete. »Mensch, bist du verspannt«, kommentierte er.

Scott Myerson blickte auf, räusperte sich und begann zu sprechen. »Okay. Wie wir wissen, wies Vangies Lewis' Kind asiatische Züge auf. Daraus ergeben sich zwei mögliche Schlußfolgerungen. Die eine: Sie verlor wegen der bevorstehenden Geburt den Kopf und brachte sich um, weil sie wußte, daß sie dieses Kind niemals als von ihrem Mann empfangen ausgeben konnte. Die zweite Theorie wäre die, daß Christopher Lewis etwas über einen Seitensprung seiner Frau herausfand und sie deshalb ermordete. Spinnen wir den Faden weiter. Ich nehme einmal an, er fuhr am Montagabend wider Erwarten nach Hause. Es kam zum Streit. Warum wollte sie Hals über Kopf nach Minneapolis? Fürchtete sie sich vor ihm? Vergessen Sie nicht, daß er nie zugegeben hat, daß sie zu ihren Eltern fahren und bei seiner Rückkehr eigentlich schon abgereist sein wollte. Nach Katies Bericht behauptet ja auch dieser Psychiater, daß sie beinahe hysterisch aus seiner Praxis gerannt war.«

»Der Psychiater. Er ist Japaner!« entfuhr es Katie. »Ich habe Maureen aufgetragen, Nachforschungen über ihn anzustellen.«

Myerson sah sie streng an. »Wollen Sie damit andeuten, daß Ihrer Meinung nach zwischen ihm und Vangie ein Verhältnis bestand?«

»Ich habe bis jetzt noch nichts angedeutet«, entgegnete Katie. »Die Tatsache, daß Dr. Fukhito aus Japan stammt, bedeutet ja noch lange nicht, daß Vangie nicht vielleicht noch einen anderen Mann ähnlicher Herkunft gekannt hat. Doch eines weiß ich. Als ich mich gestern mit ihm unterhielt, war er sehr nervös und übervorsichtig in der Wortwahl. Mit Bestimmtheit habe ich nicht die volle Wahrheit von ihm erfahren.«

»Womit wir zu Edna Burns kommen«, unterbrach sie Myerson.

»Was würden Sie sagen, Dr. Carroll? Ist sie hingefallen oder ist nachgeholfen worden.«

Richard zuckte mit den Achseln. »Man kann nicht ausschließen, daß sie hingefallen ist. Ihr Alkoholspiegel betrug 2,5 Promille. Sie war betrunken, um nicht zu sagen volltrunken.«

»Wie war das doch mit dieser Geschichte von den Betrunkenen, beziehungsweise Kleinkindern, die hinfallen, ohne sich weh zu tun?« erkundigte sich Katie.

Richard schüttelte den Kopf. »Ja. Das mag auf normale Knochenbrüche zutreffen, nicht aber, wenn jemand mit dem Schädel auf kantige Metallrippen aufschlägt. Ich würde es so formulieren: Solange nicht jemand einen Mord an Edna gesteht, werden wir es wohl nie beweisen können.«

»Aber ein Mord wäre durchaus möglich?« fragte Myerson nach.

Richard nickte. »Absolut.«

»Und Edna hat nachweislich am Telefon mit Chris Lewis über den ›schönen Prinzen‹ gesprochen«, sagte Katie zögernd. Sie dachte an den gutaussehenden Psychiater. War es wahrscheinlich, daß Edna gerade ihn den ›schönen Prinzen‹ nannte? Hätte sie Chris nach Vangies Tod angerufen, um ihm mitzuteilen, daß sie an ein Verhältnis zwischen den beiden glaubte? »Ich halte es einfach nicht für wahrscheinlich.«

Die vier Männer sahen sie erwartungsvoll an. »Was halten Sie für nicht wahrscheinlich?« fragte Myerson.

»Ich glaube nicht, daß Edna hinterhältig war. Ich weiß, daß sie es nie sein konnte. Es wäre nie ihre Art gewesen, Chris Lewis nach Vangies Tod anzurufen und ihn über die Seitensprünge seiner Frau aufzuklären, nur um ihm weh zu tun!«

»Vielleicht tat er ihr so leid, daß sie ihm den untröstlichen Gedanken ersparen wollte, sein Ein und Alles sei ihm genommen worden«, vermutete Richard.

»Oder sie wollte sich ein paar Mäuse verdienen«, warf

Nugent ein. »Vielleicht hat ihr Vangie an jenem Montag etwas anvertraut. Vielleicht wußte sie von einem Streit zwischen Vangie und Chris und kannte den Grund des Streits. Sie besaß nichts, sondern mußte anscheinend immer noch alte Rechnungen des Pflegeheims für ihre Eltern bezahlen, die schon jahrelang tot sind. Vielleicht sah sie gar nichts Schlimmes darin, bei Chris Lewis ein wenig die Hand aufzuhalten. Sie hat ihm mit der Polizei gedroht.«

»Sie sagte, sie wolle bei der Polizei eine Aussage machen«, widersprach Katie. »So hat es die Hausmeistersfrau erzählt.«

»Na gut«, beschwichtigte Myerson. »Wie steht es mit dem Haus? Hat sich bei der Durchsuchung etwas ergeben?«

Nugent zuckte mit den Achseln. »Leider noch nicht sehr viel. Auf dem Notizblock neben dem Telefon in der Küche steht eine Nummer. Die Vorwahl ist 612, aber es ist nicht die Nummer von Vangies Eltern. Wir hielten es für besser, von hier aus anzurufen. Vielleicht hat Vangie mit irgendeiner Freundin telefoniert und ihre Pläne mitgeteilt. Die andere Sache war die, daß sie sich ihr Kleid zerrissen hat, und zwar mit einer Gartenschaufel, die aus dem Regal in der Garage hervorstand.«

»Was meinen Sie mit: ihr Kleid zerrissen?« wollte Myerson wissen.

»Das Kleid, in dem sie aufgefunden wurde. Es war nicht zu übersehen. Die lange Kutte mit diesem indischen Stoffmuster.«

»Wo befindet sich die Kleidung jetzt, die Vangie Lewis trug?« fragte Myerson Richard.

»Vermutlich noch im Labor«, antwortete Richard. »Routineuntersuchung, wie immer.«

Myerson blickte kurz auf Nugents Notizblock und schob ihn dann Katie über den Schreibtisch zu. »Wählen Sie doch einfach mal die Nummer. Falls sie einer Frau gehört, sind Sie wahrscheinlich ohnehin erfolgreicher.«

Katie drehte an der Wählscheibe. Nach einer Weile meldete sich eine Frauenstimme: »Hier Praxis Dr. Salem.«

»Es ist eine Arztpraxis«, flüsterte Katie, die Hand über die Sprechmuschel haltend. Dann sprach sie wieder ins Telefon: »Vielleicht können Sie mir helfen. Mein Name ist Kathleen DeMaio von der Staatsanwaltschaft in Valley County, New Jersey. Wir haben den Tod einer gewissen Mrs. Lewis aufzuklären und führen eine Routineuntersuchung durch. Wir fanden Dr. Salems Telefonnummer auf ihrem Notizblock.«

Die Frauenstimme unterbrach sie: »Ach, welch ein Zufall. Ich habe soeben mit Mr. Lewis gesprochen, der sich ebenfalls mit dem Herrn Doktor unterhalten wollte. Ihm habe ich auch erklärt, daß Dr. Salem sich auf dem Weg nach New York befindet, wo er den Ärztekongreß besucht. Sie können ihn gegen Abend im Essex House Hotel in der Central Park South anrufen.«

»Danke. Das werden wir sicher tun.« Schließlich fragte sie auf gut Glück: »Wissen Sie etwas von einem Anruf von Mrs. Lewis? Hat sie den Doktor erreicht?«

»Nein. Sie hat nur mit mir gesprochen. Sie hat am Montag angerufen und war sehr enttäuscht, daß Dr. Salem vor Mittwoch keine Sprechstunde mehr hatte. Ich habe ihr dann für Mittwoch einen Nottermin freigehalten, weil er ja umgehend wieder abreisen mußte. Sie sagte, sie müsse unbedingt mit ihm sprechen.«

»Eine letzte Frage«, schloß Katie. »Was für eine Praxis führt Dr. Salem?«

»Oh, er ist ein bekannter Gynäkologe«, tönte es vom anderen Ende.

»Vielen Dank. Sie haben uns sehr geholfen.« Katie legte auf und teilte den anderen kurz das Gespräch mit.

»Also hat Chris Lewis von dem Termin gewußt«, erläuterte Myerson. »Und jetzt will er mit diesem Arzt reden. Ich kann's schon gar nicht erwarten, mir diesen Piloten heute abend noch vorzuknöpfen. Eine Menge Fragen hab' ich für ihn.«

Es klopfte. Maureen trat ein, ohne die Aufforderung abzuwarten. Auf einem Tablett brachte sie Kaffee, Geschirr und eine Tüte voll Sandwiches. »Katie«, sagte sie, »die Universität von Massachusetts ist am Apparat. Ich habe dort wegen Dr. Fukhito angerufen. Soll ich das Gespräch herüberlegen?«

Katie nickte. Richard beugte sich über den Tisch, nahm den Hörer auf und reichte ihn ihr. Katie wartete, bis sie verbunden wurde. Sie spürte wieder diese leisen, aber hartnäkkigen Kopfschmerzen. Ihr Aufprall auf dem Lenkrad hatte zwar keine Gehirnerschütterung verursacht, doch fest stand, daß es Kopfschmerzen waren, die sie während der letzten Tage so quälten. Ich bin halt doch nicht ganz auf dem Damm, dachte sie. Zu viele Dinge narrten seitdem ihren Verstand.

Wunschgemäß verband man sie rasch mit der Immatrikulationsstelle der medizinischen Fakultät. Ein Mann sagte mit verhaltener Stimme: »Ja, Dr. Fukhito hat bei uns studiert und ein ausgezeichnetes Examen abgelegt. Er arbeitete in der Landesklinik als Assistenzarzt. Später wurde er Oberarzt und eröffnete eine Privatpraxis. Vor sieben Jahren hat er das Krankenhaus verlassen.«

»Aus welchem Grund?« erkundigte sich Katie. »Ich sagte Ihnen doch, dies ist eine polizeiliche Ermittlung, und bei der werden sämtliche Angaben vertraulich behandelt. Wir müssen unbedingt herausfinden, ob es in Dr. Fukhitos Vergangenheit irgendwelche dunklen Punkte gibt.«

Eine lange Pause entstand, bevor der Universitätsangestellte fortfuhr: »Dr. Fukhito wurde damals nahegelegt zu kündigen. Außerdem erhielt er in Massachusetts ein Jahr Praxisverbot. Er war unmoralischer Handlungen für schuldig befunden worden. Zuvor hatte er einen Prozeß gegen eine Patientin verloren.«

»Worum ging es bei diesem Prozeß?« fragte Katie.

»Eine Patientin hatte Dr. Fukhito angezeigt; er habe sie während der psychiatrischen Behandlung zu einer intimen Begegnung gedrängt. Sie war seit kurzem geschieden und litt unter starken Gefühlsschwankungen. Die Bekanntschaft blieb nicht folgenlos, den die Frau bekam ein Kind von Dr. Fukhito.«

33

Molly werkelte in der Küche. Sie war eigentlich recht froh, daß alle wieder zur Schule gehen konnten. Selbst Jennifer ging es heute morgen so gut, daß sie unbedingt in die Penne wollte. »Na schön«, hatte sie nachgegeben, »aber du gehst nicht zu Fuß, es ist zu kalt draußen. Wir fahren mit dem Wagen.«

Bill mußte erst am Nachmittag in New York sein, wo er an einem wichtigen Seminar teilnahm, das im Rahmen des Ärztekongresses abgehalten wurde. Beide hatte die seltene Gelegenheit gefreut, sich mal in aller Ruhe unterhalten zu können. Sie saßen am Küchentisch. Bill rührte in einer Tasse Kaffee; Molly putzte Gemüse. »Ich bin mir ganz sicher, daß Katie und Richard sich gut mit den Berkeleys verstehen werden«, sagte Molly. »Jim Berkeley ist ja auch so ein wandelndes Lexikon, und Humor hat er auch. Woher kommt es, daß man die meisten Werbeleute so interessant findet?«

»Weil sie mit Worten gute Geschäfte machen«, vermutete Bill, »obwohl ich auch einige kennengelernt habe, auf die ich gerne verzichten kann.«

»Ja, ja«, pflichtete Molly abwesend bei. »Wenn Liz nur nicht wieder stundenlang über ihr Baby spricht. Als ich sie angerufen habe, um sie für heute einzuladen, hat sie geschlagene zwanzig Minuten über Maryannes Fortschritte berichtet..., und die bestehen im wesentlichen darin, daß sie beim Abfüttern ihr Breizeugs gleichmäßig über den Tisch verteilt. Ist das nicht als großartige Leistung zu verkünden?«

»Doch, wenn es das erste Kind ist, auf das man fünfzehn Jahre lang gewartet hat«, bekräftigte Bill. »Bei Jennifer hast du ja auch alle naselang zum Gesundheitslexikon gegriffen.«

Molly schnitt gerade Stangensellerie. »Sei's drum, es wird ein lustiger Abend werden. Und selbst wenn Liz wieder ihr Baby bejubelt, vielleicht beeindruckt es Katie und Richard. Vielleicht.«

Bill runzelte die Stirn. »Molly, du bist wieder mal so feinfühlig wie 'ne Beißzange. Halte dich lieber ein wenig zurück damit, sonst gehen sich die beiden noch ganz aus dem Weg.«

»Ach Unsinn. Ist dir nie aufgefallen, wie sie sich ansehen? Da ist doch etwas im Busch. Meine Güte! Gestern abend hat Richard sogar hier angerufen. Er hatte nach Katie gefragt und wollte wissen, was mit ihr los sei. Du hättest hören sollen, wie besorgt er klang. Ich weiß es genau. Er ist verrückt nach ihr und schlau. Denn wenn er Katie damit ins Haus fallen würde, hätte er sie das längste Mal gesehen.«

»Hast du ihm von dem Eingriff erzählt, dem sie sich unterzieht?«

»Nein. Katie hat mir heute morgen die Hölle heiß gemacht, als ich sie fragte, ob sie mit ihm darüber gesprochen hätte. Als ob nicht die meisten Leute heutzutage mit solchen Dingen geradezu hausieren gehen. Schau, warum kann sie nicht einfach zu Richard sagen: ›Ich habe da ein Problem, was mich schon eine Weile plagt. Meine Mutter hatte es auch und mußte alle paar Jahre zu einer Ausschabung in die Klinik. Es sieht so aus, als sei ich ebenso veranlagt?‹ Statt dessen macht sich der arme Junge Sorgen, es könnte etwas ganz Schlimmes sein. Sie verhält sich da ihm gegenüber nicht ganz fair und kindisch obendrein.«

Bill erhob sich. Er ging zur Spüle, ließ kurz Wasser über Tasse und Unterteller fließen und stellte sie in die Spülmaschine. »Ich weiß nicht, ob du jemals bemerkt hast, daß es Katie nie ganz verwunden hat, bereits zwei männliche Wesen verloren zu haben. Beide hat sie geliebt, auf beide konnte sie sich verlassen. Euer Vater starb, als sie acht, und ihr

John, als sie vierundzwanzig Jahre alt war. Aber sie muß mit diesen Problemen selbst fertig werden. Es hilft ihr sicher nichts, wenn du sie immer wieder unter deine Fittiche nehmen willst. Auch ich würde nichts lieber sehen, als daß sie und Richard Carroll zusammenfinden. Es wäre sicher der Richtige.«

»Und er ist dein Golfpartner«, warf Molly dazwischen. Bill nickte.

»Das auch.« Er nahm sich eine Selleriestange und knabberte daran. »Laß dir einen Rat geben. Wenn Katie nicht mit Richard über diesen Eingriff reden will, misch dich bitte nicht ein. Es wäre Katie gegenüber unfair, wenn du es ihm dann erzählen würdest. Wenn er sich ständig so um sie sorgt, wird ihr das bestimmt irgendwann zu denken geben. Du hast sie zwar zusammengebracht, aber nun...«

»Aber nun ist genug«, ergänzte Molly seufzend.

»So ähnlich. Und morgen abend, wenn Katie in die Klinik geht, sehen wir uns in der Met den Othello an. Ich habe die Karten schon seit Monaten und will sie eigentlich nicht umtauschen. Besuch doch Katie, wenn sie am Samstagvormittag von der Operation kommt, es wird ihr sicher guttun, wenn sie das Gefühl hat, daß jemand bei ihr ist. Am Freitagabend wird sie sich bestimmt ein wenig mit sich selbst beschäftigen wollen.«

»Sie soll ganz allein in die Klinik fahren?« protestierte Molly.

»Ganz alleine«, entschied Bill. »Sie ist ja schon ein großes Mädchen.«

Das Telefon klingelte. »Hoffentlich ist es nicht die Schulärztin, die uns mitzuteilen hat, daß eines unserer Kinder wieder kränkelt«, murmelte Molly. Zögernd sagte sie: »Ja bitte?« Plötzlich klang ihre Stimme besorgt: »Ach Liz, du bist es. Sag bloß nicht, daß ihr heute abend nicht kommen könnt.« Dann nach einer kurzen Pause: »Ach so, natürlich könnt ihr sie mitbringen. Ihr könnt ja den Kinderwagen zusammenklappen... Genau, wir legen sie in unser Schlafzimmer... Natürlich ist es mir recht. Wenn sie dann aufwacht, holen wir sie ins Wohnzimmer. Soll sie doch ruhig mitfeiern. Es ist dann fast so wie in alten Zeiten... Also bis um sieben.«

Sie legte auf. »Das Mädchen, das immer zu Liz als Babysitter kommt, hatte heute keine Zeit. Sie bringt es mit.«

»Okay.« Bill blickte auf die Küchenuhr. »Ich mach' mich jetzt besser auf den Weg, sonst komme ich zu spät.« Er gab Molly einen Kuß. »Und hör bitte auf, dir um dein Schwesterchen Sorgen zu machen.«

Molly kaute an der Unterlippe. »Geht nicht. Ich habe dauernd ein dumpfes Gefühl im Magen, wenn ich an Katies Zustand denke.«

34

Als Richard in sein Büro zurückgekehrt war, trat er ans Fenster und blickte eine Weile hinaus. Neben der Nordwestekke der Haftanstalt sah man vor dem Gerichtsgebäude einen Park, etwa von der Größe eines Schrebergartens. Nur beiläufig nahm er die dichten Schneeflocken wahr, die von einer Windbö über den bereits dick überfrorenen Rasen getrieben wurden.

Ein hervorragendes Wetter. Hämisch taxierte er die dikken Schneewolken am Himmel. Der Sarg mit Vangies Leiche kam heute mit der Maschine um 14.30 Uhr aus Minneapolis; um 19 Uhr würde er auf dem Newark Airport abgeholt. Von dort aus kam die Tote ins Leichenschauhaus und morgen früh würde er sie erneut untersuchen. Er erwartete kaum, etwas Besonderes zu finden. Auch keinerlei Blutergüsse, das wußte er mit Sicherheit. Aber irgend etwas war an ihrem linken Fuß oder ihrem Bein, das er zwar bemerkt, aber als unbedeutend außer acht gelassen hatte.

Alle Spekulationen waren sinnlos, solange er die Leiche

nicht ein zweites Mal untersucht hatte. Vangie neigte offenbar zu stark emotionalen Handlungen. Hatte sie sich von Dr. Fukhito zum Selbstmord drängen lassen? Wenn Vangies Baby von ihm stammte, mußte er zwangsläufig in Panik geraten. Er war als Arzt erledigt, wenn man ihm wieder ein intimes Verhältnis mit einer Patientin nachweisen konnte.

Chris Lewis hatte eine Freundin – ein triftiger Grund, die Frau aus dem Weg räumen zu wollen. Wenn er Wind von ihrem Verhältnis bekommen hatte? Offensichtlich hatten nicht einmal Vangies Eltern von ihrem Vorhaben gewußt, nach Minneapolis zu fliegen. Hatte Vangie etwa gehofft, daß der Arzt in Minneapolis ihr Kind zur Welt brächte, ohne daß es jemand merkte? Wollte sie vielleicht behaupten, daß sie es verloren hätte? Hatte sie etwa geglaubt, dadurch ihre Ehe retten zu können? Oder hatte sie befürchtet, daß bei einem Scheidungsprozeß das Kind der eindeutige Beweis ihrer Untreue gewesen wäre?

Nichts von alledem schien stichhaltig.

Mit einem Seufzer schaltete Richard die Sprechanlage ein und bat Marge in sein Büro. Sie war beim Essen gewesen, als er von Myerson zurückkam, und er hatte sich die Gesprächsnotizen noch nicht angesehen.

Mit einem Packen Zettel in der Hand kam sie ins Zimmer. »Es ist kein allzu wichtiger dabei«, berichtete sie. »Ah, doch. Kurz nachdem Sie zu der Besprechung gegangen waren, rief ein gewisser Dr. Salem an. Er hat Sie nicht namentlich genannt, sondern wollte nur mit dem Gerichtsmediziner verbunden werden. Dann wollte er wissen, ob wir bei Vangie Lewis die Autopsie durchgeführt hätten. Ich sagte, Sie seien der Gerichtsmediziner und hätten die Leiche selbst seziert. Er wollte mit der nächsten Maschine von Minneapolis nach New York kommen und ließ Sie bitten, ihn dort gegen fünf Uhr im Essex House anzurufen. Es klang, als wolle er Sie dringend sprechen.«

Ein leiser Pfiff. »Eigentlich wollte ich ihn dringend sprechen«, sagte Richard.

»Ach ja«, Marge zog sich an der Nase, »ich habe die statistischen Angaben zur gynäkologischen Abteilung der Westlake-Klinik beisammen. In den acht Jahren, seit es die Schwangerschaftsbetreuung gibt, sind sechzehn Patientinnen bei der Entbindung oder infolge einer Schwangerschaftsvergiftung gestorben.«

»Sechzehn?«

»Sechzehn«, bestätigte Marge mit Nachdruck. »Allerdings ist es eine sehr große Praxis. Dr. Highley gilt als hervorragender Frauenarzt. Einige seiner Fälle, bei denen er Frauen zu einer erfolgreichen Schwangerschaft verholfen hat, werden als medizinische Meisterleistungen gewertet. Und die Patientinnen, die nicht überlebten, waren alle von anderen Ärzten wegen des zu großen Risikos gewarnt worden.«

»Diese Todesfälle werde ich genauestens studieren müssen«, erklärte Richard. »Aber wie? Wenn Myerson die Krankenhausunterlagen beschlagnahmen läßt, machen wir die Verantwortlichen nur hellhörig. Haben Sie noch etwas gefunden?«

»Ich weiß nicht recht. In diesen acht Jahren kam es zu zwei Kunstfehlerprozessen gegen Dr. Highley. Beide Klagen wurden abgewiesen. Schließlich trat noch ein Cousin seiner Frau auf, der steif und fest behauptet hat, daß sie nicht durch Herzversagen den Tod fand. Die Staatsanwaltschaft hat sich an Mrs. Highleys Hausarzt gewandt, der die Anklage des Cousin als abstrus bezeichnete. Dieser Cousin war als Alleinerbe eingesetzt, bevor Winifred Westlake Dr. Highley heiratete, also mag dies der Grund für seine Attacken gewesen sein.«

»Wer war Winifred Westlakes Hausarzt?«

»Dr. Alan Levine.«

»Ein erstklassiger Internist«, bemerkte Richard. »Ich werde mich einmal mit ihm unterhalten.«

»Und was ist mit diesen Leuten, die die Prozesse angestrengt haben? Brauchen Sie die Namen und Adressen?«

»Ja bitte.«

»Ich hab's mir schon gedacht. Hier sind sie.«

Richard las die Angaben auf dem Zettel, den ihm Marge gereicht hatte: *Anthony Caldwell, Old Country Lane, Peapack, New Jersey* und *Anna Horan, 415 Walnut Street, Ridgefield Park, New Jersey.*

»Da haben Sie ausgezeichnete Arbeit geleistet«, lobte er. Sie nickte selbstzufrieden: »Ich weiß.«

»Myerson sitzt noch im Gericht. Hinterlassen Sie ihm bitte eine Nachricht, damit er mich anruft, sobald er wieder in seinem Büro ist. Und rufen Sie im Labor an, man möchte mir bitte Vangies Kleidung bereitlegen. Ich will sie ihr morgen früh noch einmal überziehen. Also müssen alle Textiluntersuchungen bis heute nachmittag abgeschlossen sein.«

Marge ging hinaus, Richard beugte sich wieder über seine Aufzeichnungen.

Erst gegen 16 Uhr erwiderte Myerson den Anruf. Er hörte sich Richards Vorschlag an, die Parteien zu befragen, die gegen Dr. Highley geklagt hatten. Begeistert schien er nicht davon. »Sehen Sie, es gibt heute keinen einzigen Arzt mehr, wie auch immer er heißen mag, gegen den kein Kunstfehlerprozeß angestrengt wird. Wäre Albert Schweitzer noch am Leben, er müßte sich noch im Dschungel um einen Verteidiger bemühen. Aber tun Sie nur, was Sie nicht lassen können. Ich werde die Krankenhausunterlagen beschlagnahmen lassen, sobald Sie Zeit dafür haben. Die hohe Sterbeziffer unter den Gynäkologiepatientinnen macht mich zwar auch stutzig, aber vielleicht findet auch die eine Erklärung. Dr. Highley beschäftigt sich schließlich mit Risikogeburten.«

Myerson senkte die Stimme: »Am meisten interessiert mich, was uns dieser Dr. Salem zu berichten weiß. Unterhalten Sie sich mit ihm und kommen Sie anschließend zu mir. Dann trete ich in Aktion. Ich für meinen Teil glaube an einen Indizienfall. Die Schlinge um Chris Lewis' Kopf wird immer enger gezogen. Schließlich muß er einfach mit der Wahrheit herausrücken. Wir wissen, daß er seine Aufenthaltsorte am Montag, als seine Frau starb, nicht lückenlos belegen kann. Wir wissen, daß ihn am Dienstagabend Edna Burns angerufen hat. Und wir wissen, daß der Mann vom Bestattungsinstitut am Dienstag vor 21 Uhr gegangen ist. Danach war er alleine und hätte das Haus leicht verlassen können. Angenommen, er fuhr zu ihr hin? Er ist sehr geschickt. Nugent hat erzählt, daß in Lewis' Garage die raffiniertesten Werkzeuge herumliegen. Edna war schon ziemlich betrunken, als sie mit ihm telefonierte, das wissen wir von der Nachbarin. Er fuhr also hin, verschaffte sich Eingang, ging ins Eßzimmer und gab der guten Frau einen kleinen Schubs, bevor sie überhaupt merkte, was passiert ist. Das sagt mir mein sechster Sinn. Und heute abend werden wir Lewis ja hier haben und uns seine Version anhören.«

»Vielleicht haben Sie recht«, antwortete Richard nachdenklich. »Und trotzdem will ich bei diesen Leuten einmal nachhaken.«

Dr. Alan Levine erreichte er, als dieser gerade seine Praxis verlassen wollte. »Kommen Sie auf einen Drink mit, Doktor?« schlug Richard vor, »es dauert nicht länger als eine Viertelstunde.«

Sie machten den Parkwood Country Club als Treffpunkt aus, da er etwa in der Mitte lag und den Vorteil hatte, daß es dort an Wochentagen ruhig zuging. Man konnte sich in der Bar unterhalten, ohne befürchten zu müssen, daß jemand mithörte oder ihnen plötzlich ins Gespräch platzte. Richard kam sofort zur Sache. »Aus verschiedenen Gründen interessieren wir uns für die Westlake-Klinik. Winifred Westlake war eine Ihrer Patientinnen. Ihr Cousin hatte die Anschuldigung erhoben, sie sei bestimmt nicht einer Herzschwäche erlegen. Könnten Sie mir etwas mehr darüber berichten?«

Alan Levine erwiderte Richards offenen Blick, nippte an seinem Martini, sah durch die Scheiben auf den verschneiten Golfplatz und begann zögernd: »Ich muß Ihre Frage auf verschiedenen Ebenen beantworten.« Nach einer Pause fuhr er fort: »Ja, Winifred war meine Patientin. Sie stand jahrelang unter Krebsverdacht. Genauer gesagt, sie wies alle klassischen Symptome eines Zwölffingerdarmtumors auf. Nur – auf den Röntgenbildern war nie etwas zu sehen. Wenn sie von Zeit zu Zeit starke Schmerzen hatte, machte ich die üblichen Röntgenaufnahmen. Wenn das negative Ergebnis feststand, verschrieb ich ihr eine Diät für Krebskranke. Und sofort schwanden die Schmerzen. Kein großes Problem.« Die Eiswürfel stießen mit einem leisen, hellen Klingen an die Innenwand des Glases, als es Dr. Levine zum Mund führte.

»Ein Jahr bevor sie Dr. Highley kennenlernte und heiratete«, berichtete er weiter, »hatte sie plötzlich eine schwere Magen-Darm-Entzündung, die sich auch auf das Elektrokardiogramm niederschlug. Mit Verdacht auf Herzanfall habe ich sie ins Krankenhaus einliefern lassen. Aber nach zwei Tagen waren ihre EKG-Werte wieder ganz normal.«

»Ob sie also Probleme mit dem Herzen hatte oder nicht, ist demnach ungeklärt?« fragte Richard.

»Meiner Meinung nach hatte sie keine. Bei den Routineuntersuchungen ließ sich nichts feststellen. Aber ihre Mutter war mit achtundfünfzig an einem Herzschlag gestorben. Und Winifred war beinahe zweiundfünfzig, als sie starb. Sie war gut zehn Jahre älter als Highley. Ein paar Jahre nach ihrer Hochzeit kam sie schließlich häufiger in meine Sprechstunde. Sie klagte ständig über Herzstechen. Die Untersuchungen waren ergebnislos. Ich riet ihr, auf ihre Diät zu achten.«

»Und dann erlitt sie den tödlichen Herzanfall?« vermutete Richard.

Sein Gegenüber nickte. »Eines Abends bekam sie plötzlich während des Essens Krämpfe. Edgar Highley hat sofort den Auftragsdienst angerufen, meine Telefonnummer und die des Krankenhauses angegeben und die Polizei rufen lassen. Aus seiner Schilderung weiß ich, daß sie am Eßtisch umkippte.«

»Sie waren zugegen, als sie starb?« fragte Richard.

»Ja. Highley machte immer noch Wiederbelebungsversuche, aber es war aussichtslos. Sie starb wenige Minuten nach meiner Ankunft.«

»Und Sie sind mit der Erklärung ›Herzversagen‹ zufrieden?« wollte Richard wissen.

Wieder glaubte Richard, ein kurzes Zögern zu erkennen, ehe Dr. Levine sagte: »Sie hatte über mehrere Jahre hinweg dieses Herzstechen. Nicht jede Herzkrankheit zeigt sich im EKG. In den letzten Jahren vor ihrem Tod litt sie von Zeit zu Zeit unter hohem Blutdruck. Zweifelsohne sind Schwierigkeiten mit dem Herzen auch familienbedingt. Ja, damals war ich mit so einer Erklärung zufrieden.«

»Damals?« wiederholte Richard mit fragendem Unterton.

»Verunsichert hat mich die Beharrlichkeit, mit der ihr Cousin behauptete, daß an ihrem Tod etwas nicht stimmte. Damals, vor drei Jahren, habe ich ihn aus meiner Praxis geworfen, als er aufkreuzte und mir Urkundenfälschung vorwarf. Ich mußte annehmen, er sei nichts anderes als ein empörter Verwandter, der Highley haßte, weil er ihn aus dem Testament gedrängt hatte. Aber Glenn Nickerson ist ein anständiger Mann. Er ist Sportlehrer an der Parkwood Highschool. Meine Kinder gehen dort zur Schule. Sie mögen ihn. Als Mitglied im Kirchenrat und des Gemeindevorstands ist er mit Sicherheit nicht der Mensch, der fast durchdreht, wenn ihm eine Erbschaft durch die Lappen geht. Bestimmt wird er vorher gewußt haben, daß Winifred das Testament geändert hat. Sie war verrückt nach Highley. Was sie an ihm fand, weiß ich nicht.«

»Man könnte meinen, Sie mögen ihn nicht?«

Dr. Levine trank seinen Martini aus. »Ich mag ihn überhaupt nicht. Haben Sie schon den Artikel über ihn im *Newsmaker* entdeckt? Heute erst erschienen. Macht ihn zu einem kleinen Gott. Wird jetzt gewiß noch unerträglicher, der Mann. Aber das eine muß man ihm lassen, er ist ein ausgezeichneter Arzt.«

»So ausgezeichnet, daß er den Herzanfall seiner Frau medikamentös hätte herbeiführen können?«

Dr. Levine sah Richard ernst in die Augen. »Offen gestanden, ich wünschte heute, daß ich auf einer Autopsie beharrt hätte.«

Richard winkte dem Kellner. »Sie haben mir sehr weitergeholfen«, bedankte er sich.

Dr. Levine zuckte mit den Achseln. »Wüßte nicht, wie. Wozu können Sie das verwerten?«

»Fürs erste erhalte ich einen Überblick, wenn ich mit den Leuten rede. Und was dann kommt, wer weiß?«

Sie verabschiedeten sich. Richard kramte in seiner Tasche nach Kleingeld, ging an den Münzfernsprecher und rief das Essex-House-Hotel in New York an. »Dr. Emmet Salem, bitte.«

Das schrille Geklingel eines Hoteltelefons, dreimal, viermal, fünfmal, sechsmal. Dann meldete sich wieder die Telefonistin: »Tut mir leid, es hebt niemand ab.«

»Sind Sie sicher, daß Dr. Salem auf seinem Zimmer ist?«

»Ja. Er hat angerufen und mir ausdrücklich mitgeteilt, daß er einen wichtigen Anruf erwarte, den er nicht verpassen wollte. Das ist ja erst zehn Minuten her. Aber anscheinend hat er sich's anders überlegt. Ich habe den richtigen Anschluß angewählt, aber niemand hebt ab.«

35

Als Katie von Myerson in ihr Büro zurückgekommen war, bat sie Rita Castile zu sich. Gemeinsam gingen sie das Aktenmaterial durch, das Katie für die bevorstehenden Verhandlungen benötigte. »Wir brauchen den Friseur als Zeugen. Kein Wunder, daß ihn bei der Gegenüberstellung keiner erkannt hat, obwohl wir ihm eine Perücke aufgesetzt haben. Er sah einfach anders aus.«

»Schon notiert«, sagte Rita eilfertig, die sich die Adresse des Friseurs aufgeschrieben hatte. »Zu dumm, daß es nichts nützt, wenn Sie den Geschworenen die lange Liste mit Bentons Jugendstrafen vorlesen.«

»So will es das Gesetz«, seufzte Katie. »Im Augenblick habe ich nichts mehr für Sie. Da ich am Wochenende ausnahmsweise mal hier nicht vorbeikommen werde, wird es nächste Woche ganz schön turbulent werden. Machen Sie sich auf etwas gefaßt.«

»Wie, Sie schauen hier nicht einmal herein?« fragte Rita und zog die Stirn kraus »Okay. Es wurde auch Zeit. Sie haben sich ja schon seit Monaten kein richtiges Wochenende mehr gegönnt. Hoffentlich fahren Sie weg und spannen mal aus.«

Katie mußte lachen. »Ich weiß nicht, ob man das Ausspannen nennen kann. Ach Rita, ich habe übrigens das dumpfe Gefühl, Maureen hat sich heute über irgend etwas ziemlich aufgeregt. Ich will ja nicht neugierig sein, aber was bedrückt sie denn eigentlich so? Hat sie diese Entlobung immer noch nicht verwunden?«

Rita schüttelte den Kopf. »Eigentlich schon längst. War halt 'ne Jugendliebe. Man kennt das doch: eine Sandkastenfreundschaft, die nach dem Abitur zur Verlobung führt. Und nicht weiter. Er studiert jetzt.«

»Weshalb ist sie dann so unglücklich?« fragte Katie.

»Gewissensbisse«, antwortete Rita knapp. »Kurz nachdem sie sich von ihrem Freund getrennt hatte, merkte sie, daß sie schwanger war. Dann hat sie abgetrieben. Und jetzt scheinen sie die Schuldgefühle zu erdrücken. Sie hat mir gestanden, daß sie das Baby im Traum verfolgt, daß sie ein Kind weinen hört und es dann suchen muß. Alles würde sie heute unternehmen, um das Kind zur Welt zu bringen, selbst wenn sie es vielleicht zur Adoption freigeben müßte.«

Katie dachte an ihren Wunsch, von John ein Kind zu bekommen, und an ihre Wut, als jemand nach seinem Tod zu ihr gesagt hatte, sie solle froh sein, jetzt nicht auch noch mit einem Kind dazusitzen. »Manchmal ist das Leben schon absurd«, konstatierte Katie, »die's nicht wollen, werden schwanger, und die abgetrieben haben, hätten's gerne wieder. Aber das mit Maureen ist mir jetzt klar. Ich bin froh, daß Sie es mir erzählt haben. Ich glaubte schon, ich hätte sie verletzt.«

»Bestimmt nicht«, beruhigte sie Rita, nahm die Akten unter den Arm, die ihr Katie zugewiesen hatte und setzte sich an ihren Schreibtisch. »Okay. Ich werde diese Vorladung bearbeiten und dann den Friseur ausfindig machen.«

Als Katie wieder allein war, lehnte sie sich nachdenklich zurück. Sie wollte noch einmal mit Gertrude Fitzgerald und Gana Krupshak sprechen. Mrs. Fitzgerald war anscheinend eine gute Freundin von Edna gewesen. Die beiden waren mittags oft miteinander zum Essen gegangen. Mrs. Krupshak hatte Edna oft abends besucht. Vielleicht hatte Edna über Dr. Fukhito oder Vangie Lewis geplaudert. Versuchen sollte man es.

Sie rief in der Westlake-Klinik an. Doch Mrs. Fitzgerald war krank, wie sie erfuhr. Man gab ihr die private Telefonnummer. Die Krankenschwester wirkte am Telefon immer noch sehr benommen und unsicher. »Ich habe wieder meine Migräne, Mrs. DeMaio«, seufzte sie. »Kein Wunder, jedesmal wenn ich daran denke...«

Katie unterbrach sie: »Ich wollte vorschlagen, daß wir uns noch einmal zusammensetzen, Mrs. Fitzgerald. Entweder hier oder bei Ihnen zu Hause. Morgen bin ich allerdings den ganzen Tag im Gericht. Also ging es erst am Montag. Nur eines wollte ich Sie vorher noch fragen. Nannte Edna jemals einen der beiden Ärzte, bei denen sie beschäftigt war, ›den schönen Prinzen‹?«

»Den schönen Prinzen? Bei Gott, nein.«

»Danke, es war nur eine Vermutung«, verabschiedete sich Katie und wählte Mrs. Krupshaks Nummer. Am Apparat war leider ihr Mann, der Hausmeister. Seine Frau sei nicht da, brummte er. Gegen 17 Uhr würde sie wahrscheinlich wiederkommen.

Katie blickte kurz auf die Uhr. Es war halb fünf. »Glauben Sie, daß sie etwas dagegen hat, wenn ich dann kurz vorbeikomme?«

»Ist mir doch egal«, erwiderte der Mann kurz angebunden und fragte seinerseits: »Was passiert denn mit der Wohnung Burns? Wann wird sie endlich ausgeräumt?«

»Die Wohnung darf nicht betreten werden, bevor sie nicht durch die Staatsanwaltschaft freigegeben wird«, sagte Katie scharf, legte auf, packte einige Akten in ihre Tasche und nahm den Mantel vom Haken. Sie mußte sich beeilen. Kurz mit Mrs. Krupshak sprechen. Dann nach Hause fahren und sich umziehen. Sie würde heute abend nicht lange bei Molly bleiben, es wäre gut, sich wenigstens einmal richtig auszuschlafen, insbesondere vor dieser Operation. Im Krankenhaus fand sie kaum Schlaf, das wußte sie.

Sie schaffte es noch, vor der Rush hour bei den Krupshaks zu sein. Gana Krupshak war bereits zu Hause. »Na, das nennt man Organisation«, rief sie Katie entgegen. Sie hatte sich schon wieder gefangen und fing an, die polizeilichen Ermittlungen aufregend zu finden.

»Ich komme gerade von meinem Bingo-Nachmittag«, erläuterte sie. »Als ich meinen Freundinnen erzählte, was hier alles passiert ist, wären ihnen beinahe die Karten aus der Hand gefallen.«

Arme Edna, dachte Katie, Sensationsobjekt. Doch dann kam ihr, daß es die Gute wahrscheinlich sehr genossen hätte, im Mittelpunkt aller Unterhaltungen zu stehen.

Mrs. Krupshak führte sie in ein geräumiges Wohnzimmer, das dem Burnsschen nicht unähnlich war.

Es waren da eine Couch und Clubsessel aus Skai, ein übergroßer Beistelltisch mit einer Schale mit Plastikblumen in der Mitte, darüber eine Herbstlandschaft in Orangetönen, in denen sich die wirren kräftigen Farben des Teppichbodens wiederholten. Katie setzte sich. Spießig, dachte sie, einfallslos, sauber und gemütlich. Katie fragte sich, warum sie plötzlich die Definition von ›Glück‹ interessierte.

Sie zuckte mit den Achseln und begann zu fragen.

»Mrs. Krupshak, wir haben zwar gestern schon miteinander gesprochen, aber da waren Sie noch sehr geschockt. Vielleicht könnten wir heute ganz gewissenhaft durchgehen, was gestern nacht vorgefallen ist: wie lange Sie bei Edna waren, worüber Sie sich unterhielten und ob es Ihnen so vorkam, als hätte Edna mit Chris Lewis am Telefon ein Treffen ausgemacht.«

Gana Krupshak lehnte sich in ihrem Sessel zurück, blickte an Katie vorbei. Sie blinzelte und biß sich auf die Unterlippe.

»Nun, das war so. Ich ging zu Edna um Punkt acht Uhr, weil Gus sich vor den Fernseher gesetzt hatte, um das Baseball-Spiel anzusehen. Ich dachte, der Teufel soll's holen, ich schau mal bei Edna rein und trinke ein Glas Bier bei ihr.«

»Und dann sind Sie rübergegangen«, setzte Katie fort.

»Genau. Der einzige Haken daran war: Edna hatte sich eine große Karaffe mit Manhattan gemixt, und die war schon zur Hälfte leer. Sie konnte nicht mehr gerade gehen. Sie wissen es vielleicht, manchmal war Edna launisch, niedergeschlagen, verstehen Sie, und ich dachte, okay, jetzt ist es mal wieder so weit. Letzten Donnerstag zum Beispiel, als ich kurz bei ihr war, am Geburtstag ihrer Mutter, da hat sie geweint und geklagt, wie sehr sie ihre Ma vermisse. Sie saß da, in der Rechten das Foto ihrer Eltern, die Schmuckkassette auf dem Schoß, Tränen rannen ihr über das Gesicht. Ich habe sie dann in den Arm genommen und zu ihr gesagt: ›Edna, ich schenk' uns jetzt einen schönen Manhattan ein, und dann prosten wir deiner Ma zu, als ob sie hier bei uns sitzen würde.‹ Verstehen Sie, ich habe versucht, sie mit Humor aus ihrer Trauer zu reißen. Und dann hat sie sich auch wieder gefangen. Aber an diesem Dienstagabend, wo sie schon wieder einen in der Krone hatte, da habe ich gemerkt, daß sie immer noch – oder wieder? – in ihrer Tränendrüsenstimmung war.«

»Hat sie Ihnen gegenüber erwähnt, daß sie sich am Dienstagabend immer noch elend fühlte?«

»Nein, nein, das ist es ja gerade! Sie sprach ohne richtigen Zusammenhang über die Patientin, die gestorben war. Daß sie schön gewesen sei, wie ein Engel, und daß es dieser Frau mit der Zeit immer schlechter gegangen sei und wieviel sie – ich meine Edna – der Polizei über sie erzählen könnte.«

»Und was geschah dann?« bohrte Katie weiter.

»Nun, ich habe einen oder zwei Manhattan mit ihr getrunken und bin dann doch lieber gegangen, weil Gus – mein Mann – immer wütend wird, wenn ich nach ihm ins Bett komme. Ich habe ihr noch die Dose Schinken herausgestellt, sie ihr aufgemacht und ein paar Scheiben aufgeschnitten.«

»War das, während Edna telefonierte?«

»Ja, das habe ich Ihnen ja gestern schon erzählt.«

»Und sie hat Mr. Lewis gegenüber irgend etwas von einem ›schönen Prinzen‹ erwähnt?«

»Das schwör' ich bei Gott.«

»Okay. Noch eine letzte Frage, Mrs. Krupshak. Sind Ihnen Kleidungsstücke von Ednas Mutter bekannt, die sie als Andenken aufbewahrte?«

»Kleidungsstücke? Nein. Edna besaß eine hübsche Diamantbrosche und einen passenden Ring.«

»Das weiß ich, die haben wir gestern schon entdeckt. Aber wir fanden auch einen alten Mokassin in Ednas Nachttischschublade. Ziemlich schäbig und abgewetzt. Hat sie Ihnen dieses Ding einmal gezeigt oder darüber gesprochen?«

Gana Krupshak sah Katie offen an. »Ganz gewiß nicht«, sagte sie. Es hatte sehr bestimmt geklungen.

36

Am Donnerstagmorgen hing der *Newsmaker* an jedem Kiosk. Als Dr. Highley nach Mrs. Aldrichs Entbindung in sein Sprechzimmer zurückkam, klingelten schon die Telefone. Alle Gespräche waren auf seinen Apparat zu legen. Er war so gespannt auf die Kommentare. Sie übertrafen seine kühnsten Erwartungen. »Herr Doktor, kann ich einen Termin mit Ihnen vereinbaren?«... »Herr Doktor, könnten Sie mir helfen?«... Herr Doktor hier, Herr Doktor da, genug Patientinnen auf Monate hinaus. Die medizinische Hochschule Dartmouth hatte angerufen. Man sprach von einer Gastprofessur. Eine Redakteurin der Zeitschrift *Frau und Heim* bat um ein Interview. Ein Fernsehmoderator fragte an, ob Dr. Highley und Dr. Fukhito in der Sendung *Leute von Heute* sprechen wollten.

Dieses Angebot war problematisch. Eigentlich hatte er im *Newsmaker* den Eindruck erwecken wollen, daß er mehrere Psychiater zu Rate zog, so wie ein Anwalt seine Klienten zu einem von zahlreichen Fachberatern schickt. Er hatte erklärt, daß das ganze Modell unter seiner Regie stand und nicht einfach eine Gemeinschaftspraxis war. Aber die Reporterin hatte Dr. Fukhitos Namen von einigen treu ergebenen Patientinnen erfahren, die er persönlich für ein Gespräch mit ihr ausgesucht hatte. Nun wurde Fukhito als der Psychiater herausgestellt, der im Westlake-Klinikmodell hauptsächlich mit Dr. Edgar Highley zusammenarbeitete.

Diese plötzliche Popularität würde Fukhito äußerst ungelegen kommen; öffentliches Aufsehen um seine Person konnte sich der Herr Kollege nicht leisten. Deshalb hatte er ihn auch eingestellt. Der Mann mußte den Mund halten, selbst wenn es einmal brenzlig wurde. Es durfte nie geschehen, daß die Westlake-Klinik auch nur im geringsten in einen Skandal verwickelt wurde. Es wäre das Aus für ihn und für sein Werk.

Fukhito fiel ihm allmählich zur Last. Im Augenblick konnte er ihn bequem loswerden. Da er fast jeden Abend honorarfrei im Krankenhaus von Valley Pines arbeitete, würde er dort sicher schnell eine Stelle bekommen. Und dann könnte er damit beginnen, seine Psychiater laufend zu wechseln. Mit denen würde er leicht fertig werden.

Fukhito würde kündigen müssen.

Kaum war dieser Entschluß gefaßt, bat Dr. Highley die erste Patientin ins Sprechzimmer. Es war eine neue. Auch die beiden folgenden. Ein interessanter Fall würde die dritte Patientin sein: Auf Grund der stark geknickten Gebärmutter würde sie nur durch Manipulation empfangen können. Die nächste Vangie.

Der Anruf kam kurz vor zwölf, als er gerade zum Mittagessen wollte. Die Schwester in der Aufnahme stellte das Gespräch durch. »Herr Doktor«, entschuldigte sie sich, »ein Ferngespräch, Dr. Emmet Salem aus Minneapolis. Er ruft aus einer Telefonzelle im Flughafengebäude an und möchte Sie dringend sprechen.«

Emmet Salem! Er griff zum Hörer. »Dr. Highley.«

»Aha, Dr. Highley.« Die Stimme klang frostig. »Dr. Highley vom Christushospital in Devon?«

»Ja.« Lähmende Angst saß in seiner Kehle.

»Dr. Highley, ich habe gestern abend erfahren, daß Sie eine ehemalige Patientin von mir behandelt haben, Mrs. Vangie Lewis. Ich bin gerade auf dem Weg nach New York und möchte Sie nur davon in Kenntnis setzen, daß ich mit dem Gerichtsmediziner von New Jersey wegen Vangies Tod verabredet bin. Die Patientenkarte habe ich bei mir. Der Fairneß halber wollte ich Ihnen das Angebot machen, daß wir uns über den Fall unterhalten, bevor ich eine Anklage erhebe.«

»Herr Kollege, Ihr Tonfall und Ihre Anspielungen beunruhigen mich.« Die Erstarrung war weg. Nun hatte auch seine Stimme die gewohnte Härte angenommen.

»In wenigen Minuten geht meine Maschine, Dr. Highley. Ich wohne im Essex-Hotel, Zimmer 3219. Ich werde dort etwa ab siebzehn Uhr erreichbar sein.« Dann ein Knacken, die Leitung war tot.

Er erwartete Emmet Salem bereits im Essex House, als

dieser aus dem Taxi stieg. Schnell schlüpfte er in einen Aufzug und fuhr in den 32. Stock. Etwas hinter dem Zimmer 3219 bog der Korridor im rechten Winkel ab. Dort versteckte er sich. Der zweite Aufzug hielt. Er hörte den Hotelboy mit dem Schlüssel hantieren und dann: »Hier sind wir, Herr Doktor.« Nach ungefähr einer Minute kam der Hotelboy wieder aus dem Zimmer.

Highley wartete, bis er den Lift anfahren hörte. Danach war es still auf dem Flur. Gewiß nicht lange. Wahrscheinlich wohnten hier viele Teilnehmer des Ärztekongresses. Die Gefahr war groß, jemandem über den Weg zu laufen, den er kannte. Aber es mußte sein. Rasch öffnete er seine Arzttasche und umfaßte den Briefbeschwerer.

Er ließ ihn in die Manteltasche gleiten, zog seine Handschuhe an, umklammerte den Griff seiner Arzttasche und klopfte dann an die Tür von Nr. 3219.

Emmet Salem öffnete. Sein Jackett hatte er schon abgelegt. »Etwas vergessen?« fragte er, verstummte aber, als er seinen Irrtum bemerkte.

»Dr. Salem!« Er schüttelte dem Arzt die Hand, trat ins Zimmer und schob den älteren Herrn vor sich her. Die Tür fiel ins Schloß. »Ich bin Edgar Highley. Ich freue mich, Sie wiederzusehen. Wir wurden so plötzlich unterbrochen, daß ich gar nicht mehr dazu kam, Ihnen zu sagen, daß ich schon mit einigen Kollegen, die auch den Kongreß besuchen, zum Essen verabredet bin. Ich habe nur wenig Zeit, aber sicher genügt das, um alle Fragen zu klären.«

Dabei ging er immer weiter und drängte Dr. Salem an das niedrige, offene Fenster gegenüber. »Ich habe versucht, mich telefonisch anzumelden, aber Ihr Apparat ist wohl nicht in Ordnung«, log Dr. Highley und kniff die Augen zusammen.

»Ausgeschlossen, ich habe noch soeben mit der Rezeption telefoniert.« Dr. Salem erstarrte. Plötzlich schien er sehr wachsam.

»Dann muß es ein Versehen gewesen sein. Macht ja

nichts. Jetzt möchte ich aber unbedingt den Fall Lewis mit Ihnen besprechen. Die Unterlagen sind hier.« Dabei griff er nach dem Briefbeschwerer in seiner Manteltasche. Dann ging es blitzschnell.

»Vorsicht, Dr. Salem, hinter Ihnen!«

Der ältere Herr drehte sich rasch um. Dr. Highley hielt den Briefbeschwerer umklammert, holte aus und schlug ihn mit voller Wucht an den zierlichen Kopf. Hilflos mit den Armen rudernd, stolperte der Getroffene auf die Fensteröffnung zu.

Edgar Highley bückte sich, umfaßte mit beiden Händen Emmet Salems Fuß und riß ihn hoch.

»Nein, nein; o Gott, bitte nicht«, stammelte er benommen, als er über den Sims stürzte.

Regungslos sah Dr. Highley zu, wie der Körper des Kollegen immer kleiner wurde und fünfzehn Stockwerke tiefer auf dem Dach des Anbaus aufschlug.

Ein kurzes dumpfes Krachen.

War der Sturz bemerkt worden? Er mußte sich beeilen. Aus dem Jackett, das auf dem Bett lag, zog er einen Schlüsselbund. Der kleinste Schlüssel öffnete das Schloß zu Salems Köfferchen in der Gepäckablage.

Die Krankenakte von Vangie Lewis lag obenauf. Schnell nahm er sie an sich und schob sie in seine Aktentasche. Den Koffer verschloß er wieder und steckte den Schlüssel ins Jackett zurück. Er holte den Briefbeschwerer aus der Manteltasche und warf ihn zu der Krankenakte. Die Schädelwunde hatte nicht geblutet, doch der Briefbeschwerer schien klebrig.

Er schloß seine Aktentasche und blickte um sich. Der Raum wirkte sehr ordentlich. Auch keine Blutspritzer auf Boden und Fensterbrett. Nicht einmal zwei Minuten hatte das Ganze gedauert.

Vorsichtig öffnete er die Tür. Kein Mensch zu sehen. Schnell trat er auf den Flur. Als das Schloß einschnappte, schrillte im Zimmer Nr. 3219 das Telefon.

Auf dem Weg zum Aufzug durfte er nicht gesehen werden. Sein Foto war ja im *Newsmaker* abgebildet. Später würde man die Hotelgäste befragen, und man würde ihn vielleicht wiedererkennen.

Der Notausgang zur Feuertreppe lag am Ende des Flurs. Er rannte vier Etagen tiefer zum achtundzwanzigsten Stock. Dort kehrte er wieder ins Innere des Gebäudes zurück. Über den dicken Teppichboden des Korridors ging er zum Lift. Zufällig hielt der Aufzug. Er stieg ein; sein Blick streifte die Gesichter der Fahrgäste. Mehrere Frauen, ein paar Jugendliche, ein älteres Ehepaar. Die kannten ihn nicht. Todsicher.

Er eilte durch die Hotelhalle zum Ausgang, der auf die 52. Straße hinausführte. Dort ging er zuerst in westlicher, später in südlicher Richtung weiter. Nach zehn Minuten hatte er die 54. Straße West erreicht. Hier war sein Wagen in einem Parkhaus abgestellt. Die Aktentasche flog in den Kofferraum. Dann setzte er sich ans Steuer.

37

Chris kam zehn Minuten vor eins am Flughafen Minneapolis an. Er mußte eine Stunde bis zum Abflug nach Newark warten. Vangies Leiche wurde auch in dieser Maschine befördert. Als er gestern hergeflogen war, hatte er ständig an den Sarg im Laderaum des Flugzeugs denken müssen. Hoffentlich war bald alles vorüber.

Er mußte unbedingt Dr. Salem aufsuchen. Warum war der Arzt so besorgt gewesen? Heute abend, wenn er in Newark aus dem Flugzeug stieg, würde der Gerichtsmediziner Vangies Leiche abholen.

Und die Staatsanwaltschaft würde ihn abholen. Diese schreckliche Gewißheit bedrückte ihn. Natürlich. Wenn bei den Untersuchungen irgendein Verdacht aufgekommen war, würde sich der Staatsanwalt an ihn halten. Vielleicht ließ er ihn sogar verhaften. Wenn er Ermittlungen gegen ihn eingeleitet hatte, war ihm auch bekannt, daß er am Montagabend nach New Jersey zurückkehren würde. Er mußte Dr. Salem sprechen. Wenn man ihn erst zum Verhör festhielt, hatte er vielleicht überhaupt keine Gelegenheit mehr dazu. Und der Staatsanwalt brauchte von Dr. Salem nichts zu wissen.

Er dachte an Molly und Bill Kennedy. Was macht es denn schon aus, daß Molly Katie DeMaios Schwester war? Es waren liebe, anständige Menschen. Er hätte ihnen vertrauen sollen, hätte mit ihnen reden müssen. Er mußte mit jemandem reden.

Sein Verlangen nach Joan wurde immer stärker. Sobald er aber mit der Wahrheit herausrückte, würde er sie belasten.

Er hatte sich die Telefonnummer der Kollegin notiert, mit der sie in Florida zusammenwohnte. Ohne zu wissen, was er überhaupt sagen wollte, ging er zum Fernsprecher, gab der Vermittlung seine Kreditkartennummer durch und hörte das Klingeln.

Kay Corrigan war dran.

»Kay, ist Joan da? Hier spricht Chris.«

Kay wußte von ihm und Joan. Sie klang besorgt. »Chris, Joan hat ständig versucht, dich zu erreichen. Tina hat aus der New Yorker Wohnung angerufen. Leute der Staatsanwaltschaft von Valley County sind bei ihr aufgetaucht. Sie wollten alles mögliche über euch beide wissen. Joan ist außer sich!«

»Wann kommt sie zurück?«

»Sie ist schon in ihrem neuen Apartment. Hat aber noch kein Telefon. Von dort wollte sie zu unserem Personalbüro in Miami. Vor zwanzig Uhr wird sie nicht zurück sein.«

»Sag ihr, sie soll bitte auf meinen Anruf warten«, bat Chris. »Sag ihr, ich wollte sie unbedingt sprechen. Sag ihr...« Er hängte schnell ein, ließ sich gegen die Glaswand sinken und unterdrückte ein Schluchzen. O Gott, das war zuviel. Es war einfach zuviel. Er konnte keinen Gedanken fassen, wußte nicht mehr, was er tun sollte. In wenigen Stunden würde er in Untersuchungshaft sitzen unter dem Verdacht, Vangie getötet zu haben. Vielleicht aber auch als Angeklagter.

Nein. Es gab einen Ausweg. Er würde den Flug nach LaGuardia nehmen. Es wäre zu schaffen. Er würde nach Manhattan fahren, wo er Dr. Salem abfangen konnte, der um diese Zeit gerade im Hotel ankommen mußte. Vor achtzehn Uhr würde die Staatsanwaltschaft nicht bemerken, daß er nicht in der Maschine nach Newark saß. Vielleicht konnte ihm Dr. Salem weiterhelfen.

Ganz knapp erreichte Chris das Flugzeug nach LaGuardia. Die Economy-Klasse war ausgebucht. Er ließ sich ein Erster-Klasse-Ticket ausstellen und ging an Bord. Sein Gepäck, das nach Newark abgefertigt wurde, kümmerte ihn nicht.

In der Maschine ließ er sich einen Drink bringen. Essen konnte er nichts. Gedankenverloren blätterte er den *Newsmaker* durch. Unter der Rubrik AUS WISSENSCHAFT UND MEDIZIN sprang ihm eine Schlagzeile entgegen: *Das Westlake-Klinikmodell – neue Hoffnung für kinderlose Ehen?* Die Westlake-Klinik. Er las den ersten Absatz. *Seit acht Jahren läuft in einer kleinen Privatklinik in New Jersey ein Modellversuch, die Westlake-Schwangerschaftsbetreuung. Das Modell betreut hauptsächlich kinderlose Frauen und verhilft ihnen zur heißersehnten Schwangerschaft. Heute wird das Klinikmodell, das den Namen eines berühmten Gynäkologen von New Jersey trägt, von dem Gynäkologen Dr. Edgar Highley geleitet, dem Schwiegersohn des Gründers, Dr. Franklin Westlake...*

Dr. Edgar Highley. Vangies Arzt. Komisch, daß sie nie sehr viel von ihm erzählt hatte. Sie sprach immer nur von dem Psychiater. »Dr. Fukhito und ich haben uns heute über Ma und Dad unterhalten... Er sagte, man merke sofort, daß ich ein Einzelkind sei... Dr. Fukhito ließ mich ein Bild malen, wie ich mir Mam und Dad vorstelle; es war sehr aufregend. Ich meine, es war sehr aufschlußreich, zu sehen, wie ich mir sie vorstelle. Dr. Fukhito hat mich nach dir gefragt, Chris.«

»Und was hast du geantwortet, Vangie?«

»Daß du mich anbetest. Das tust du doch, Chris, oder? Ich meine, abgesehen davon, daß du mich immer von oben herab behandelst, bin ich doch deine kleine Maus, nicht wahr?«

»Mir wäre wohler, wenn du dich als meine Frau betrachten würdest, Vangie.«

»Da siehst du es wieder! Nie kann man mit dir über irgend etwas reden. Du wirst immer gleich ausfallend!«

Er fragte sich, ob die Polizei schon mit einem von Vangies Ärzten gesprochen hatte.

Im letzten Monat hatte sie kränklich ausgesehen. Er hatte ihr vorgeschlagen, einmal einen gewöhnlichen Arzt aufzusuchen. Der Arzt seiner Fluggesellschaft hätte ihm bestimmt einen guten empfohlen. Oder Billy Kennedy hätte jemanden aus dem Lennox-Hill-Krankenhaus gewußt. Natürlich hatte Vangie alle Angebote ausgeschlagen.

Dann hatte sie aus freien Stücken einen Termin mit Dr. Salem vereinbart.

Das Flugzeug landete um 16.30 Uhr. Chris eilte durch das Flughafengebäude und winkte nach einem Taxi. Der einzige Lichtblick an diesem trüben Tag bestand darin, daß er dem Berufsverkehr um fünf Uhr zuvorgekommen war.

»Bitte zum Essex-Hotel«, bedeutete er dem Taxifahrer.

Genau um zwei Minuten vor fünf stand er vor dem Hotel. In der Halle suchte er sofort das Telefon. »Dr. Emmet Salem, bitte.«

»Einen Augenblick bitte, Sir.«

Nach einer kurzen Pause sagte die Telefonistin: »Leider besetzt, Sir.«

Er legte auf. Wenigstens war Dr. Salem auf seinem Zimmer. Wenigstens hatte er Gelegenheit, sich mit ihm zu unterhalten. Chris erinnerte sich, daß er Dr. Salems Nummer ja bereits notiert hatte. Er schlug sein Notizbuch auf und wählte die Nummer 3219. Das Klingelzeichen ertönte... noch einmal... und noch einmal. Nach dem sechsten Signalton legte er auf. Schließlich rief er wieder die Zentrale an. Der Telefonistin erklärte er, daß die Leitung erst wenige Minuten zuvor besetzt gewesen war, und bat sie, es nochmals zu versuchen.

Die Telefonistin zögerte. »Soeben habe ich es auch einem anderen Anrufer mitgeteilt, Sir: Dr. Salem hat sich hier kurz nach seiner Ankunft bei mir gemeldet. Er erwartet einen wichtigen Anruf, den er nicht verpassen dürfe. Aber dann ist er offenbar doch aus dem Zimmer gegangen.« Unentschlossen legte Chris auf. Ging zu einem Sessel, von dem aus man den Aufzug beobachten konnte, und nahm Platz. Aufzüge hielten, luden ihre Fracht aus, füllten sich wieder mit Passagieren, fuhren ab und waren dann nur noch als Lichtpunkte auf den Anzeigetafeln existent.

Ein ankommender Aufzug erregte sein Interesse. War das nicht Dr. Salem? Er überflog kurz die Fahrgäste. Drei Frauen, ein paar Jugendliche, ein älteres Ehepaar und ein Mann mittleren Alters mit hochgeschlagenem Mantelkragen. Nein, das war nicht Dr. Salem.

Um halb sechs versuchte es Chris noch einmal. Und um dreiviertel sechs. Um fünf nach sechs hörte er, wie sich die Hotelgäste in der Halle etwas zuraunten, was schließlich zum Lauffeuer wurde: Da muß jemand aus dem Fenster gesprungen sein. Auf dem Dach des Anbaus liegt eine Leiche. Aus der Gegend der Central Park South hörte man den Heulton eines Krankenwagens und die jaulenden Sirenen der Polizeiautos.

So, als suche er die schreckliche Gewißheit, wandte er sich an den jungen Mann an der Rezeption. »Wer ist es denn?« fragte er kühl und bestimmt, als habe er das Anrecht auf eine Auskunft.

»Dr. Emmet Salem, ein Ausschußmitglied der Landesärztekammer, Zimmer 3219.«

Gemessenen Schrittes, robotergleich, stakste Chris auf die

Drehtür zu, die zur 58. Straße hinausführte. Er winkte einem Taxi, stieg ein und ließ sich auf den Rücksitz sinken. Schloß die Augen. »Zum Flughafen LaGuardia, bitte«, klang es müde, »National-Airlines-Gebäude.«

Um sieben ging eine Maschine nach Miami. Es war noch zu schaffen.

In drei Stunden war er bei Joan.

Er mußte sie sehen, ihr alles erklären, bevor man ihn verhaftete.

38

Jennifer riß die Tür auf, als Katie auf das Haus zukam. »Hallo Katie«, rief sie freudig und fiel ihr um den Hals. Die beiden lachten sich an. Mit ihren strahlend blauen Augen, den dunklen Haaren und ihrer braunen Hautfarbe war Jennifer eine jüngere Ausgabe von Katie.

»Hallo Jennie, wie geht's?«

»Prima, und dir? Ich war ganz traurig, als Mam von deinem Unfall erzählt hat. Geht's dir jetzt auch wirklich besser?«

»Komm, lassen wir das. Nächste Woche kann ich sicher schon wieder Bäume ausreißen.« Sie wechselte das Thema: »Ist schon jemand da?«

»Alle sind da. Auch Dr. Richard. Weißt du, was seine allererste Frage war?«

»Nein.«

»Er hat gefragt: ›Ist Katie schon hier?‹ Ich könnte wetten, er hat's auf dich abgesehen, Katie. Mam und Daddy glauben es auch. Ich habe gehört, wie sie sich darüber unterhalten haben. Und wie steht's mit dir? Bist du auch in ihn verknallt?«

»Jennifer!« Halb lachend, halb verunsichert eilte Katie die paar Stufen hoch, die über einen Flur zum Arbeitszimmer auf der Rückseite des Hauses führten. Dann blickte sie über die Schulter. »Wo sind deine Geschwister?«

»Mam hat sie mit dem Babysitter zu McDonald's geschickt und dann ins Kino. Sie hat gemeint, das Baby von Tante Liz würde nicht schlafen können, wenn die Zwillinge im Haus sind.«

»Keine schlechte Idee«, murmelte Katie, als sie den Flur entlang zum Arbeitszimmer ging. Nach ihrem Besuch bei Gana Krupshak war sie nach Hause gefahren, hatte sich geduscht und umgezogen. Bald wird Chris Lewis in Myersons Büro beim Verhör sitzen, hatte sie sich gedacht, als sie um viertel vor sieben wieder von zu Hause aufbrach. Hatte er eine Erklärung dafür, warum er nicht ausgesagt hatte, sich am Montagabend doch im Raum New Jersey aufgehalten zu haben? Warum hatte er es nicht gleich von sich aus getan?

Sie hatte sich auch gefragt ob Richard schon mit diesem Arzt aus Minneapolis gesprochen hatte. Er konnte ihm sicher Antwort auf viele Fragen geben. Sie würde Richard kurz beiseite nehmen und ihn fragen.

Während der Fahrt zu Molly hatte sie beschlossen, den Fall für den Rest des Abends zu vergessen. Vielleicht half es ihr, wenn sie eine Weile nicht daran dachte. Vielleicht fanden sich dann die Bausteine, die ihr zur Rekonstruktion der Ereignisse fehlten, ganz von selbst.

Sie trat ins Arbeitszimmer. Liz und Jim Berkeley saßen mit dem Rücken zu ihr auf der Couch. Molly reichte das Hors d'œuvre herum. Bill und Richard standen am Fenster und unterhielten sich. Katie beobachtete Richard. Er trug einen dunkelblauen Nadelstreifenanzug, den sie noch nie an ihm gesehen hatte. Sein dunkelblaues Haar war schon leicht graumeliert, was ihr auch noch nie aufgefallen war. Er hielt ein Glas in der Hand. Seltsam, daß sie ihn ein ganzes Jahr lang für einen ziemlichen Holzklotz gehalten hatte. Richard blickte ernst drein. Seine Stirn lag in Falten. Ob er sich wohl mit Bill über Vangies Fetus unterhielt? Nein, darüber würde er nicht einmal mit Bill sprechen.

In diesem Moment wandte Richard den Kopf und sah sie. »Katie.« Sein Lächeln zeigte die gleiche Freude, die auch in seiner Stimme lag. Er ging sogleich auf sie zu. »Die ganze Zeit habe ich darauf gewartet, daß es an der Haustür klingelt.«

Während der letzten drei Jahre war sie oft in einen Raum gekommen, in dem sich nur Paare aufhielten, und hatte sich immer als Außenseiter gefühlt – übriggeblieben, überzählig. Und heute abend hatte Richard sie erwartet, gehorcht, ob sie kommen würde.

Noch bevor sie sich über ihre Gefühle klar werden konnte, begrüßte sie Molly und Bill, war Jim Berkeley aufgestanden. Als sie ins Eßzimmer gingen, konnte sie Richard fragen, ob er Dr. Salem erreicht hätte. »Nein, offenbar habe ich ihn um fünf verpaßt«, berichtete Richard. »Ich habe es von zu Hause gegen sechs noch einmal versucht, erfolglos. Die Telefonistin des Hotels hat aber Bills Nummer und die von meinem Auftragsdienst. Ich bin sehr auf seine Aussage gespannt.«

In stillschweigendem Einverständnis schnitt keiner von beiden das Thema Vangie Lewis mehr an. Erst bevor sie mit dem Essen fertig waren, kam es wieder auf, als Liz Berkeley sagte: »Jetzt bin ich aber froh. Ich habe die ganze Zeit gefürchtet, daß Maryanne aufwacht und ungemütlich wird. Sie zahnt nämlich.«

Jim Berkeley, dunkelhaarig, mit hohen Backenknochen und tiefbraunen Augen, lachte. »Als Maryanne auf der Welt war, hat Liz sie noch jede Viertelstunde aufgeweckt, um zu sehen, ob sie noch atmet. Aber jetzt ist Liz wie alle anderen Mütter auch.« Er ahmte ihre Stimme nach: »Sei leise, du Trampeltier, du weckst das Baby auf.«

Liz, sportlich und schlank, mit einem offenen, hübschen Gesicht und braunen Augen, sah ihren Mann ungnädig an: »Du mußt zugeben, daß ich immer normaler werde. Aber für uns ist und bleibt sie ein Wunder. Ich hatte schon alle Hoffnung aufgegeben. Dann wollten wir eines adoptieren, aber es sind gar nicht genug Babys da. Außerdem hat man uns geraten, es ganz bleiben zu lassen, da wir schon auf die Vierzig zugehen. Dann suchte ich Dr. Highley auf. Der Mann ist ein Wunderdoktor!«

Katie bemerkte, wie Richard die Augen zusammenkniff. »Glauben Sie das wirklich?« zweifelte Richard.

»Ganz bestimmt. Gut, Dr. Highley ist nicht gerade der warmherzigste Mensch...« begann Liz.

»Du meinst wohl, er ist der egozentrischste Pinsel, der mir je über den Weg gelaufen ist. Kalt wie ein Fisch«, unterbrach sie ihr Mann. »Aber was macht das schon? Was zählt, ist doch, daß er etwas von seinem Fach versteht, und ich muß sagen, daß er sich erstklassig um Liz gekümmert hat. Schon beinahe zwei Monate vor der Entbindung hat er sie in die Klinik legen lassen und ist drei- bis viermal täglich zur Visite gekommen.«

»Das hält er mit allen Risikoschwangerschaften so«, erläuterte Liz, »das war nicht nur bei mir der Fall. Jeden Abend bete ich für diesen Mann. Ich kann gar nicht genug davon schwärmen, wie sehr dieses Baby unser Leben verändert hat. Und laßt euch von dem hier nichts einreden«, sagte sie mit einer Kopfbewegung in Richtung ihres Mannes. »Zehnmal in der Nacht steht er auf, um nachzusehen, ob Maryannchen richtig eingepackt ist und keinen Zug kriegt. Sei nur mal ehrlich.« Sie sah ihn an. »Als du vorher zur Toilette gingst, hast du da nicht schnell zu ihr reingeschaut?«

Er lachte. »Aber gewiß doch.«

Molly sprach aus, was Katie dachte: »So ungefähr hätte Vangie Lewis auch für ihr Kind empfunden.«

Richard sandte einen fragenden Blick zu Katie hinüber, und sie schüttelte den Kopf. Sie wußte, daß er sich überlegt hatte, ob sie wohl mit Molly und Bill über das asiatische Aussehen von Vangies Baby gesprochen hatte. Kurzentschlossen wechselte Richard das Thema: »Ich habe gehört, daß Sie einmal in San Francisco gewohnt haben, Mr. Berkeley. Ich bin dort aufgewachsen. Mein Vater führt dort heute noch seine Praxis, in der Städtischen Klinik...«

»Eine meiner Lieblingsstädte«, erwiderte Jim. »Wir würden sofort wieder hinziehen, nicht wahr, Liz?«

Katie hörte nur mit halbem Ohr zu, wie die anderen plauderten. Sie steuerte genau soviel zu der Unterhaltung bei, daß ihre Wortkargheit nicht auffiel. Sie mußte vieles überdenken. Die paar Tage im Krankenhaus ließen ihr Zeit dazu. Sie fühlte sich ein wenig matt und schwindelig, wollte aber nicht zu früh gehen, um keine Aufbruchstimmung zu erzeugen.

Als alle vom Tisch aufstanden, um im Wohnzimmer noch einen Drink zu nehmen, bot sich ihr die Gelegenheit. »Ich muß mich leider verabschieden«, sagte sie bedauernd. »Ich habe in dieser Woche nicht gut geschlafen, und ich fühle mich auch noch nicht sehr fit.«

Molly schenkte ihr einen verständnisvollen Blick und widersprach nicht. Richard sagte: »Ich bringe dich zum Wagen.«

»O ja. Vielen Dank.«

Der Nachtwind war kalt. Sie fror, als sie die Einfahrt entlanggingen. Richard bemerkte es und sagte bekümmert: »Katie, du machst mir Sorgen. Ich weiß, daß es dir immer noch nicht gut geht. Dir fehlt etwas. Ich weiß, du willst nicht darüber reden, aber laß uns wenigstens morgen abend miteinander essen gehen. So wie sich der Fall Lewis entwikkelt, wird es morgen im Büro ohnehin turbulent werden.«

»Tut mir leid, Richard, ich kann nicht. Ich bin am Wochenende nicht hier.« Katie spürte, daß es nach einer Entschuldigung klang.

»Was bist du? Bei alledem, was sich im Büro abspielt? Weiß Myerson Bescheid?«

»Ich... ich habe etwas vor.« Was für eine abgedroschene, dumme Bemerkung, dachte Katie, einfach lächerlich. Ich werde Richard jetzt von dem Krankenhausaufenthalt erzählen. Die Hofbeleuchtung schien ihm ins Gesicht; sie sah Enttäuschung und Verstimmung.

»Richard, es ist etwas, womit ich nicht gerne hausieren gehe...«

Hinter ihnen flog die Haustür auf. »Richard, Richard«, rief Jennifer aufgeregt. »Clovis Simmons ist am Telefon.«

»Clovis Simmons?« staunte Katie. »Ist das nicht die Schauspielerin aus dieser Fernsehschnulze?«

»Ja. Verflixt, ich hätte sie anrufen sollen und habe es verschwitzt. Warte einen Augenblick, Katie, ich bin gleich wieder da.«

»Nein, wir sehen uns ja morgen früh, geh nur.« Katie stieg in ihren Wagen und schloß die Tür. Sie kramte in ihrer Handtasche nach dem Zündschlüssel. Richard sah ihr unentschlossen zu, dann lief er ins Haus zurück, während er hörte, wie Katie losfuhr. Verflucht, dachte er, ausgerechnet jetzt. Sein »Hallo Clovis« klang schroff.

»Tja, Herr Doktor, es ist beschämend, daß ich hinter Ihnen hertelefonieren muß, aber wir haben uns doch zum Essen verabredet oder etwa nicht?«

»Clovis, es tut mir leid.« Nein, Clovis, dachte er, du hast dich zum Essen verabredet, nicht ich.

»Nun ist es ja schon zu spät«, sagte sie kühl. »Ich kam jetzt erst aus dem Studio und wollte mich für den Fall entschuldigen, daß du unsere Verabredung eingehalten hättest, aber ich hätte es besser wissen müssen.«

Richards Blick streifte Jennifer, die ihm nicht von der Seite gewichen war.

»Clovis, hör zu, ich rufe morgen zurück. Ich kann gerade nicht gut reden.«

Ein scharfes Knacken drang an sein Ohr. Träge legte Richard den Hörer auf. Clovis schien verärgert, mehr noch, verletzt. Wie schnell man eine Beziehung als selbstverständlich betrachtet, dachte er. Morgen würde er sie anrufen, sich erneut entschuldigen und ihr sagen, daß es keinen Zweck hätte.

Katie. Was hatte sie am Wochenende vor? War auch bei ihr jemand anderes im Spiel? Sie sah so bekümmert, so beunruhigt aus. Hatte er sich die ganze Zeit in ihr getäuscht? Er hatte ihre Reserviertheit, ihr mangelndes Interesse an ihm immer damit zu rechtfertigen versucht, daß sie noch in der Vergangenheit lebte. Vielleicht gab es da auch jemand wie Clovis bei ihm?

Dieser Gedanke verdarb ihm plötzlich den Abend. Er würde sich entschuldigen und nach Hause fahren. Noch war es nicht zu spät, um Dr. Salem anzurufen.

Er ging ins Wohnzimmr, wo Molly, Bill und die Berkeleys Platz genommen hatten. Dick in Decken gewickelt saß das Baby auf Liz' Schoß.

»Maryanne wolle mitfeiern«, strahlte Liz. »Was meinen Sie?« Sie lächelte stolz, als sie ihm ihr Kind entgegenhob.

Richard schaute in ein herzförmiges Gesicht mit ernsten grünen Augen. Jim Berkeley saß neben seiner Frau, und Maryanne beugte sich vor, um sich an seinem Daumen festzuhalten.

Richard starrte die Familie an. Sie hätten ein gutes Titelbild für eine Illustrierte abgegeben: glücklich lächelnde Eltern, das hübsche Töchterchen. Die Eltern, gutaussehend, dunkel, braunäugig, mit eckigen Kopfformen. Das Baby hellhäutig, rotblond, mit leuchtend grünen Augen.

Wen, glauben die, haben sie vor sich?

Die können einen anderen zum Narren halten, dachte Richard, aber dieses Kind ist adoptiert.

39

Phil Cunningham und Charley Nugent sahen verärgert den letzten Passagieren zu, die im Flughafen Newark durch die Wartehalle am Flugsteig 11 schlenderten. Nugents ständig ernster Gesichtsausdruck wurde noch finsterer.

»Da haben wir's«, sagte er resignierend. »Lewis hat sich wohl denken können, daß wir ihn erwarten. Los, gehen wir.«

Er eilte zum nächsten Münzfernsprecher und rief Myerson an. »Sie können heimgehen, Chef«, sagte er. »Unserem Piloten war heute nicht nach Fliegen zumute.«

»Er war nicht in der Maschine? Und der Sarg?«

»Ist angekommen. Richards Leute holen ihn gerade ab. Sollen wir uns noch ein wenig umsehen? Es stehen noch ein paar Flüge aus. Er könnte einen Umweg gemacht haben.«

»Das ist zwecklos. Wenn er sich morgen nicht mit uns in Verbindung setzt, werde ich ihn als unerläßlichen Zeugen aufs Revier bringen lassen. Als erstes müssen Sie beide morgen früh Edna Burns' Wohnung durchkämmen, und zwar bis in den letzten Winkel.«

Nugent legte auf. Sich zu Cunningham wendend: »So wie ich unseren Boß kenne, hat er bis morgen abend einen Haftbefehl für Chris Lewis erwirkt.«

Cunningham nickte. »Und wenn wir Lewis geschnappt haben, können wir hoffentlich diesem Klapsmühlendoktor eins anhängen, wenn er die arme Vangie geschwängert hat.«

Die beiden Männer gingen die Treppe hinab, die zum Ausgang führte. Die Menge, die sich unten in der Gepäckabholung um die Förderbänder drängte und auf ihre Koffer wartete, fiel ihnen gar nicht auf. Wenige Minuten später war die Halle verlassen. Eine einzige Tasche war nicht abgeholt worden und drehte einsam auf dem Förderband ihre Runden – eine große schwarze Reisetasche, entsprechend den Transportbestimmungen beschriftet: FLUGKAPITÄN CHRISTOPHER LEWIS, WINDING BROOK LANE 4, CHAPIN RIVER, N.J.

40

Richard rief im Essex-House-Hotel an, nachdem er von den Kennedys in seine Wohnung zurückgekehrt war. Wieder meldete sich niemand unter Dr. Salems Nummer. Als die

Telefonistin wieder am Apparat war, sagte er: »Hat Dr. Salem meine Nachricht erhalten, daß er mich zurückrufen soll? Mein Name ist Dr. Carroll.«

Die junge Frau klang auffallend zögernd. »Ich werde nachsehen, Sir.«

Während Richard wartete, schaltete er das Fernsehgerät ein. Die Nachrichtensendung hatte gerade begonnen. Die Kamera zeigte den Central Park South. Richard erkannte die Markisen des Essex-House-Hotels auf dem Bildschirm. Gerade als die Telefonistin sagte: »Ich verbinde Sie mit unserem Chefportier«, vernahm Richard die Stimme der bekannten Reporterin Gloria Rojas: »Heute abend stürzte sich Dr. Emmet Salem, ein berühmter Gynäkologe aus Minneapolis, aus dem Essex-House-Hotel, dem Tagungsort des Landesärztekongresses, zu Tode...«

41

Joan Moore saß wie betäubt am Telefon. »Kay, wann hat er gesagt, wollte er anrufen?« fragte sie mit zitternder Stimme.

Ihre Freundin sah sie betroffen an. »Ich hab's dir doch erzählt, Joan. Er rief gegen elf Uhr dreißig heute vormittag an. Chris sagte, er wolle versuchen, dich heute abend zu erreichen, und daß du auf seinen Anruf warten sollst.«

An der Tür klingelte es Sturm. Beide Frauen sprangen auf. Ohne zu wissen warum, eilte Joan zur Tür und riß sie auf.

»Chris – o Gott, Chris!« Sie fiel ihm um den Hals. Er war kreidebleich, hatte blutunterlaufene Augen und schwankte, obwohl sie ihn in den Armen hielt. »Chris, was ist los?«

»Joan, o Joan«, schluchzte er. »Ich weiß nicht, was los ist. Irgend etwas stimmt nicht mit Vangies Tod. Und nun ist auch noch der einzige Mensch, der uns vielleicht darüber hätte aufklären können, ums Leben gekommen.«

42

Eigentlich hatte er direkt vom Essex-House-Hotel nach Hause fahren wollen, doch als er kurz hinter dem Parkhaus in den West Side Highway einbog, auf dem starker Verkehr herrschte, änderte er seinen Plan. Er verspürte schrecklichen Hunger, sein Magen hatte den ganzen Tag noch nichts bekommen. Vor Operationen aß er nie etwas, und der Anruf von Dr. Salem hatte ihn heute vormittag gerade erreicht, als er zum Essen gehen wollte. Heute abend würde er nicht selbst kochen. Er würde im Carlyle speisen. Sollte später je die Frage auftauchen, wo er sich an diesem Abend aufgehalten hätte, konnte er aufrichtig sein und New York angeben. Der Geschäftsführer würde alles daransetzen, bei der Polizei aussagen zu können, daß Dr. Edgar Highley ein häufiger und sehr geschätzter Gast des Hauses sei.

Er würde Räucherlachs, Vichyssoise und Lammrücken wählen. Der plötzliche schreckliche Energiemangel, der sich jetzt, da alles vorbei war, bemerkbar machte, mußte ausgeglichen werden. Nur noch morgen. Zweifellos würden nach Kathleen DeMaios Tod umfangreiche Ermittlungen eingeleitet werden. Doch ihr früherer Frauenarzt war in den Ruhestand getreten und fortgezogen. Niemand würde alte Patientenkarten von ihr ausgraben und versuchen, ihm daraus einen Strick zu drehen.

Danach war er in Sicherheit. Im Augenblick beschäftigte sich wahrscheinlich der gesamte Ärztekongreß mit dem Artikel im *Newsmaker* und mit dem Westlake-Klinikmodell. Natürlich würden sich die Kollegen nicht neidlos dazu äußern. Sei's drum. Gewiß würde man ihn als Gastredner zu Seminaren einladen. Salem, der ihn hätte aufhalten können, war erledigt. Dessen Krankenakte über Vangie würde er seinen eigenen Unterlagen einverleiben. Für seine späteren Forschungen war ihre Krankengeschichte von unschätzbarem Wert.

Die letzte Patientin von heute vormittag. Sie wäre die

nächste. Seinen Wagen parkte er vor dem Carlyle. Es war kurz vor halb sieben. Ab sieben galt das Halteverbot nicht mehr. Solange würde er im Auto sitzen bleiben.

Seine Tasche hatte er im Kofferraum eingeschlossen. Darin befanden sich Vangies Krankenakte, der Briefbeschwerer und der Schuh. Auf welche Weise sollte er Schuh und Briefbeschwerer loswerden? Und wo? Irgendein überfüllter Mülleimer in New York war genau das richtige. Kein Mensch würde das Zeug dort herausfischen. Am nächsten Morgen würde man die ›Beweismittel‹ zu den Millionen Tonnen Abfall werfen, die sich während der letzten vierundzwanzig Stunden in der Achtmillionenstadt angesammelt hatten, wo sie sich inmitten stinkender, verfaulender Lebensmittel und weggeworfener Zeitungen verlieren würden.

Zu erledigen wäre das am besten auf dem Heimweg, unbemerkt im Schutze der Dunkelheit.

Ein überschwengliches Gefühl der Freude erfüllte Dr. Highley, als er sich überlegte, wie glatt alles gelaufen war. Stolz blickte er in den Rückspiegel. Er war jetzt fünfundvierzig. Zwar war das noch kein Alter, doch immerhin an der Zeit zu bedenken, wie er weitermachen wollte. Etwa noch einmal heiraten? Eigene Kinder haben? Von Claire hätte er sie sich gewünscht. Als sich keine Kinder einstellten, hatte er die Anzahl seiner fruchtbaren Spermien überprüfen lassen. Der Wert war überraschend niedrig gewesen, und insgeheim hatte er sich die Schuld dafür gegeben, bis er herausfand, daß sie ihn zum Narren gehalten hatte.

Er hätte auch nichts dagegen gehabt, wenn ihm Winifred ein Kind geboren hätte. Aber schon als sie heirateten, war sie über die fruchtbaren Jahre hinaus gewesen. Seit sie geahnt hatte, daß er an ihr Leben und Geld wollte, hatte er sie nicht mehr angerührt. Eigentlich ist das Opfer schon vorher tot.

Er würde sich eine Jüngere suchen. Eine, die nicht so war wie Claire oder Winifred. Claire, die ihn mit ihren Bemerkungen über seine ›Pillendreherherkunft‹ herabgewürdigt hatte; Winifred, mit ihrem sozialen Tick und Samariterdrang.

Bald würde er seine Arbeit in aller Öffentlichkeit durchführen können. Bald würde ihm der Ruhm zukommen, der ihm gebührte. Bald mußten alle jene Ignoranten, die seine Leistungen für unmöglich hielten, seine Größe anerkennen.

Es war neunzehn Uhr. Er stieg aus dem Wagen und schloß ihn gewissenhaft ab. Über seinem dunkelblauen Anzug trug er einen blauen Kaschmirmantel, seine stets gepflegten Schuhe glänzten, und sein silbrig schimmerndes Haar behielt selbst im scharfen Nachtwind die Fasson.

Der Portier hielt ihm die Tür auf. »Guten Abend, Dr. Highley. Ein miserables Wetter, nicht wahr, Sir?«

Er nickte nur zur Antwort und betrat das Restaurant. Der Ecktisch, den er bevorzugte, war reserviert. Doch der Geschäftsführer verlegte die erwarteten Gäste schnell an einen anderen Tisch und begleitete ihn zu seinem Lieblingsplatz.

Der Wein wärmte und beruhigte ihn. Nach dem ausgezeichneten Essen fühlte er sich durch Mokka und Cognac wieder völlig im Gleichgewicht. Seine Gedanken waren klar und geordnet. Schritt für Schritt ging er den ganzen Ablauf durch, der mit Katie DeMaios Tod durch Verbluten endete.

Fehler waren ausgeschlossen.

Er unterschrieb gerade den Scheck, als der Geschäftsführer an seinen Tisch kam. Ganz gegen seine Gewohnheit hatte er es sehr eilig und schien sehr aufgeregt. »Dr. Highley, es sind gewisse Schwierigkeiten aufgetaucht, fürchte ich.«

Er blickte auf; umklammerte den Kugelschreiber.

»Sir, man hat einen jungen Mann beobachtet, der sich an dem Kofferraum Ihres Wagens zu schaffen machte. Unser Portier sah gerade noch, wie er ihn aufbrach. Bevor er jedoch eingreifen konnte, entwendete der Mann eine Tasche. Die Polizei ist draußen. Die Beamten halten ihn für einen Drogensüchtigen, der es auf Ihr Auto abgesehen hatte – wegen des Arztschildes, vermutlich.«

Seine Lippen waren bleiern. Er hatte Mühe, Worte zu bilden. Blitzschnell checkte er den Inhalt der Tasche: ein blutbefleckter Briefbeschwerer, eine Patientenakte, auf der sowohl Vangies als auch Dr. Salems Name standen, Vangies Mokassin.

Zu seiner eigenen Überraschung klang seine Stimme sehr ruhig, als er sich erkundigte: »Glauben die Beamten, daß man meine Tasche wiederfinden wird?«

»Ich habe sie das auch gefragt, aber ich fürchte fast, sie wissen es nicht. Vielleicht wird die Tasche schon ein paar Straßen weiter weggeworfen, wenn sich der Dieb herausgenommen hat, was ihm gefällt. Oder sie taucht nie wieder auf.«

43

Bevor Katie zu Bett ging, packte sie die Tasche für ihren Krankenhausaufenthalt. Die Klinik lag auf halbem Weg zwischen ihrem Haus und dem Büro. Es wäre ja nur unnötiger Zeitverlust, wenn sie morgen zuerst heimfahren müßte, um die Tasche zu holen.

Sie merkte, wie sie ihre Sachen mit großer Eile zusammenpackte. Sie war so froh gewesen, alles bald erledigt zu wissen. Das dumpfe Gefühl, daß sie nicht in Ordnung war, legte sich auf ihr Denken und Fühlen. Den ganzen Abend bei Molly über war es ihr geradezu blendend gegangen. Nun fühlte sie sich ausgelaugt, erschöpft und elend. Das hatte doch körperliche Ursachen, oder etwa nicht?

Oder trug etwa diese bohrende Ungewißheit, ob Richards Zuneigung einer anderen galt, zu ihrer Niedergeschlagenheit bei?

Vielleicht konnte sie klarer denken, sobald diese Furcht nicht mehr über ihr schwebte. Es kam ihr vor, als peinigten halbfertige Gedanken ihr Hirn wie Moskitoschwärme, die sich auf ihr niederließen, zustachen und schnell wegflogen, ehe sie ihrer habhaft werden konnte. Warum schien es ihr, als verliere sie oft den Faden, als stelle sie meist nicht die richtigen Fragen, als interpretiere sie bestimmte Zeichen falsch?

Am Montag würde es ihr bereits besser gehen, konnte sie vielleicht wieder logisch denken.

Müde ging sie unter die Dusche, putzte sich die Zähne, bürstete sich ihr Haar und legte sich ins Bett. Kaum lag sie, stützte sie sich auf den Ellbogen, griff nach ihrer Handtasche, kramte das Fläschchen hervor, das ihr Dr. Highley gegeben hatte, und befolgte dessen Anweisung.

44

Gertrude Fitzgerald schleppte sich zum Waschbecken im Bad, drehte den Kaltwasserhahn auf und öffnete ihr Pillenfläschchen. Allmählich ließ ihre Migräne etwas nach. Wenn sie nur nicht in der anderen Kopfhälfte neu aufflammte, dann ging es ihr bis zum Morgen besser. Dafür mußte diese Pille ausreichen, die letzte. Irgend etwas ließ ihr keine Ruhe... etwas, das mit Ednas Tod zusammenhing. Es hatte mit Mrs. DeMaios Anruf zu tun. Ihre Frage, ob Edna jemals Dr. Fukhito oder Dr. Highley den schönen Prinzen genannt hätte, war ihr töricht vorgekommen. Völliger Unsinn.

Der schöne Prinz!

Edna hatte tatsächlich von ihm gesprochen. Zwar nicht in Verbindung mit den Ärzten, aber doch irgendwann während der letzten Wochen. Wenn sie sich nur erinnern könnte. Wenn Mrs. DeMaio nur gefragt hätte, ob Edna ihn jemals erwähnt hätte, wäre sie vielleicht sofort darauf gekommen. Aber nun wußte sie es einfach nicht mehr, bei welcher Gelegenheit Edna davon gesprochen hatte. Oder bildete sie es sich ein? Sobald diese Kopfschmerzen vorüber waren, konnte sie nachdenken. Einmal richtig nachdenken. Und sich vielleicht daran erinnern!

Sie schluckte ihre Tablette und legte sich ins Bett. Sie schloß die Augen. Ednas Stimme drang an ihr Ohr: »Da habe ich gesagt, der schöne Prinz wird doch nicht...«

An den Rest konnte sie sich nicht entsinnen.

45

Um vier Uhr morgens gab Richard alle Versuche auf, doch noch ein Auge zuzudrücken. Er stand auf und kochte Kaffee. Er hatte Myerson wegen des Todes von Dr. Emmet Salem zu Hause angerufen. Myerson hatte sogleich die New Yorker Polizei davon unterrichtet, daß sich die Staatsanwaltschaft von Valley County in die Ermittlungen einschalten wolle. Mehr hatte er nicht erreichen können. Mrs. Salem war nicht zu Hause. Dr. Salems telefonischer Auftragsdienst konnte nur die Nummer der Vertretung angeben, die Notfälle übernahm, und wußte nicht, wie sie Dr. Salems Arzthelferin ausfindig machen sollte.

Richard machte sich ein paar Notizen:

1. *Weshalb rief Dr. Salem in der Staatsanwaltschaft an?*
2. *Warum vereinbarte Vangie einen Termin mit ihm?*
3. *Das Baby der Berkeleys.*

Das Kind war der Schlüssel des Geheimnisses. War die Westlake-Schwangerschaftsbetreuung überhaupt so erfolgreich, wie sie überall angepriesen wurde? Oder war sie nur ein Scheinunternehmen, das Frauen, die entweder unfruchtbar waren oder zu Fehlgeburten neigten, private Adoptionen ermöglichte? War die Tatsache, daß man sie dort zwei Monate vor dem errechneten Geburtstermin in die Klinik legte, nichts als Tarnung, die einen späteren Zustand verbergen sollte, den man kaum mehr ›schwanger‹ nennen konnte?

Es war schwierig, einen Säugling zu adoptieren. Liz Berkeley hatte offen zugegeben, daß sie und ihr Mann es auf diesem Wege versucht hatten. Angenommen, Dr. Highley hatte zu ihnen gesagt: »Sie werden nie ein eigenes Kind bekommen. Ich kann Ihnen eins vermitteln. Es wird Sie eine bestimmte Summe kosten, und die Sache muß streng vertraulich bleiben.«

Sie hatten den Vorschlag akzeptiert, darauf hätte er sein Leben gewettet.

Aber Vangie Lewis war schwanger gewesen. Das paßte nicht zu seiner Adoptionstheorie. Selbst wenn man berücksichtigt, daß sie alles getan hätte, um ein Kind zu bekommen, wie um alles in der Welt glaubte sie, hätte sie ein Asiatenkind als das ihres Mannes ausgeben können?

Die Kunstfehlerprozesse. Er mußte sich die Anlässe ansehen, derentwegen Patientinnen gegen Highley klagten. Und Emmet Salem war Vangies Frauenarzt gewesen. In seiner Praxis würde er eine Patientenkarte von ihr finden. Das wäre immerhin ein Ausgangspunkt.

Vangies Sarg war mit der Maschine angekommen, die Chris Lewis nie bestiegen hatte. Die Leiche lag wieder im Labor. Heute vormittag würde er noch einmal den Autopsiebefund überprüfen. Anschließend wollte er die Leiche erneut untersuchen. Da war noch etwas. Damals war es ihm unwichtig erschienen. Er hatte es außer acht gelassen, da er sich zu sehr mit dem Fetus und den Zyankaliverätzungen beschäftigt hatte.

Konnte es sein, daß Vangie sich das Zyankali einfach übers Gesicht geschüttet hatte? Vielleicht war sie außer sich vor Panik. Aber dann hätte das Glas mehr Fingerabdrücke aufgewiesen. Sie hätte es in die Hand nehmen müssen, um es nachzufüllen. Man hätte etwas finden müssen – einen Umschlag, ein Fläschchen –, worin sie die zweite Dosis Zyankali aufbewahrt hätte. So konnte es nicht geschehen sein.

Um halb sechs knipste Richard das Licht aus. Er hatte den Wecker auf sieben gestellt. Schließlich schlief er doch ein. Er träumte von Katie. Sie lehnte an Edna Burns' Schlafzimmerfenster und blickte in die Wohnung. Hinter ihr stand Dr. Edgar Highley.

46

Wie es sich für eine Buchhalterin gehörte, hatte Edna alle ihre Unterlagen fein säuberlich geordnet. Als Phil Cunningham und Charley Nugent sich am Freitagvormittag Ednas Wohnung zur Hausdurchsuchung vornahmen, stießen sie auf die formlose schriftliche Erklärung, die sie an ihre altmodische Glasvitrine gesteckt hatte.

Da von meinen Verwandten sich niemand die Mühe gemacht hat, nach meinen geliebten Eltern zu sehen, als sie krank waren, oder ihnen eine Karte zu schreiben, habe ich beschlossen, all meine irdische Habe meinen beiden Freundinnen Mrs. Gertrude Fitzgerald und Mrs. Gana Krupshak zu vermachen. Mrs. Fitzgerald soll meinen Diamantring und alle Haushaltsgegenstände erhalten, die ihr gefallen. Mrs. Krupshak soll meine Diamantbrosche, meinen Leopardenmantel und sämtliche Haushaltsgegenstände bekommen, die Mrs. Fitzgerald nicht haben will. Meine Beerdigung liegt in den Händen des Instituts, das auch schon für die letzte Ruhestätte meiner Eltern so prächtig gesorgt hat. Meine Versicherungspolice in Höhe von 10 000 Dollar geht abzüglich der Begräbniskosten an das Pflegeheim, das sich so liebevoll um meine Eltern gekümmert hat und bei dem ich immer noch finanzielle Verpflichtungen habe.

Systematisch ermittelten die Beamten Fingerabdrücke, saugten Haare und Fasern ab, suchten nach Beweisen für einen Einbruch. Ein Schmutzfleck auf der Unterseite des Blumentopfes, der im Schlafzimmer auf dem Fensterbrett stand, machte Cunningham Kummer. Die kleinen Fältchen auf seiner Stirn wurden zu tiefen Furchen. Er ging um das

Haus herum. Unter dem Schlafzimmerfenster kratzte er ein wenig gefrorene Erde los, füllte sie in einen Umschlag. Mit den Fingerspitzen schob er dann das Fenster hoch. Es war niedrig genug; für eine mittelgroße Person leicht einzusteigen.

»Es wäre möglich«, sagte er zu Nugent. »Hier hätte jemand eindringen und über sie herfallen können. Aber bei dem gefrorenen Boden ist es vermutlich nie nachzuweisen.«

Ehe sie ihre Ermittlungen abschlossen, klingelten sie bei allen umliegenden Wohnungen. Die einfache Frage war: Hat hier jemand am Dienstagabend eine fremde Person beobachtet?

Eigentlich hatten sie sich keinen Erfolg davon versprochen. Es war eine kalte, finstere Nacht gewesen. Das wild wuchernde Gestrüpp bot jedem, der unbemerkt bleiben wollte, die Gelegenheit, sich im schützenden Dunkel nahe des Gebäudes zu halten.

Doch bei ihrer letzten Wohnung hatten sie wider Erwarten Glück. Ein elfjähriger Junge war gerade von der Schule zum Essen heimgekommen. Er hörte, wie man seiner Mutter die Frage stellte.

»Oh, ich habe einem Mann erklärt, wo Edna Burns wohnt«, berichtete er. »Du weißt doch, Mam, als ich Porgy Gassi führen mußte, bevor ich ins Bett ging, kurz nach ›Komische Zeiten‹...«

»Das wäre also um halb zehn gewesen«, ergänzte die Mutter. »Du hast mir gar nicht erzählt, daß du mit jemandem gesprochen hast«, sagte sie vorwurfsvoll zu ihrem Sohn.

Der Junge zuckte mit den Achseln. »Es war nichts Besonderes. Ein Mann hielt mit dem Auto am Straßenrand, als ich auf dem Gehsteig zurückgegangen bin. Er fragte mich nach der Wohnung von Miß Burns. Ich habe es ihm erklärt, das war alles.«

»Wie sah er denn aus«, fragte Nugent.

Der Junge runzelte die Stirn. »Er sah nett aus. Hatte so

dunkle Haare, er war groß. Und er hatte ein tolles Auto, einen Chevrolet Corvette.«

Nugent und Cunningham sahen sich an. »Chris Lewis«, sagte Ted Nugent müde.

47

Am Freitag kam Katie morgens um sieben ins Büro. Ein letztes Mal ging sie den Fall durch, der heute zur Verhandlung kam. Zwei Brüder, achtzehn und siebzehn Jahre. Anklage: Brandstiftung. In zwei Schulen waren zwölf Klassenzimmer durch Feuer zerstört worden.

Maureen erschien um halb neun mit einer dampfenden Kaffeekanne. Katie blickte auf. »Heute werde ich alles daransetzen, um diese beiden in die Pfanne zu hauen«, fauchte sie. »Sie haben es aus Jux getan – aus Jux! Wenn man bedenkt, wie sich manche Leute abstrampeln, um die Steuern zu zahlen für den Unterhalt der Schulen ihrer Kinder, könnte einem schlecht werden.«

Maureen nahm sich Katies Tasse und füllte sie. »Eine dieser Schulen steht in meinem Wohnort, die Nachbarskinder gehen dorthin. Der Zehnjährige ist gerade mit seinem Modell für die Physikausstellung fertig geworden. Es war großartig – er hat eine Solarzelle nachgebaut. Der Junge hat monatelang daran gearbeitet. Es ist bei dem Brand zerstört worden, restlos.«

Katie kritzelte sich eine Notiz an den Rand ihres Eingangsplädoyers.

»Katie...« Maureen stockte.

Katie blickte in ein Paar sorgenvoller grüner Augen. »Ja?«

»Rita hat mir erzählt, daß sie Ihnen das mit dem Kind gesagt hat.«

»Ja, Maureen. Es tut mir leid.«

»Das Problem ist, daß ich anscheinend nicht darüber hinwegkomme. Und nun dieser Fall Lewis... jedes Gespräch darüber rührt alles wieder auf. Ich wollte doch alles vergessen...«

Katie nickte. »Maureen, ich hätte alles darum gegeben, ein Kind zu haben, als John tot war. Ich bete nur zu Gott, daß ich eines Tages eigene Kinder haben werde. Sie werden auch Kinder bekommen, und wir beide werden sie besonders in unser Herz schließen, weil wir nicht die bekommen haben, die wir ursprünglich wollten.«

In Maureens Augen standen Tränen. »Das hoffe ich auch. Aber die Sache mit Vangie Lewis...«

Das Telefon klingelte. Katie griff nach dem Hörer. Es war Myerson.

»Gut, daß Sie da sind. Könnten Sie kurz in mein Büro kommen?«

»Ja, natürlich.« Katie stand auf. »Myerson will mich sprechen. Wir unterhalten uns später darüber, Maureen.« Unwillkürlich nahm sie das Mädchen in den Arm.

Myerson stand am Fenster und starrte hinaus. Katie wußte mit Sicherheit, daß er sich nicht die Gitterstäbe des Gefängnisses betrachtete. Er drehte sich um, als sie eintrat.

»Sie übernehmen die Verhandlung heute – die Gebrüder Odendall?«

»Ja, der Fall steht günstig für uns.«

»Wie lange wird es dauern?«

»Bestimmt fast den ganzen Tag. Die Verteidigung fährt Charaktergutachten auf, von der Kindergärtnerin der beiden an aufwärts. Aber wir kriegen sie.«

»Sie schaffen das wie immer, Mrs. DeMaio. Haben Sie schon von Dr. Salem gehört?«

»Meinen Sie den Arzt aus Minneapolis, der mit Richard telefoniert hat? Nein, ich habe heute früh noch niemanden gesprochen, ich bin direkt ins Büro gefahren.«

»Er fiel aus dem Fenster oder wurde hinausgestoßen. Gestern abend im Essex House, nur wenige Minuten nach seiner Ankunft. Wir arbeiten mit der New Yorker Polizei zusammen. Außerdem kam gestern abend auch Vangie Lewis' Sarg aus Minneapolis zurück, aber Lewis saß nicht im Flugzeug.«

Katie blickte Myerson starr an: »Was wollen Sie damit sagen?«

»Damit will ich sagen, daß er wahrscheinlich die Maschine nach LaGuardia genommen hat. Dann wäre er etwa um die Zeit in New York angekommen, als Dr. Salem das Hotel betrat. Wenn wir also feststellen, daß Mr. Lewis sich in der Nähe des Hotels aufgehalten hat, können wir diesen Fall vielleicht zum Abschluß bringen. An einen Selbstmord im Fall Lewis glaube ich nicht, das zufällige Hinscheiden von Edna Burns behagt mir auch nicht, und genausowenig gefällt mir der Gedanke, daß Dr. Salem aus dem Fenster gefallen ist.«

»Und ich glaube nicht, daß Chris Lewis ein Mörder ist«, sagte Katie prompt. »Wo glauben Sie, hält er sich im Augenblick auf?«

»Er versteckt sich vermutlich in New York«, antwortete Myerson mit einem Achselzucken. »Ich nehme an, daß uns seine Geliebte einen Hinweis geben wird, wenn wir uns mit ihr unterhalten. Heute abend fliegt sie von Florida her. Haben Sie heute abend Zeit?«

Katie erwiderte zögernd: »Das ist jetzt das einzige Wochenende, an dem ich nicht da bin. Es läßt sich nicht mehr ändern. Ich will ganz aufrichtig sein: Es geht mir so miserabel, daß ich keinen klaren Gedanken fassen kann. Diese Verhandlung werde ich noch durchboxen. Ich bin gut vorbereitet; aber danach gehe ich.«

Myerson musterte sie. »Ich habe Ihnen schon die ganze Woche gesagt, daß Sie nicht herzukommen brauchen«, sprach er. »Im Augenblick sehen Sie sogar noch blasser aus als am Dienstagfrüh. Gut, bringen Sie diese Verhandlung hinter sich, und dann nichts wie nach Hause. Von diesem Fall wird auch noch nächste Woche eine Menge Arbeit übrig sein. Am Montagvormittag gehen wir alles noch einmal durch. Glauben Sie, daß Sie dann wieder herkommen können?«

»Ganz gewiß.«

»Sie sollten sich einmal gründlich untersuchen lassen.«

»Ich habe am Wochenende einen Arzttermin.«

»Sehr gut.«

Myerson blickte auf seinen Schreibtisch. Die Besprechung war offensichtlich beendet. Katie ging wieder in ihr Büro. Es war kurz vor neun, und sie wurde im Gerichtssaal erwartet. In Gedanken überflog sie den Zeitplan, nach dem sie Dr. Highleys Medikamente einnehmen sollte. Eine Tablette hatte sie gestern abend geschluckt, eine um sechs Uhr heute morgen. Heute sollte sie alle drei Stunden eine einnehmen. Also würde sie das besser gleich erledigen, bevor sie in den Sitzungssaal ging. Mit dem letzten Schlückchen Kaffee. Dann schnappte sie sich ihre Akte. Dabei ritzte sie sich an der scharfen Kante der Klarsichthülle den Finger ein. Sie stöhnte kurz auf vor Schmerz und zog schnell ein Papiertaschentuch aus ihrer obersten Schreibtischschublade, wickelte es sich um den Finger und eilte auf den Flur.

Als sie eine halbe Stunde später zusammen mit allen anderen im Saal aufstand, um das hohe Gericht zu begrüßen, war das Taschentuch immer noch feucht und rot.

48

Edna Burns wurde am Freitagvormittag im Anschluß an die Auferstehungsmesse beerdigt, die in der St.-Franz-Xaver-Kirche stattfand. Gana Krupshak und Getrude Fitzgerald folgten dem Sarg zum Friedhof. Sie hielten sich an der Hand, als Edna in das Grab zu ihren Eltern gelegt wurde. Der Priester, Pater Durkin, las die Grabrede, segnete den Sarg mit Weihwasser und geleitete die Frauen zu Gertrudes Wagen.

»Darf ich die Damen zu einer Tasse Kaffee einladen?« fragte er.

Gertrude tupfte sich die Augen ab und schüttelte den Kopf. »Ich muß heute noch zur Arbeit«, seufzte sie. »Ich übernehme Ednas Tätigkeit so lange, bis sie wieder jemanden für die Aufnahme gefunden haben. Beide Ärzte halten nämlich heute nachmittag Sprechstunde.«

Mrs. Krupshak lehnte auch ab. »Lieber Pater Durkin, könnten Sie mich bitte ein Stück mitnehmen, wenn Sie zur Pfarrei fahren? Dann muß Gertrude keinen Umweg machen.«

»Selbstverständlich.«

Gana sagte plötzlich zu Gertrude: »Warum kommen Sie heute abend nicht zu uns zum Essen? Ich habe einen schönen Schmorbraten zu Hause.«

Dieser Gedanke, wieder allein in ihre Wohnung zurückkehren zu müssen, hatte Gertrude die ganze Zeit gequält. Rasch nahm sie die Einladung an. Es würde ihr guttun, wenn sie sich heute abend mit Gana über Edna unterhalten konnte. Gana war schließlich auch Ednas Freundin gewesen. Sie wollte Gana sagen, daß sie es als eine Schande betrachte, daß keiner der Ärzte an der Feier teilgenommen hatte, obwohl Dr. Fukhito immerhin Blumen geschickt hatte. Vielleicht konnte sie danach wieder klarer denken.

Sie verabschiedete sich von Gana und Pater Durkin, stieg in ihren Wagen, ließ den Motor an und löste die Handbremse. Dr. Highleys Gesicht tauchte in ihren Gedanken auf: seine großen, kalten Fischaugen. Nun ja, am Dienstagabend war er noch nett zu ihr gewesen, hatte ihr Beruhigungsmittel gegeben und sich nach ihrem Befinden erkundigt. Aber er hatte sich auch irgendwie komisch benommen. Als er ihr das Glas Wasser geholt hatte, war sie aufgestanden und ihm nachgegangen. Sie wollte nicht, daß er sich ihretwegen Arbeit machte. Er hatte den Wasserhahn aufgedreht und war dann ins Schlafzimmer geschlichen. Aus dem Flur hatte sie beobachtet, wie er sein Taschentuch hervorzog und damit Ednas Nachttischschublade öffnete.

Dann war dieser nette Dr. Carroll den Flur entlanggekommen, und Dr. Highley hatte die Schublade zugeschoben, sich das Taschentuch ins Jackett gestopft und sich rasch zurückgezogen, damit es so aussah, als stünde er nur an der Schlafzimmertür.

Gertrude hatte Dr. Carroll an sich vorbeigelassen und war wieder ins Wohnzimmer gehuscht. Sie wollte nicht, daß die beiden dachten, sie versuche, bei ihrer Unterhaltung mitzuhören. Aber wenn Dr. Highley etwas aus der Schublade brauchte, weshalb sagte er es nicht einfach und holte es sich? Warum um alles in der Welt legte er sich zuerst ein Taschentuch über die Finger, ehe er die Schublade öffnete? Gewiß dachte er nicht, Ednas Wohnung sei zu schmutzig für ihn. Warum auch, es war ja alles makellos sauber!

Dr. Highley war überhaupt ein seltsamer Mensch. Wenn sie ehrlich war, mußte sie zugeben, daß sie sich wie Edna ein wenig vor ihm fürchtete. Auf keinen Fall würde sie sich breitschlagen lassen und Ednas Job übernehmen, wenn man ihn ihr anbot.

49

Vangie Lewis' Körper wurde im Sektionsraum des Gerichtsmedizinischen Instituts von Valley County auf den Untersuchungstisch gelegt. Mit unbewegter Miene sah Richard zu, wie sein Assistent die Seidenrobe entfernte, die als Vangies Leichenhemd gedacht war. Was im weichen Licht des Aufbahrungsraums sanft und natürlich gewirkt hatte, ähnelte jetzt eher einer Schaufensterpuppe.

Vangies blondes Haar hatte man sorgsam gekämmt. Inzwischen war das Haarspray hart geworden und teilte das Haar in dünne strohige Strähnen. Für einen Augenblick dachte Richard an den Heiligen Franz Borgia, der das Leben bei Hofe aufgab und ins Kloster ging, nachdem er die verfallende Leiche einer einstmals schönen Königin gesehen hatte.

Abrupt richtete er seine Aufmerksamkeit auf das vorliegende medizinische Problem. Irgend etwas an Vangie war ihm am Dienstag nachmittag entgangen. Es hatte mit ihren Beinen oder Füßen zu tun. Darauf würde er sich jetzt ganz konzentrieren.

Eine Viertelstunde später hatte er gefunden, was er suchte: einen fünf Zentimeter langen Kratzer an Vangies linkem Fuß. Er hatte ihn unberücksichtigt gelassen, weil er sich nur mit den Zyankaliverätzungen und dem Fetus befaßt hatte.

Der Kratzer war relativ frisch. Er sah keine Anzeichen einer Verheilung. Das war es, was ihn beschäftigt hatte. Der Kratzer an Vangies Fuß mußte kurz vor ihrem Tod zustande gekommen sein, und Charley Nugent hatte ein Stoffetzen von dem Kleid gefunden, das Vangie bei ihrem Tod trug. Er hatte an einem hervorstehenden kantigen Gartengerät in der Garage gehangen.

Richard wandte sich an seinen Assistenten: »Das Labor müßte eigentlich mit der Untersuchung von Mrs. Lewis' Kleidung, die sie ursprünglich trug, schon fertig sein. Würden Sie bitte diese Kleider holen und sie ihr noch einmal anziehen? Rufen Sie mich an, wenn Sie soweit sind.«

Er ging in sein Büro und schrieb sich ein paar Notizen auf einen Blick. Die Schuhe, die Vangie trug, als man sie fand. Empfindliche Ausgehschuhe, seitlich ziemlich hoch. Ausgeschlossen, daß sie sie anhatte, als sie sich den Fuß aufkratzte.

Er überflog die Notizen, die er sich in der Nacht gemacht hatte. Das Baby der Berkeleys. Er mußte mit Jim Berkeley reden und ihm das Geständnis entlocken, daß das Kind adoptiert war. Was war damit bewiesen?

An sich überhaupt nichts. Aber er würde Ermittlungen

einleiten. Sobald es feststand, konnte er das Westlake-Klinikmodell als Riesenschwindel entlarven.

Würde ein Mensch töten, wenn er verhindern wollte, daß der Schwindel aufflog?

Er mußte Dr. Salems Unterlagen über Vangie Lewis einsehen. Myerson mußte mittlerweile Dr. Salems Praxis telefonisch erreicht haben. Rasch wählte er Myersons Nummer. »Haben Sie mit Dr. Salems Sprechstundenhilfe gesprochen?«

»Ja, und mit seiner Frau. Beide sind völlig gebrochen. Beide können schwören, daß er weder unter hohem Blutdruck noch unter Schwindelanfällen litt. Keine persönlichen Schwierigkeiten, keine finanziellen, einen vollen Vorlesungsplan für die nächsten sechs Monate. Deshalb, meine ich, können wir alle Theorien mit Selbstmord und Unfall vergessen.«

»Wie steht es mit Vangie Lewis?

»Was wußte die Sprechstundenhilfe?«

»Dr. Salem bat sie gestern morgen in der Praxis, ihm die Akte Vangie Lewis herauszusuchen. Kurz bevor er zum Flughafen fuhr, führte er noch ein Ferngespräch.«

»Da sprach er wahrscheinlich mit mir.«

»Vielleicht, denn die Arzthelferin gab an, daß er zu ihr gesagt hätte, er wolle noch andere Ferngespräche erledigen, wolle sie aber erst vom Flughafen aus an anmelden, sobald er die Formalitäten am Flugschalter hinter sich gebracht hatte. Anscheinend war er der Ansicht, er müsse so früh am Flughafen erscheinen, um dort seine Zeit totzuschlagen.«

»Schickt sie uns Vangies Akte zu? Ich möchte sie mir ansehen.«

»Nein«, knurrte Myerson. »Dr. Salem hat sie mitgenommen. Sie hat gesehen, wie er sie in seinen Aktenkoffer legte. Den Koffer hat man in seinem Hotelzimmer gefunden, aber die Unterlagen zu Vangie Lewis waren nicht darin. Und dann dies: Kaum war Dr. Salem weg, rief Chris Lewis in der Praxis an und sagte, er müsse mit Dr. Salem sprechen. Die

Sprechstundenhilfe gab ihm das Hotel durch, wo Dr. Salem in New York wohnte, teilte ihm sogar die Zimmernummer mit. Ich sage Ihnen eins, Carroll: Bis heute abend habe ich einen Haftbefehl für Chris Lewis erwirkt.«

»Heißt das, daß Sie glauben, die Patientenkarte habe etwas enthalten, das für Chris so interessant war, daß er tötete, um in ihren Besitz zu gelangen? Ich halte das für wenig wahrscheinlich.«

»Jemand hatte es auf die Akte abgesehen«, sagte Myerson. »Das liegt doch auf der Hand, oder etwa nicht?«

Richard legte den Hörer auf.

Jemand hatte es auf die Akte abgesehen. Eine Patientenakte. Wer wußte etwas über den Inhalt dieser Akte, für wen stellte sie eine Bedrohung dar?

Einen Arzt?

Hatte Katie recht, wenn sie den Psychiater verdächtigte? Wie stand es mit Edgar Highley? Er war mit einem Bonus nach Valley County gekommen, dem Namen Westlake, einem Namen, der in medizinischen Kreisen in New Jersey hohes Ansehen besaß.

Ungeduldig suchte Richard seinen Schreibtisch nach dem Blatt Papier ab, auf dem ihm Marge die Adresse der beiden Patientinnen aufgeschrieben hatte, derentwegen Kunstfehlerprozesse gegen Dr. Highley angestrengt worden waren.

Anthony Caldwell, Old Country Lane, Peapack.

Anna Horan, 415 Walnut Street, Ridgefield Park.

Er stellte die Sprechanlage an und bat Marge, bei beiden anzurufen.

Kurze Zeit später kam Marge herein. »Anthony Caldwell wohnt nicht mehr unter dieser Adresse. Er ist letztes Jahr nach Michigan gezogen. Ich habe mit seiner Nachbarin gesprochen. Sie erzählte mir, daß seine Frau an einer Eileiterschwangerschaft gestorben ist und daß er gegen den Arzt geklagt hat, jedoch ohne Erfolg. Sie hatte offenbar Angst, darüber zu sprechen. Sie sagte, Mrs. Caldwell sei von zwei

Ärzten bescheinigt worden, daß sie keine Kinder bekommen könne, daß sie aber, kaum nachdem sie sich der Westlake-Schwangerschaftsbetreuung anvertraut hatte, schwanger war. Aber sie kränkelte vom ersten Tag an, und schließlich starb sie im vierten Monat.«

»Das ist genug Material für den Anfang«, dankte ihr Richard.

»Wir werden die Unterlagen der Klinik beschlagnahmen lassen. Was ist mit dieser Mrs. Horan?«

»Nur ihr Mann war zu Hause. Er studiert noch, Jura. Er sagte, seine Frau arbeite als Programmiererin; er gab mir die Nummer von ihrem Arbeitsplatz. Soll ich sie dort anrufen?«

»Ja, bitte.«

Marge wählte die Nummer von Richards Apparat und ließ sich Mrs. Anna Horan geben. Sekunden später sagte sie: »Mrs. Horan, einen Augenblick bitte. Dr. Carroll möchte Sie sprechen.«

Richard nahm ihr den Hörer ab. »Guten Tag, Mrs. Horan.«

»Ja bitte.« Richard glaubte einen leichten Akzent in der Stimme zu vernehmen, ohne ihn jedoch eindeutig bestimmen zu können.

»Mrs. Horan, letztes Jahr haben Sie gegen Dr. Highley prozessiert. Dürfte ich Ihnen dazu ein paar Fragen stellen? Können Sie gerade ungestört darüber sprechen?«

Die Stimme am anderen Ende der Leitung klang plötzlich besorgt: »Nein... nicht hier.«

»Ich verstehe. Aber es ist dringend. Wäre es Ihnen möglich, heute nach der Arbeit im Gerichtsmedizinischen Institut zu einem Gespräch vorbeizukommen?«

»Ja, in Ordnung.« Sie schien das Gespräch beenden zu wollen. Richard gab ihr die Adresse des Instituts durch und eine Wegbeschreibung, als sie ihn unterbrach.

»Ich weiß schon, wie ich zu Ihnen gelange. Ich bin um halb sechs dort.«

Dann war die Leitung tot. Richard blickte zu Marge auf

und sagte achselzuckend. »Glücklich scheint sie nicht darüber zu sein, aber sie kommt.«

Es war kurz vor Mittag. Richard entschloß sich, in den Gerichtssaal zu gehen, wo Katie die Verhandlung gegen die Odendall-Brüder führte. Vielleicht ging sie anschließend mit ihm essen. Er wollte seine Überlegungen zu Dr. Highley vorantreiben. Katie hatte ihm ja einige Fragen gestellt. Welchen Eindruck hatte sie gewonnen? Stimmte sie vielleicht mit ihm überein, daß an der Westlake-Schwangerschaftsbetreuung etwas faul war – daß dort entweder Babys gehandelt wurden oder ein Arzt auf kriminelle Weise mit dem Leben von Patientinnen umging?

Als er im Sitzungssaal ankam, war er leer. Nur Katie saß noch auf der Bank des Staatsanwalts.

Sie war so sehr mit ihren Aufzeichnungen beschäftigt, daß sie kaum zu ihm aufsah, als er auf sie zukam. Er lud sie zum Essen ein, doch sie schüttelte nur den Kopf.

»Richard, ich stecke hier drin bis zum Hals. Diese Kerle haben ihr Geständnis zurückgezogen. Sie wollen sich darauf hinausreden, daß jemand anderes das Feuer gelegt hat. Und sie lügen so geschickt, daß ich fast fürchte, die Geschworenen fallen darauf herein. Ich muß jetzt das Kreuzverhör vorbereiten.« Ihr Blick kehrte wieder auf ihre Schriftstücke zurück.

Richard musterte sie. Ihre sonst braune Gesichtshaut war totenblaß. Die Augen wirkten schwermütig und verschleiert. Er bemerkte das Papiertuch, das sie sich um den Finger gewickelt hatte. Sanft ergriff er ihre Hand und nahm es ihr vorsichtig ab.

Katie blickte zu ihm auf. »Was... ach, das blöde Ding. Muß wohl tief gegangen sein. Es hat den ganzen Vormittag immer wieder geblutet, deshalb hab' ich's gebraucht.«

Richard sah sich den Schnitt an. Kaum hatte er das Taschentuch entfernt, floß das Blut stärker. Er drückte das Papiertaschentuch darauf, nahm ein Gummiband vom Schreibtisch und wickelte es herum. »Laß das etwa zwanzig

Minuten darauf. Bis dahin müßte es aufgehört haben. Hattest Du jemals Probleme mit der Blutgerinnung, Katie?«

»Ja, schon, aber Richard, ich kann jetzt nicht darüber sprechen. Der Fall droht mir durch die Finger zu gleiten, und mir ist so flau im Magen.« Die Stimme versagte ihr.

Der Gerichtssaal war leer bis auf Katie und Richard. Er legte die Arme um sie. Er zog ihren Kopf an seine Brust und gab ihr einen Kuß ins Haar. »Katie, ich verschwinde ja schon. Aber wohin du am Wochenende fährst, überdenke das alles noch einmal. Weil ich mich dem Kreise der Bewerber anschließe. Ich möchte immer für dich dasein, möchte für dich sorgen. Wenn es jemanden gibt, den du jetzt besuchst, sag ihm, daß er scharfe Konkurrenz bekommen hat, weil er, wer immer es auch ist, sich nicht genug um dich kümmert. Und wenn es die Vergangenheit ist, die dich festhält, werde ich dich aus dieser Umklammerung befreien.«

Er richtete sich auf. »Und nun setz dich wieder an deinen Fall. Du kannst ihn gewinnen, das weißt du. Und laß es am Wochenende um Himmels willen langsam angehen. Am Montag brauche ich dich. Im Fall Lewis gibt's was Neues.«

Den ganzen Morgen über war ihr kalt gewesen, entsetzlich kalt, eisig. Nicht einmal das langärmelige Wollkleid hatte geholfen. Aber jetzt, als Richard ihr so nah war, übertrug sich die Wärme seines Körpers auf sie. Als er sich zum Gehen wandte, ergriff sie ungestüm seine Hand und drückte sie sich an die Wange. »Bis Montag«, sagte sie.

50

Bevor Nugent und Cunningham das Areal verließen, in dem Edna in ihrer Terrassenwohnung gewohnt hatte, klingelten sie noch bei den Krupshaks. Gana war gerade erst von der Beerdigung nach Hause gekommen.

»Die Untersuchungen in der Wohnung haben wir abgeschlossen«, sagte Nugent, »Sie können sie jetzt betreten.« Er zeigte Gana die Erklärung, die Edna hinterlassen hatte. »Ich muß noch nachprüfen, ob das als Testament gilt, aber das Ganze ist keine tausend Dollar wert, also würde ich vorschlagen, wir übergeben Ihnen den Schmuck, und Sie können ihn sich dann mit Mrs. Fitzgerald teilen. Genauso die Möbel. Sie sehen sie sich am besten durch und machen es unter sich aus. Aber nehmen Sie vorerst nichts heraus.«

Die beiden Inspektoren fuhren zu ihrem Büro zurück. Gingen sogleich ins Labor. Dort gaben sie den Inhalt der Staubsaugerbeutel ab, die Zimmerpflanze, die auf dem Fensterbrett gestanden hatte, und die Erdproben, die sie vom Boden abgekratzt hatten. Der Untersuchung gaben sie die höchste Dringlichkeitsstufe.

Myerson erwartete sie schon in seinem Büro. Als er erfuhr, daß Chris sich am Donnerstagabend in der Nähe von Ednas Wohnung aufgehalten hatte, gab er ein zufriedenes Schmatzen von sich. »Lewis war in diese Woche überall auf der Landkarte zu finden«, triumphierte er. »Und wo er sich aufhielt, starb jemand. Ich habe Rita heute vormittag mit einem Foto von Chris Lewis nach New York geschickt. Zwei Portiers erkannten ihn eindeutig wieder. Er war gegen siebzehn Uhr in der Halle des Essex-House-Hotels. Ich lasse ihn polizeilich suchen und erwirke einen Haftbefehl gegen ihn.«

Das Telefon klingelte. Ungeduldig nahm er den Hörer ab und meldete sich. Plötzlich änderte sich seine Miene. »Stellen Sie es durch«, sagte er kurz. Er legte seine Hand auf die Sprechmuschel und flüsterte: »Chris Lewis' Geliebte ruft aus Florida an... Guten Tag. Ja, hier spricht der Staatsanwalt.« Nach einer Pause sagte er: »Ja, wir suchen Mr. Lewis. Wissen Sie, wo er sich befindet?«

Nugent und Cunningham tauschten Blicke aus. Auf Myersons Stirn erschienen Falten. Schließlich sagte er: »Ah ja, schön. Er kommt also mit der Sieben-Uhr-Maschine mit Ihnen in Newark an. Es beruhigt uns sehr, daß er sich freiwillig stellen will. Falls er einen Anwalt zu sprechen wünscht, kann er das hier gerne tun. Vielen Dank.«

Er legte auf. »Lewis kommt«, verkündete er. »Diesen Fall werden wir heute nacht noch lösen.«

51

Während der langen schlaflosen Nacht wurde Edgar Highley das Problem mit der gestohlenen Tasche bewußt. Vielleicht tauchte sie nie wieder auf. Wenn der Dieb sie einfach stehenließ, nachdem er sie durchwühlt hatte, standen die Chancen günstig, daß er sie nie wiedersah. Kaum jemand würde sich die Mühe machen, sie zurückzugeben. Vielmehr war es wahrscheinlich, daß der Finder die Tasche behielt und den Inhalt wegwarf.

Und wenn die Tasche der New Yorker Polizei unversehrt in die Hände fiel? Sein Name und die Adresse der Klinik standen darin. Wenn die Polizei bei ihm anrief, wollte sie von ihm vermutlich nur Angaben über den Inhalt. Er würde einfach ein paar Standardmedikamente, ein paar Instrumente und einige Patientenkarten – aufzählen. Eine Akte mit der Aufschrift VANGIE LEWIS würde ihnen nicht viel sagen. Wahrscheinlich schauten sie sie nicht einmal richtig an. Sie würden sie für eine von seinen halten. Wenn man ihn nach dem Schuh und dem blutbeschmierten Briefbeschwerer fragte, würde er abstreiten, diese Dinge zu kennen. Er würde angeben, daß der Dieb sie offenbar in die Tasche gelegt haben mußte. So würde es gehen. Und heute abend würde er die letzte Gefahrenquelle ausschalten.

Um fünf Uhr früh gab er alle Einschlafversuche auf, stellte sich unter die Dusche und ließ die heißen Wasserstrahlen fast zehn Minuten auf sich niederprasseln, bis das ganze Bad unter Dampf stand. Schließlich hüllte er sich in einen schweren, knöchellangen Bademantel und ging in die Küche hinunter. Erst am Mittag wollte er in der Praxis sein, vorher würde er noch seine Visiten erledigen. Vorerst mußte er aber noch die Forschungsunterlagen durchsehen. Die gestrige Patientin würde sein neues Objekt abgeben. Es fehlte noch die Spenderin.

52

Um vier Uhr nachmittags sahen sich Richard, Myerson, Nugent und Cunningham Vangie Lewis' Leiche an. Man hatte ihr die Kleider übergezogen, die sie bei ihrem Tod trug. Der geblümte Stoffetzen, den man in der Garage an der Gartenschaufel gefunden hatte, paßte genau an die Stelle, an der das Kleid knapp über dem Saum zerrissen war. Die Strumpfhose wies unmittelbar über dem frischen Schnitt am linken Fuß einen Riß von etwa fünf Zentimeter Länge auf.

»Am Strumpf ist kein bißchen Blut«, sagte Richard. »Sie war also schon tot, als ihr Fuß die Gartenschaufel streifte.«

»In welcher Höhe lag das Regalbrett mit diesem Gartengerät?« wollte Myerson wissen.

Cunningham erklärte achselzuckend: »Gut einen halben Meter überm Boden.«

»Das bedeutet, daß irgend jemand Vangie Lewis durch die Garage hereingetragen, sie aufs Bett gelegt hat und somit den Anschein eines Selbstmords erwecken wollte«, mutmaßte Myerson.

»Genau«, pflichtete ihm Richard bei. Dennoch runzelte er die Stirn. »Wie groß ist Chris Lewis?« fragte er.

Myerson schien verunsichert: »Er ist recht groß. So etwa einsfünfundneunzig. Wieso?«

»Lassen Sie uns einmal einen Versuch machen. Einen Augenblick bitte.« Richard ging hinaus und kehrte mit einem langen Lineal zurück. Sorgfältig zeichnete er Striche an die Wand in sechzig, neunzig und hundertzwanzig Zentimeter

Höhe. »Wenn wir annehmen, daß Chris Lewis Vangie hereingetragen hat, so fürchte ich, wäre ihr Fuß gar nicht an der Gartenschaufel hängengeblieben.«

Er wandte sich an Cunningham. »Wie hoch, sagten Sie, war das Regalbrett vom Boden weg? Gut einen halben Meter?«

Wieder zuckte der Inspektor mit den Achseln. »Na ja, sechzig Zentimeter.« Nugent nickte zustimmend.

»Schön. Ich bin einsneunzig groß.« Behutsam legte Richard der Toten den rechten Arm unter die Schulter, den linken in die Kniekehlen. Er hob sie hoch und ging zur Wand hinüber. »Achten Sie darauf, wo ihr Fuß anstößt. Sie war klein. Der Fuß wäre also an keinem Gegenstand hängengeblieben, der sich in weniger als neunzig Zentimeter Höhe befand, wenn ein großer Mann sie hereingetragen hätte. Dagegen...« Er ging auf Cunningham zu.

»Wie groß sind Sie... etwa einsachtzig?«

»So ungefähr.«

»Gut. Chris Lewis ist also fünfzehn Zentimeter größer als Sie. Halten Sie sie einmal und passen Sie auf, wo ihr Fuß dann anstößt.«

Vorsichtig übernahm Cunningham den leblosen Körper und trug ihn zur Wand. Der Fuß streifte knapp oberhalb des untersten Striches. Cunningham legte die Tote rasch wieder auf den Untersuchungstisch.

Myerson schüttelte den Kopf. »Das ist nicht unbedingt schlüssig. Man kann es nicht so einfach ausrechnen. Vielleicht beugte er sich hinunter oder hielt sie von sich weg.« Er wandte sich an einen Bediensteten. »Die Kleider brauchen wir als Beweisstücke. Nehmen Sie sie in Verwahrung. Und lassen Sie Fotos von der Schnittwunde, dem Strumpf und dem Kleid machen.«

Er ging mit Richard zu dessen Büro. »Sie denken immer noch an diesen Psychiater, nicht wahr?« fragte er.

»Er ist etwa einsachtzig groß.«

Richard zögerte, da er sich nicht äußern wollte, bevor er

sich nicht mit Jim Berkeley und der Patientin unterhalten hatte, die den Kunstfehlerprozeß angestrengt hatte. Er wechselte das Thema.

»Kommt Katie voran?«

Myerson schüttelte den Kopf. »Schwer zu sagen. Diese Halbstarken wollen die Verwüstungen einem ihrer Freunde in die Schuhe schieben, der im letzten Herbst bei einem Motorradunfall ums Leben kam. Nach ihrer neuesten Version wollten sie ihn angeblich nur entlasten, weil ihnen seine Eltern leid taten.«

Richard brummte: »Aber die Geschworenen fallen darauf doch nicht herein, oder?«

Myerson antwortete: »Das kommt darauf an. Sie wissen ja: Unter den Geschworenen ist immer einer, dem das Herz blutet und der dann auf eine rührselige Geschichte hereinfällt. Katie hat sich großartig geschlagen, aber es kann so oder so ausgehn. Naja, jedenfalls bis später.«

Um halb fünf rief Jim Berkeley in Richards Büro an. »Man hat mir ausgerichtet, Sie hätten die ganze Zeit versucht, mich zu erreichen«, begann er vorsichtig.

»Ja«, erwiderte Richrd in gleichermaßen unpersönlichem Tonfall. »Ich muß dringend mit Ihnen sprechen. Können Sie auf dem Nachhauseweg bei mir im Büro vorbeikommen?«

»Ja, das läßt sich machen.« Plötzlich klang Jim Berkeley recht kleinlaut: »Und ich kann mir vorstellen, worüber Sie mit mir reden wollen.«

53

Edgar Highley wandte sich ab. Zu dem Mädchen auf dem gynäkologischen Stuhl sagte er: »Sie können sich jetzt anziehen.«

Sie hatte behauptet, sie sei zwanzig, aber er war sich sicher, daß sie nicht älter als sechzehn oder siebzehn war. »Bin ich...?«

»Ja, mein Kind, Sie sind ganz eindeutig schwanger. In der sechsten Woche, möchte ich meinen. Kommen Sie also am besten morgen vormittag wieder, dann können wir die Schwangerschaft abbrechen.«

»Ich frage mich gerade, ob ich das Baby nicht vielleicht doch zur Welt bringen soll und es dann zur Adoption freigeben?«

»Haben Sie Ihren Eltern schon etwas davon gesagt?«

»Nein, die wären entsetzt!«

»Dann schlage ich vor, daß Sie noch mindestens einige Jahre mit einem Kind warten. Morgen vormittag, zehn Uhr.«

Er ging aus dem Untersuchungszimmer ins Sprechzimmer und suchte sich die Telefonnummer der Patientin heraus, die er sich gestern auserkoren hatte. »Mrs. Englehart, hier spricht Dr. Highley. Ich möchte mit Ihrer Behandlung beginnen. Wären Sie bitte so nett und würden morgen früh um halb neun Uhr in die Klinik kommen. Denken Sie bitte daran, daß wir Sie über Nacht hierbehalten.«

54

Solange sich das Gericht zur Beratung zurückzog, ging Katie in die Cafeteria des Gerichtsgebäudes. Sie wählte nach eingehender Überlegung einen kleinen Tisch am Ende des Raumes und setzte sich mit dem Rücken zu den übrigen Tischen. Sie wollte vermeiden, daß sich jemand zu ihr setzte oder sie überhaupt bemerkte. Ihr war jetzt unablässig schwindlig, sie fühlte sich ausgepumpt und geschwächt, dennoch verspürte sie keinen Hunger. Nur ein Täßchen Tee, dachte sie. Mam war immer der Ansicht, daß eine Tasse Tee alle Übel der Welt heilen konnte. Als sie von Johns Beerdigung nach Hause gekommen war, hatte sie liebevoll zu ihr gesagt: »Ich mach' dir jetzt eine schöne Tasse Tee, Katie.«

Richard. Mam würde Richard gerne haben. Sie hatte eine Schwäche für große Männer. »Dein Vater war ja ein kleiner, hagerer Mann. Aber eigentlich, Katie, war er immer recht groß.«

Ja, es schien so.

Mam kam an Ostern aus Florida herüber. Genau in sechs Wochen. Mam würde entzückt sein, wenn sie und Richard...

Und das will ich doch, oder? sagte Katie, als sie ihren Tee trank. Und das nicht nur, weil ich die Einsamkeit in dieser Woche besonders spüre.

Es war mehr als nur das. Viel mehr. Aber am Wochenende konnte sie sich ja alles in der Klinik durch den Kopf gehen lassen, in Ruhe überdenken.

Beinahe eine Stunde lang saß sie da und nippte gedankenverloren an ihrem Tee, ging Schritt für Schritt das Schlußplädoyer durch. Hatte sie die Geschworenen davon überzeugen können, daß die Odendall-Brüder logen? Der Seelsorger. Bei ihm hatte sie Treffer landen können. Er hatte zugegeben, daß keiner der beiden den Gottesdienst besuchte. Konnte es sein, daß man ihn dazu mißbrauchte, die Story der Jungs ein wenig aufzumöbeln? »Ja«, hatte er ihr beipflichten müssen, »diese Möglichkeit besteht.« Dieser Punkt war an sie gegangen, dessen war sie sich sicher.

Um fünf Uhr erschien sie wieder im Gerichtssaal. Als sie eintrat, setzten die Geschworenen den Richter soeben davon in Kenntnis, daß sie zu einer Entscheidung gelangt waren.

Fünf Minuten später verlas der Gerichtsvorsitzende das Urteil: »Robert Odendall, Freispruch in allen Anklagepunkten.«

»Ich kann es nicht glauben.« Katie wußte nicht, ob sie es laut ausgesprochen hatte. Die Miene des Richters verfinsterte sich. Er schien verärgert.

Katie stand auf. Wenn der Richter auch deutlich machte, daß er das Urteil für einen Irrtum hielt, sie hatte den Fall verloren. Sie hätte sich mehr einsetzen müssen. Das Siegerlächeln auf den Lippen des Strafverteidigers, das er zu ihr herübersandte, spürte sie mehr, als daß sie es sah. Ein dikker, harter Brocken saß ihr im Hals, machte ihr das Schlukken schwer. Sie war den Tränen nahe. Diese beiden Kriminellen wurden durch klare Rechtsbeugung auf freien Fuß gesetzt. Ein toter Junge war zum Verbrecher abgestempelt worden.

Sie stopfte ihre Unterlagen in den Aktenkoffer. Wenn sie sich nicht schon die ganze Woche über so elend gefühlt hätte, wäre sie vielleicht imstande gewesen, hier eine bessere Vorstellung zu geben. Wenn sie sich vielleicht schon vor einem Jahr um die Blutungen gekümmert hätte, wäre ihr der Unfall am Montagabend nicht zugestoßen. Ich hab's verdrängt und Angst dazu, dachte Katie.

»Die Vertreterin des Staates möchte bitte bei mir erscheinen.«

Sie blickte empor. Der Richter winkte sie zu sich. Sie trat vor die Richterbank. Die Zuschauer drängten zu den Ausgängen.

»Euer Ehren«, sprach Katie, froh darüber, daß ihr die Stimme nicht versagte. Der Richter beugte sich vor und sagte im Flüsterton:

»Nehmen Sie es nicht so tragisch, Mrs. DeMaio, Sie haben ja alle Beweise erbracht. Diese Taugenichtse sehen wir schon in zwei Monaten wegen anderer Delikte wieder, wir wissen es beide. Und beim nächstenmal nageln wir sie fest.«

Katie quälte sich ein Lächeln ab. »Genau das ist meine Befürchtung – daß wir sie wiedersehen werden. Trotzdem vielen Dank, Herr Richter.«

Sie verließ den Saal, kehrte in ihr Büro zurück. Maureen blickte sie hoffnungsvoll an. Katie schüttelte den Kopf und beobachtete Maureens Mienenspiel, das sich in Mitleid verkehrte. Sie zuckte mit den Achseln. »Was soll's?« sagte sie nur.

Maureen folgte ihr in das Büro. »Mr. Myerson sitzt mit

Dr. Carroll in einer Besprechung. Sie wollen nicht gestört werden. Aber Sie können natürlich schon hineingehen.«

»Ach nein. Sicher reden sie über den Fall Lewis, und da bin ich im Augenblick niemandem eine große Hilfe. Am Montag bin ich wieder zur Stelle.«

»Gut, Katie. Das Urteil im Fall Odendall tut mir leid, aber so schlimm ist's doch auch wieder nicht. Sie sehen wirklich krank aus. Können Sie noch Auto fahren? Ist Ihnen nicht schwindlig oder so?«

»Nein, wirklich nicht. Ich habe auch keinen weiten Weg. Mit dem Wagen sind es nur fünfzehn Minuten. Und dann tue ich bis Sonntag keinen Handschlag mehr.«

Auf dem Weg zu ihrem Wagen fröstelte Katie. Die Temperaturen waren am Nachmittag bis über den Gefrierpunkt angestiegen, doch nun fielen sie rapide. Die naßkalte Luft kroch die weiten Ärmel ihres roten Wollmantels hoch und drang wie mit Nadelstichen durch ihre Nylonstrümpfe. Sehnsüchtig dachte sie an ihr Wohnzimmer, an ihr warmes Bett. Wie schön wäre es, jetzt nach Hause zu fahren, sich einfach mit einem steifen Grog ins Bett zu legen und das Wochenende zu verschlafen.

In der Aufnahme der Klinik lagen bereits die ausgefüllten Formulare bereit. Die Schwester war sehr agil und energisch.

»Du meine Güte, Mrs. DeMaio, Sie müssen bei Dr. Highley aber einen Stein im Brett haben. Er hat Ihnen eine ›Suite‹ gegeben, Zimmer eins im dritten Stock. Sie fühlen sich dort wie auf Urlaub. Es wird Ihnen niemals wie ein Krankenhaus vorkommen.«

»Dr. Highley erwähnte schon so etwas«, murmelte Katie. Dieser jungen Frau würde sie nichts von ihrer Angst vor Krankenhäusern verraten.

»Vielleicht ist es ein bißchen einsam dort oben. Dort liegen unsere drei großen Luxuszimmer. Die anderen beiden sind jedoch leer. Dr. Highley hat Ihnen das Wohnzimmer der Suite neu herrichten lassen. Weshalb, weiß ich nicht, es wurde vor nicht einmal einem Jahr erst renoviert. Eigentlich werden Sie's gar nicht auskosten können, Sie bleiben ja nur bis Sonntag. Wenn Sie etwas brauchen, müssen Sie nur die Glocke bedienen. Das Schwesternzimmer im zweiten Stock ist sowohl für die zweite als auch für die dritte Etage zuständig. Dort liegen sowieso nur Patientinnen von Dr. Highley. Nun, hier ist Ihr Rollstuhl. Sie brauchen sich nur reinzusetzen, und wir fahren Sie hinauf.«

Katie war bestürzt: »Sie wollen doch nicht sagen, ich brauche jetzt schon einen Rollstuhl?«

»Anweisung der Ärzte«, sagte die Schwester bestimmt.

John war immer im Rollstuhl zur Chemotherapie gefahren worden. John, der immer mehr in sich zusammenfiel, während sie zusehen mußte, wie er starb. Seine brüchige Stimme und sein matter Galgenhumor, als man ihm den Rollstuhl ans Bett schob: ›Komm doch, goldener Wagen, komm und hol mich heim‹, hatte er gesungen. Dieser verdammte keimfreie Krankenhausmief!

Katie setze sich in den Rollstuhl und schloß die Augen. Kein Blick zurück. Die Krankenpflegerin, eine freiwillige Helferin mit einer kräftigen, untersetzten Figur, schob das Gefährt den Korridor entlang zum Aufzug.

»Sie haben Glück, daß Sie bei Dr. Highley sind«, belehrte sie Katie. »Seine Patientinnen werden hier am besten versorgt. Sie brauchen nur zu läuten, und in einer halben Minute steht Ihnen eine Schwester zu Diensten. Dr. Highley ist streng. Alle Angestellten zittern vor ihm, aber er ist sehr tüchtig.«

Sie waren am Aufzug angekommen. Die Pflegerin drückte auf den Knopf. »Hier ist es anders als in den meisten Kliniken, wo man die Frauen erst aufnimmt, wenn sie kurz vor der Entbindung stehen, und sie wieder heimschickt, wenn die Babys erst wenige Tage alt sind. Bei Dr. Highley nicht. Ich habe schon miterlebt, daß er schwangere Frauen aus reiner Vorsicht zwei Monate hierbehalten hat. Deshalb haben wir hier ja auch die ›Suiten‹, damit sich die Patientinnen wohlfühlen. Mrs. Aldrich liegt in der auf dem zweiten Stock. Sie hat gestern durch Kaiserschnitt entbunden und weint seither, so glücklich ist sie. Ihren Mann hat es auch erwischt. Er schlief gestern nacht im Wohnzimmer der Suite auf dem Sofa. Ah, hier kommt ja der Aufzug.«

Einige andere Leute stiegen mit ihnen ein. Sie bedachten Katie mit neugierigen Blicken. Den Illustrierten und Blumen nach, die sie mitbrachten, schloß Katie auf Besucher. Irgendwie kam sie sich ausgeschlossen vor. Von dem Augenblick an, wo man Patientin ist, verliert man seine Persönlichkeit, dachte sie. Man wird zum Fall. Im 3. Stock stiegen sie aus. Der Flur war mit hellgrünem Teppichboden ausgelegt. An den Wänden hingen ausgezeichnete Kopien von Gemälden von Monet und Matisse, die in ihren flachen Rahmen besonders gut wirkten.

Wieder Erwarten gewann Katie ein wenig Vertrauen. Die Pflegerin rollte sie den Korridor entlang und bog dann rechts ab. »Ihre Suite liegt am Endes des Flurs«, erklärte sie. »Sie sind dort weit vom Schuß, ich glaube, heute befindet sich sogar keine weitere Patientin auf dieser Etage.«

»Danke, das ist schon recht so«, murmelte Katie. Sie dachte an Johns Krankenzimmer. Beide hatten sie möglichst viel vom anderen in sich aufnehmen wollen, um einen Vorrat für die Trennung zu besitzen. Patienten kamen aus der Ambulanz, schauten zur Tür herein. »Wie geht's denn so, Herr Richter? Er sieht schon besser aus, nicht wahr, Mrs. DeMaio?«

Sie log: »Natürlich.« Und dachte, verschwindet doch endlich, wir haben nur noch so wenig Zeit.

»Es macht mir nichts aus, allein auf der Etage zu liegen«, wiederholte sie.

Man schob sie in das Schlafzimmer der Suite. Die Wände waren elfenbeinfarben, der Teppichboden im gleichen hellen Grünton gehalten wie derjenige im Flur, die Möbel altweiß. Die beige und grün bedruckten Vorhänge paßten genau zum Bettüberwurf. »Oh, wie hübsch«, rief Katie.

Die Pflegerin strahlte. »Ich wußte, daß es Ihnen gefällt. Die Schwester kommt sofort. Verstauen Sie doch schon mal Ihre Sachen, machen Sie sich's bequem.«

Als die Pflegerin gegangen war, zog sich Katie aus, schlüpfte in ein Nachthemd und wickelte sich in den warmen Morgenmantel. Ihr war ein wenig seltsam zumute. Sie stellte ihre Toilettensachen auf das Frisiertischchen im Bad und hängte ihre Kleider in den Schrank. Was, um Gottes willen, sollte sie mit dem langen, öden Abend anfangen, der vor ihr lag? Gestern um diese Zeit zog sie sich gerade um, bevor sie zu den Kennedys fuhr. Und als sie ankam, erwartete Richard sie bereits.

Sie spürte plötzlich, daß sie wankte. Unwillkürlich hielt sie sich an der Frisierkommode fest, bis das Schwindelgefühl nachließ. Es lag wahrscheinlich nur an ihrer Hast und an den ›Nachwehen‹ der Gerichtsverhandlung und – an ihren Ängsten.

Sie war in einem Krankenhaus. Wie sehr sie auch versuchte, den Gedanken zu verdrängen, er kam immer wieder: Sie war in einem Krankenhaus. Wie dumm, wie kindisch, daß sie diese Angst nicht überwinden konnte. Dad, John. Die beiden Menschen, die sie am meisten geliebt hatte, waren ins Krankenhaus gegangen und dort gestorben. Was sie auch unternahm, es rational zu bewältigen, diese schreckliche panische Angst wurde sie einfach nicht los. Nun, vielleicht hier. Schon am Montagabend war es nicht so schlimm gewesen.

Vier Türen gingen von dem Zimmer ab. Die Toilettentür, die Badezimmertür, die Tür, die auf den Flur führte. Die vierte schließlich mußte ins Wohnzimmer führen. Sie öffnete sie und schaute hinein. Wie die Krankenpflegerin es ihr erzählt hatte: Das Zimmer war in Arbeit. Die Möbel standen in der Mitte des Raumes und waren mit Plastikplanen abgedeckt. Sie knipste das Licht an. Dr. Highley war gewiß ein

Perfektionist. Kein Wunder, daß die Krankenhauskosten so hoch waren.

Mit einem Achselzucken schaltete sie das Licht wieder aus, machte die Tür zu und trat ans Fenster. Die Klinik war U-förmig gebaut. Vom Hauptgebäude gingen in rechtem Winkel zwei parallel verlaufende Seitenflügel ab.

Am Montagabend hatte man sie im anderen Flügel untergebracht. Von hier aus genau gegenüber. Der Parkplatz füllte sich immer mehr mit Autos von Besuchern. Wo war eigentlich dieser Abstellplatz, von dem sie geträumt hatte? Ach ja, natürlich, der dort drüben, neben dem hintersten Lichtmast. Ein Wagen parkte dort, eine schwarze Limousine. Auch in dem alptraumhaften Erleben war eine schwarze Limousine vorgekommen. Die Speichenräder, die im Licht glänzten.

»Wie fühlen Sie sich, Mrs. DeMaio?«

Sie fuhr herum. Dr. Highley stand im Zimmer, eine junge Schwester an seiner Seite.

»Oh, haben Sie mich aber erschreckt! Danke, gut, Herr Doktor.«

»Ich habe angeklopft, aber Sie haben es überhört.« Sie las einen milden Tadel aus seinem Tonfall. Er kam zum Fenster herüber und zog die Vorhänge zu. »Wir können machen, was wir wollen, an diesen Fenstern zieht es einfach«, erläuterte er. »Wir wollen nicht, daß Sie sich erkälten. Ich würde sagen, Sie setzen sich aufs Bett, und ich untersuche Ihren Blutdruck. Ein paar Blutproben nehmen wir auch ab.«

Die Schwester trat neben ihn. Katie fiel auf, daß ihre Hände zitterten. Offenbar hatte sie vor Dr. Highley Angst.

Der Arzt streifte ihr die Druckmanschette über den Arm. Ein Schwindelanfall ließ Katie glauben, als wichen die Wände des Zimmers zurück. Sie krallte sich an der Matratze fest.

»Stimmt etwas nicht mit Ihnen, Mrs. DeMaio?« fragte der Arzt sanft.

»Nein, nein, mir ist nur ein klein wenig schwindlig.«

Er bediente den Blasebalg. »Schwester Renge, bringen Sie doch bitte einen kalten Umschlag für Mrs. DeMaio.«

Die Schwester gehorchte und eilte ins Bad. Der Arzt las die Werte vom Meßgerät ab. »Ein wenig niedrig«, sagte er. »Irgendwelche Probleme?«

»Ja.« Ihre Stimme klang, als gehöre sie einer Fremden oder als riefe sie in einen Schacht. »Meine Periode hat wieder eingesetzt. Seit Mittwoch habe ich fürchterliche Blutungen.«

»Das verwundert mich nicht. Offen gestanden, wenn Sie sich nicht zu dem Eingriff entschlossen hätten, hätte man Sie sicher bald eingeliefert, und eine Notoperation wär unausweichlich gewesen.«

Die Schwester kam aus dem Bad und brachte ein sauber gefaltetes feuchtes Tuch. Sie biß sich auf die Unterlippe, damit man sie nicht zittern sah. Für einen Augenblick tat sie Katie richtig leid. Sie wollte diesen kalten Umschlag nicht auf ihrer Stirn, sie brauchte ihn nicht, dennoch ließ sich sich auf das Kissen sinken. Die Schwester legte ihn ihr auf. Das Tuch war tropfnaß. Katie spürte, wie ihr das eiskalte Wasser am Haaransatz entlangrann. Sie widerstand dem Drang, es wegzuschieben. Der Arzt würde es merken, und sie wollte nicht, daß die Schwester dafür getadelt würde.

Ein Anflug von Humor munterte sie auf. Sie sah Richard vor sich, wie er sagte: »Und dieses arme, verschreckte Kind hat mich völlig geschafft. Wahrscheinlich kriege ich noch eine Schleimbeutelentzündung vom vielen Stirnrunzeln.«

Richard. Sie hätte ihm sagen müssen, daß sie hierher kam. Sie wollte, daß er hier wäre.

Dr. Highley hielt eine Nadel in der Hand. Sie schloß die Augen, als er Blut aus einer Vene an ihrem rechten Arm zog. Schließlich sah sie aber zu, als die blutgefüllten Reagenzgläser auf einem Tablett abgestellt wurden, das die Schwester bereithielt.

»Ich möchte, daß Sie die Proben sofort auswerten«, sagte er schroff.

»Ja, Herr Doktor.« Die Schwester eilte hinaus. Sie schien froh darüber, endlich wegzukommen.

Dr. Highley seufzte. »Ich fürchte fast, dieses schüchterne junge Ding hat heute Nachtdienst. Aber Sie haben ja sicher keine Sonderwünsche, vermute ich. Haben Sie alle Pillen eingenommen, die ich Ihnen gegeben habe?«

Katie fiel ein, daß sie die Tablette um drei Uhr nicht geschluckt hatte. Jetzt war es schon nach sechs.

»Leider habe ich die um drei ausgelassen«, entschuldigte sie sich. »Ich war im Gericht, und dort habe ich nur an das Verfahren gedacht. Die letzte Tablette ist also überfällig, fürchte ich.«

»Haben Sie das Medikament bei sich?«

»Ja, in meiner Handtasche.« Sie sandte einen Blick zur Kommode. »Stehen Sie nicht auf. Ich bringe sie Ihnen.«

Sie nahm die Tasche entgegen, zog den Reißverschluß auf und kramte nach dem Fläschchen. Nur noch zwei waren darin. Auf dem Nachttischchen stand ein Tablett, darauf eine Karaffe voll mit Eiswasser und ein Glas. Dr. Highley füllte das Glas und reichte es ihr. »Nehmen Sie sie ein«, sagte er.

»Alle beide?«

»Ja, ja. Sie sind sehr leicht, und ich wollte ja, daß Sie bis sechs Uhr alle geschluckt haben.« Er schüttelte die Pillen heraus und steckte das leere Fläschchen in die Jackettasche.

Gehorsam schluckte sie die Tabletten. Sie sah, wie er sie nicht aus den Augen ließ. Seine silbergefaßte Brille blitzte im Licht der Deckenlampe. Dieses Blitzen. Auch die Speichen dieses Autos hatten geblitzt.

Ein roter Fleck blieb auf dem Glas zurück, als sie es hinstellte. Er bemerkte ihn, nahm ihre Hand und sah sich ihren Finger an. Das Papiertaschentuch war schon wieder blutig.

»Was ist das?« fragte er.

»Ach nichts. Ich habe mich an einem Papier geschnitten. Aber der Schnitt scheint tief zu sein, er hört nicht auf zu bluten.«

»Ach so.« Er erhob sich. »Ich habe der Schwester gesagt, sie soll Ihnen eine Schlaftablette bringen, die Sie bitte sofort einnehmen wollen.«

»Eigentlich schlucke ich nie Schlaftabletten, Herr Doktor. Sie scheinen eine Art Überreaktion bei mir zu bewirken.« Ihr Ton hätte betont ablehnend sein sollen, statt dessen klang ihre Stimme ausdruckslos und schwach.

»Es tut mir leid, aber ich muß darauf bestehen, daß Sie sie einnehmen, besonders bei einer Patientin, bei der Gefahr besteht, daß sie die ganze Nacht vor Angst nicht schlafen kann. Morgen früh müssen Sie ausgeruht sein. Oh, hier kommt gerade Ihr Abendessen.«

Katie schätzte die hagere Frau, die mit einem Tablett hereinkam und nervös zu Dr. Highley hinüberblickte, auf etwa sechzig. In seiner Gegenwart sind alle wie versteinert, dachte sie. Anders als die üblichen Krankenhaustabletts aus Kunststoff oder Blech war dieses aus weißem Korbgeflecht und besaß außerdem an der Seite eine kleine Tasche, in der die Abendzeitung steckte. Katie fielen das ausgesuchte Porzellanservice und das fein ziselierte Tafelsilber auf. Eine einzelne rote Rose stand in einer schlanken Vase. Zwei zarte Lammkoteletts lagen auf dem Teller. Eine darübergedeckte Silberglocke hatte sie warmgehalten. Arugulasalat, Prinzeßböhnchen, kleine warme Brötchen, Tee und Sorbet rundeten das Gericht ab.

Als die Pflegerin wieder gehen wollte, befahl ihr Dr. Highley zu warten. Dann wandte er sich an Katie. »Wie Sie sehen, wird allen meinen Patientinnen eine Kost serviert, die sich leicht mit der eines erstklassigen Restaurants messen kann. In meinen Augen ist das, was in anderen Krankenhäusern angeboten wird, himmelschreiende Verschwendung. Tonnen von Anstaltsessen werden weggeworfen, während die Verwandtschaft von Zuhause Care-Pakete anschleppt.« Er runzelte die Stirn. »Allerdings wäre es mir lieber, wenn Sie heute auf das Abendessen verzichten könnten. Ich habe die Erfahrung gemacht, daß die

Wahrscheinlichkeit, daß ein Patient nach einer Operation mit einer Unverträglichkeit rechnen muß, um so geringer wird, je länger er vorher gefastet hat.«

»Ich habe überhaupt keinen Hunger«, erklärte Katie.

»Schön.« Mit einer kurzen Kopfbewegung bedeutete er der Pflegerin, das Tablett aufzunehmen und hinauszugehen.

»Ich werde Sie jetzt allein lassen«, sagte Dr. Highley zu Katie. »Und Sie werden noch die Schlaftablette nehmen.«

Katie nickte.

An der Tür blieb er stehen. »Ehe ich es vergesse: Leider funktioniert das Telefon nicht, und es wird erst morgen früh repariert. Wollten Sie heute abend von hier aus noch jemanden anrufen? Oder bekommen Sie vielleicht noch Besuch?«

»Nein, keine Anrufe und kein Besuch. Meine Schwester ist die einzige, die weiß, daß ich hier bin, und die ist heute abend in der Oper.«

Er lächelte. »Ich verstehe. Gute Nacht, Mrs. DeMaio, und bitte, seien Sie ganz beruhigt. Sie können sich darauf verlassen, daß Sie bei mir in guten Händen sind.«

»Das weiß ich, danke.«

Als er gegangen war, machte sie es sich auf dem Kissen bequem und schloß die Augen. Sie schwebte. Ihr Körper glitt dahin wie...

»Mrs. DeMaio«, weckte sie eine junge Stimme auf. Es klang entschuldigend. Katie öffnete die Augen. »Was... oh, ich muß eingeschlafen sein.« Es war Schwester Renge. Sie trug das Tablett mit einem kleinen Pappbecher, in dem eine Tablette lag. »Die sollen Sie jetzt einnehmen. Es ist ein Schlafmittel. Dr. Highley hat sie verordnet. Er hat mich angewiesen, so lange zu warten, bis Sie diese Pille geschluckt haben.«

Das Mädchen machte immer noch einen nervösen Eindruck, obwohl Dr. Highley nicht da war. »Unsere Patientinnen werden immer böse, wenn man sie aufweckt, um ihnen eine Schlaftablette zu geben, das ist hier nun mal so.«

»Oh«, seufzte Katie. Sie nahm die Pille, führte sie zum Mund und nahm einen Schluck aus dem Wasserglas.

»Wollen sie sich jetzt ins Bett legen? Ich richte Ihnen die Decke zurecht.«

Katie bemerkte, daß sie auf dem Bettüberwurf geschlafen hatte. Sie nickte, richtete sich auf und ging ins Bad. Dort brachte sie die Schlaftablette zum Vorschein, die sie unter der Zunge versteckt hatte. Sie hatte sich schon zum Teil aufgelöst, aber das meiste konnte sie noch ausspucken. Nicht mit mir, dachte sie. Lieber bleibe ich wach, als daß ich Alpträume habe. Sie spülte sich das Gesicht ab, putzte sich die Zähne und ging wieder ins Schlafzimmer. Sie fühlte sich so schwach, so schwindlig.

Die Schwester half ihr ins Bett. »Sie sind wirklich sehr müde, nicht wahr? Ich werde Sie zudecken, und dann werden Sie sicher die ganze Nacht durchschlafen. Wenn ich Ihnen noch irgend etwas bringen soll, brauchen Sie nur die Nachtglocke zu bedienen.«

»Danke.« Ihr Kopf wurde schwerer und schwerer, die Augenlider waren wie zugeklebt.

Schwester Renge trat ans Fenster und ließ die Jalousie herab. »Es hat wieder zu schneien begonnen, aber bestimmt bekommen wir bald Regen. Es wird eine schlimme Nacht, am besten, man verbringt sie im Bett.«

»Bitte, ziehen Sie die Vorhänge auf und schieben das Fenster ein ganz kleines Stück hoch, ja?« stammelte Katie. »Ich habe gerne frische Luft im Schlafzimmer.«

»Sofort. Soll ich das Licht ausschalten, Mrs. DeMaio?«

»Ja bitte.« Sie wollte jetzt nur schlafen.

»Gute Nacht, Mrs. DeMaio.«

»Gute Nacht. Ach bitte, wie spät ist es?«

»Genau acht Uhr.«

»Danke.«

Die Schwester ging hinaus. Katie schloß die Augen. Minuten vergingen. Ihr Atem war gleichmäßig. Um halb neun bemerkte sie das leise Geräusch nicht mehr, das von der

Wohnzimmertür der Suite kam, als jemand die Klinke niederdrückte.

55

Gertrude und die Krupshaks saßen gemütlich beim Essen. Dankbar gab Gertrude Ganas Drängen nach, sich noch eine Scheibe von ihrem köstlichen Braten zu nehmen und sich anschließend ein großes Stück von dem selbstgebackenen Schokoladenkuchen abzuschneiden.

»Normalerweise esse ich nie soviel«, entschuldigte sie sich, »aber seit wir unsere arme Edna gefunden haben, habe ich noch keinen Bissen hinuntergekriegt.«

Gana nickte nur. Ihr Mann nahm seine Kaffeetasse und seinen Kuchenteller. »Die *Knicks* spielen«, verkündete er. »Ich seh's mir an.« Er war wortkarg, aber es klang nicht unhöflich. Er setzte sich ins Wohnzimmer und schaltete die Fernbedienung ein.

Gana seufzte: »Die *Knicks*, die *Mets*, die *Giants* – so geht das jahraus, jahrein. Aber andererseits ist er wenigstens hier. Ich brauche nur hinüberzuschauen, und dann sitzt er da. Wenn ich vom Bingoabend komme, weiß ich wenigstens, daß ich keine leere Wohnung vorfinde, so wie unsere arme Edna.«

»Ich weiß«, sagte Gertrude, und ihre verwaiste Wohnung fiel ihr ein. Dann dachte sie an ihre älteste Enkelin: ›Oma, bist du am Sonntag daheim? Wir wollten kurz bei dir vorbeischauen‹, oder: ›Oma, komm doch zu uns zum Essen.‹ Sie hätte es viel schlechter treffen können.

»Vielleicht sollten wir heute noch zu Ednas Wohnung rübergehen und sie uns ansehen«, schlug Gana vor. »Ich mag Sie ja nicht drängen.«

»Ja. Wir sollten rübergehen. Man tut es ja bestimmt nicht gerne, aber man hat keine andere Wahl.«

»Ich hole den Schlüssel.«

Rasch gingen sie über den Hof. Schon beim Abendessen hatte der Schneeregen wieder eingesetzt. Ein kaltes, feuchtes Gemisch, das vom Himmel fiel. Gana zog den Kopf ein und schlug den Mantelkragen hoch. Ednas schicke Leopardmantelimitation fiel ihr ein. Vielleicht konnte sie ihn heute abend schon mit nach Hause nehmen. Er gehörte ihr.

In der Wohnung verstummten beide. Das Puder, mit dem die Inspektoren nach Fingerabdrücken gesucht hatten, lag noch überall auf Möbeln und Türklinken. Wie gebannt starrten beide auf die Stelle, wo Edna gelegen hatte.

»Am Heizkörper klebt immer noch Blut«, flüsterte Gana. »Gus wird ihn neu streichen müssen.«

»Ja«, hauchte Gertrude und schüttelte sich. Nur nicht mehr daran denken. Sie kannte den Geschmack ihrer Enkelin. Nan würden die Velourscouch und die Sessel gefallen; sie hatten eine hohe Lehne sowie Armstützen und Beine aus Mahagoni. Der eine war mehr ein Schaukelstuhl, der andere ein gewöhnlicher Sessel. Sie erinnerte sich, daß Edna geschwärmt hatte, die Sitzgruppe sei einmal mit blauem Samt und einem feinen Blattmuster bezogen gewesen.

Wenn Nan sie wieder mit Samt beziehen ließe, wurden sie bestimmt schön. Und das runde Chippendaletischchen. Im Kaufhaus Altmann hatte sie in der Stilmöbelabteilung etwas Ähnliches gesehen. Das hatte ein Vermögen gekostet. Natürlich waren alle Möbel schon ziemlich ramponiert, aber Nans Mann konnte ja alles aufarbeiten. O Edna, stellte Gertrude bewundernd fest, du warst schlauer als die meisten von uns. Du hast gewußt, was die Sachen wert waren.

Gana ging zum Schrank und nahm sich den schwarz-gelb gefleckten Mantel heraus. »Edna hat ihn mir letztes Jahr geliehen«, flötete sie. »Ich war mit Gus auf einem Ball. Er gefällt mir so gut.«

Sie brauchten nicht lange, um die Gegenstände in Ednas Wohnung untereinander aufzuteilen. Gana zeigte an den Möbeln wenig Interesse. Was Gertrude nicht brauchen konnte, wollte Gana der Heilsarmee zukommen lassen. Aber sie war froh, als Gertrude ihr den Silberteller und das Porzellan anbot. Sie kamen überein, Ednas Garderobe auch der Heilsarmee zu stiften. Edna war kleiner und schwerer als sie beide gewesen.

»Ich glaube, das war's«, seufzte Gana. »Bis auf den Schmuck, und den wird uns die Polizei aushändigen. Sie bekommen den Ring, und die Anstecknadel hat sie mir vermacht.«

Der Schmuck. Edna hatte ihn in ihrer Nachttischschublade aufbewahrt. Gertrude dachte an Dienstagabend. Die Schublade, an der sich Dr. Highley zu schaffen gemacht hatte.

»Das erinnert mich an etwas«, sagte sie. »Wir haben dort noch nicht hineingeschaut. Wir wollen nachsehen, ob wir nichts vergessen haben.« Sie zog die Schublade auf. Sie wußten, daß die Beamten die Schmuckschatulle mitgenommen hatten. Dennoch war das tiefe Schubfach nicht leer. Ganz hinten lag ein ausgetretener Mokassin.

»So wahr ich lebe«, seufzte Gana, »können Sie mir erklären, weshalb Edna den aufgehoben hat?« Sie nahm ihn heraus und hielt ihn unters Licht: Ziemlich ausgetreten. Der Absatz war abgelaufen. Weiße Ränder an den Seiten ließen auf Streusalz schließen.

»Jetzt hab ich's!« rief Gertrude. »Das war's, was mir keine Ruhe gelassen hat.«

Gana starrte sie verständnislos an. Daraufhin erklärte sie ihr die Geschichte: »Mrs. DeMaio hat mich gefragt, ob Edna einen unserer Ärzte mal den ›schönen Prinzen‹ genannt hätte. Das hat mich ziemlich verwirrt. Natürlich hat Edna das nicht getan. Aber sie hat mir erzählt, daß Mrs. Lewis immer mit so schrecklich alten Mokassins in die Sprechstunde kam. Erst vor ein paar Wochen machte sie mich darauf aufmerksam, als Mrs. Lewis von Dr. Highley kam. Der linke Schuh saß so locker, daß Mrs. Lewis immer herausschlappte. Edna zog Mrs. Lewis andauernd auf, daß sie wohl auf den schönen Prinzen warte, der ihr einen gläsernen Schuh bringe.«

»Aber der schöne Prinz gehört doch nicht zu Aschenputtel«, widersprach Gana. »Der gehört ins Märchen von Dornröschen.«

»Genau das meinte ich auch. Ich habe noch zu Edna gesagt, daß sie es verwechsle. Aber sie hat nur gelacht und berichtet, daß Mrs. Lewis sie auch schon verbessert hätte, aber daß ihre Mutter ihr die Geschichte so erzählt habe und ihr das genüge.«

Gertrude überlegte. »Mrs. DeMaio schien so auf meine Antwort gespannt, als sie mich nach Ednas schönem Prinzen fragte. Und am Mittwochabend dachte ich noch, ob es vielleicht Mrs. Lewis' Schuh war, den Dr. Highley suchte. War das möglich? Wissen Sie, ich bin drauf und dran, zu Mrs. DeMaio in die Staatsanwaltschaft zu gehen und ihr das zu sagen oder ihr wenigstens eine Nachricht zu hinterlassen. Ich habe das Gefühl, daß ich damit nicht bis Montag warten sollte.«

Gana dachte an Gus, der bis kurz vor Mitternacht vor der Glotze hocken würde. »Mrs. DeMaio hat sich bei mir erkundigt, ob Edna einen alten Schuh ihrer Mutter als Erinnerungsstück aufbewahrte«, dachte sie laut. »Ich könnte wetten, sie meinte damit diesen Mokassin. Wissen Sie was, ich fahre mit Ihnen. Gus merkt sowieso nicht, daß ich weg bin.«

56

Jim Berkeley parkte seinen Wagen auf dem Gerichtsparkplatz und ging in die große Vorhalle. Dem Lageplan nach befand sich das Gerichtsmedizinische Institut im 2. Stock im Altbau. Richard Carrolls Mimik war ihm gestern abend nicht entgangen, als dieser sich ihr Baby betrachtete. Verärgert und beleidigt hatte er hochfahren wollen: »Gut, das Baby sieht anders aus als wir, na und?« Aber es wäre dumm gewesen. Schlimmer noch, es wäre unnütz gewesen.

Er verlief sich ein paarmal in dem Gebäudelabyrinth, fand aber dann doch, was er suchte. Der Schreibtisch der Sekretärin war leer, Carrolls Bürotür stand offen. Richard kam sofort heraus, als er die Vorzimmertür zuschnappen hörte. »Mr. Berkeley, schön, daß Sie gekommen sind.« Bemüht sich weidlich, freundlich zu wirken, dachte Jim. Er wollte es als eine zufällige Zusammenkunft erscheinen lassen. Sein eigener Gruß hatte Zurückhaltung und Vorsicht anklingen lassen. Sie gingen hinein. Richard musterte Jim Berkeley, der seine Blicke ungeniert erwiderte. Von der Fröhlichkeit des Vorabends war darin nichts übriggeblieben.

Richard schien das nicht entgangen zu sein. Sein Verhalten wurde dienstlich.

»Mr. Berkeley, wir ermitteln im Fall Vangie Lewis. Sie war eine Patientin der Westlake-Frauenklinik, wo auch Ihre Frau entbunden wurde.«

Berkeley nickte.

Richard wählte seine Worte vorsichtig. »Einige erste Ergebnisse unserer Nachforschungen machten uns stutzig. Ich möchte Ihnen daher einige Fragen stellen und versichere Ihnen, daß Ihre Angaben diesen Raum nicht verlassen werden. Ihre Mithilfe könnte für uns von ungeheurer Bedeutung sein, wenn...«

»Wenn ich jetzt erklären würde, daß wir Maryanne adoptiert haben. Das meinen Sie doch, oder?«

»Ja.«

Jim Berkeley schluckte seinen Ärger hinunter. Er dachte an Maryanne. All die vielen Kosten waren vergessen, seit sie auf der Welt war.

»Nein, wir haben sie nicht adoptiert. Ich war bei ihrer Geburt dabei und habe gefilmt. Sie hat ein kleines Muttermal am linken Daumen. Man sieht es auf den Aufnahmen.«

»Es ist höchst unwahrscheinlich, daß braunäugige Eltern ein grünäugiges Kind bekommen«, konstatierte Richard brutal. Und dann nach einer Pause: »Sind Sie der Vater des Kindes?«

Jim Berkeley blickte auf seine Hände: »Wenn Sie damit meinen, daß Liz etwas mit einem anderen Mann hatte, muß ich verneinen. Dafür lege ich diese Hand ins Feuer.«

»Und wie steht es mit künstlicher Befruchtung?« bohrte Richard. »Dr. Highley gilt als Experte.«

»Ich habe mit Liz über diese Möglichkeit gesprochen. Wir haben sie schon vor Jahren verworfen.«

»Kann es sein, daß Ihre Frau es sich anders überlegt hat, ohne Ihnen etwas davon zu sagen? Es ist heute nichts Außergewöhnliches mehr. Immerhin werden jedes Jahr in den Vereinigten Staaten fünfzehntausend Kinder auf diese Weise gezeugt.«

Jim Berkeley griff in sein Jackett und zog seine Brieftasche heraus. Er öffnete sie und zeigte Richard zwei Fotos von Liz, dem Baby und ihm. Auf dem ersten war Maryanne ein Neugeborenes mit beinahe geschlossenen Augen. Das zweite war ein Farbfoto neueren Datums. Die Unterschiede in Hauttönung und Augenfarbe zwischen Eltern und Kind waren unübersehbar.

Berkeley berichtete: »In dem Jahr, bevor Liz schwanger wurde, erfuhren wir, daß wir für eine Adoption praktisch nicht in Frage kamen. Liz und ich erwogen eine künstliche Befruchtung. Wir sprachen uns beide dagegen aus, ich allerdings entschiedener als sie. Maryanne hatte bei der Geburt hellbraunes Haar und blaue Augen. Viele Babys haben am Anfang blaue Augen, bevor sie die elterliche Augenfarbe annehmen. Daher fällt es eigentlich erst seit ein paar Monaten so stark auf, daß etwas nicht stimmt. Mir macht es nichts aus. Wichtig für uns ist, daß das Kind da ist, und nicht, woher es ist.« Sehr ernst blickte er Richard an. »Meine Frau ist der ehrlichste Mensch, der mir je im Leben begegnet ist. Ich hab' sie ja auf die Probe gestellt. Letzten Monat sagte ich zu ihr, ich hätte meine Einstellung zur künstlichen Befruchtung geändert und könne jetzt verstehen, weshalb sich viele Leute dafür entschieden.«

»Was hat sie daraufhin geantwortet?« fragte Richard.

»Sie wußte natürlich, was ich damit meinte. Sie sagte, ich verstünde unsere Beziehungen nicht, wenn ich glaubte, sie könne eine solche Entscheidung fällen, ohne es mir mitzuteilen. Ich habe mich entschuldigt. Ich habe beteuert, ich hätte es nicht so gemeint. Es hat mich ganz schön genervt, bis sie mir glaubte.« Jim brütete über dem Foto. »Aber ich wußte natürlich, daß sie log«, platzte er heraus.

»Oder sie wußte nicht, was Dr. Highley mit ihr gemacht hat«, benannte Richard schonungslos die Alternative.

57

Dannyboy Duke flitzte im Zickzack über die Third Avenue und rannte dann in Richtung 35. Straße und Second Avenue, wo er seinen Wagen abgestellt hatte. Die Frau hatte schon ihre Geldbörse vermißt, als er noch auf der Rolltreppe stand. Er hatte sie kreischen hören: »Der Kerl dort, der Dunkelhaarige, er hat mich bestohlen!«

Im Erdgeschoß des Kaufhauses Alexander war er zwischen den einkaufenden Weibern hindurchgeschlüpft, doch diese Hexe kam schreiend hinter ihm die Rolltreppe herabgerannt. Sie deutete auf ihn, als er durch den Ausgang ging. Wahrscheinlich waren die Wachmänner hinter ihm her.

Wenn er nur schnell zu seinem Wagen kam. Hier konnte er die Geldbörse nicht wegwerfen. Sie war prall gefüllt mit Hundertdollarnoten.

Es war eine gute Idee gewesen, zu Alexander in die Pelzabteilung zu gehen. Die Weiber brachten Unmengen Bargeld mit. Es dauerte zu lange, bis Schecks oder Kreditkarten überprüft waren. Er hatte das herausgefunden, als er während der Schulzeit dort im Warenlager gearbeitet hatte.

An diesem Abend trug er einen Arbeitskittel. Er sah aus wie einer vom Warenlager. Niemand hatte Notiz von ihm genommen. Die Frau hatte eine von diesen großen offenen Handtaschen bei sich. Sie hielt sie an einem Griff, während sie sich durch die Pelzständer wühlte. Es war ganz einfach gewesen.

Folgte ihm jemand? Er wagte nicht, sich umzudrehen. Nur keine Aufmerksamkeit erregen. Er hielt sich besser im Schutz der Gebäude. Die Passanten hatten es eilig. Es war bitter kalt. Jetzt konnte er sich einen Schuß leisten. Jede Menge sogar.

In einer Minute war er beim Wagen, dann hatte diese Rennerei ein Ende. Er würde einfach losfahren, über die Brücke an der 59. Straße, und dann war er zu Hause, in Jackson Heights. Dort würde er bekommen, was er brauchte.

Er schaute sich um. Niemand rannte hinter ihm her. Keine Bullen. Der gestrige Abend war unheimlich beknackt gewesen. Der Portier hätte ihn beinahe geschnappt, als er dieses Scheiß-Arztauto aufgebrochen hatte. Und was war der Lohn der Angst gewesen? Nichts. Eine Patientenkarte, ein beschmierter Briefbeschwerer und ein alter Schuh. Einfach ein Witz. Er mußte diese Tasche loswerden.

Danny steckte den Schlüssel ins Zündschloß. Der Wagen sprang an. Noch bevor er das Blaulicht sah, umsirrte ihn die Sirene des Streifenwagens, der in verkehrter Richtung die Einbahnstraße hochraste. Ein kläglicher Versuch wegzufahren, aber das Polizeiauto versperrte ihm den Weg. Die Scheinwerfer blendeten.

Mit dem Colt in der Faust sprang ein Polizist auf seinen Wagen zu, riß die Tür auf, spähte herein und zog den Zündschlüssel ab. »Na, Dannyboy«, grinste er befriedigt, »immer noch der alte, was? Läßt dir doch auch nie einen neuen Trick einfallen. Los, raus jetzt! Halt deine Hände so, daß ich sie sehen kann und spitz die Ohren, auf daß ich dir vorlese, was für gottverdammte Rechte du hast. Du bist heute wieder auf der Verliererstraße gefahren, mein Lieber!«

58

Das Flugzeug kreiste über Newark. Der Landeanflug verlief sehr unruhig. Chris sah zu Joan hinüber. Sie hielt seine Hand ganz fest. Aber er spürte, daß der Druck ihrer Finger nichts mit der Landesituation zu tun hatte. Er hatte miterlebt, wie Joan Passagieren die Flugangst auszureden versuchte: »Statistisch gesehen sind Sie im Flugzeug viel sicherer als im Auto, im Zug, auf dem Motorrad oder in Ihrer Badewanne«, war ihre Begründung.

Sie wirkte sehr gefaßt. Sie hatte auf einem Drink bestanden, als Cocktails gereicht wurden. Beide hatten sie auf Essen verzichtet, nicht aber auf einen Kaffee. Ihr Gesicht war sehr ernst. »Chris«, hatte sie gesagt, »alles kann ich ertragen, nur nicht die Vorstellung, daß Vangie meinetwegen Selbstmord begangen haben könnte. Mach dir keine Gedanken darüber, daß du mich jetzt mit hineinziehst. Wenn du verhört wirst, sag die Wahrheit und verheimliche nichts.«

Joan. Er hatte nicht einmal gemerkt, daß er ihr ganz selbstverständlich die Wahrheit sagen konnte. Vielleicht war er es von Vangie so gewohnt, alles Problematische für sich zu behalten, nur um Auseinandersetzungen zu entgehen. Er würde noch viel lernen müssen, über sich – und sich ändern.

Die Landung war ziemlich holperig. Einige der Passagiere schrien, als die Maschine aufplumpste. Chris wußte, daß der Pilot großartige Arbeit geleistet hatte, bei diesem fürchterlichen Abwind. Wenn das so weiterging, mußten sie den Flughafen vielleicht schließen. Joan lächelte ihm zu.

Schweigend saßen sie da, während die Maschine zum Flugsteig rollte. Hinter der Glastür, an der der Sicherheitsbereich endete, wartete man auf die Fluggäste. Chris überraschte es nicht, als er die beiden Inspektoren erkannte, die auch schon bei ihm zu Hause gewesen waren und jetzt auf ihn zugingen.

»Mr. Lewis, Miß Moore.«

»Ja.«

»Kommen Sie bitte mit.« Nugents Stimme klang dienstlich.

»Ich muß Sie pflichtgemäß davon in Kenntnis setzen, daß Sie im Verdacht stehen, Ihre Ehefrau, Vangie Lewis, sowie möglicherweise noch andere Personen ermordet zu haben. Was Sie von nun an sagen, kann bei Gericht gegen Sie verwendet werden. Sie können die Aussage auch verweigern. Es steht Ihnen frei, einen Anwalt hinzuzuziehen.«

»Er braucht keinen Anwalt. Und er wird alles sagen, was er weiß.« Joan hatte Chris untergehakt.

59

Molly lehnte sich im Sessel zurück, als das Orchester die ersten paar Takte der Ouvertüre spielte. Bill liebte Opern. Sie hörte sie ganz gerne. Vielleicht war das mit ein Grund dafür, daß sie sich nicht ganz entspannen konnte. Bill war schon völlig von der Musik fasziniert. Sie sah sich vorsichtig um. Die Met war wieder einmal brechend voll. Tolle Theatersessel. Mußten sie auch sein. Bill hatte siebzig Dollar bezahlt. Die Kronleuchter über ihr flackerten kurz, verblaßten dann und verschwanden in der samtigen Dunkelheit.

Sie hätte es sich nicht ausreden lassen sollen, Katie heute abend in der Klinik zu besuchen. Bill hatte einfach kein Verständnis für Schwesterchens Furcht vor Krankenhäusern, wie sollte er auch. Kein Wunder, daß Katie sich schämte, darüber zu sprechen.

Plötzlicher Applaus riß sie aus ihren Gedanken. Bisher hatte sie von der Oper nichts mitbekommen. Bill sah zu ihr herüber. Sie versuchte so zu tun, als genieße sie den Abend. Nach dem ersten Akt würde sie Katie anrufen. Das würde sie ruhiger machen. Katies Stimme hören, wissen, daß es ihr gut ging. Bei Gott, morgen früh würde sie noch vor der Operation ins Krankenhaus fahren.

Der erste Akt wollte und wollte nicht enden. Schließlich die Pause. Ungeduldig winkte sie ab, als Bill mit ihr im Foyer ein Glas Champagner trinken wollte. Statt dessen eilte sie zum Fernsprecher, wählte rasch und warf die erforderlichen Münzen ein.

Wenig später kam Molly kreidebleich zu Bill gerannt. Schluchzend rüttelte sie ihn am Arm. »Irgend etwas stimmt dort nicht... ich habe in der Klinik angerufen. Man hat mich nicht mit Katies Zimmer verbinden wollen. Man sagte mir, der Herr Doktor wünsche keine Anrufe. Dann habe ich mir die Aufnahme geben lassen und gesagt, ich will, daß jemand nach Katie schaut. Und dann ist die Schwester wieder ans Telefon gekommen. Ein junges Ding, sie war ganz aufgelöst: Katie sei nicht in ihrem Zimmer. Bill, Katie ist nicht mehr da!«

60

Er ging aus Katies Zimmer. Ein zufriedenes Lächeln lag auf seinem Gesicht. Alles lief hervorragend. Die Pillen wirkten. Sie fing an zu verbluten. Der Schnitt an ihrem Finger, der Beweis, daß ihr Blut nicht mehr gerann.

Er lief in die 2. Etage, um noch bei Mrs. Aldrich vorbeizuschauen. Das Baby lag neben ihr in einem Kinderbettchen. Ihr Mann war bei ihr. Er lächelte den Eltern überlegen zu, dann beugte er sich über das Kind. »In der Tat, ein hübsches Exemplar«, lobte er. »Ich glaube, wir sollten es nicht verkaufen.«

Er wußte, daß es schwerfällig klang, wenn er humorvoll sein wollte. Aber es war manchmal nötig. Diese Leute waren wichtig, äußerst wichtig. Delano Aldrich konnte dem Forschungsetat der Westlake-Klinik Tausende von Dollars zufließen lassen.

Delano Aldrich bestaunte seinen Sohn. Auf seinem Gesicht mischte sich Ehrfurcht und Bewunderung. »Herr Doktor, alle anderen sagten, wir könnten nie Kinder bekommen.«

»Alle anderen lagen offenbar falsch. Die Ängstlichkeit Ihrer Frau war die eigentliche Schwierigkeit gewesen.« Fukhito hatte das sogleich erkannt. Muskeldystrophie in der Familie ihres Vaters. Sie wußte, daß es sich über sie vererben konnte. Das und ein paar fibröse Zysten im Unterleib. Er hatte sich um die Zysten gekümmert, und sie war schwanger geworden. Dann hatte er sehr früh das Fruchtwasser untersucht und sie in der Frage der Dystrophie beruhigen können.

Dennoch blieb sie eine stark emotional veranlagte, beinahe übernervöse Persönlichkeit. Vor über zehn Jahren hatte sie zwei Fehlgeburten gehabt. Er hatte sie zwei Monate vor der Entbidung in die Klinik gelegt. Es hatte Erfolg gehabt.

»Ich sehe morgen früh wieder nach Ihnen.« Diese Leute würden alles tun, um für ihn auszusagen, falls irgend etwas im Zusammenhang mit Katie DeMaios Tod auf ihn zukäme.

Aber Fragen durfte es keine geben. Der sinkende Blutdruck stand ja auf ihrer Patientenkarte. Die Notoperation würde er in Gegenwart seiner besten Schwestern vornehmen. Er würde sogar noch den Chirurgen der Intensivstation hinzuziehen. Molloy hatte heute Nachtdienst. Er war ein tüchtiger Arzt, sein bester überhaupt. Molloy konnte den Angehörigen und dem Staatsanwalt versichern, daß es unmöglich gewesen war, die Blutung aufzuhalten, daß Dr. Highley das wie besessen arbeitende Operationsteam geleitet hatte.

Von Mrs. Aldrichs Zimmer aus ging er ins Stationszimmer zu Schwester Renge. Geschickt hatte er den Schichtplan so umgestellt, daß gerade sie Dienst hatte. Eine erfahrene Schwester würde alle zehn Minuten nach Katie sehen.

»Schwester Renge?«

»Herr Doktor.« Sie stand rasch auf. Ihre Hände zitterten.

»Mrs. DeMaio macht mir ziemliche Sorgen. Ihr Blutdruck liegt noch im normalen Bereich, doch ich fürchte, daß ihre Regelblutung viel stärker ist, als sie selbst glaubt. Ich gehe jetzt zum Essen, komme aber wieder. Bis dahin sollte der Laborbericht über ihre Blutwerte fertig sein. Ich wollte sie nicht beunruhigen – sie scheint sich schon von Kindheit an vor Krankenhäusern zu fürchten –, aber es würde mich nicht überraschen, wenn wir heute nacht noch operieren müßten. Wenn ich in einer Stunde zurückkomme, werde ich die Sache entscheiden. Ich habe ihr nahegelegt, nichts zu Abend zu essen. Wenn sie irgendwelche feste Nahrung verlangt, geben Sie ihr nichts.«

»Ja, Herr Doktor.«

»Verabreichen Sie Mrs. DeMaio die Schlaftablette und erwähnen Sie auf keinen Fall, daß sich eine Notoperation als notwendig erweisen könnte. Ist das klar?«

»Ja, Herr Doktor.«

»Sehr gut.«

In der Eingangshalle unterhielt er sich absichtlich mit mehreren Leuten. Er hatte vor, in einem Restaurant, das unweit vom Klinikgebäude lag, zu Abend zu essen. Man bekam dort ein ordentliches Steak. Und später konnte er sich als gewissenhafter Arzt darstellen:

Mrs. DeMaio machte mir Sorgen. Anstatt nach Hause zu fahren, habe ich gleich um die Ecke etwas gegessen und bin unmittelbar in die Klinik zurückgekehrt, um nach ihr zu sehen. Gott sei Dank tat ich es. Wenigstens haben wir es versucht...

Und noch etwas war wichtig. Selbst in einer finsteren Nacht wie heute war es nichts Ungewöhnliches, in das Lokal zu Fuß zu gehen. Auf diese Weise konnte niemand genau sagen, wie lange er weggewesen war.

Während er nämlich auf seinen Kaffee wartete, würde er den letzten notwendigen Handstreich erledigen. Um fünf nach sieben war er aus Katies Zimmer gegangen. Um viertel vor acht war er in dem Restaurant. Katie würde die Schlaftablette um acht bekommen. Eine starke. Bei ihrer geschwächten körperlichen Verfassung würde sie sie auf der Stelle umwerfen.

Um acht Uhr dreißig könnte er ungestört über die Hintertreppe in den 3. Stock gelangen, das Wohnzimmer der Suite betreten, feststellen, ob Katie schlief, und ihr dann die Heparinspritze geben, ein Mittel, das stark gerinnungshemmend wirkte und zusammen mit den anderen Medikamenten Blutdruck und Blutwerte in den Keller jagen würde.

Er würde wieder ins Lokal zurückkehren und seinen Kaffee zu Ende trinken, bezahlen und zur Klinik laufen. Er würde Schwester Renge mitnehmen, wenn er nach Katie sah. Zehn Minuten später würde Katie auf dem Operationstisch liegen.

Sie hatte es ihm so einfach gemacht, vor allem dadurch, daß sie heute abend keinen Besuch wollte. Natürlich hatte er auch für diesen Fall vorgesorgt. Er hätte das Heparin einfach in die Transfusion gegeben, die sie während der Operation erhielt. Das wäre genauso wirkungsvoll, aber eben riskanter gewesen.

Das Steak war zufriedenstellend. Seltsam, wie hungrig er bei solchen Gelegenheiten immer war. Es wäre ihm zwar lieber gewesen, das Essen noch etwas aufzuschieben, bis alles vorüber war, aber es hätte so nicht gehen können. Bis man Katies Schwester erreichen würde, war es bestimmt Mitternacht; sie wollte ja in die Oper. Er würde in der Klinik auf sie warten, um sie zu trösten. Sie würde sich daran erinnern, wie nett er gewesen war. Vor zwei oder drei Uhr kam er nicht heim. Solange konnte er einfach nicht fasten.

Er gönnte sich ein Glas Wein. Er hätte natürlich lieber wie immer eine kleine Flasche bestellt.

Jetzt kam bald das Ende aller Gefahr. Seine Tasche war nicht wieder aufgetaucht. Sie tauchte wahrscheinlich nie wieder auf. Salem war ausgeschaltet. Die Zeitungen berichteten über seinen Tod als Unglücksfall beziehungsweise Selbstmord. Edna war heute früh beerdigt worden; Vangie

Lewis gestern. Die Erben, die Ednas Habe wegschafften, würden mit einem alten Mokassin in der Schublade bestimmt nichts anfangen können.

Eine schreckliche Woche. So unnötig. Man sollte ihm endlich erlauben, seine Arbeit ganz offen und legitimiert fortzuführen. Eine Generation zuvor galt die künstliche Besamung als etwas Unerhörtes. Heute wurden auf diese Weise Tausende von Kinder gezeugt.

Auch die Ärzte, denen die erste Befruchtung in der Retorte gelang, waren Genies.

Aber seine Genialität überragte alle.

Der Nobelpreis. Eines Tages würde er ihm zuerkannt. Für Leistungen auf dem Gebiet der Medizin, die man bisher noch nicht für möglich gehalten hatte.

Die Probleme Abtreibung und Unfruchtbarkeit hatte er mit der linken Hand gelöst.

Tragisch daran war, daß man ihn, wenn seine Arbeit heute bekannt würde, wie Galileo Galilei als Verbrecher behandeln würde.

»Hat es Ihnen geschmeckt, Herr Doktor?« Er kannte die Bedienung. Vor ein paar Jahren hatte er sie entbunden. Ein Junge.

»Wirklich ausgezeichnet. Und wie geht es Ihrem Sohn?«

»Danke, gut. Recht gut sogar.«

»Wunderbar.« Kaum zu glauben, daß diese Frau und ihr Mann das Honorar hatten aufbringen können. Sie hatten mit dem Geld bezahlt, daß sie als erste Rate für ein Eigenheim gespart hatten. Nun, sie hatten dafür bekommen, was sie wollten.

»Bringen Sie mir noch einen Cappuccino bitte.«

»Gerne, Herr Doktor, aber das dauert etwa zehn Minuten.«

»Während Sie ihn holen, werde ich noch ein paar Telefonate erledigen.« Er würde in weniger als zehn Minuten wieder hier sein. Jetzt würde seine Abwesenheit der Bedienung nicht auffallen. Durch den Vorhang sah er, daß es aufgehört hatte zu schneien. Natürlich konnte er seinen Mantel nicht aus dem Garderobenraum holen. Im Flur schlüpfte er neben den Toiletten und dem Fernsprecher durch den Seiteneingang. Über den Fußweg rannte er zur Klinik. Die Kälte schnitt ins Gesicht. Er nahm es kaum wahr. Mühelos bewegte er sich im Schutz der Dunkelheit. Der Schlüssel zum hinteren Notausgang der gynäkologischen Abteilung glänzte matt. Noch nie hatte jemand diese Treppe benutzt. Er schloß auf und betrat das Gebäude.

Das Treppenhaus war hell erleuchtet. Er knipste das Licht aus. Auch blind fand er sich in seiner Klinik zurecht. Vorsichtig öffnete er die Tür im 3. Stock. Horchte. Kein Laut war zu hören. Schlich dann den Korridor entlang. Einen Augenblick später stand er im Wohnzimmer von Katies Suite.

Eine weitere Schwierigkeit, die er bedacht hatte, war bewältigt. Angenommen, jemand begleitete sie in die Klinik, ihre Schwester oder eine Freundin. Und diese Person bat vielleicht darum, im Wohnzimmer auf dem Sofa zu übernachten? In der Westlake-Klinik förderte man den Gedanken, Angehörige bei den Patienten schlafen zu lassen, falls diese es wünschten. Wirksam war diese Möglichkeit dadurch ausgeschaltet, daß er angeordnet hatte, den Raum neu streichen zu lassen.

Heute nachmittag hatte er die Spritze mit dem Heparin in der Schublade eines Ecktischchens unter der Plastikplane des Malers deponiert. Durch das Fenster drang genügend Licht vom Parkplatz hrauf. Er sah das Tischchen sofort. Tastete nach der Spritze.

Das war der bedeutendste Augenblick überhaupt. Wenn Katie aufwachte und ihn sah, wurde es brenzlig. Zwar würde sie wahrscheinlich sofort wieder in den Schlaf sinken und gewiß an der Injektion nichts Verdächtiges finden, wenn er aber später mit Schwester Renge wiederkam und Katie zufällig noch bei Bewußtsein war und irgend etwas von einer Spritze erwähnte, entstand ein neues Risiko. Gut, es war leicht zu erklären: Sie war verwirrt, sie meinte die Blutproben, die ich ihr abnahm. Sei's drum. Es war besser für ihn, wenn sie nicht aufwachte.

Schon stand er im Schlafzimmer und beugte sich über sie. Griff nach ihrem Arm. Der Vorhang war halb zurückgezogen. Schwaches Licht schimmerte herein. Er konnte ihr Profil erkennen. Das Gesicht war von ihm abgewandt. Ein unregelmäßiger Atem. Sie sprach im Schlaf. Unverständlich. Sie träumte offenbar.

Er führte die Nadel ein, drückte auf die Spritze. Sie wimmerte und seufzte. Als sie den Kopf wandte, öffneten sich schlaftrunken die Augen. Im Dämmerlicht konnte er ihre erweiterten Pupillen sehen. Erstaunt blickte sie zu ihm auf. »Dr. Highley«, stammelte sie, »warum haben Sie Vangie Lewis umgebracht?«

61

Scott Myerson war zu müde, um wütend zu sein. Seit dem Auffinden von Vangie Lewis am Dienstagmorgen hatten zwei weitere Personen das Leben verloren. Zwei hochanständige Menschen – eine tüchtige Arztsekretärin und ein bedeutender Arzt.

Sie hatten sterben müssen, weil er nicht schnell genug gewesen war. Und Chris Lewis war der Mörder. Absolut klar. Das Netz, das er um Lewis zusammengezogen hatte, war lückenlos. Wenn sie nur sofort bemerkt hätten, daß es sich bei Vangie Lewis' Tod um Mord handelte. Dann hätte er Lewis auf der Stelle zum Verhör herbringen lassen. Sie hätten ihn weichgekocht. Und dann wären Edna Burns und Emmet Salem noch am Leben.

Lewis und seine Freundin landeten um sieben. Um acht mußten sie hier sein. Lewis gab sich kühl, gut. Er wußte besseres, als wegzurennen. Dachte wohl, er könne sich durchboxen. Er weiß, daß wir nur Indizien gegen ihn haben. Aber Indizien konnten viel schlagkräftiger sein als Zeugenaussagen, wenn man sie bei Gericht entsprechend darstellte. Diese Verhandlung würde er selbst übernehmen.

Um zehn vor acht kam Richard in Myersons Büro. »Mir scheint, daß wir auf etwas gestoßen sind, was ganz gewaltig stinkt«, polterte er. »Es ist das Westlake-Klinikmodell.«

»Wenn Sie damit andeuten wollen, daß dieser Klapsmühlendoktor wahrscheinlich mit Vangie Lewis ein Techtelmechtel hatte, gebe ich Ihnen recht«, erwidete Myerson. »Aber ich dachte, das hätten wir schon heute nachmittag geklärt. Nun, das wird sich ja leicht aufdecken lassen. Bringen Sie Ihre Blutproben von dem Fetus, und wir bestellen Fukhito her. Er kann nichts dagegen unternehmen, wenn wir sein Blut untersuchen. Wenn er's versucht, ist es ein offenes Geständnis seiner Schuld, und er kann seine Medizin an den Nagel hängen, wenn wir ihm eine erneute Vaterschaftssache nachweisen.«

»Das meine ich doch gar nicht«, unterbrach ihn Richard ungeduldig. »Ich bin hinter Highley her. Ich fürchte, er experimentiert mit seinen Patientinnen herum. Habe mich mit dem Ehemann einer dieser Frauen unterhalten. Er ist ganz unmöglich der Vater ihres Kindes, war aber bei der Geburt anwesend. Ursprünglich dachte er, seine Frau hätte ohne seine Einwilligung einer künstlichen Besamung zugestimmt. Ich glaube, es ist noch schlimmer. Ich glaube, Highley führt künstliche Befruchtungen durch, ohne Wissen seiner Patientinnen. Deshalb bringen sie in seiner Obhut Wunderbabys zur Welt.«

Myerson brummte: »Wollen Sie damit sagen, Highley hätte Vangie Lewis den Samen eines Asiaten injiziert und dachte, er käme damit durch? Das glauben Sie doch selbst nicht.«

»Vielleicht wußte er nicht, daß der Samenspender Asiate war. Vielleicht machte er einen Fehler.«

»Ärzte neigen nicht zu solchen Fehlern. Selbst wenn Ihre

Theorie stimmt, was ich offen gestanden nicht glaube, ist er deswegen noch lange nicht Vangie Lewis' Mörder.«

»Irgend etwas ist faul an Highley«, beharrte Richard. »Ich spürte das von dem Moment an, als er mir unter die Augen trat.«

»Sehen Sie, wir stellen in der Westlake-Frauenklinik Nachforschungen an. Das ist kein Problem. Falls es dort zu einem Rechtsbruch gekommen ist, werden wir es herausfinden und ihm nachgehen. Wenn Sie recht haben und er Frauen ohne ihre Einwilligung besamt, schnappen wir ihn uns. Es ist ein unmittelbares Vergehen gegen das Recht auf Schutz der Persönlichkeit. Aber kümmern wir uns darum doch später. Zunächst steht Chris Lewis auf unserer Tagesordnung.«

»Aber bleiben Sie dabei«, sagte Richard unbeirrt, »und nehmen Sie sich Highley einmal genauer vor. Ich sehe mir die Kunstfehlerprozesse gegen ihn an. Eine gewisse Mrs. Horan wird in Kürze vorbeikommen und mir erzählen, warum sie Klage eingereicht hat. In dem Artikel in dieser Illustrierten stand aber auch, daß er sich in Liverpool in England aufhielt, bevor er hierherkam. Man sollte dort einmal anrufen, um festzustellen, ob man auf irgendeine Unregelmäßigkeit stößt. Ihnen wird man schon Auskünfte erteilen.«

Myerson zuckte mit den Achseln. »Nur zu«, sagte er.

Auf seinem Schreibtisch ertönte der Summer. Er schaltete die Sprechanlage ein. »Führen Sie ihn herein«, sagte er. Er lehnte sich zurück und blickte Richard an.

»Der trauernde Witwer, Flugkapitän Chris Lewis, ist hier samt seiner Geliebten«, erläuterte er.

62

Wie in armseliges Häufchen Elend saß Dannyboy Duke im Revier auf einem Stuhl. Schwitzte; war nervlich am Ende. Seine Arme zitterten. Das Sehen bereitete Mühe. Elende dreißig Sekunden früher, und er wäre weg gewesen.

»Macht mal 'ne Pause«, wimmerte er.

Die Beamten schienen unbeeindruckt. »Mach du mal 'ne Pause, Danny. An dem Briefbeschwerer klebt Blut, Danny. Wem hast du eins übergezogen? Wir wissen, daß es nicht die alte Dame war, der du gestern abend die Geldbörse entwendet hast. Die hast du ja zu Boden geworfen, daß sie sich das Becken gebrochen hat. Wenn sie Pech hat, kriegt sie 'ne Lungenentzündung. Oder stirbt vielleicht. Dann sind's schon zwei Morde, Dannyboy.«

»Ich weiß nicht, wovon ihr redet«, stammelte Danny.

»Du weißt es wohl. Die Arzttasche war in deinem Wagen und die Geldbörse. Die andere Geldbörse, die du gerade bei Alexander geraubt hast, hattest du bei dir. Wir wissen, daß du die Tasche gestern abend gestohlen hast. Der Portier hat dich vor dem Carlyle Hotel beobachtet. Er wird dich wiedererkennen. Aber wem hast du den Briefbeschwerer übergebraten, Danny? Sag es uns. Und was ist mit diesem Schuh, Danny? Seit wann hebst du abgetretene Schuhe auf? Los, spuck's aus.«

»Er war in der Tasche«, sagte Dany kleinlaut.

Die beiden Beamten sahen einander an. Der eine zuckte mit den Achseln und wandte sich der Zeitung zu, die hinter ihm auf dem Schreibtisch lag. Der andere legte die Patientenkarte, die er sich angesehen hatte, in die Taschen zurück. »Schön, Danny. Wir rufen jetzt Dr. Salem an und fragen ihn, was sich in seiner Tasche befand. Dann wird es sich ja aufklären. Es wäre einfacher, wenn du uns helfen würdest. So lange wie du uns schon kennst, müßtest du's eigentlich wissen.«

Der andere sah von seiner Zeitung auf. »Dr. Salem?« fragte er aufgeschreckt.

»Ja. Sein Name steht auf dem Krankenblatt. Ach warte. An der Tasche lese ich gerade: Dr. Edgar Highley. Ich nehme an, er hatte die Patientenkarte von einem anderen Arzt erhalten.«

Der junge Beamte, der in der *Daily News* geblättert hatte,

kam mit der Zeitung herüber. Er nahm die Patientenkarte und sah sich die Zusatzblätter an, die oben am Kopf den Namen DR. EMMET SALEM trugen. Er deutete auf Seite drei der *Daily News*: »Salem ist der Arzt, den man gestern abend im Essex House auf dem Dach des Anbaus gefunden hat. Der Staatsanwalt von Valley County arbeitet mit unseren Leuten an diesem Fall.«

Plötzlich zeigten die Polizisten wieder Interesse an Dannyboy. Ihre zusammengekniffenen Augen fixierten ihn sehr genau.

63

Er wartete ab, bis Katie die Augen schloß und ihr Atem gleichmäßig ging. Sie war wieder in Schlaf gesunken. Die Frage bezüglich Vangie war irgendwo aus ihrem Unterbewußtsein gekommen. Der Auslöser dafür war vermutlich die Wiederkehr ihres Gemütszustandes vom Montagabend. Unter Umständen erinnerte sie sich später nicht mehr an ihre Frage, aber darauf konnte er sich nicht verlassen. Wenn sie zum Beispiel vor Schwester Renge oder den anderen Ärzten im Operationssaal damit anfing, bevor sie betäubt wurde? Er mußte dies verhindern. Die Tatsache, daß sie Montagabend am Fenster gestanden hatte, konnte ihn immer noch vernichten.

Er mußte sie töten, ehe Schwester Renge ihren Rundgang machte. Ihm blieb also nicht einmal eine Stunde. Der Heparinschub würde die Gerinnung ihres Blutes unmittelbar unterbinden. Bis der Vorgang jedoch abgeschlossen war, vergingen Stunden. Er konnte nicht warten. Er mußte ihr eine zweite Spritze geben, und zwar sofort.

In der Praxis hatte er Heparin. Es aus der Krankenhausapotheke zu nehmen war zu gewagt. Er mußte über die Feuertreppe zum Parkplatz, von dort durch den Privateingang in die Praxis, dort eine neue Ampulle aufziehen und wieder hierherkommen. Das dauerte mindestens fünf Minuten. Die Bedienung würde sich vielleicht fragen, wo er so lange bliebe, aber daran konnte er jetzt nichts ändern. Froh darüber, daß Katie schlief, eilte er aus dem Zimmer.

64

Der Laborant im Gerichtsmedizinischen Institut von Valley County machte am Freitagabend Überstunden. Dr. Carroll hatte ihm aufgetragen, alle Mikroskopproben aus dem Haus der vermutlich durch Selbstmord ums Leben gekommenen Vangie Lewis mit denen aus der Wohnung des vermeintlichen Unfallopfers Edna Burns zu vergleichen. Sorgfältigst hatte er die Staubsaugerinhalte aus dem Lewisschen Haus und der Burnsschen Wohnung durchgesehen und in mühevoller Kleinarbeit nach auffälligen Spuren durchsucht.

Der Laborant besaß einen hervorragenden Sinn für mikroskopische Indizien, der ihn selten trog. Ganz besonders interessierten ihn lose Haare, denn er betonte immer: »Wir sind Pelztiere. Es ist erstaunlich, wie viele Haare wir ständig abstoßen. Das betrifft sogar Leute, die eigentlich kahlköpfig sind.

Die Staubsaugerbeutel aus dem Haus Lewis enthielten eine große Menge aschblonder Haare, die von dem Opfer stammten. Außerdem fand der Laborant eine größere Anzahl mittelbrauner Haare, die hauptsächlich im Schlafzimmer gelegen hatten und zweifellos dem Ehemann gehörten. Die gleichen Haare konnten auch im Arbeitszimmer und Wohnzimmer festgestellt werden.

Im Schlafzimmer des Opfers waren jedoch auch einige silberblonde Haare aufgetaucht. Das war ungewöhnlich. Haare im Wohnzimmer oder in der Küche konnten von einem

Besucher oder etwa dem Postboten stammen, aber im Schlafzimmer? Haaren, die man dort fand, kam besondere Bedeutung zu. Diese gehörten zum Kopf eines Mannes, das war unmittelbar aus ihrer Länge zu schließen. Außerdem waren die gleichen Haare auf dem Mantel gefunden worden, den die Tote getragen hatte.

Und dann entdeckte der Laborant das ›missing link‹ – das Verbindungsglied, das Richard Carroll suchte. Einige dieser sandfarbenen Haare mit den silbernen Ansätzen hingen an dem verwaschenen blauen Bademantel von Edna Burns.

Er legte die Haarproben unter ein starkes Mikroskop und unterzog sie peinlich genau der vergleichenden Analyse, die sechzehn Punkte umfaßte.

Es bestand überhaupt kein Zweifel. Eine bestimmte Person war in nächster Nähe der beiden toten Frauen gewesen; sie war ihnen sogar so nahe gekommen, daß er seinen Kopf über Edna Burns' Oberkörper gehalten und mit den Haaren an Vangie Lewis' Schulter gestreift hatte.

Der Laborant griff zum Telefon, um Dr. Carroll anzurufen.

65

Sie versuchte aufzuwachen. Sie hatte ein Klicken gehört. Eine Tür war geschlossen worden. Jemand war hier gewesen. Ihr Arm schmerzte. Dr. Highley. Sie döste wieder ein... Was hatte sie zu Dr. Highley gesagt? Ein paar Minuten später wachte Katie wieder auf und erinnerte sich. Erinnerte sich an den schwarzen Wagen und die blitzenden Speichen und das Licht, das sich auf seiner Brille spiegelte. Das hatte sie am Montagabend gesehen. Dr. Highley hatte am Montagabend Vangie Lewis zu seinem Wagen getragen. Dr. Highley hatte Vangie umgebracht.

Richard hatte bereits einen Verdacht gehabt. Er hatte es ihr sagen wollen, aber sie hatte ihm kein Gehör geschenkt.

Dr. Highley wußte, daß sie ihn gesehen hatte. Warum hatte sie ihm diese Frage gestellt? Sie mußte raus hier. Er würde sie jetzt auch umbringen. Sie hatte es ja schon immer gewußt, daß sie in einem Krankenhaus sterben sollte.

Wohin war Dr. Highley gegangen? Er würde zurückkommen. Bestimmt. Sie töten. Hilfe. Sie brauchte Hilfe. Warum war sie so schwach? Sie blutete am Finger. Die Pillen, die er ihr gegeben hatte. Seit sie diese Dinger einnahm, war ihr elend. Die Pillen. Ihretwegen blutete sie.

O Gott, hilf mir. Das Telefon. Das Telefon! Katie tastete danach. Die schwache, zittrige Hand stieß es um. Sie schüttelte den Kopf, damit ihre Augen aufblieben. Zog den Apparat an der Schnur hoch. Hielt schließlich den Hörer ans Ohr. Die Leitung war tot. Wie besessen rüttelte Katie an der Gabel und versuchte, die Zentrale zu erreichen. Dr. Highley hatte gesagt, das Telefon würde repariert werden. Sie drückte die Nachtglocke. Die Schwester würde ihr helfen. Aber sie hörte das Geräusch nicht, mit dem das Licht über der Außentür hätte angehen müssen. Sicher leuchtete auch im Stationszimmer das Signallämpchen nicht auf.

Sie mußte hier weg, bevor Dr. Highley zurückkam. Schwindel packte sie, schien sie zu betäuben, als sie aufstehen wollte.

Sie mußte aufstehen. Vangie Lewis. Ihr langes blondes Haar. Das Verlangen eines kleinen Mädchens, ein Kind zu haben. Dr. Highley hatte Vangie getötet und ihr Kind dazu. Gab es noch weitere Opfer?

Sie ging um das Bett herum, hielt sich am Fußende fest. Der Lift. Mit dem Lift würde sie in den 2. Stock hinunterfahren. Dort waren Leute – andere Patientinnen, Schwestern.

Ganz in der Nähe schloß sich eine Tür. Kam er zurück? Er kam zurück. In panischer Angst blickte Katie auf die offene Tür zum Flur. Wenn sie dort hinausging, würde er sie sehen. Die Badezimmertür hatte kein Schloß. Der Schrank. Er würde sie darin entdecken. Sie wankte zur Tür zum Wohnzimmer, öffnete sie, schloß sie hinter sich.

Wohin? Er würde sofort nach ihr suchen. Hier konnte sie nicht bleiben. Wenn sie versuchte, durch den Vorraum hinauszugelangen, mußte sie an der offenen Schlafzimmertür vorbei. Er würde sie sehen. Durch den ganzen Vorraum laufen, dann links und den langen Flur entlang zum Aufzug. Sie konnte ihm nicht entkommen. Wohin nur? Die Tür nebenan wurde geöffnet. Er stand im Schlafzimmer und suchte sie. Vielleicht sich unter der Plastikplane des Malers verstecken? Dort saß sie in der Falle. Er würde sie finden. Er würde sie herauszerren. Sie biß sich auf die Unterlippe, als der Schwindel ihr den Kopf einzudrücken drohte. Ihre Beine wurden zu Gummi, Mund und Haut schienen ihr schwammartig.

Sie schwankte zur Wohnzimmertür, die unmittelbar auf den Flur hinausführte. Es gab dort noch eine Tür, den Notausgang. Sie hatte ihn gesehen, als man sie ins Zimmer gerollt hatte. Über die Feuertreppe konnte sie in den 2. Stock hinuntergelangen. Sie würde Hilfe holen. Sie stand im Flur. Er würde sie gleich eingeholt haben.

Die Eisentür zur Feuertreppe war schwer. Sie zerrte daran. Zerrte erneut. Zögernd ließ sie sich öffnen. Sie trat hinaus. Die Tür ging langsam zu. Würde er sehen, wie sie sich schloß? Die Feuertreppe. Es war so dunkel hier, fürchterlich dunkel. Sie konnte doch kein Licht machen. Er würde es sehen. Wahrscheinlich rannte er den Flur entlang zum Aufzug. Sie hatte noch Vorsprung. Nötig. Helft mir. Helft mir doch. Sie klammerte sich am Geländer fest. Die Stufen waren steil. Sie war barfuß. Nichts war zu hören. Wie viele Stufen hat eine Treppe? Dreizehn? Nein, sie war hier nicht zu Hause. Hier kam nach acht Stufen ein Absatz, dann wieder eine Treppe. Noch acht Stufen, und sie war in Sicherheit. Sieben... fünf... eine. Sie stand vor der Tür, versuchte, die Klinke hinabzudrücken. Die Tür war verschlossen. Sie ließ sich nur von innen öffnen.

Oben im 3. Stock drehte sich die Tür in den Angeln. Schwere Schritte kamen die Treppe herab.

66

Chris hatte keinen Anwalt gewollt. Er saß dem Staatsanwalt gegenüber. Er hatte so große Angst vor diesem Zusammentreffen gehabt, Angst, daß man ihm nicht glauben würde. Aber Joan glaubte ihm. Chris blickte vom Staatsanwalt zu den beiden Inspektoren hinüber, die ihn vom Flughafen abgeholt hatten. »Ich habe nichts zu verbergen«, beteuerte er.

Myerson schien unbeeindruckt. Ein junger Mann, der sehr belesen aussah, trat ein, setzte sich, schlug seinen Stenoblock auf und zückte einen Bleistift. Myerson sah Chris in die Augen. »Mr. Lewis, es ist meine Pflicht, Sie davon in Kenntnis zu setzen, daß Sie im Verdacht stehen, Vangie Lewis, Edna Burns und Dr. Emmet Salem getötet zu haben. Sie können die Aussage verweigern und brauchen auf Fragen nicht zu antworten. Sie können Ihre Aussage zu jedem Zeitpunkt abbrechen. Sie haben das Recht, einen Anwalt hinzuzuziehen. Alle Ihre Angaben können gegen Sie verwendet werden. Haben Sie verstanden?«

»Jawohl.«

»Können Sie lesen?«

Chris starrte den Staatsanwalt an. Wollte der Mann ihn verspotten? Nein, er schien todernst.

»Ja.«

Myerson schob ein Schriftstück über den Tisch. »Dies ist ein Abdruck der Rechtsmittelbelehrung, die Sie soeben vernommen haben. Lesen Sie ihn sorgfältig durch. Wenn Sie glauben, alles verstanden zu haben, unterschreiben Sie hier bitte.«

Chris überflog die Erklärung und unterschrieb.

»Sehr schön.« Myerson schob das Blatt Papier beiseite. Seine Miene änderte sich, wurde gestrenger. Chris wußte, daß nun das offizielle Verhör begann.

Komisch, dachte er, man sieht sich Abend für Abend irgendwelche Räuber- und Gendarmgeschichten oder Prozeßtragödien an, und nie würde man sich träumen lassen, selbst darin verwickelt zu werden. Der Staatsanwalt schien der Überzeugung zu sein, daß er Vangie umgebracht hatte. War es unklug von ihm, auf einen Rechtsbeistand zu verzichten? Nein.

Der Staatsanwalt fragte ihn: »Mr. Lewis, sind Sie auf irgendeine Weise schlecht behandelt worden?«

»Nein.«

»Möchten Sie Kaffee oder etwas zu essen?«

Chris strich sich mit dem Handrücken über die Stirn. »Ich möchte Kaffee, bitte. Aber ich bin bereit, alle Ihre Fragen nach bestem Wissen und Gewissen zu beantworten.«

Dennoch war er nicht auf Myersons Auftakt vorbereitet. »Haben Sie Ihre Frau, Vangie Lewis, umgebracht?«

Chris blickte ihn unverwandt an. »Ich habe meine Frau nicht umgebracht. Ich weiß nicht, ob sie umgebracht wurde. Aber eines weiß ich. Wenn sie am Montag vor Mitternacht starb, ist sie nicht zu Hause gestorben.«

Myerson, Nugent, Cunningham und der Stenograph zeigten unfreiwilliges Erstaunen, als Chris ruhig fortfuhr: »Ich war am Montag kurz vor Mitternacht dort. Vangie war nicht zu Hause. Ich bin dann nach New York zurückgefahren. Um elf Uhr am nächsten Vormittag habe ich sie im Bett gefunden. Erst als der Mann vom Bestattungsinstitut kam, um ein Kleid für Vangies Beerdigung abzuholen, und mir mitteilte, um welche Uhrzeit sie starb, wurde mir klar, daß man ihre Leiche in unser Haus gebracht haben mußte. Aber vorher wußte ich schon, daß etwas nicht stimmte. Meine Frau hätte niemals auch nur den Versuch unternommen, sich solche Schuhe anzuziehen, wie sie sie trug, als ich sie fand. Die einzigen Schuhe, die sie während der ganzen sechs Wochen vor ihrem Tod noch tragen konnte, war ein Paar zerschundener Mokassins, die unsere frühere Zugehfrau stehengelassen hatte. Vangies rechter Fuß und ihr Unterschenkel waren dick angeschwollen. Sie benutzte diese Mokassins sogar als Hausschuhe.«

Es ging leichter, als er erwartet hatte. Er vernahm die Fragen, die ihm entgegenschallten: »Sie haben das Hotel Montagabend um zwanzig Uhr verlassen und sind um zweiundzwanzig Uhr zurückgekommen. Wo waren Sie?«

»In einem Kino in Greenwich Village. Nach meiner Rückkehr ins Motel konnte ich nicht schlafen. Ich entschloß mich, nach Hause zu fahren, um mit Vangie zu sprechen. Das war kurz vor Mitternacht.«

»Warum blieben Sie nicht und haben auf Ihre Frau gewartet?« Und dann die Frage, die ihn wie ein Faustschlag in den Magen traf: »Wußten Sie, daß der Fötus, den Ihre Frau trug, von einem Asiaten stammte?«

»O Gott!« Entsetzen packte Chris, gleichzeitig spürte er einen leisen Anflug von Befreiung. Das Kind war nicht von ihm! Ein Asiate? Dieser Psychiater. War er so ein Schwein, daß er ihr das antat? Sie hatte ihm Vertrauen geschenkt. Ach Gott, das arme Kind. Kein Wunder, daß sie sich so vor der Geburt fürchtete. Deshalb hatte sie wohl Dr. Salem angerufen. Sie wollte es vertuschen. Ach Gott, sie war ja noch so ein Kind.

Er hörte die Frage: »Sie wußten also nicht, daß ihre Frau ein Verhältnis mit einem anderen hatte?«

»Nein, nein.«

»Weshalb haben Sie am Dienstagabend Edna Burns' Wohnung aufgesucht?«

Der Kaffee kam. Er versuchte zu antworten: »Halt, bitte – können wir das der Reihe nach machen?« Er nahm einen Schluck Kaffee. Das half. »Am Dienstagabend, kurz nachdem mir bewußt geworden war, daß Vangie tot war, bevor sie ins Haus gebracht wurde, rief diese Frau an, Edna Burns.

Sie redete ohne Zusammenhang. Sprach immer wieder von Aschenputtel und dem schönen Prinzen, und daß sie etwas für mich hätte, etwas, das mich interessieren würde, und daß sie der Polizei etwas erzählen könne. Ich dachte, sie wisse vielleicht, mit wem sich Vangie getroffen hätte. Ich dachte, wenn ich davon wußte, bräuchte ich vielleicht nicht zuzugeben, daß ich am Montagabend zu Hause war. Ich wollte Joan aus allem heraushalten.«

Er setzte die Kaffeetasse ab und dachte an Dienstagabend. Es schien so lange her. Alles war aus dem Lot geraten. »Ich fuhr zu Miß Burns' Wohngebiet. Ein Junge mit einem Hund hat mir den Weg zu ihrer Wohnung gezeigt. Ich habe geklingelt und an die Tür geklopft. Das Fernsehgerät lief, das Licht brannte, aber sie rührte sich nicht. Ich dachte mir, daß sie schon selig schliefe und es nutzlos wäre, sich mit ihr zu unterhalten. Oder, daß sie vielleicht nicht richtig im Kopf war. Daraufhin fuhr ich heim.«

»Sie sind nicht hineingegangen?«

»Nein.«

»Um welche Uhrzeit war das?«

»Abends, gegen halb zehn.«

»Na schön. Was haben Sie dann gemacht?«

Fragen, eine nach der anderen. Er trank mehr Kaffee. Die Wahrheit. Nichts als die Wahrheit. Es war viel leichter, als die ganze Heimlichtuerei. Wenn sie ihm doch nur Glauben schenkten! Er mußte an Joan denken, wie sie ihn angesehen hatte, wie er ihr gestern abend um den Hals gefallen war. Zum erstenmal in seinem Leben hatte er das Gefühl gehabt, daß jemand für ihn da war. Alle anderen hatten sich immer nur an ihm festgehalten.

Er holte tief Atem. Sie befragten ihn zu Dr. Salem.

67

Richard saß an Katies Schreibtisch, während er auf den Anruf des Personalleiters des Christushospitals in Devon wartete. Erst als er ausdrücklich die Wichtigkeit betonte, mit jemandem sprechen zu können, der eine führende Stellung einnahm und schon länger als zehn Jahre an der Klinik arbeitete, hatte er die Privatnummer des Mannes erhalten.

Während der Wartezeit sah er sich etwas um. Der Tisch hinter Katies Schreibtisch lag voll mit Akten. Es wunderte ihn nicht, daß sie sich nach ihrem Unfall keinen einzigen Tag freigenommen hatte. Aber wie beschäftigt sie auch war, sie hätte zu Hause bleiben sollen. Heute nachmittag hatte sie schlecht ausgesehen. Und es schien sie schrecklich aufgeregt zu haben, daß sie ihren Fall verloren hatte. Er wünschte, er hätte Katie noch einmal gesehen, ehe sie ging.

Er ließ das Telefon weiterklingeln. Der gute Mann war sicher nicht da oder er schlief fest. Vielleicht sollte er doch bis morgen warten. Nein, er mußte es jetzt wissen.

Auf Katies Schreibtisch stand ein Wechselrahmen mit Schnappschüssen. Katie mit einer älteren Dame, vermutlich die Mutter. Er wußte, daß ihre Mutter irgendwo in Florida lebte. Katie mit Jennifer, Mollys Ältester. Katie sah aus wie Jennis große Schwester. Katie bei einer Gruppe mit Skianzügen. Das mußten ihre Freunde sein, mit denen sie immer nach Vermont fuhr.

Kein Bild von John DeMaio. Aber Katie hatte es nicht nötig, an ihrem Arbeitsplatz diskret darauf hinzuweisen, daß sie die Witwe eines prominenten Richters war. Und es gab in diesem Haus gewiß genügend Bilder von ihm.

Das Telefon klingelte und klingelte. Er gab ihm noch eine Minute.

Richard stellte fest, daß er es nicht ungern sah, daß er auch kein Bild von einem anderen Mann entdeckte. Er hatte sich Gedanken über seine Reaktion gemacht, als Katie ihm erzählt hatte, daß sie übers Wochenende weg sei. Er hatte den Anschein erwecken wollen, als sei er überrascht darüber, daß sie sich nicht zur Verfügung hielt, während ein so bedeutender Fall kurz vor der Entscheidung stand. Verflixt. Damit hatte es doch gar nichts zu tun gehabt! Es hatte ihn beunruhigt, daß sie sich vielleicht mit einem anderen Mann treffen würde.

»Ja bitte«, sagte eine schlaftrunkene Stimme verärgert am anderen Ende.

Richard richtete sich auf, seine Finger spannten sich fester um den Hörer. »Mr. Reeves? Mr. Alexander Reeves?«

»Am Apparat.«

Richard kam sofort zur Sache. »Entschuldigen Sie bitte meinen Anruf zu dieser Stunde, aber es ist äußerst wichtig. Ich rufe aus Übersee an. Mein Name ist Carroll, ich bin der Gerichtsmediziner von Valley County, New Jersey. Ich brauche Informationen zu Dr. Edgar Highley.«

Alle Schläfrigkeit wich aus Reeves Stimme. Statt dessen wurde er plötzlich sehr reserviert und wachsam. »Was wollen Sie wissen?«

»Soeben habe ich mit der Queen-Mary-Klinik in Liverpool gesprochen. Es überraschte mich, daß Dr. Highley dort nur kurze Zeit beschäftigt war. Wir hatten einen anderen Eindruck gewonnen. Wie dem auch sei, ich habe erfahren, daß Dr. Highley am Christushospital die ganzen neun Jahre zuvor tätig war, stimmt das?«

»Nach seinem Examen in Cambridge kam Edgar Highley als Assistenzarzt zu uns. Er ist ein hervorragender Mediziner. Er hat hier seinen Facharzt in Gynäkologie und Geburtshilfe gemacht.«

»Weshalb ist er weggegangen?«

»Nach dem Tod seiner Frau ist er wieder nach Liverpool zurückgekehrt. Danach erfuhren wir, daß er in die Vereinigten Staaten auswanderte. Das ist natürlich nichts Ungewöhnliches. Viele Ärzte und Chirurgen können sich nicht mit den relativ niedrigen Gehältern unseres verstaatlichten Gesundheitswesens abfinden.«

»Hatte Dr. Highleys Kündigung nicht noch einen Grund?«

»Ich verstehe Ihre Frage nicht.«

Richard setzte alles auf eine Karte. »Ich glaube schon, Mr. Reeves. Natürlich werden wir all dies vertraulich behandeln, aber ich kann hier nicht meine Zeit mit Unwichtigem vertun. Ich habe Dr. Highley im Verdacht, daß er mit schwangeren Patientinnen Experimente anstellte, vielleicht sogar mit ihrem Leben spielte. Ist Ihnen irgend etwas bekannt, was Sie zur Erhärtung dieser Theorie vorbringen könnten?«

Eine lange Pause entstand. Die nächsten Worte, die Mr. Reeves äußerte, kamen langsam und waren vorsichtig gewählt. »Dr. Highley unterhielt bei uns nicht nur eine Praxis, er steckte auch tief in der pränatalen Forschung. Ihm glückten hervorragende Experimente mit den Embryonen von Fröschen und Kleinsäugern. Dann schöpfte ein Kollege den Verdacht, er arbeite mit abgetriebenen menschlichen Feten – was natürlich ungesetzlich ist.«

»Was ergab sich daraufhin?«

»Die Angelegenheit behandelte man natürlich mit äußerster Vorsicht, Highley wurde aber sorgsam beobachtet. Unvermutet starb dann Dr. Highleys Frau. Wir konnten ihm nichts nachweisen, aber es bestand der Verdacht, daß er ihr einen abgetriebenen Fetus implantiert hatte. Dr. Highley wurde die Kündigung nahegegelegt. Dies ist natürlich höchst vertraulich. Es ergab sich nicht einmal der Funke eines Beweises, und ich muß davon ausgehen, daß Sie diese Unterhaltung als ungeschehen betrachten.«

Richard hatte verstanden. Sein Verdacht war richtig gewesen. Wie viele Frauen hatte Highley durch seine Experimente auf dem Gewissen? Ein Gedanke schoß ihm durch den Kopf – eine irre, weit hergeholte Idee.

»Mr. Reeves«, fragte er, »kennen Sie zufällig einen gewissen Dr. Emmet Salem?«

Die Stimme wurde auf der Stelle freundlicher. »Selbstverständlich. Ein guter Freund von mir. Nun, Dr. Salem arbeitete bei uns als Arzt im Austausch, etwa zur selben Zeit, als der Skandal um Dr. Highley aufkam.«

68

Katie war die Treppe zum Erdgeschoß hinabgerannt. Verzweifelt rüttelte sie an der Klinke und versuchte, die Tür zu öffnen. Sie gab nicht nach. Verschlossen. Oben hielten die Schritte inne. Prüfend drückte er die Klinke an der Tür zum 2. Stock hinunter. Sie konnte ihm nicht entwischen. Dann wieder die Schritte. Dr. Highley kam herab. Kein Mensch hörte sie hier, wenn sie schrie. Es waren schwere Feuerschutztüren. Hinter dieser Tür waren Leute: Besucher, Patienten, Schwestern. Keine zwanzig Zentimeter von ihr entfernt. Aber sie konnten sie nicht hören.

Er kam. Er würde sie packen und sie umbringen. In der Beckengegend spürte sie einen heftigen, dumpfen Schmerz. Sie hatte starke Blutungen. Was er ihr auch immer gegeben hatte – es war die Ursache, daß sie jetzt langsam verblutete. Ihr war schwindlig. Sie mußte weg hier. Vangies Tod hatte er als Selbstmord getarnt. Nicht noch mal! Kopflos rannte sie die Treppe weiter hinab. Noch eine Treppe. Vermutlich in den Keller der Klinik. Er müßte erklären, wie und weshalb sie dorthin gelangt war. Je weiter sie kam, desto mehr Fragen. Sie stolperte die letzten Stufen nach unten. Fall nicht! Laß nicht zu, daß es wie ein Unfall aussieht! Edna war gefallen. Oder doch nicht?

Hatte er auch Edna umgebracht?

Sie war ihm in die Falle gelaufen. Noch eine Tür. Verschlossen? Schon sehr schwach geworden, drückte sie die Klinke nieder. Dr. Highley war inzwischen beim mittleren Treppenabsatz angekommen. Trotz der Dunkelheit sah sie eine Bewegung; irgend etwas stürzte auf sie zu.

Die Tür ging auf. Im Gang brannte schwaches Licht. Sie war im Keller. Vom Flur gingen Zimmer ab. Diese Ruhe. Es war so richtig ruhig hier. Hinter ihr schnappte die Tür zu. War hier ein Versteck? Hilfe! Helft mir. Helft mir doch. An der Wand war ein Schalter. Sie langte hoch. Ihr Finger hinterließ eine blutige Spur. Der Flur verschwamm in der Finsternis, als wenige Schritte hinter ihr die Tür zum Treppenhaus aufflog.

69

Highley wurde verdächtigt, am Tod seiner ersten Frau schuldig zu sein. Winifred Westlakes Cousin glaubte, daß er auch Winifreds Tod verursacht hatte. Highley war ein genialer Forscher. Highley hatte vielleicht an einigen seiner Patientinnen herumexperimentiert. Highley hatte unter Umständen Vangie Lewis den Samen eines Asiaten injiziert. Aber weshalb? Glaubte er, damit durchzukommen? Zweifellos kannte er Fukhitos Vorgeschichte. Hätte er versucht, ihn damit zu belasten? Weshalb? War es ein Mißgeschick? Hatte er den Samen verwechselt? Oder hatte Vangie ein Verhältnis mit Fukhito gehabt? Standen Dr. Highleys vermeintliche Experimente nur zufällig mit Vangies Schwangerschaft in Beziehung?

Richard konnte keine Antwort finden. Er saß an Katies Schreibtisch und ließ ihren Füllfederhalter kreisen. Sie trug ihn immer bei sich. Sie mußte heute abend hier rausgerannt sein und ihn vergessen haben. Aber natürlich! Sie war so durcheinander. Es muß sie schlimm mitgenommen haben, diesen Fall zu verlieren. Er wünschte, er wüßte, wo sie war. Wollte mit ihr reden. Ihr Finger hatte richtig unverschämt geblutet. Man mußte Molly fragen, ob sie wußte, ob Katie einen niedrigen Thrombozytenwert hatte oder nicht. Das konnte ein ernstes Problem sein.

Richard fröstelte. Seine Finger verkrampften sich. Anzeichen von Leukämie, o Gott! Am Montag würde er Katie zu einem Spezialisten schleppen, und wenn er sie fesseln mußte.

Es klopfte leise an der Tür, und Maureen schaute herein. Sie hatte große, ovale smaragdgrüne Augen. Hübsche Augen. Ein hübsches Kind.

»Dr. Carroll.«

»Maureen, tut mir leid, daß Sie jetzt länger zu bleiben haben. Mrs. Horan müßte doch auch längst hier sein.«

»Das macht nichts. Sie hat gerade angerufen. Sie ist auf dem Weg. Aber zwei Frauen sind hier, Freundinnen dieser Miß Burns. Sie wollten Katie sprechen. Ich sagte, Katie sei schon fort, da erwähnte eine von den beiden Ihren Namen. Sie kennt Sie seit dem Abend, als Sie in Miß Burns' Wohnung waren. Eine gewisse Mrs. Fitzgerald.«

»Fitzgerald?... Ach ja. Mrs. Fitzgerald arbeitet als Aushilfe in der Aufnahme in der Westlake-Klinik.« Kaum hatte Richard ›Westlake‹ gesagt, stand er auf. »Lassen Sie sie hereinkommen, und bitten Sie besser Mr. Myerson hinzu.«

»Mr. Myerson möchte auf keinen Fall gestört werden. Er verhört zusammen mit Nugent und Cunningham Mr. Lewis.«

»Gut, ich spreche mit ihnen. Wenn es etwas Bedeutendes ist, müssen sie eben anschließend noch warten.«

Gemeinsam traten sie ein. Ganas Augen blitzten vor Erregung. Obwohl sie es bedauerte, sie hatte sich dazu durchgerungen, Ednas Mantel doch nicht anzuziehen. Es schien ihr noch zu früh. Aber ihre Geschichte hatte sie fix und fertig im Kopf.

Gertrude hatte den Mokassin in einer Tragetüte mitgebracht. Ihr graues Haar hatte sie sich fein säuberlich zurechtgekämmt. Den Seidenschal hatte sie sich um den Hals geknotet. Das gute Abendessen besaß bereits Erinnerungswert, und jetzt wollte sie eigentlich nur noch nach Hause und in ihr Bett. Aber sie war froh, daß sie mit Dr. Carroll reden konnte. Sie war an jenem Abend in Ednas Wohnung nahe daran gewesen, ihm zu erzählen, wie Dr. Highley die Nachttischschublade ausgezogen hatte. In der Schublade befand sich nichts außer dem Schuh. Dachte Dr. Carroll, Dr. Highley könne aus irgendeinem Grund versucht haben, diesen Schuh an sich zu bringen?

Mrs. DeMaio hatte sich so sehr für diesen ›schönen Prinzen‹ interessiert. Vielleicht erwärmte sich auch Dr. Carroll dafür? Er konnte ja dann Mrs. DeMaio davon berichten, wenn sie am Montag wiederkam. Dr. Carroll blickte sie erwartungsvoll an.

Gertrude beugte sich vor, schüttelte die Tragetüte, und der ausgebeulte Mokassin purzelte auf Katies Schreibtisch. Umständlich erklärte sie: »Dieser Schuh ist der Grund, weshalb wir hier sind.«

70

Im Zickzack schleppte sie sich den Flur entlang. Wußte er, wo der Schalter war? Würde er es wagen, Licht anzuknipsen? Angenommen, hier unten war jemand? Sollte sie schreien?

Er kannte sich hier aus. Wohin also? Am Ende des Flurs war eine Tür gewesen. Die hinterste Tür. Vielleicht versuchte er es zuerst bei den anderen. Vielleicht konnte sie sich irgendwo einschließen. Die Türen seitlich konnte sie verfehlen, aber wenn sie geradeaus rannte, mußte sie an der gegenüberliegenden Wand ankommen. Die Tür war in der Mitte. Ihr Finger blutete. Man mußte Blut an die Tür schmieren. Wenn die Schwester ihre Runde machte, würde man sie bestimmt suchen. Vielleicht würde man die Blutflecken bemerken.

Er war stehengeblieben. Er horchte nach ihr. Erkannte er einen Schatten, wenn die Tür aufging? Mit dem ausgestreckten Arm berührte sie eine kalte Mauer. Lieber Gott, laß mich die Tür finden. Sie tastete die Wand ab. Ein Türrahmen. Hinter sich vernahm sie ein leises Quietschen. Er hatte die erste Tür geöffnet. Er würde aber nicht in dem Raum nachsehen, da er das Quietschen vorher nicht gehört hatte und sie also nicht an dieser Tür gewesen war. Eine Klinke. Sie drückte sie nieder und wischte dabei mit ihrem blutigen Finger darüber. Starker Formalingeruch reizte die Nase. Hinter ihr schnelle Schritte. Zu spät. Leider zu spät. Die Tür versuchte Katie zuzudrücken, doch sie wurde sogleich wieder aufgeschoben. Sie stolperte und fiel. Ihr war so schwindlig, so schrecklich schwindlig. Sie streckte die Arme aus. Ihre Hand berührte ein Hosenbein. »Hier ist Endstation, Katie.«

71

»Sind Sie sicher, daß dies der Schuh Ihrer Frau ist?« fragte Myerson. Chris nickte müde. »Ich bin mir absolut sicher. Das ist der, der immer locker saß, der linke.«

»Als Edna Burns mit Ihnen telefonierte, hat sie da gesagt, daß sie den Schuh hat?«

»Nein. Sie sagte nur, sie könne der Polizei etwas erzählen und daß sie mit mir sprechen wolle.«

»Hatten Sie den Eindruck, sie wolle Sie erpressen oder Ihnen drohen?«

»Nein, ich hielt es für die Geschwätzigkeit einer Betrunkenen. Ich wußte, daß sie in der Westlake-Klinik arbeitete. Mir war aber nicht klar, daß es sich um die Sprechstundenhilfe handelte, über die Vangie gelegentlich sprach. Sie sagte, Edna mache immer Witze über ihre gläsernen Schuhe.«

»Das genügt. Ihre Aussage wird sofort abgetippt. Lesen Sie sie genau durch und unterzeichnen Sie, wenn Sie sie für korrekt halten. Sie können dann auch nach Hause gehen, aber wir brauchen Sie vielleicht schon morgen früh wieder.«

Zum erstenmal hatte Chris das Gefühl, als schenke ihm der Staatsanwalt allmählich Glauben. Er erhob sich. »Wo ist Joan?«

»Sie hat eine Aussage zu Protokoll gegeben. Sie können sie mitnehmen. Ach, noch etwas: Welchen Eindruck haben Sie von Dr. Highley?«

»Ich habe ihn nie kennengelernt.«

»Haben Sie diesen Artikel über ihn gelesen?« Myerson hielt den *Newsmaker* in die Höhe.

Chris sah sich kurz den Artikel an, dann das Bild des Arztes. »Ich habe das Heft gestern im Flugzeug nach New York gelesen.«

In seinem Gedächtnis arbeitete es.

»Jetzt hab' ich's«, entfuhr es ihm. »Genau das konnte ich nicht einordnen.«

»Worüber sprechen Sie?« fragte Myerson.

»Das war der Mann, der gestern abend im Essex House aus dem Aufzug kam, als ich versuchte, Dr. Salem zu erreichen.«

72

Erst jetzt knipste Dr. Highley das Licht an. Verschwommen erkannte sie das Gesicht; seine vorstehenden Augen stierten hämisch auf sie herab. Diese schweißglänzende Haut. Das sandfarbene Haar fiel ihm wirr in die Stirn.

Mit Mühe kam sie auf die Beine. Der Raum war klein, einem Wartezimmer ähnlich. Es war sehr kalt. Die dicke Stahltür war hinter ihr. Sie wankte zur Tür.

»Sie haben es mir so einfach gemacht, Mrs. DeMaio.« Er lächelte. »Es ist bekannt, daß Sie Angst vor Krankenhäusern haben. Wenn Schwester Renge und ich jetzt gleich unseren Rundgang machen und Sie nicht finden, müssen wir annehmen, daß Sie die Klinik verlassen haben. Wir werden Ihre

Schwester anrufen. Mrs. Kennedy wird erst in ein paar Stunden zurück sein, nicht wahr? Erst viel später werden wir Sie dann in der Klinik suchen. Aber hier wird Sie niemand vermuten.

Ein alter Mann starb gestern auf der Intensivstation. Er liegt hier nebenan im Leichenraum. Wenn morgen vormittag der Leichenbestatter kommt, wird man Sie finden. Es wird so einfach zu erklären sein, was Ihnen zugestoßen ist. Sie hatten außerordentlich starke Blutungen. Sie verloren die Orientierung. Sie standen kurz vor dem Koma. Sie wanderten hier herunter. Sie sind hier verblutet.«

»Nein.« Sein verzerrtes Gesicht verschwamm jetzt völlig. Sie taumelte.

Er griff an ihr vorbei und öffnete die Stahltür. Schob sie hindurch und hielt sie fest, als sie niedersank. Katie war ohnmächtig geworden. Er kniete sich neben sie und gab ihr die letzte Heparinspritze. Wahrscheinlich würde sie das Bewußtsein nicht wiedererlangen. Selbst wenn, hier kam sie nicht mehr heraus. Die Tür war von dieser Seite verschlossen. Nachdenklich blickte er sie an. Dann stand er auf und wischte sich den Staub von der Hose. Endlich war er mit Katie DeMaio fertiggeworden. Höchste Zeit auch.

Er schloß die Stahltür, die den Leichenraum vom Vorraum trennte, und schaltete das Licht aus. Vorsichtig öffnete er die äußere Tür. Lief den Flur entlang. Verließ das Gebäude durch dieselbe Tür, durch die er es eine Viertelstunde vorher betreten hatte.

Ein paar Minuten später trank er den lauwarmen Cappuccino und winkte ab, als ihm die Bedienung einen frischen, heißen anbot. »Meine Telefonate haben ein wenig länger gedauert, als ich gedacht hätte«, erklärte er. »Und jetzt muß ich schnell zur Klinik zurück. Ich habe eine Patientin, die mir große Sorgen bereitet.«

73

»Gute Nacht, Dr. Fukhito. Es geht mir jetzt viel besser. Vielen Dank.« Ein Lächeln flog über das Jungengesicht.

»Schön. Schlaf gut heute nacht, Tom.« Jiro Fukhito erhob sich langsam. Dieser junge Mann würde es schaffen. Trotz wochenlanger schwerer Depressionen und einem Suizidversuch. Mit hundertzwanzig Stundenkilometern war er aus der Kurve getragen worden und gegen einen Baum geschleudert. Sein jüngerer Bruder war bei dem Unfall ums Leben gekommen.

Jiro Fukhito wußte, daß er ihm über das Schlimmste hinweggeholfen hatte. Meist befriedigte ihn seine Arbeit, dachte er, vor allem seine freiwillige Tätigkeit hier, als er gemächlich den Flur im Valley-Pines-Krankenhaus entlangging. Man hatte ihm ein Angebot gemacht, hier ganztägig zu arbeiten. Er würde annehmen. Gut, er hatte auch für viele Patientinnen in der Westlake-Klinik einiges tun können. Anderen wiederum hatte er nicht helfen können – nicht helfen dürfen.

Highley würde nicht zögern, den Fall von Massachusetts wieder auszugraben, wenn er seinen Arztkollegen im Verdacht hatte, der Polizei etwas über seine Patientin erzählt zu haben.

Aber Mrs. DeMaio war auch schon einiges aufgefallen. Seine Nervosität war ihr bestimmt nicht entgangen, als sie ihm vorgestern ihre Fragen gestellt hatte.

Er stieg in seinen Wagen. Unentschlossen blieb er darin sitzen. Vangie Lewis beging nicht Selbstmord. Und schon gar nicht mit Zyankali. Sie war einmal während der Sprechstunde auf diese Jones-Sekte zu sprechen gekommen, als sie sich über Religion unterhielten.

Er konnte sie noch vor sich in der Praxis sitzen sehen, hatte noch ihre ernstgemeinten, oberflächlichen religiösen Ansichten im Ohr. »Ich bin keine Kirchengängerin, Herr Doktor. Ich glaube zwar an Gott, aber auf meine Weise. Ich denke manchmal über Gott nach. Das ist doch besser, als immer wieder in die Kirche zu rennen, wo man ohnehin nicht zuhört, nicht wahr? Und dann diese Sekten. Das sind alles Verrückte. Ich kann nicht verstehen, wie man sich denen anschließen kann. Denken Sie nur an all die Leute, die sich umbrachten, weil man es ihnen befahl. Haben Sie einmal die Bandaufnahme gehört, wie sie geschrien haben, nachdem sie das Zeug getrunken hatten? Ich hatte Alpträume danach. Und sie sahen so häßlich aus.«

Schmerzen. Häßlichkeit. Vangie Lewis? Niemals.

Jiro Fukhito seufzte. Er wußte, was er zu tun hatte. Noch einmal würde er für den schrecklichen Fehler von vor zehn Jahren bezahlen müssen.

Aber er mußte der Polizei alles erzählen, was er wußte. Vangie war aus seiner Praxis auf den Parkplatz hinausgerannt. Als er jedoch ging, hatte ihr Lincoln Continental noch dort gestanden.

Jiro Fukhito hatte keine Zweifel mehr, daß Vangie in Highleys Sprechzimmer gegangen war.

Er fuhr aus dem Krankenhausparkplatz und bog dann in die Straße ein, die ihn zur Staatsanwaltschaft von Valley County brachte.

74

Myerson hielt den Mokassin hoch, Richard, Nugent und Cunningham saßen um seinen Schreibtisch.

»Lassen Sie uns das zusammenbauen«, schlug Myerson vor. »Vangie starb nicht zu Hause. Sie wurde irgendwann vormittags dorthin gebracht. Ihr letztbekannter Aufenthaltsort war Dr. Fukhitos Praxis in der Klinik. Vangie trug am Montagabend ihre Mokassins. Irgendwo in der Klinik hat sie einen davon verloren, und Edna Burns fand ihn. Derjenige, der sie nach Hause gebracht hat, zog ihr andere

Schuhe an, um zu vertuschen, daß einer fehlte. Edna Burns fand den Schuh und sprach darüber. Und Edna Burns starb.

Emmet Salem versuchte Sie, Richard, zu erreichen. Er wollte mit Ihnen über Vangies Tod sprechen. Er kam nach New York und stürzte wenige Minuten später in den Tod – oder wurde gestürzt. Vangie Lewis' Krankenblatt, das er mitgebracht hatte, verschwand.«

»Und Chris Lewis schwört, daß er Edgar Highley im Essex House gesehen hat«, warf Richard ein.

»Was wahr sein kann oder auch nicht«, sagte Myerson.

»Aber Dr. Salem wußte von dem Skandal im Christushospital«, entgegnete Richard. »Highley wollte nicht, daß dies in dem Augenblick aufgedeckt würde, wo er anfing, eine landesweite Berühmtheit zu werden.«

»Das ist kein Mordmotiv«, blieb Myerson fest.

»Und weshalb hat Highley versucht, den Schuh aus Ednas Schublade zu nehmen?« fragte Nugent.

»Das wissen wir leider nicht. Diese Frau aus der Klinik behauptet nur, daß er die Schublade geöffnet hat. Er hat nichts angerührt«, sagte Myerson zweifelnd. »Nichts hängt zusammen. Wir haben es mit einem prominenten Arzt zu tun. Wir können nicht mir nichts dir nichts auf ihn losgehen, nur weil er vor zehn Jahren in einen nie geklärten Skandal verwickelt war. Das Hauptproblem bleibt ein Motiv. Highley hatte kein Motiv für einen Mord an Vangie Lewis.«

Die Sprechanlage summte. Myerson schaltete sie ein. »Mrs. Horan ist hier«, sagte Maureen.

»Gut, bringen Sie sie herein, und bleiben Sie gleich da, und schreiben Sie Ihre Aussage nieder«, ordnete Myerson an.

Richard beugte sich vor. Diese Frau hatte gegen Edgar Highley einen Kunstfehlerprozeß angestrengt.

Die Tür ging auf, und mit Maureen betrat eine junge Frau den Raum, eine Japanerin, etwa Anfang zwanzig. Ihr hellroter Lippenstift wirkte etwas unvorteilhaft.

Myerson erhob sich. »Mrs. Horan, danke, daß Sie gekommen sind. Wir werden Sie nicht lange aufhalten. Bitte setzen Sie sich doch.«

Sie nickte. Sichtlich nervös leckte sie sich die Lippen und faltete die Hände im Schoß. Maureen nahm unauffällig hinter ihr Platz und schlug ihren Stenoblock auf.

Myerson fragte nach den Personalien.

»Ich heiße Anna Horan und wohne in Ridgefield Park, 415 Walnut Street.«

»Sie sind oder waren Dr. Edgar Highleys Patientin?«

Richard drehte sich rasch um, als er Maureen nach Luft schnappen hörte. Aber das Mädchen erholte sich schnell und wandte sich mit gesenktem Kopf ihrer Schreibarbeit zu.

Anna Horans Gesicht verfinsterte sich. »Ja, ich war eine Patientin dieses Mörders.«

»Dieses Mörders?« wiederholte Myerson fragend.

Plötzlich sprudelte es aus ihr hervor. »Vor fünf Monaten war ich bei ihm. Ich war schwanger. Mein Mann studiert Jura im vierten Semester. Wir leben von meinem Gehalt. Ich hatte mich zu einer Abtreibung entschlossen.«

Myerson enttäuscht: »Dr. Highley hat den Eingriff auf Ihren Wunsch hin durchgeführt, und nun machen Sie ihn verantwortlich?«

»Nein. Das ist nicht wahr. Er sagte, ich sollte am nächsten Tag wiederkommen. Das tat ich. Er brachte mich in einen Operationssaal in der Klinik. Er ließ mich allein, und da wußte ich – ich wußte es –, daß ich mein Kind haben wollte, obwohl mir noch nicht klar war, wie wir es durchbringen sollten. Dr. Highley kam zurück, und ich stand auf. Ich teilte ihm meinen Entschluß mit.«

»Und er sagte Ihnen wahrscheinlich, daß es sich jede zweite Frau in diesem Moment anders überlegt.«

»Nein. Ich sollte mich auf den Operationstisch legen.«

»War denn sonst niemand im Raum? Eine Schwester?«

»Nein, nur der Arzt und ich. Ich meinte: ›Ich weiß, was ich sage.‹ Und dann...«

»Dann haben Sie sich doch überreden lassen?«

»Nein, nein. Ich weiß nicht mehr, was passiert ist. Er rammte mir eine Spritze in den Arm, als ich versuchte aufzustehen. Ich erwachte auf einer Liege. Die Schwester sagte, es sei alles vorüber. Ich sollte mich ein Weilchen ausruhen.«

»An die Operation können Sie sich nicht erinnern?«

»Nein, überhaupt nicht. Das letzte, woran ich mich noch erinnern kann, ist, daß ich weg wollte.« Ihr Mund verkrampfte sich. »Ich wollte mein Kind retten, ich wollte es haben. Dr. Highley hat mir mein Kind weggenommen.«

Ein bitteres schmerzliches Weinen erscholl plötzlich neben Anna Horans herzerweichendem Schluchzen. Maureen wimmerte mit schmerzverzerrtem Gesicht: »Mit mir hat er genau dasselbe gemacht.«

Richard blickte stumm auf die beiden weinenden Frauen: Die junge Japanerin und Maureen mit ihrem rotgoldenen Haar und den smaragdgrünen Augen. Und mit absoluter Sicherheit wußte er, daß er diese Augen schon einmal gesehen hatte.

75

Er stieg im 2. Stock aus und spürte sofort die Spannung. Erschrocken rannten Schwestern auf dem Flur hin und her. Ein Herr und eine Dame in Abendkleidung standen vor Schwester Renges Stationszimmer.

Rasch ging er hin. Mit ungeduldiger, scharfer Stimme fragte er: »Schwester Renge, stimmt etwas nicht?«

»Herr Doktor, Mrs. DeMaio. Sie ist nicht mehr da.«

Die Frau war etwa Mitte Dreißig. Sie kam ihm bekannt vor. Natürlich! Es war Katie DeMaios Schwester. Weshalb kamen sie hierher?

»Ich bin Dr. Highley«, stellte er sich vor. »Was hat das zu bedeuten?«

Molly fand kaum Worte. Irgend etwas war Katie zugestoßen! Der Mann antwortete an ihrer Stelle. »Mein Name ist Dr. Kennedy«, sagte er. »Meine Frau ist Mrs. DeMaios Schwester. Wann haben Sie sie das letzte Mal gesehen und wie war ihr Zustand?«

Dieser Mann ließ sich nicht leicht hinters Licht führen. »Ich war vor etwas mehr als einer Stunde bei Mrs. DeMaio. Ihr geht es nicht gut. Wie Ihnen vielleicht bekannt ist, hat sie in dieser Woche zwei Transfusionen erhalten. Ihre Blutwerte werden soeben im Labor untersucht. Ich nehme an, daß sie niedrig sind. Schwester Renge kann Ihnen bestätigen, daß ich vorhatte, die Ausschabung lieber noch heute nacht vorzunehmen als bis zum Morgen zu warten. Ich fürchte, Mrs. DeMaio hat niemandem anvertraut, wie schwer ihre Blutungen waren.«

»Um Himmels willen, wo ist sie nur«, rief Molly aus.

Er blickte sie an. Sie konnte er leichter überzeugen. »Ihre Schwester leidet unter einer beinahe krankhaften Furcht vor Krankenhäusern. Halten Sie es für möglich, daß sie einfach fortgelaufen ist?«

»Ihre Kleider hängen im Schrank, Herr Doktor«, schaltete sich Schwester Renge ein.

»Einige Kleider hängen vielleicht im Schrank«, verbesserte er. »Haben Sie Mrs. DeMaios Tasche ausgepackt?«

»Nein.«

»Woher wollen Sie dann wissen, ob sie nicht noch mit anderen Sachen hier erschienen ist?«

»Es wäre möglich«, meinte Bill zögernd. Zu Molly gewandt sagte er: »Du weißt, daß es möglich wäre.«

»Wir hätten hier sein müssen«, flüsterte Molly. »Wie krank ist sie, Herr Doktor?«

»Wir müssen sie finden und sie hierher zurückbringen. Ist es wahrscheinlich, daß sie zu sich oder zu Ihnen nach Hause wollte?«

»Herr Doktor«, meldete sich Schwester Renge mit ängstlich zitternder Stimme, »nach der Schlaftablette hätte Mrs.

DeMaio tief schlafen müssen. Es war die stärkste, die Sie je verordnet haben.« Er blitzte sie an. »Ich habe sie verordnet, weil ich von Mrs. DeMaios Ängsten wußte. Sie hatten den Auftrag, dafür zu sorgen, daß sie sie einnahm. Sie wollte das Schlafmittel nicht. Haben Sie gesehen, ob sie es geschluckt hat?«

»Ich habe gesehen, wie sie die Tablette in den Mund nahm.«

»Haben Sie sie schlucken sehen?«

»Nein... eigentlich nicht.«

Verächtlich kehrte er der Schwester den Rücken zu. Mit besonnener, besorgter Stimme sagte er zu Molly und Bill: »Ich glaube kaum, daß Mrs. DeMaio in der Klinik umherirrt. Meinen Sie nicht auch, daß sie irgendeinem inneren Antrieb zufolge fortgelaufen ist? Sie könnte zum Beispiel ganz einfach in den Aufzug gestiegen sein, in die Eingangshalle hinabgefahren sein und mit Besuchern, die hier den ganzen Abend kommen und gehen, hinausspaziert sein. Halten Sie das nicht auch für eine Möglichkeit?«

»Doch, ja, ja.« Molly betete darum, daß es so war.

»Dann können wir nur hoffen, daß sich Mrs. DeMaio in Kürze zu Hause einfinden wird.«

»Ich will nur nachsehen, ob ihr Wagen noch auf dem Parkplatz steht«, sagte Bill.

Der Wagen. An den Wagen hatte er nicht gedacht. Wenn sie jetzt anfingen, in der Klinik nach ihr zu suchen...

Bill runzelte die Stirn. »Ach, verflixt, sie hat ja noch den Leihwagen. Molly, was für eine Marke ist es denn? Ich habe ihn doch nicht einmal gesehen.«

»Ich... ich weiß es nicht«, klagte Molly.

Dr. Edgar Highley atmete auf. »Selbst wenn Sie das Auto wiedererkennen würden, wäre die Suche auf dem Parkplatz reine Zeitverschwendung. Ich würde vorschlagen, Sie rufen sie zu Hause an. Wenn sie dort nicht ist, fahren sie hin und warten, bis sie heimkommt. Sie kann höchstens seit einer Stunde weg sein. Wenn Sie sie irgendwie erreichen, bestehen Sie darauf, daß sie in die Klinik zurückkommt. Sie können hier bei ihr übernachten, Mrs. Kennedy. Herr Kollege, wenn Sie meinen, es trägt zu Mrs. DeMaios Beruhigung bei, würde ich mich freuen, wenn Sie mich in den Operationsraum begleiteten. Wir können nicht zulassen, daß die Blutungen anhalten. Mrs. DeMaio ist eine ernstlich kranke junge Frau.«

Molly biß sich die Lippen und. »Ich verstehe. Herr Doktor, Sie waren sehr nett zu uns. Bill, laß uns zu Katie fahren. Vielleicht ist sie schon zu Hause und geht nur nicht ans Telefon.«

Sie wandten sich zum Gehen. Sie glaubten ihm. Es würde mindestens ein paar Stunden dauern, bevor sie auf eine Durchsuchung der Klinik drängten. Mehr brauchte er nicht.

Er drehte sich zu Schwester Renge um. In ihrer dümmlichen, nachlässigen Art war sie ihm sogar von Nutzen gewesen. Natürlich hatte Katie das Schlafmittel nie eingenommen. Natürlich war es gerechtfertigt gewesen, daß er es verordnet hatte.

»Rufen Sie mich dann sofort an, wenn Sie Ihre Schwester gefunden haben, ich bin zu Hause.« Lächelnd fügte er hinzu: »Ich muß noch Unterlagen fertigstellen.«

76

»Wir müssen Dr. Highleys Unterlagen beschlagnahmen, bevor er Zeit hat, sie zu vernichten. Versuchen Sie, sich genau zu erinnern: Bewahrt er alle Unterlagen in der Praxis auf?«

Jiro Fukhito starrte Richard an. Er war in die Staatsanwaltschaft gekommen, da er eine Aussage machen wollte. Beinahe ungeduldig hatte man ihn angehört, und dann hatte ihm Dr. Carroll seine unglaubliche Theorie dargelegt.

War es die Möglichkeit? Jiro Fukhito dachte an die Zeit, als ein Verdacht in ihm aufgekommen war, der sich aber unter dem Eindruck von Highleys gynäkologischen Leistungen gelegt hatte. Es war möglich!

Unterlagen. »Edgar Highley würde niemals Unterlagen in der Klinik aufbewahren, die auf ärztliches Fehlverhalten schließen lassen«, sagte er vorsichtig. »Es besteht immer die Gefahr, daß eine Einsichtnahme erzwungen wird. Er nimmt jedoch häufig Akten mit nach Hause. Ich konnte nie verstehen, weshalb er das tut.«

»Lassen Sie umgehend einen Haftbefehl durchgeben«, befahl Myerson Nugent. »Wir nehmen uns seine Praxis und sein Haus gleichzeitig vor. Ich fahre mit dem Streifenwagen zum Haus. Sie, Richard, kommen mit mir, Sie, Charley, übernehmen mit Phil die Praxis. Wir werden Highley als unerläßlichen Zeugen festhalten. Wenn er nicht zu finden ist, möchte ich, daß ein Polizeiposten vor seinem Haus Stellung bezieht. Wir schnappen ihn dann, sobald er heimkommt.«

»Mich beunruhigt nur, daß er vielleicht auch in diesem Augenblick an jemandem herumexperimentiert«, meinte Richard. »Ich könnte wetten, die Haare, die man im Labor an Ednas und Vangies Leiche fand, stammen von Highley.« Er sah auf die Uhr. Es war 21.30 Uhr. »Wir werden diesen Fall heute abend noch lösen«, kündigte er an.

Er wünschte, Katie wäre hier. Sie wäre erleichtert, wenn sie wüßte, daß Chris Lewis aus dem Kreis der Verdächtigen ausschied. Ihre Vermutung war richtig gewesen, was Lewis anbelangte. Aber auch seine Vermutung bezüglich Dr. Highley hatte sich als richtig erwiesen.

Dr. Fukhito erhob sich: »Brauchen Sie mich noch?«

»Im Augenblick nicht mehr, Herr Doktor«, sagte Myerson. »Wir melden uns wieder bei ihnen. Wenn Sie zufällig etwas von Dr. Highley hören, bevor wir ihn verhaften, erzählen Sie ihm bitte nichts von den Ermittlungen gegen ihn, ja?«

Jiro Fukhito lächelte müde: »Edgar Highley und ich sind keine Freunde. Er hätte keinen Grund, mich zu Hause anzurufen. Er hat mich an die Klinik geholt, weil er wußte, daß er über mich bestimmen konnte.«

Er ging hing hinaus. Als er den Flur entlang lief, enttdeckte er ein Namensschild an einer Tür: MRS. KATIE DEMAIO. Katie DeMaio. Sollte sie nicht heute in der Klinik sein? Freilich, solange gegen Highley ermittelt wurde, würde ihre Operation wohl nicht durchgeführt werden.

Jiro Fukhito fuhr nach Hause.

77

Sie schwebte durch einen dunklen Flur. Ganz am hinteren Ende sah sie Licht. Sicher war es dort warm. Wärme und Zuflucht. Aber etwas hielt sie fest. Etwas, was sie noch erledigen mußte, ehe sie starb. Sie mußte ihnen mitteilen, was Dr. Highley war. Von ihrem Finger tropfte das Blut herab. Sie spürte es. Sie lag am Boden. Es war kalt. All die Jahre über hatte sie Alpträume gehabt, sie würde im Krankenhaus sterben. Aber jetzt erschien es ihr gar nicht mehr so schlimm. Sie hatte Angst vor der Einsamkeit. Sie hatte Angst, es könnte weh tun. Sie wußte, wer ihr weh tat. Sie hatte ihn kennengelernt, bis zum bitteren Ende. Konnte sie vielleicht Dr. Highleys Namen mit ihrem Finger auf den Fußboden schmieren? Er war ein Verrückter. Man mußte ihn fangen. Langsam bewegte Katie ihren Finger: runter – Querstrich – und wieder runter. Es war ein H.

78

Er kam um viertel nach neun nach Hause. Der prickelnde Gedanke, die letzte Bedrohung ausgeschaltet zu haben, brachte Dr. Highley in Hochstimmung. Vor noch nicht einmal einer Stunde hatte er zu essen aufgehört, aber irgendwie konnte er sich an die Mahlzeit schon nicht mehr erinnern. Vielleicht hatte Hilda etwas Gutes gerichtet.

Es war mehr, als er sich erhofft hatte. Eine Fondue. Hilda bereitete bemerkenswert gute Fondues zu. Vielleicht ihre größte kulinarische Leistung überhaupt. Er zündete das Stövchen unter der Fonduepfanne an und stellte die Flamme klein. In einem Körbchen lag unter einer Serviette ein Laib knuspriges französisches Weißbrot. Er würde Salat anmachen. Gewiß war Arugulasalat im Haus, er hatte Hilda aufgetragen, heute frischen einzukaufen.

Bis die Fondue heiß war, wollte er Katie DeMaios Akte vervollständigen. Er konnte es kaum erwarten, sie abzuschließen. Morgen konnte er sich dann Gedanken über die beiden Patientinnen machen, die Spenderin und die Empfängerin. Er war zuversichtlich und den Erfolg gewohnt.

Aber genügte das noch? Wäre es nicht verlockender, die Empfängerin Zwillinge austragen zu lassen? Zwei fremde Feten von verschiedenen Spenderinnen?

Die Immunreaktionstheorie, die er ausgearbeitet hatte, konnte versagen. Sie würde ziemlich sicher versagen. Aber wie lange würde es dauern? Welche besonderen Schwierigkeiten würden sich ergeben?

Er ging in die Bibliothek, zog die Schreibtischschublade heraus und entnahm Katie DeMaios Akte dem Geheimfach. Auf der letzten Seite nahm er die abschließende Eintragung vor:

Patientin erschien in der Klinik circa 18.00 Uhr. Blutdruck 100/60 – Hämoglobinwert: unter 100 Gramm pro Liter. Behandelnder Arzt verabreicht um 19.00 Uhr die letzten beiden Kumarin-Pillen. Um 20.30 Uhr kehrt behandelnder Arzt in Mrs. DeMaios Krankenzimmer zurück und injiziert 5 ml Heparin. Mrs. DeMaio erwacht kurz. In nahezu komatösem Zustand fragt sie den behandelnden Arzt: ›Warum haben Sie Vangie Lewis umgebracht?‹

Behandelnder Arzt ging und beschaffte sich mehr Heparin.

Selbstverständlich mußte ausgeschlossen werden, daß Mrs. DeMaio diese Fragen vor Zeugen wiederholte. Als behandelnder Arzt zurückkam, war Patientin aus dem Zimmer gegangen. Vermutlich wurde ihr bewußt, was sie gesagt hatte, weshalb sie zu entkommen suchte. Patientin wurde gestellt. Erneute Verabreichung von 5 ml Heparin. Patientin wird heute nacht in der Westlake-Klinik verbluten.

Die Akte ist hiermit abgeschlossen.

Er legte seinen Füllfederhalter nieder, räkelte sich, ging zum Wandsafe hinüber und öffnete ihn. Im Licht der Wandleuchter schimmerten die gelbbraunen Umschläge beinahe golden.

Sie waren wirklich Gold wert: Die Beweise seiner genialen Leistungen lagen vor seinen Augen. Mit einer großartigen Geste nahm er sie heraus und legte sie auf seinen Schreibtisch. Wie Midas, der in seinen Schätzen schwelgte, strich er mit den Fingern über die Namensschildchen. Seine großen Erfolge: Berkeley und Lewis. Seine Finger hielten inne, und seine Miene trübte sich. Appleton, Carey, Drake, Eliot... Mißerfolge. Es waren über achtzig. Aber keine echten Mißerfolge. Er hatte so vieles gelernt. Alle hatten dazu beigetragen. Sie gehörten zur Chronik seines Erfolges.

Lewis. Ein Nachtrag war erforderlich. Er fügte Vangies Akte eine Schilderung seiner Begegnung mit Emmet Salem bei.

Die Fondue mußte fertig sein. Unentschlossen blickte er auf die Akten. Sollte er sie wieder wegschließen oder noch ein wenig darin blättern? Vielleicht sollte er sie sich doch ansehen. Diese Woche war so schwer gewesen. Er mußte sein Wissen auffrischen, was einige Medikamentenabfolgen anbetraf, die er vielleicht in dem neuen Fall zur Anwendung bringen wollte.

Irgendwo in der Ferne hörte er ein Geräusch, das immer lauter wurde: Das Klagegeheul einer Polizeisirene, das der eisige Wind bis zu ihm in die Bibliothek trug. Der Lärm schwoll in dem Raum kreischend an, brach dann aber abrupt ab. Er ging rasch zum Fenster, zog den Vorhang etwas beiseite und spähte hinaus. Ein Streifenwagen war vors Haus gefahren. Die Polizei kam zu ihm! Hatte man Katie gefunden? Hatte sie noch reden können? Blitzschnell rannte er zum Schreibtisch, stapelte die Akten aufeinander, legte sie wieder in den noch offenstehenden Safe, schloß ab und schob das Regal vor.

Ruhig. Er mußte Ruhe bewahren. Seine Haut war schweißig. Lippen und Knie schienen aus Gummi. Er mußte sich beherrschen. Schließlich besaß er noch einen letzten Trumpf.

Wenn Katie geredet hatte, war alles vorüber.

Wenn die Polizei aber aus einem anderen Grund hier war, konnte er sie vielleicht bluffen. Vielleicht war Katie schon tot. Und man hatte ihre Leiche gefunden. Er dachte an das Verhör und die Anschuldigungen nach Claires Tod. Sie waren im Sand verlaufen. Es hatte sich kein einziger Beweis ergeben.

Alle Möglichkeiten und Konsequenzen schossen ihm zugleich durch den Kopf. Es geschah genau das gleiche wie bei einer Operation oder einer Entbindung, wenn plötzlich etwas schiefging und er eine unwiderrufliche Entscheidung treffen mußte.

Und dann war sie da. Diese eiskalte überlegene Ruhe, diese Vorstellung von seiner Macht, die ihn während schwieriger Operationen nie im Stich ließ.

Es klopfte [illegible] ein durchdringendes befehlendes Klopfen. Langsam und bedächtig strich er sein Haar glatt. Seine Finger, die jetzt wunderbar trocken und warm waren, rückten den Knoten der Krawatte zurecht. Er ging zur Haustür und öffnete.

Während der Streifenwagen zu Edgar Highleys Haus raste, ging Myerson noch einmal systematisch die Aussagen durch, die er in den letzten Stunden gehört hatte – von Chris Lewis, Gertrude Fitzgerald, Gana Krupshak, Jiro Fukhito, Anna Horan und Maureen Crowley.

Es schien, als wiesen sie alle in eine Richtung: auf Dr. Edgar Highley, der dadurch in den Verdacht der Kurpfuscherei, des unethischen Verhaltens und des Mordes geriet.

Noch vor nicht einmal drei Stunden hatte beinahe dasselbe Beweismaterial auf Chris Lewis schließen lassen.

Myerson mußte an Mikado denken, das Spiel, das er als Kind so geliebt hatte. Man mußte die Stäbchen aus dem wirren Haufen nehmen, eines nach dem anderen, ohne den Rest durcheinanderzubringen. Wenn auch nur ein Stäbchen erzitterte, hatte man verloren. Ein Spiel, das er meisterhaft beherrscht hatte. Und dennoch fiel, wie sehr man sich auch dabei anstrengte, der Stapel meist zusammen. Mit Indizienbeweisen war es genauso. Als Summe betrachtet, wirkten sie beeindruckend. Nahm man sie Stück für Stück weg, stürzte das Gebäude ein.

Richard saß neben ihm auf dem Rücksitz des Streifenwagens. Nur weil Richard darauf bestanden hatte, das Beweismaterial gegen Edgar Highley sprechen zu lassen, brausten sie nun mit heulenden Sirenen durch Parkwood. Richard hatte die Ermittlungsarbeit bis zum äußersten vorangetrieben, da er befürchtete, Highley könnte belastende Unterlagen vernichten, wenn er erfuhr, daß man ihn verdächtigte.

Edgar Highley war ein prominenter Mediziner, ein hervorragender Frauenarzt. Einflußreiche Leute waren ihm zutiefst verpflichtet für die Kinder, die er in ihren Familien zur Welt gebracht hatte. Wenn dies sich als Hexenjagd entpuppte, mußte sich die Staatsanwaltschaft die Attacken der Presse und der Öffentlichkeit gefallen lassen.

»Die Sache stinkt.« Myerson merkte nicht, daß er laut gesprochen hatte.

Richard war in Gedanken vertieft. Stirnrunzelnd fragte er Myerson: »Was stinkt?«

»Diese ganze Kampagne: der Haftbefehl, die Annahme,

Highley sei zugleich ein Genie und ein Mörder. Richard, was für Beweise haben wir? Gertrude Fitzgerald glaubt, Highley wollte an die Nachttischschublade wegen des Schuhs. Chris Lewis glaubt, er habe Highley im Essex House gesehen. Und Sie glauben, Highley habe medizinische Wunderdinge vollbracht.

Sehen Sie, selbst wenn der Haftrichter ihn in Untersuchungshaft nimmt, was ich bezweifle, kann ein guter Anwalt die ganze Seifenblase ohne ein Gerichtsverfahren platzen lassen. Am liebsten würde ich auf der Stelle wieder umkehren.«

»Bitte nicht!« Richard faßte Myerson am Arm. »Um Gottes willen, wir müssen doch die Unterlagen beschlagnahmen.«

Myerson rückte zur Seite und befreite seinen Arm.

»Mr. Myerson«, drängte Richard, »vergessen Sie nicht, zu wie vielen Todesfällen es in der gynäkologischen Abteilung im Westlake schon gekommen ist. Das allein genügt schon für ein Ermittlungsverfahren.«

Der Streifenwagen brauste um die Ecke. Sie befanden sich im westlichen Parkwood, einer vornehmen Villengegend. »Na schön«, zischte Myerson. »Machen Sie sich darauf gefaßt, daß wir vielleicht schon morgen früh diesen Ausflug bedauern werden.«

»Das bezweifle ich«, entgegnete Richard knapp. Er wünschte, er würde die wachsende Besorgnis wieder los, die auf seine Magengrube drückte. Diese Schmerzen hatten nichts mit der augenblicklichen Situation zu tun.

Es war wegen Katie. Weshalb? Es war eine tiefe, unbegreifliche Sorge um Katie. Weshalb?

Der Wagen bog in eine Auffahrt ein. »Hier sind wir also«, verkündete Myerson säuerlich. Die beiden Beamten, die auf dem Vordersitz gesessen hatten, sprangen aus dem Wagen. Beim Aussteigen bemerkte Richard, wie sich hinter einem Fenster in der rechten Ecke des Hauses ein Vorhang bewegte.

Sie hatten hinter einer schwarzen Limousine mit einem

Arztschild geparkt. Myerson berührte die Motorhaube. »Noch warm«, sagte er. »Er kann noch nicht lange hier sein.«

Der jüngere Beamte, der am Steuer gesessen hatte, polterte laut gegen die Haustür. Sie warteten. »Warum klingeln Sie nicht einfach?« fragte Myerson ärgerlich. »Dafür ist die Klingel doch da!«

»Man hat uns gesehen«, sagte Richard. »Er weiß, daß wir hier sind.«

Der Beamte hatte gerade den Finger auf den Klingelknopf gedrückt, als die Tür aufging. Edgar Highley stand im Flur.

Myerson sprach als erster. »Dr. Highley?«

»Ja bitte?« Die Stimme klang kalt und vorwurfsvoll.

»Dr. Highley, mein Name ist Myerson, ich bin der Staatsanwalt von Valley County. Wir haben einen Hausdurchsuchungsbefehl für dieses Anwesen, und es ist meine Pflicht, Sie davon zu unterrichten, daß Sie im Verdacht stehen, am gewaltsamen Tod von Vangie Lewis, Edna Burns und Emmet Salem schuldig zu sein. Sie haben das Recht, einen Anwalt hinzuzuziehen. Sie können die Aussage verweigern. Alles was Sie sagen, kann gegen Sie verwendet werden.«

Verdacht. Sie waren sich also nicht sicher. Man hatte Katie nicht gefunden. Die ganze Beweisführung baute auf Indizien auf. Er machte einen Schritt zur Seite und machte die Tür weiter auf, um sie hereinzulassen. Seine Stimme klang schneidend, so, als beherrsche er mit Mühe seinen Zorn: »Ich kann mir keine Rechtfertigung für Ihr Eindringen denken, aber treten Sie näher, meine Herren. Ich werde alle Ihre Fragen beantworten. Sie dürfen auch gerne mein Haus durchsuchen. Ich muß Sie jedoch warnen. Wenn ich mich mit einem Anwalt in Verbindung setze, so nur, um gegen die Staatsanwaltschaft von Valley County sowie gegen jeden einzelnen von Ihnen Klage einzureichen.«

Als er im Christushospital von Devon gekündigt hatte, hatte er jedem mit einer Klage gedroht, der die Ermittlungen gegen ihn auch nur erwähnte. Lange Zeit war tatsächlich Stillschweigen bewahrt worden. Er hatte erreicht, seine Personalakte in der Queen-Mary-Klinik einsehen zu dürfen und hatte keinen Hinweis darauf gefunden.

Bewußt führte er sie in die Bibliothek. Er wußte, welch eindrucksvolle Erscheinung er abgab, wenn er an seinem massiven Barocksekretär saß. Jetzt mußte er die stärkeren Nerven zeigen, er mußte sie einschüchtern, damit sie nicht zu direkt fragten.

Mit einer wegwerfenden Geste winkte er sie zu der Ledersitzgarnitur. Der Staatsanwalt und Dr. Carroll nahmen Platz, die beiden jungen Beamten nicht. Myerson übergab ihm die schriftliche Rechtsmittelbelehrung. Verächtlich unterzeichnete er sie.

»Wir beginnen mit der Durchsuchung«, erklärte einer der Polizisten höflich. »Wo verwahren Sie Ihre Patientenkarten, Dr. Highley?«

»Natürlich in meiner Praxis«, knurrte er. »Aber bitte, bedienen Sie sich. Gewiß doch. In meiner Schublade im Schreibtisch finden Sie Akten mit persönlichen Papieren.« Er erhob sich, trat vor die Hausbar und goß sich Chivas Regal in ein Kristallglas. Ohne Hast gab er Eiswürfel und einen Schuß Soda hinzu. Er ersparte sich die Zeremonie, den anderen einen Drink anzubieten. Wären sie nur wenige Minuten früher gekommen, hätte er noch Katies Akte in der Schublade gehabt. Das waren geschulte Schnüffler. Die bemerkten vielleicht den doppelten Boden in der Schublade. Aber den Safe würden sie nie entdecken – es sei denn, sie nahmen das ganze Haus auseinander.

Er setzte sich in den gestreiften, samtbezogenen Ohrensessel vor dem Kamin, nippte an seinem Scotch und schenkte ihnen eisige Blicke. Als er die Bibliothek betreten hatte, war ihm das Kaminfeuer gar nicht aufgefallen, das Hilda aufgeschichtet hatte. Es brannte großartig. Nachher würde er hier die Fondue und sein Fläschchen Wein genießen.

Das Verhör begann. Wann er Vangie Lewis zuletzt gesehen hatte?

»Wie ich schon Mrs. DeMaio gegenüber...«

»Sind Sie sicher, daß Vangie Lewis am Montagabend nicht Ihre Praxis aufgesucht hat, als sie von Dr. Fukhito kam?«

»Wie ich schon Mrs. DeMaio gegenüber...« Sie hatten keine Beweise. Absolut keinen einzigen.

»Wo waren Sie am Montagabend?«

»Zu Hause. Genau dort, wo Sie mich jetzt sehen. Ich kam unmittelbar nach der Sprechstunde heim.«

»Haben Sie Anrufe erhalten?«

»Nicht, daß ich wüßte.« Der telefonische Auftragsdienst hatte am Montagabend keine Nachricht entgegengenommen. Das hatte er nachgeprüft.

»Waren Sie am Dienstagabend in Edna Burns' Apartment?«

Mit einem verächtlichen Lächeln sagte er: »Kaum.«

»Wir brauchen Haarproben von Ihnen.«

Haare! Hatte man welche an Edna gefunden? In ihrer Wohnung? Und in Vangies? Aber er war ja am Mittwochabend mit der Polizei in Ednas Wohnung gewesen. Vangie kam immer mit ihrem schwarzen Mantel in die Sprechstunde. Selbst wenn man seine Haare in der Nähe der toten Frauen gefunden hatte, war das erklärlich.

»Waren Sie gestern abend nach siebzehn Uhr im Essex-House-Hotel?«

»Mit Sicherheit nicht.«

»Wir haben einen Zeugen, der bereit ist zu beeiden, Sie dort gegen 17.30 Uhr aus dem Aufzug kommen gesehen zu haben.«

Wer hatte ihn beobachtet? Er hatte sich in der Halle umgesehen, als er aus dem Lift gekommen war. Er war sich sicher gewesen, daß sich niemand dort aufhielt, den er kannte. Vielleicht wollten sie bluffen. Nun, eine Gegenüberstellung war bekanntlich leicht anfechtbar.

»Ich war gestern abend nicht im Essex House. Ich war in New York im Carlyle, wo ich zu speisen pflege. Allerdings wurde ärgerlicherweise meine Arzttasche gestohlen, während ich dort zu Abend aß.«

Er würde nicht mit Informationen geizen. Er mußte den Eindruck erwecken, als böte er seine Unterstützung an. Es war ein Fehler gewesen, Katie DeMaios Namen zu erwähnen. Wäre es naheliegend, den Beamten zu erzählen, daß sie aus der Klinik verschwunden war? Offenbar wußten sie nicht, daß sie dort behandelt wurde. Mrs. DeMaios Schwester hatte sich bei ihnen also noch nicht gemeldet. Nein. Nichts davon berichten. Ärztliche Schweigepflicht. Später würde er dann erklären: »Ich hätte es Ihnen schon erzählt, hatte jedoch angenommen, Mrs. DeMaio habe die Klinik aufgrund von nervösen Störungen fluchtartig verlassen. Ich dachte mir, sie machte sich vielleicht Sorgen darüber, daß dies amtlicherseits vermerkt würde.«

Freilich war es dumm von ihm gewesen, die Sprache auf den Diebstahl zu bringen.

»Was hatten Sie in Ihrer Tasche?« fragte der Staatsanwalt scheinbar beiläufg.

»Eine Erste-Hilfe-Ausrüstung, ein paar Medikamente. Es hat sich also für den Dieb kaum gelohnt.« Sollte er auch angeben, daß er Akten bei sich gehabt hatte? Nein.

Der Staatsanwalt hörte kaum zu. Er gab dem jüngeren Beamten einen Wink. »Holen Sie das Paket aus dem Wagen.«

Was für ein Paket? Edgar Highleys Finger schlossen sich fest um das Glas. War das eine Finte?

Schweigend saßen sie da und warteten. Der Beamte kam zurück und übergab Myerson ein kleines Päckchen, das mit einem Gummiband verschnürt war. Myerson löste das Gummiband und riß die Verpackung herunter. Ein abgewetzter Schuh kam zum Vorschein. »Kommt Ihnen dieser Mokassin bekannt vor, Dr. Highley?«

Er leckte sich über die Lippe. Vorsichtig, vorsichtig! Zu welchem Fuß paßte er? Davon hing alles ab. Er beugte sich vor, um ihn sich anzusehen. Es war der linke, also der aus Ednas Wohnung. Man hatte seine Tasche nicht gefunden!

»Bestimmt nicht. Müßte ich ihn kennen?«

»Vangie Lewis, Ihre Patientin, hat ihn monatelang getragen. Sie hat Sie mehrmals in der Woche aufgesucht, und es ist Ihnen nie aufgefallen?«

»Mrs. Lewis trug ziemlich schäbige Schuhe. Gewiß verwende ich nicht meine ganze Aufmerksamkeit auf bestimmte Schuhe, damit ich sie wiedererkenne, wenn man sie mir unter die Nase hält.«

»Haben Sie den Namen Dr. Emmet Salem schon einmal gehört?«

Er spitzte die Lippen. »Schon möglich. Der Name kommt mir bekannt vor. Ich müßte einmal in meinen Unterlagen nachsehen.«

»War er nicht, wie Sie auch, Arzt im Christushospital in Devon?«

»Ja, natürlich. Er war im Austausch dort. Tatsächlich, ich erinnere mich an ihn.«

Wieviel wußten sie über das Christushospital?

»Haben Sie Dr. Salem gestern abend im Essex House aufgesucht?«

»Ich glaube, diese Frage habe ich bereits beantwortet.«

»War Ihnen bekannt, daß Vangie Lewis ein Kind von einem Asiaten erwartete?«

Das war es also! Begütigend schnurrte er: »Mrs. Lewis hatte in letzter Zeit Angst vor der Geburt. Das erklärt doch alles, oder? Sie wußte, daß sie niemandem aufbinden konnte, daß ihr Mann der Vater war.«

Sie fragten ihn über Anna Horan und Maureen Crowley aus. Jetzt wurde es brenzlig. Zu brenzlig. Sie waren wie Spürhunde, die ihr Opfer einkreisten.

»Diese beiden jungen Frauen sind typische Fälle: Zuerst verlangen sie eine Abtreibung, und dann machen sie ihre Frauenarzt dafür verantwortlich, wenn sich Schuldgefühle einstellen. Das ist bestimmt nichts Ungewöhnliches, wie Ihnen alle meine Kollegen bestätigen werden.«

Richard hörte zu, wie Myerson mit dem Verhör fortfuhr.

Myerson machte das schon richtig, dachte er. Alles in allem ergab sich eine erdrückende Beweislast. Einzeln gesehen, konnte man alles abstreiten, ausräumen. Solange sie ihm nicht einen der Todesfälle aus seiner Klinik anlasten konnten, war es unmöglich, Edgar Highley mit Erfolg zu verklagen.

Highley wirkte so gesetzt, so selbstsicher. Richard versuchte, sich vorzustellen, wie sein Vater, ein Neurologe, reagieren würde, wenn man ihn zum ungeklärten Tod eines seiner Patienten verhören würde. Wie würde Bill Kennedy reagieren? Wie würde er, Richard, als Mensch und als Arzt reagieren? Jedenfalls nicht wie Highley – weder so sarkastisch noch so verächtlich.

Das war alles Theater. Richard war sich dessen sicher. Edgar Highley spielte Theater. Aber wie konnte man ihn überführen? Mit lähmender Gewißheit wurde ihm klar, daß sie in Highleys Unterlagen niemals belastendes Material finden würden. Highley war viel zu schlau.

Myerson stellte Fragen zum Kind der Berkeleys. »Dr. Highley, Sie wissen, daß Mrs. Elizabeth Berkeley ein Kind mit grünen Augen zur Welt gebracht hat. Ist das aus medizinischer Sicht nicht ausgeschlossen, wenn beide Eltern und alle vier Großeltern braune Augen haben?«

»Das würde ich auch sagen, aber Mr. Berkeley ist eindeutig nicht der Vater des Kindes.«

Weder Myerson noch Richard hatten dieses Eingeständnis erwartet. »Das heißt natürlich nicht, daß ich weiß, wer der Vater ist«, fügte Edgar Highley in sanftem Ton fort, »aber ich wage ernstlich zu bezweifeln, daß es die Aufgabe eines Frauenarztes ist, seine Nase in solche Angelegenheiten zu stecken. Wenn meine Patientinnen geruhen, mir mitzuteilen, daß ihr Ehemann der Vater ihres Babys ist, um so schöner.«

Eine Schande, dachte er. Sein Ruhm mußte sich noch ein wenig gedulden. Nun konnte er unter keinen Umständen mehr seinen Erfolg im Fall Berkeley veröffentlichen. Aber es gab ja noch andere.

Myerson blickte Richard an und erhob sich seufzend.

»Dr. Highley«, sagte er, »wenn Sie morgen Ihre Praxis aufsuchen, werden Sie feststellen müssen, daß wir alle Ihre Unterlagen konfisziert haben. Wir betrachten die Sterblichkeitsrate in der gynäkologischen Abteilung der Westlake-Klinik mit größter Sorge – weshalb wir in dieser Sache eingehende Ermittlungen durchführen.«

Er hatte festen Boden unter den Füßen. »Sie sind gehalten, sich meine Patientenkarten aufs gründlichste durchzusehen. Ich darf Ihnen versichern, daß die Sterberate im Westlake-Klinikmodell bemerkenswert niedrig ist, wenn man die Fälle in Betracht zieht, die wir betreuen.«

Das Aroma der Fondue erfüllte das Haus. Er wollte essen. Er war hungrig. Wenn man jetzt nicht umrührte, würde sie bestimmt anbrennen. Nur noch ein paar Minuten.

Das Telefon klingelte. »Mein Auftragsdienst kümmert sich darum«, sagte er, doch dann wußte er, daß es falsch war. Bestimmt war es die Klinik, und man würde ihm mitteilen, daß Mrs. DeMaio nicht nach Hause gekommen und ihre Schwester völlig verzweifelt sei. Das wäre eine ausgezeichnete Gelegenheit, dem Staatsanwalt und Dr. Carroll über Katies Verschwinden Bescheid zu geben. Er griff zum Hörer: »Hier Dr. Highley.«

»Hauptwachtmeister Weingarden vom siebzehnten Polizeirevier New York. Wir haben einen Mann verhaftet, auf den die Beschreibung des Diebes paßt, der gestern abend eine Tasche aus dem Kofferraum Ihres Wagens gestohlen hat.«

Die Tasche.

»Hat man sie gefunden?« In seiner Stimme lag etwas, das ihn verriet. Der Staatsanwalt und Dr. Carroll beobachteten ihn aufmerksam. Der Staatsanwalt trat an den Schreibtisch und griff demonstrativ zum Zweitanschluß.

»Ja, wir haben Ihre Tasche, Herr Doktor. Genau darum handelt es sich. Einige Sachen darin könnten zu einer schwerwiegenderen Anklage führen als Diebstahl. Würden Sie uns bitte die Gegenstände in Ihrer Tasche beschreiben?«

»Ein paar Medikamente – wichtige Arzneimittel; eine Erste-Hilfe-Ausrüstung.«

»Und woher stammt eine Patientenkarte aus Dr. Emmet Salems Praxis, ein blutverschmierter Briefbeschwerer und ein alter Schuh?«

Er spürte die bohrenden, mißtrauischen Blicke des Staatsanwaltes. Er schloß die Augen. Als er wieder sprach, klang seine Stimme unerwartet sicher: »Machen Sie keine Witze!«

»Ich habe mir schon gedacht, daß Sie das sagen würden. Wir ermitteln in Zusammenarbeit mit der Staatsanwaltschaft von Valley County. Es handelt sich um den mysteriösen Tod von Dr. Emmet Salem. Ich rufe jetzt den Staatsanwalt an. Es sieht so aus, als habe der Verdächtige Dr. Salem während eines Einbruchs getötet. Vielen Dank, Sir.«

Er hörte, wie Scott Myerson zu dem New Yorker Polizisten sagte: »Halt, legen Sie noch nicht auf.«

Langsam ließ Highley den Hörer sinken. Jetzt war alles vorbei! Jetzt hatten sie die Tasche, jetzt war alles vorbei. Wie groß seine Chance, sich durch die Ermittlungen zu mogeln, auch immer gewesen war, jetzt war sie gleich Null.

An dem Briefbeschwerer klebte Emmet Salems Blut. Die Eintragungen auf Vangie Lewis' Patientenkarte widersprachen den Unterlagen in seiner Praxis. Und der Schuh, dieses elende, lumpige Stück! Er starrte auf seine Füße, betrachtete gedankenlos den edlen Glanz seiner schmalen Schuhe aus englischem Korduanleder.

Jetzt würden sie so lange suchen, bis sie die echten Patientenkarten gefunden hatten.

Diesen Schuh mußte er sich wohl anziehen.

Vangie Lewis hatten die Mokassins nie gepaßt. Es war schon ein Witz, daß sie ihm ›paßten‹, und zwar so eindeutig, als sei er jahrelang in ihnen herumgelaufen. Die Mokassins überführten ihn des Mordes an Vangie Lewis, Edna Burns und Emmet Salem.

Aus seinem Innern kollerte ein hysterisches Lachen, das seine äußerliche Unerschütterlichkeit ins Wanken brachte.

Der Staatsanwalt hatte das Telefongespräch beendet. »Dr. Highley«, sagte Scott Myerson, »ich verhafte Sie wegen Mordes an Dr. Emmet Salem.«

Edgar Highley sah zu, wie der Polizeibeamte hinter dem Schreibtisch rasch aufstand. Ihm war entgangen, daß der Mann Aufzeichnungen gemacht hatte. Dafür mußte er mit ansehen, wie er jetzt Handschellen aus der Tasche zog.

Handschellen. Gefängnis. Verurteilung. Diese Nullen und Nichtse wollten ausgerechnet ihn verurteilen. Ihn, der den Ursprung des Lebens in den Griff bekommen hatte! Der Pionier der menschlichen Geburt, ein gewöhnlicher Häftling?

Er zog sich aus dem Sessel. Seine Stärke kehrte zurück. Er hatte eine Operation vorgenommen. Trotz seiner Genialität war die Operation mißglückt. Der Patient war klinisch tot. Es blieb ihm nichts mehr anderes übrig, als die letzten lebenserhaltenden Impulse auszuschalten.

Dr. Carroll beobachtete ihn aufmerksam. Seit sie sich am Mittwochabend begegnet waren, war ihm dieser Gerichtsmediziner feindselig gesinnt gewesen. Irgendwie war sich Edgar Highley sicher, daß der Verdacht gegen ihn von Richard Carroll ausgegangen war. Aber er wußte sich zu rächen. Katie DeMaios Tod war seine Rache an Richard Carroll.

Der Beamte kam auf ihn zu. Auf den Handschellen spiegelte sich der Feuerschein.

Er lächelte ihm höflich zu. »Mir fällt gerade ein, daß ich doch Unterlagen besitze, die für Sie von Interesse sein könnten«, sagte er gewinnend. Er ging zur Wand hinüber und betätigte den Mechanismus, der das Regal zur Seite schwenkte. Dann öffnete er den Wandsafe.

Er konnte die Akten an sich reißen und zum Kamin hinüberspurten. Das Feuer, das Hilda aufgeschichtet hatte, brannte lichterloh. Bevor man ihn aufhielt, würde er die wichtigsten Akten vernichten.

Nein. Sie sollten Zeugen seiner Genialität werden. Sie sollten ihr nachtrauern.

Er nahm die Akten aus dem Safe und stapelte sie auf dem Schreibtisch. Alle stierten ihn an. Carroll trat an den Schreibtisch. Die Hand des Staatsanwaltes ruhte noch immer auf dem Telefon. Der eine Polizeibeamte hielt die Handschellen bereit. Der andere hatte das Zimmer gerade wieder betreten. Vermutlich war er durchs Haus gegangen und hatte in seinen Sachen herumgeschnüffelt. Hunde, die den Hasen hetzten.

»Ach ja, da ist noch so ein Fall, der Sie interessieren könnte.«

Er schritt zu dem Tischchen neben dem Kamin und griff nach seinem Scotchglas. Er nahm es mit zum Safe, nippte einmal kurz daran. Das Reagenzglas lag ganz hinten im Safe. Er hatte es am Montagabend dort verstaut, vielleicht für später. Dieses ›Später‹ war jetzt. Nie hätte er gedacht, daß es so enden würde. Aber noch war er Herr über Leben und Tod. Er allein konnte diese endgültige Entscheidung fällen. Brandgeruch drang durch das Haus. Voller Bedauern dachte er an seine Fondue.

Am Safe ging er rasch vor. Riß den Korkverschluß vom Reagenzglas und schüttete Zyankalikristalle in sein Glas. Beobachtete dabei Dr. Carrolls Miene, und als er sah, daß dieser begriff, prostete er ihm hämisch zu.

»Nicht!« schrie Richard und stürzte durchs Zimmer, als Dr. Edgar Highley das Glas zum Mund führte und den Inhalt hinunterwürgte. Richard schlug ihm das Glas aus der Hand, während Highley zu Boden fiel. Richard wußte, daß es zu spät war. Hilflos, ohnmächtig mußten die vier Männer miterleben, wie Highleys Schreien und Stöhnen allmählich erstarb und lähmende Stille einkehrte.

»O Gott«, entfuhr es dem jungen Beamten. Er wurde ganz grün im Gesicht.

»Weshalb hat er es getan?« wollte der andere Beamte wissen. »Eine miese Art zu sterben.«

Richard beugte sich über den Toten. Dr. Edgar Highleys Gesicht war entstellt. Brandblasen bildeten sich auf seinen Lippen. Die hervorstehenden grauen Augen stierten ins Leere. Er hätte so viel Gutes tun können, dachte Richard. Statt dessen war er nichts als ein Exzentriker, der seine Begabung zu Experimenten mit Menschenleben mißbrauchte.

»Von dem Augenblick an, als ich die New Yorker Polizei in der Leitung hatte, wußte ich, daß er sich keinen Ausweg mehr freilügen oder freimorden konnte«, sprach Myerson. »Sie hatten recht, was ihn anbetraf, Richard.«

Richard richtete sich auf, trat an den Schreibtisch und überflog die Namen auf den Umschlägen. BERKELEY, LEWIS. »Dies sind die Unterlagen, die wir suchen.« Er öffnete die Akte Berkeley. Auf der ersten Seite las er:

Elizabeth Berkeley (39) wurde heute meine Patientin. Sie kann unmöglich eigene Kinder bekommen. Ich beschloß daher, sie zur nächsten außerplanmäßigen Patientin zu machen.

»Hier haben wir's: Krankengeschichte«, erklärte er gefaßt.

Myerson beugte sich über die Leiche. »Wenn man sich einmal überlegt, daß dieser Schwachsinnige Katies Arzt war«, brummte er.

Richard sah von der Akte Liz Bereley auf. »Was meinten Sie«, fragte er. »Sie wollen doch nicht sagen, daß Highley Katie behandelt at?«

»Sie hatte einen Termin mit ihm am Mittwoch«, antwortete Myerson.

»Was hatte sie?«

»Sie hat es zufällig erwähnt, als...« Das Telefon unterbrach ihn. Myerson nahm den Hörer ab. »Ja bitte?« sagte er, und dann: »Tut mir leid, hier spricht nicht Dr. Highley. Wer ist dort, bitte?« Seine Miene verfinsterte sich. Molly Kennedy. »Molly!«

Richard erstarrte. Die Ungewißheit schien ihn würgen zu

wollen. »Nein«, sprach Myerson, »mit Dr. Highley kann ich Sie nicht verbinden. Was gibt es denn?«

Er hörte zu, dann legte er die Hand auf die Sprechmuschel »Herr Jesus!« entfuhr es ihm. »Highley hat Katie heute abend in der Westlake-Klinik aufgenommen, und jetzt fehlt von ihr jede Spur.«

Richard nahm ihm den Hörer ab. »Molly, was ist denn passiert? Er hörte zu. »Molly, nein, Katie würde nie aus dem Krankenhaus wegrennen. Du müßtest das doch wissen. Warte mal.«

Er legte den Hörer ab und verstreute wie besessen Highleys Akten auf dem Tisch. Ganz zuunterst fand er den Umschlag, dessen Entdeckung er gefürchtet hatte. DEMAIO, KATHLEEN. Er riß ihn auf und überflog die Akte. Er wurde kleidebleich, als er den letzten Absatz las.

Mit der Ruhe eines Verzweifelten nahm er den Hörer wieder auf. »Molly, hol doch einmal Bill«, bat er. Myerson und die beiden Beamten standen regungslos, als er sagte: »Bill, Katie liegt irgendwo in der Westlake-Klinik und verblutet. Laß dir den Hämatologen in der Westlake-Klinik geben. Wir brauchen vermutlich eine Blutkonserve null-negativ, wenn wir sie finden. Die sollen sich darauf einstellen, daß sie ihr sofort eine Blutprobe entnehmen müssen und Hämaglobin, Hämatokrit, Blutgruppe und Unverträglichkeit für vier Vollblutkonserven durchchecken. Die sollen einen Operationssaal freihalten. Ich komme sofort rüber.« Er unterbrach die Verbindung.

Unglaublich, dachte er. Wie man noch ›funktioniert‹, obwohl man weiß, daß alles schon zu spät sein kann. Er wandte sich an den Beamten am Schreibtisch. »Rufen Sie die Klinik an. Ziehen Sie die Posten aus Highleys Praxis ab und lassen Sie die Männer nach Katie suchen. Ordnen Sie an, daß sie überall nachsehen, in jedem Raum, in jedem Schrank. Das ganze Krankenhauspersonal soll bei der Suche helfen. Jede Sekunde zählt.«

Ohne eine Anordnung abzuwarten, spurtete der jüngere

Beamte los, um den Streifenwagen startklar zu machen. »Los, Richard«, zischte Myerson.

Richard schnappte sich Katies Akte. »Wir müssen wissen, was er alles mit ihr angestellt hat.« Einen Moment lang ruhte sein Blick auf Highleys Leiche. Sie waren ein paar Sekunden zu spät gekommen, um seinen Tod zu verhindern. Würden sie bei Katie auch zu spät kommen?

Mit eingezogenem Kopf saß er neben Myerson im Fond des Streifenwagens, der heulend durch die Nacht raste. Highley hatte Katie das Heparin vor einer Stunde verabreicht. Es wirkte rasch.

Katie, dachte er, weshalb hast du mir nichts gesagt? Katie, weshalb glaubst du nur, alles alleine schaffen zu können? Kein Mensch kann das. Katie, wir haben uns doch so lieb. Hättest du mir doch nur vertraut, mir von deinem Termin bei Highley erzählt. Ich hätte dich nie in seine Nähe gelassen. Warum habe ich dir nicht angesehen, daß du krank warst? Katie, ich brauche dich. Stirb nicht, Katie! Warte! Ich finde dich! Katie, halt aus!

Sie kamen zur Klinik. Streifenwagen brausten auf den Parkplatz. Sie rannten die Stufen zur Vorhalle hoch. Cunningham leitete die Hausdurchsuchung.

Bill und Molly stürzten in die Vorhalle. Molly schluchzte. Bill wirkte völlig ruhig. »John Pierce ist auf dem Weg hierher. Er ist der beste Hämatologe in New Jersey. Der Vorrat an Vollblutkonserven hier ist zufriedenstellend, und von der Blutbank können wir noch mehr bekommen. Habt ihr sie schon gefunden?«

»Noch nicht.«

Die Tür zur Feuertreppe, die angelehnt war, flog plötzlich auf. Ein junger Polizist platzte herein. »Sie liegt auf dem Fußboden im Leichenraum. Ich fürchte, sie ist schon hinüber.«

Sekunden später ruhte sie auf Richards Armen. Ihre Haut und ihre Lippen waren aschfahl. Kein Puls mehr. »Katie, Katie.«

Bill faßte ihn an der Schulter: »Faß mit an! Wir müssen uns beeilen, wenn wir noch eine Chance haben wollen.«

79

Sie befand sich in einem Tunnel. Am Ende sah sie Licht. Es war warm am Ende des Tunnels. Es war so leicht, dem Licht entgegenzuschweben.

Aber irgend jemand wollte sie daran hindern. Man hielt sie fest. Eine Stimme. Richards Stimme. »Halt aus, Katie, halt aus.«

Sie wollte aber nicht umkehren. Es war alles so beschwerlich, so finster. Es würde so viel leichter sein zu entschwinden.

»Halt aus, Katie.«

Seufzend kehrte sie um.

80

Am Montagmorgen schlich Richard auf Zehenspitzen in Katies Zimmer. Er hielt zwölf Rosen in der Hand. Seit Sonntagmorgen war sie außer Lebensgefahr, doch hatte sie nie lange genug wach bleiben können, um mehr als ein oder zwei Worte über die Lippen zu bringen.

Er blickte in ihr Gesicht. Sie hatte die Augen geschlossen. Er wollte wieder hinausgehen und die Schwester um eine Vase bitten.

»Ich möchte, daß die Rosen bei meinem Herzen liegen.«

Er fuhr herum. »Katie!« Er zog sich einen Stuhl neben ihr Bett. »Wie fühlst du dich?«

Sie öffnete die Augen und schnitt eine Grimasse, die der Transfusionseinrichtung galt. »Ich habe gehört, die Vampire würden arbeitslos.«

»Es geht dir also besser.« Er hoffte, sie würde nicht bemerken, daß seine Augen plötzlich feucht geworden waren.

Sie hatte es bemerkt. Sacht erhob sie die freie Hand und wischte ihm mit dem Finger über die Augen. »Bevor ich wieder einschlafe – sag mir doch bitte, was vorgefallen ist. Sonst wache ich vielleicht morgens um drei Uhr auf und versuche, mir alles selbst zusammenzureimen. Weshalb hat Dr. Edgar Highley Vangie umgebracht?«

»Er hat mit seinen Patientinnen herumexperimentiert, Katie. Du hast doch sicher schon von dem Retortenbaby in England gehört. Highley war zu ehrgeizig, um sich mit solchen Retortenbabys, die man für ihre natürlichen Eltern hervorbrachte, zufriedenzugeben. Er war vielmehr darauf aus, Frauen, die abtreiben ließen, Feten zu entnehmen, um sie in den Unterleib unfruchtbarer Frauen zu implantieren. Er hat es geschafft! Während der vergangenen acht Jahre hat er gelernt, wie man die Empfängerinnen immunisiert, damit sie den fremden Fetus nicht abstoßen.

Er war in einem Fall erfolgreich. Ich habe seine Unterlagen dem Institut am Mount-Sinai-Krankenhaus vorgelegt, das sich mit Fragen der Fruchtbarkeit befaßt. Dort hat man mir gesagt, Edgar Highley habe einen wahren Quantensprung auf dem Gebiet der Blastula- und Embryonenforschung geschafft.

Aber nach diesem Erfolg wollte er sich weiter wagen. Anna Horan, eine Frau, bei der er eine Abtreibung vornahm, behauptet, sie hätte ihren Entschluß zur Abteibung widerrufen, als er sie betäubte und ihr in bewußtlosem Zustand den Fetus herausoperierte. Sie hatte recht. Im Nebenzimmer ließ er Vangie Lewis warten, der er den Fetus einpflanzte. Vangie dachte, es sei einfach ein Teil ihrer Behandlung, die ihr helfen sollte, selbst ein Kind zu bekommen. Highley hatte nicht erwartet, daß Vangie den asiatischen Fetus so lange behalten würde, obwohl er seine Methode so sehr perfektioniert hatte, daß Rassenmerkmale keine Rolle mehr spielten.

Als Vangie keinen unmittelbaren Abgang erlitt, fand er an seinem Forschungsergebnis so großen Gefallen, daß er den Gedanken nicht ertragen konnte, den Fetus zu eliminieren. Er entschloß sich, ihn auswachsen zu lassen, denn wer hätte ihm die Schuld zugeschoben, wenn Vangie ein Asiatenkind zur Welt gebracht hätte? Die tatsächliche Mutter, Anna Horan, ist mit einem Kaukasier verheiratet.«

»Er konnte die Immunreaktion unterbinden?« Katie erinnerte sich an die komplizierten Schautafeln aus dem Biologieunterricht in der Abiturklasse.

»Ja, und ohne dabei das Kind zu schädigen. Die Gefahr für die Mutter war viel größer. Während der letzten acht Jahre hat er sechzehn Frauen auf dem Gewissen. Vangie war ernsthaft erkrankt. Zu ihrem Pech rannte sie letzten Montag Highley in die Arme, als sie von Dr. Fukhito kam. Sie erzählte ihm, daß sie ihren früheren Frauenarzt in Minneapolis aufsuchen wollte. Das hätte für ihn ein Risiko bedeutet. Die Chancen, daß Vangie überhaupt schwanger werden konnte, hatten eins zu einer Million gestanden. Jedem Gynäkologen, der sie behandelte, wäre dies aufgefallen.

Aber ihre Naivität, Emmet Salem zu erwähnen, bedeutete ihr Ende. Highley wußte, daß Salem sich vorstellen konnte, was geschehen war, wenn Vangie einem Asiatenkind das Leben schenkte und schwören konnte, daß sie nie mit einem Menschen dieser Rasse etwas gehabt hätte. Salem war in England, als Highleys erste Frau starb. Er wußte von dem Skandal.

Und jetzt«, schloß Richard, »genug damit. Den Rest erzähle ich dir später. Dir fallen ja schon wieder die Augen zu.«

»Nein... Du hast gesagt, Highley hätte in einem Fall Erfolg gehabt. Schaffte er es tatsächlich, einen Fetus zu übertragen, der dann als gesundes Baby zur Welt kam?«

»Ja. Und wenn du am Donnerstagabend bei Molly fünf Minuten länger geblieben wärest und das Baby der Berkeleys gesehen hättest, dürftest du jetzt raten, wer die echte Mutter des Kindes ist. Liz Berkeley trug Maureen Crowleys Baby aus.«

»Maureen Crowleys Baby.« Katies Augen waren plötzlich

weit geöffnet. Alle Müdigkeit war von ihr abgefallen. Sie versuchte, sich aufzurichten.

»Ganz ruhig, Katie, du ziehst dir ja die Kanüle raus.« Sanft faßte er sie an den Schultern und hielt sie fest, bis sie sich zurücklehnte. »Highley hat den gesamten Verlauf der Fälle dokumentiert – vom Augenblick der Abtreibung bei Maureen und der Implantation bei Liz. Er hat jedes Medikament, jedes Symptom, jede Komplikation bis zur Entbindung genau verzeichnet.«

»Weiß Maureen davon?«

»Wir dachten, sie und die Berkeleys hätten ein Recht darauf, es zu erfahren; die Berkeleys ließen wir Einblick in die Unterlagen nehmen. Jim Berkeley hatte im Glauben gelebt, seine Frau habe ihn angelogen, was die künstliche Befruchtung anbetraf. Du weißt ja, wie Maureen diese Abtreibung empfand. Es hat sie aufgezehrt. Sie hat sich ihr Baby angesehen. Sie ist außer sich vor Glück, Katie. Sie hätte es zur Adoption freigegeben, wenn es zu einer natürlichen Geburt gekommen wäre. Nachdem sie Maryanne gesehen hat und weiß, wie vernarrt die Berkeleys in die Kleine sind, ist sie im siebten Himmel. Aber ich fürchte, jetzt bist du eine gute Sekretärin los. Maureen geht nächsten Herbst aufs College.«

»Und wie steht es mit der Mutter von Vangies Baby?«

»Anna Horan macht sich ohnehin genug Vorwürfe wegen der Abtreibung. Wir hielten es daher nicht für sinnvoll, sie mit der Nase darauf zu stoßen, daß ihr Baby zur Welt gekommen wäre, wenn Highley Vangie vorige Woche nicht umgebracht hätte. Sie wird wieder Kinder bekommen.«

Katie biß sich auf die Unterlippe. Die Frage, die zu stellen sie sich scheute. Sie mußte es aber wissen. »Richard, bitte sage mir die Wahrheit. Als man mich fand, war ich nahe am Verbluten. Wie weit mußte man eingreifen, um die Blutungen zu unterbinden?«

»Alles in Ordnung, Katie. Man nahm eine Ausschabung vor. Ich bin sicher, man hat dir das gesagt.«

»Aber... war das alles?«

»Das war alles, Katie. Du kannst noch ein ganzes Dutzend Kinder bekommen, wenn du möchtest.«

Er legte seine Hand auf ihre. Diese Hand war es gewesen, die sie aufgehalten hatte, als sie dem Tode so nahe gewesen war. Dieser Stimme verdankte sie es, daß es sie zur Umkehr gedrängt hatte.

Eine ganze Weile blickte sie stumm zu Richard hoch. Oh, wie ich dich liebe, dachte sie. Wie innig ich dich liebe. Ganz langsam kam in Richards besorgtem, zweifelndem Gesicht ein befreites, frohes Lächeln auf. Wir beide finden unser Ziel, dachte er.

Ein Lächeln auch bei Katie. »Ziemlich siegessicher, Herr Doktor wie?« spottete sie zärtlich.